ro
ro
ro

Carsten Germis wurde 1959 in Hannover geboren und verbrachte seine Kindheit und Jugend in der niedersächsischen Provinz. Seit 2010 berichtet er als Ostasien-Korrespondent für die «Frankfurter Allgemeine Zeitung» über Japan und Südkorea. Er lebt in Tokio.

CARSTEN GERMIS

Sayonara, BULLE

KRIMINALROMAN

Rowohlt Taschenbuch Verlag

Originalausgabe
Veröffentlicht im Rowohlt Taschenbuch Verlag,
Reinbek bei Hamburg, Februar 2015

Umschlaggestaltung yellowfarm gmbh, Stefanie Freischem
Abbildung Michiru Nakayama/plainpicture;
Berd Schmidt/shutterstock.com
Satz Quadraat PostScript, InDesign
Gesamtherstellung CPI books GmbH, Leck, Germany
ISBN 978 3 499 26906 6

1

Ich habe immer geglaubt, es müsse schon etwas wirklich Schlimmes passieren, dass ich mich noch mal richtig aufregen kann. Mit 52 erschüttert einen schließlich nichts mehr so schnell. Vor allem dann nicht, wenn man wie ich, als Polizist, ständig die dunklen Seiten des Lebens zu sehen bekommt. Eine gehörige Portion Lebenserfahrung, fast dreißig Jahre Fahrraddiebstähle, Einbrüche, manchmal sogar Mord und Totschlag bei der Kripo in Peine, dazu gut hundert Kilo Nervenkostüm, was sollte mich da noch aus der Bahn werfen? Hab ich gedacht. Doch Kriminalrat Axel Bender hat es geschafft. Heute ist etwas passiert. Und es regt mich auf, es regt mich sogar richtig auf.

Tokio. Bender schickt mich für ein Jahr nach Tokio. Zur Fortbildung, sagt er. Damit ich endlich moderne Polizeiarbeit kennenlerne. Weiter weg geht nicht. Mehr als 10 000 Kilometer, bis ans andere Ende der Welt. Er will mich loswerden. Vom ersten Tag an war das klar. Mit Verlaub gesagt: Kriminalrat Bender ist ein Arschloch. Seit sechs Monaten ist er Chef der Kripo. Vom ersten Tag an hat er mir das Leben zur Hölle gemacht. Und jetzt Tokio. Ausgerechnet Tokio. Mit Peine als Höhepunkt meiner Karriere als Kriminalist habe ich mich abgefunden, doch Bender droht mir mit der Endstation Schlitzauge. Ausgerechnet Tokio. Es gibt so viele schöne Städte auf der Welt. Rom, Paris, Lissabon, meinetwegen sogar Berlin. Aber Tokio? Warum muss es ausgerechnet Tokio sein?

«Ahlweg?»

Bender steht hinter seinem Schreibtisch und hält meine Personalakte in der Hand. Nervös fächelt er sich mit dem giftgrünen Pappordner Luft zu. Die alte Bahnhofsuhr hinter seinem Schreibtisch, eines der wenigen Stücke seines Vorgängers, das er nicht gleich in der ersten Woche nach Amtsbeginn auf den Müll geworfen hat, zeigt zehn nach acht. Nicht meine Zeit. Ich fühle mich gerädert und gähne, versinke, so gut es geht, in meinem Stuhl.

«Ahlweg, schlafen Sie hier nicht ein!»

Was erwartet der Mann? Dass ich ausraste? Den Gefallen werde ich ihm nicht tun. Wenn ich mich aufrege, richtig aufrege, werde ich eher ruhig. Ich schließe die Augen, denke über meine nächsten Schritte nach. Aber da ist bloß ein Testbild in meinem Kopf. Heute will mir beim besten Willen nichts einfallen. Der Restalkohol sitzt mir in den Knochen. Das lähmt. Die Skatrunde mit Wolfgang und Norbert im Härke-Eck macht mir am Morgen danach immer zu schaffen. Maria, unsere Sekretärin, meinte, sie könne meine Fahne jetzt noch riechen, als sie mich in Benders Büro ließ.

Da steht er vor mir, wie einem Männer-Modejournal entsprungen. Bender, gerade mal vierzig und schon Leiter der Kripo. Bender ist Schwabe, hat sein Studium in Stuttgart mit Bestnote bestanden. Und er kann sogar Hochdeutsch. Sein anthrazitfarbener Anzug schimmert in der Sonne, während er mich, vor dem Fenster stehend, anbrüllt. «Erst kommen Sie zu spät», sagt er und deutet suggestiv auf die Wanduhr, «und dann hören Sie auch noch nicht zu. Das werden Sie sich abgewöhnen müssen bei den neuen Kollegen in Tokio.» Dazu dieses Grinsen.

Es dauert eine Weile, bis ich begreife: Der meint das ernst. Bender will mich wirklich in Japan entsorgen. Ich stelle mich dumm. «Wie kommen Sie ausgerechnet auf Ostasien? Das ist doch mit Peine in nichts zu vergleichen.»

«Da lernen Sie, wie ein guter Polizist im 21. Jahrhundert arbeitet.»

Ich überlege mir, wie ich ihm intelligent widersprechen kann. Aber mir will einfach nichts einfallen. Mein Schädel brummt. Keine optimale Voraussetzung, wenn man sich eigentlich kämpferisch zeigen sollte. Das Einzige, was ich rausbringe, ist ein dämliches: «Ausgerechnet Japan. Da sind doch alle immer höflich, und es gibt überhaupt keine Kriminalität.»

Bender lacht. «Dann ändert sich für Sie ja nichts, Ahlweg. Das kennen Sie aus Peine, hier ist es ja auch eher ruhig.»

Er holt ein paar Blätter aus meiner Personalakte, reicht sie mir rüber und wirft die Mappe auf den Tisch.

«Internationaler Polizeiaustausch», lese ich. «Tokio, Metropolitan Police 2014.»

Bender sagt, die Japaner seien führend beim Einsatz neuer Technik in der Verbrechensbekämpfung. «Die Metropolitan Police in Tokio», sagt er, «ist die Elite der japanischen Polizei.»

Ich blättere in den Unterlagen. Plötzlich bricht mir der Schweiß aus. «Start 1. April» steht da.

«Das geht ja schon in sieben Wochen los», rufe ich, schüttele den Kopf und will Bender die Blätter zurückgeben. Aber der steckt einfach die Hände in die Taschen und grinst. «Ich weiß», sagt er. «Ich habe Sie ja auch schon im Herbst angemeldet. Alles ist organisiert, sogar das Landeskriminalamt in Hannover hat die Sache bereits abgenickt, inklusive Intensivkurs am Landesspracheninstitut in Bochum.»

«Sie haben das gemacht, ohne mich zu fragen?»

«Sie hätten nein gesagt.»

«Das sage ich auch jetzt.»

Ich stehe auf und will gehen. Das gefällt Bender gar nicht. Er ist der Boss. Er bestimmt, wann einer gehen und kommen darf. Jetzt wird er lauter: «Setzen Sie sich gefälligst wieder hin, Ahlweg. Sehen Sie das als Chance. Als *letzte* Chance.»

Was soll das? Will dieser Karriereheini mir vorschreiben, wie ich mein Leben als Polizist zu planen habe? Es muss nicht jeder mit 52 Hauptkommissar oder Kriminalrat sein.

«Chance?» Langsam tauche ich aus dem Alkoholnebel auf. «Das ist keine Chance. Das ist ein Abstellgleis. Sie schieben mich ab.» Zumindest hat der Schock mich ein bisschen wach gemacht.

«Japan ist das Land mit der weltweit niedrigsten Kriminalitätsrate», sage ich entschieden. «Außerdem ist das eine ganz andere Kultur, da kann man für uns nichts lernen.»

«Ach, Sie lesen Kriminalstatistiken, Ahlweg?», fragt er, gibt sich keine Mühe, seinen Spott zu verbergen. «Ich dachte immer, Sie halten das für einen Job für Sesselfurzer wie mich?»

Bender setzt sich in seinen prächtigen Schreibtischstuhl aus Leder, beugt sich leicht vor und bekommt seinen schulmeisterlichen Ton, für den ihn viele im Revier hassen. «Das genau ist Ihr Problem, Ahlweg», sagt er. «Heute werden Kriminalfälle am Schreibtisch gelöst mit Hilfe des Computers. Überwachungskameras, DNA, neue Software zur Gesichtserkennung – für Sie ist das ein Buch mit sieben Siegeln. Sie sind stehengeblieben. Aber die Zeit der Einzelgänger ist vorbei, lange schon. Statt Kriminalromane zu lesen ...»

«Was soll das denn?», frage ich.

«Weiß doch jeder, dass Sie den Schund verschlingen. Was da immer auf Ihrem Schreibtisch herumliegt, Conan Doyle oder diese, wie heißt sie doch gleich, Agatha Christie. So was hat meine Oma gelesen. Lernen Sie lieber, unsere Datenbanken vernünftig zu nutzen.»

Ich bin entsetzt. So einer will Kriminalist sein. Der hat von Raymond Chandler oder Dashiell Hammett vermutlich noch nie was gehört und hält Philip Marlowe für eine amerikanische Zigarettenmarke. Dabei lässt sich von diesen Autoren mehr lernen als aus unseren Dienstvorschriften in ihrem Beamtenkauderwelsch. Sie sind ein Banause!, will ich ihm an den Kopf schmeißen, aber ein Blick auf seine nach unten verzerrten Mundwinkel lässt mich besser die Klappe halten. Wie hat der Mann bloß ein Einser-Abitur geschafft? Aber noch bin ich nicht am Ende mit meinen Argumenten. Noch liege ich nicht am Boden. «Manchmal ist es wichtiger, zu wissen, wie Menschen denken, was sie fühlen», sage ich erstaunlich ruhig. «Menschen handeln nicht berechenbar wie Maschinen. Ich habe hier Erfolge gehabt mit meiner Art ...»

«Ach, wo denn? Da muss mir irgendwas entgangen sein.»

Ich schlucke. «Nehmen Sie nur den Fall Simone Winter ...»

«Die Frau, die beim Schützenfest in Algermissen erschlagen wurde.»

«Genau. Da habe ich die entscheidende Spur ...»

Bender lacht schallend. «Da haben Sie sich, verkatert, wie Sie wieder einmal waren, zufällig gebückt, weil Sie Ihre Schuhe zubinden wollten, und eine Kippe entdeckt, die die Spurensicherung leider übersehen hatte.»

«Es war die entscheidende Spur ...»

«Ahlweg, das war reiner Zufall. Ich kenne die Akten.»

Ich lehne mich zurück und versuche, gefasst zu bleiben. Jetzt bloß nicht die Kontrolle verlieren. Ich muss es mit guten Argumenten versuchen. Der muss doch zur Vernunft zu bringen sein!

«Wie soll ich in Japan ermitteln und moderne Kriminalistik kennenlernen, wenn ich kein Wort von der Sprache verstehe?» Dagegen kann er garantiert nichts sagen.

«Sie haben in Tokio immer jemanden an Ihrer Seite», entgegnet Bender prompt. Er blättert in den Akten. «Die Kollegin heißt Yoko Fukuda, ist 34 Jahre alt und spricht fließend Deutsch.»

Das wird ja immer besser. «Super. Fast 30 Jahre Kripoarbeit und jetzt ein gelbes Kindermädchen», sage ich.

Bender knallt die flache Hand auf den Tisch. «Ach, Rassist sind Sie auch noch!», ruft er, springt auf und macht einen Schritt auf mich zu. «Ich wiederhole mich ungern», sagt er. «Entweder Sie nehmen das Angebot an, oder ...»

«Oder was?»

«Oder Sie fahnden schon bald wieder als Streifenpolizist in Duttenstedt, Mödesse und Dungelbeck nach Bauern, die betrunken Traktor fahren.»

Wieder dieses selbstgerechte Grinsen. Dieser kleine Drecksack weiß, dass er am längeren Hebel sitzt. Ich balle die rechte Hand zur Faust. Wie gerne würde ich ihm jetzt eine reinhauen.

«Ich gebe Ihnen Zeit bis morgen, Ahlweg», sagt Bender. «Punkt acht Uhr erwarte ich Sie in meinem Büro. Dann unterschreiben Sie. Eine ruhige Kugel in Tokio oder eine ruhige Kugel in Duttenstedt, es liegt jetzt bei Ihnen.»

«Warum ausgerechnet Tokio?», frage ich noch einmal matt. Keine Antwort. Keine Reaktion. Bender steht nur da, grinst und weist mir die Tür. Ich erhebe mich ächzend von meinem Stuhl, drehe mich wortlos um und gehe.

«Machen Sie die Tür hinter sich zu», höre ich ihn noch bellen. Dann bin ich draußen. Im Vorzimmer sieht mich Maria fragend an. Ich zucke nur mit den Schultern und gehe in mein Büro.

Es ist noch nicht mal neun, aber der Tag ist für mich gelaufen. Im Aktenstapel ist nichts, was ich nicht auch morgen noch machen könnte. Ich brauche jetzt ein Bier. Wahrscheinlich mehr als eins. Ich rufe Wolfgang an.

«Hast du Zeit?», frage ich.

Wolfgang ist Theaterregisseur, manchmal schreibt er Literaturkritiken für die Lokalzeitung, freischaffend. Mit beiden Jobs hat man in der niedersächsischen Provinz nicht allzu viel zu tun.

«Was ist denn los?», fragt er.

«Frag nicht. Erklär ich dir nachher. In einer Stunde macht Elsa auf, also um zehn im Härke-Eck.» Ich lege auf. Widerwillig fange ich an, die Unterlagen über die Fortbildung in Tokio zu lesen.

Nachdem ich alles durchhabe, hat sich meine Stimmung nicht gerade gebessert. Ich soll ganz normal mitarbeiten in einer der Mordkommissionen in Tokio. Was für ein Quatsch! Was wäre wohl in Peine los, wenn hier ein Japaner ermitteln müsste, der auf Deutsch kaum «Guten Tag», «Danke schön» oder «Bitte ein Bier» sagen kann? Nein, lieber gehe ich wieder hier auf Streife, auch wenn ich dann in den ödesten Dörfern versauern muss. Ich sehe auf die Uhr. Zehn vor zehn. Ich packe die Unterlagen, die Bender mir gegeben hat, in einen Jutebeutel und mache mich auf den Weg zu meinem Treffen mit Wolfgang.

«Bin ein paar Stündchen weg», rufe ich Maria zu.

Fragend hebt sie die Augenbrauen.

«Frühschoppen», sage ich.

Sollen die doch denken, was sie wollen. Wahrscheinlich wissen schon alle, was Bender mit mir vorhat. Aber keiner will sich mit dem Boss anlegen. Könnte ja der Karriere schaden. Überall angepasste Duckmäuser. Bloß nicht auffallen. Das gehört ja, nach allem, was ich weiß, auch in Japan zum guten Ton.

«Der Span, der herausragt, muss eingeschlagen werden», sagt ein japanisches Sprichwort. Hab ich mal gelesen. Ich sehe mich im Großraum um. Mir fiele da mancher ein, der besser als ich nach Tokio passen würde. Ich winke Maria kurz zu und gehe.

2

Fünf Minuten später stehe ich vorm Härke-Eck. Das Messingschild über der Eichentür glänzt in der Sonne. Ich mag diese alten deutschen Fachwerkhäuser mit ihren Gaststätten. «Geschlossen» – der Zettel hängt immer noch an der Eingangstür. Was ist los? Elsa ist doch sonst immer pünktlich. Hinter mir höre ich eine Fahrradklingel und drehe mich um. Da steht sie, mit ihrem rostigen Rad. Elsa.

«Na, Bernie», sagt sie. «So früh schon Sehnsucht nach mir?»

Sie stellt ihr Fahrrad ab und lacht. Ihre langen schlohweißen Haare hängen wirr herunter. Elsa streicht sie glatt. «Ich bin am Montag an so frühe Gäste nicht gewöhnt.»

Ich kenne Elsa als Wirtin des Härke-Ecks, seit ich in Peine bin. Über siebzig muss sie mittlerweile sein, drahtig, zäh und voller ungebrochener Lebenslust, obwohl Jahr für Jahr weniger Gäste in ihre Kneipe kommen.

Elsa schließt die Tür auf. Abgestandene Luft, Biergeruch, kalter Zigarettenrauch. Am frühen Morgen auf nüchternen Magen ist dieser Ort nicht wirklich einladend. Elsa öffnet die Fenster zur Straße und nimmt die Stühle von den Tischen.

«Was ist denn los?», fragt sie. «Du bist doch im Dienst.»

Ich antworte nicht, setze mich an den einzigen runden Tisch, zupfe die blau-weiß karierte Decke gerade und lege die Tokio-Unterlagen neben den großen kupfernen Aschenbecher. «Stammtisch» steht darauf. Hier darf sich nicht jeder Gast hinsetzen. Das ist der Tisch für Wolfgang, Norbert und mich. Die beste Skatrunde, die es in Peine je gegeben hat. Manchmal kommt auch noch Ernst-August, der örtliche Apotheker, mit dem wir im Gymnasium in einer Klasse waren. Aber Ernst-August ist vor ein paar Jahren spät noch Vater geworden. Seitdem lässt er sich nur noch selten blicken.

«Ein Bier?», fragt Elsa gerade, als die Tür aufgeht und Wolfgang reinkommt. Schwarze Jeans, schwarzer Pulli, unter dem sich der Bauchansatz abzeichnet, Zigarette im linken Mundwinkel. Wie immer unrasiert.

«So stellt sich der Bürger in Peine einen Künstler vor, Bernie», hat er mir einmal erklärt. «Ich gebe ihnen, was sie wollen. Sonst könnte ich hier nicht leben.»

Wolfgang ist mein bester Freund, wir kennen uns seit der Grundschule. Er mustert mich kurz. «So schlimm?», fragt er, setzt sich, sieht auf meinen Schnellhefter, auf dem in großen Buchstaben «Tokio» steht, und winkt Elsa an den Tisch.

«Zwei Bier. Und einen Wacholder für jeden, einen Doppelten. Sieht so aus, als bräuchten wir heute was Kräftigeres.»

Er greift in seine Aktentasche, holt die «Peiner Allgemeine» heraus, blättert und schlägt die erste Lokalseite auf. Er knallt sie vor mir auf den Tisch und fragt: «Ist es das, was dich so aus der Bahn wirft?»

Ich weiß nicht, wovon Wolfgang spricht. Ich lese schon seit Jahren aus Prinzip keine Zeitung mehr, das örtliche Käseblatt schon gar nicht. Das wirkliche Leben, das, was die Menschen bewegt, findet woanders statt. Ich ziehe das Blatt langsam zu mir herüber. «Frischer Wind bei der Kripo» lautet die Schlagzeile. Erstmals seit fünfzehn Jahren sei die Kriminalitätsrate in Peine im letzten Halbjahr gesunken, schreibt Polizeireporter Lothar Burgsdorf. Es ist ein Jubelartikel für Bender. «Moderne Polizeitechnik hat in Peine nie eine Rolle gespielt», hat Bender dem Journalisten gesagt. Mit ihm, Bender, habe die neue Zeit nun endlich Einzug gehalten. Und damit auch der Erfolg in der Verbrechensbekämpfung.

Ich schüttele den Kopf. «So was bringt mich echt auf die Palme! Dieser irre Kult um den Computer und die moderne Spurensicherung», schimpfe ich. «Man muss raus zu den Menschen, mit ihnen reden, sie beobachten. Verbrechen hat viel mit Psychologie zu tun.»

Wolfgang lächelt. «Ich weiß», sagt er. «Habe auch meinen Inspektor Maigret gelesen. Aber die Zeiten haben sich geändert.»

Mir steht vor Staunen der Mund offen. Jetzt redet mein bester Freund schon genauso wie Bender.

«Burgsdorf war schon immer ein Journalist, der sein Fähnchen nach dem Winde gehängt hat. Und jetzt kriecht er eben Bender in den Arsch», sage ich und kippe den Wacholder in einem Zug herunter. Kritischer Journalismus? Ich weiß schon, warum ich keine Zeitung mehr lese.

«Regt dich das wirklich so auf?», fragt mich Wolfgang. «Was ist los mit dir?»

Wortlos schiebe ich ihm den Schnellhefter über den Tisch. Wolfgang beginnt zu lesen. Plötzlich lacht er laut los.

«Du nach Tokio?» Er trinkt den Rest Wacholder aus. «Toll!», sagt er. «Mensch, Alter, davon träumen andere, und du machst ein Gesicht, als wären dir gerade die Pensionsansprüche gestrichen worden.»

Mit dieser Reaktion habe ich nicht gerechnet. Ich winke Elsa, hebe das Wachholderglas, bestelle noch einen Doppelten. Wolfgang will mir allen Ernstes weismachen, dass Tokio für mich eine Chance ist. Er zeigt auf die Rehgeweihe an der Wand, auf die Kneipentische aus den 1970er Jahren, die vergilbten Gardinen. «Du willst mir doch nicht sagen, dass du das vermissen würdest», sagt er.

«Doch, ich würde es vermissen. Das ist mein Leben nach Dienstschluss. Keine Frau, keine Kinder. Da werden Freunde wichtig, und die treffe ich hier.»

«Mensch, Bernie, wer kriegt schon mal das Angebot, für ein Jahr auf Staatskosten nach Tokio zu gehen?», sagt Wolfgang und blättert in meinen Unterlagen.

Ich fühle mich in der Defensive. Erwartet hatte ich, dass Wolfgang mir zustimmt, dass er mich in meiner Empörung sogar bestärkt. «Tokio, das ist doch eine ganz andere Kultur», stammele ich. «Was soll ich da?»

«So kann nur ein Beamter reden, der nicht offen für Neues ist», antwortet Wolfgang.

«Außerdem stehe ich auf blonde Frauen. Blond, groß und kurvig», entgegne ich trotzig.

«Unsinn.»

Er hat ja recht, blonde, kurvige Frauen sind auch in meinem Peiner Leben reine Phantasie.

Und was habe ich in Peine noch zu erwarten? Ein beruflicher Aufstieg ist nicht mehr möglich, ich werde mit Menschen wie Bender leben müssen.

«Wenn du noch was erreichen willst ...»

«Jaja, ich weiß», unterbreche ich Wolfgang. «Dann muss ich meine Gewohnheiten ändern.» Wie oft hat er mir schon gesagt, dass ich träge geworden bin. Aber um das zu ändern, muss ich ja nicht gleich ans andere Ende der Welt.

Wolfgang schnalzt mit der Zunge, nimmt einen Schluck Bier. «Tokyo Metropolitan Police», sagt er und betont dabei jede Silbe, «und du bleibst lieber in Peine bei Bender?»

Ein schöner Freund. Ich habe Unterstützung erwartet und nicht, dass er mir in den Rücken fällt. Elsa tritt an den Tisch, die beiden Wacholder und zwei frische Pils auf dem Tablett. Neugierig schaut sie auf die Akte.

«Tokio?», fragt sie. «Toll! Wer von euch will denn nach Tokio?»

Das kann doch nicht wahr sein! Jetzt fängt die auch noch an. Ich nehme eines der Schnapsgläser, trinke es aus, stelle es zurück und brülle die beiden an: «Habt ihr sie noch alle? Bender schiebt mich ab, und ihr jubelt?»

Die beiden sehen sich kurz an. Dann kichern sie los.

«Du hast Angst», sagt Wolfgang und prustet vor Lachen.

Ein Polizist ohne Illusionen, aber im Staatsdienst eben auch bequem geworden. Ist das das Bild, das meine Freunde von mir haben?

Elsa setzt sich zu uns. Neugierig ist sie schon immer gewesen. Sie blättert in den Unterlagen, liest.

«Ich träume schon seit Jahren davon, da hinzufahren», sagt sie. Tokio, der Fujiyama, die alte Kaiserstadt Kyoto. Das habe sie sich schon immer ansehen wollen. «Du kriegst das geschenkt», sagt sie, «und das Einzige, was dir einfällt, ist, dich voller Selbstmitleid zu besaufen.» Kopfschüttelnd steht sie auf. «Ich bin über 70, aber ich würde nicht eine Sekunde überlegen, wenn ich so eine Chance bekäme.»

Schon wieder dieses Wort: Chance. Vielleicht haben die beiden recht? Aber Veränderung ist meine starke Seite nicht. Schon Nicole, meine Exfrau, hat sich ständig darüber beklagt. Mein Gott, denke ich, die Scheidung ist jetzt auch schon zehn Jahre her.

«Was ist denn deine Alternative?», fragt Wolfgang.

«Peine», sage ich.

«An der Leine von Bender in der tiefen norddeutschen Provinz, toll.»

«Du lebst auch hier.»

«Ich wäre aber lange schon weg, wenn ich könnte.»

Was soll das denn heißen? Das hat Wolfgang noch nie gesagt, noch nie, in der ganzen Zeit, die wir uns kennen.

«Mensch, Bernie», sagt er. «Wir sind beide über fünfzig, beide geschieden, hängen beide in der Provinz fest und sind beide nicht gerade Erfolgstypen. Und jetzt bekommst du die Möglichkeit, wenigstens für ein Jahr auszubrechen. Geh!»

«Und meine Freunde?»

«Die bleiben deine Freunde.»

«Ich bin am anderen Ende der Welt.»

«Wenn eine Freundschaft ein Jahr Trennung nicht verkraftet, dann ist es keine Freundschaft.»

«Wolfgang hat recht», meint Elsa. «Hier bist du immer wieder willkommen, auch wenn du dich eine Weile lang nicht blicken lässt. Und ich verspreche dir, ändern wird sich hier in dem Jahr nicht viel.» Sie steht auf und nimmt die leeren Gläser. «Noch einen?», fragt sie. Ich nicke.

Zwei Stunden später sitze ich wieder in meinem Büro. Vor mir liegen die Unterlagen über Tokio. Susanne, unser Neuzugang, eine Kriminalanwärterin frisch von der Polizeischule in Hannoversch Münden, die Bender nach Peine geholt hat, legt mir die Hand auf die Schulter. Als ich mich zu ihr umdrehe, rümpft sie die Nase. Klar, ich habe mal wieder eine Fahne. Sie sagt nichts, sieht mir nur lange in die Augen.

«Mach das», flüstert sie dann. «Geh nach Tokio, es ist besser – für dich.»

Die Situation macht mich rasend. Was ist das hier, zum Teufel? Weiß inzwischen jeder auf der Wache, worüber Bender und ich gesprochen haben? Und einer nach dem anderen rät mir, nach Tokio zu gehen.

Ich ignoriere Susanne und fahre meinen Computer hoch. Der wird in Zukunft ja stärker im Mittelpunkt meines Polizistenlebens stehen. Jedenfalls dann, wenn Bender recht behalten sollte.

«Lass mich in Ruhe», knurre ich, als sie immer noch nicht verschwindet. «Siehst doch, dass ich zu tun habe. Meinen Job kriegst du schon noch früh genug.»

Sie geht, ohne mich noch eines Blickes zu würdigen. Ich nehme mir die Akte über den Diebstahl einer goldenen Uhr im Pflegeheim «Abendfrieden» und beginne zu lesen. Seitenlange Protokolle. Vielleicht haben Wolfgang und Elsa ja doch nicht so unrecht, und ich sollte zusehen, dass ich schleunigst hier wegkomme. Warum dann nicht gleich nach Tokio? Wo mich keiner versteht, habe ich Narrenfreiheit. Ich lese, was die Kollegen über ihre Befragungen der Rentner im «Abendfrieden» alles notiert haben. Wirr, widersprüchlich, langweilig. Vor allem langweilig. Will ich das wirklich die nächsten fünfzehn Jahre machen? Gestohlene Uhren suchen und dazu Alzheimer-Patienten befragen? Langsam gefällt mir der Gedanke, Benders dummes Gesicht zu sehen, wenn ich morgen freudig die Entsendung nach Japan unterschreibe. Ganovenjagd in Tokio, ich gewöhne mich Schritt für Schritt an die Idee.

3

Zufall, oder ist das ein Wink des Himmels? Als ich aufwache, fällt mein erster Blick auf den Reiseführer, den ich gestern noch auf dem Weg nach Hause gekauft habe. Die leeren Bierflaschen ignoriere ich.

«Du fährst nach Japan, toll!», hat Maike, die Buchhändlerin, gesagt. Und mir gleich einen ganzen Stapel an Büchern gezeigt. Ich habe das mit dem schönsten Umschlagbild genommen. Eine Japanerin, traditionell gekleidet, mit knallrotem Schirm, steht inmitten eines grünen Reisfelds. Im Hintergrund erhebt sich stolz der schneebedeckte Berg Fuji. Leider soll ich in Japan aber nicht ein Jahr lang Urlaub machen, sondern arbeiten. Polizist in Tokio. Kann ich mir das wirklich vorstellen? Ich blättere im Buch. Komisch, gestern war ich absolut dagegen, jetzt, keine 24 Stunden später, spüre ich schon fast so etwas wie Vorfreude, wenn ich an Tokio denke. Was kann mir schon passieren?

Ich sehe auf meine Taschenuhr. Fast halb acht, wenn ich pünktlich sein will, muss ich mich beeilen. Ich springe auf, ziehe ausnahmsweise einen Anzug an, binde meine knallrote Krawatte mit den blauen Elefantenköpfen. Keine Zeit zum Frühstück. Ich greife meine Akten und laufe los.

Kriminalrat Bender fährt mit seinem Audi A5 gerade auf den Parkplatz vor dem Polizeigebäude in der Hannoverschen Straße, als ich mein Fahrrad abschließe. Er kurbelt die Scheibe herunter.

«Oh, Tokio wirkt schon», sagt er und blickt auf seine Armbanduhr. «Fünf Minuten vor acht.»

Ich grinse ihn an, hole den Schnellhefter mit den Tokio-Unterlagen aus der Tasche und strecke ihn ihm entgegen. «Ich warte oben auf Sie, bis gleich.»

Als Bender mich wenig später in sein Büro bittet, setze ich mich unaufgefordert in einen der Sessel in seiner Besucherecke. In diesem Moment bin ich wild entschlossen, die Sache als Chance zu sehen. Ein Jahr Distanz, ein Jahr ohne Bender. Ich lege die Unterlagen auf den Tisch.

«Ich habe darüber nachgedacht», sage ich.

«Und?», fragt Bender.

«Rokujuu no tenarai.»

Bender steht hinter seinem Schreibtisch, streicht sich die Anzugjacke glatt und sieht mich fragend an.

«Ein japanisches Sprichwort», erkläre ich ihm. «Das bedeutet so viel wie, dass man auch als alter Mann noch dazulernen kann.»

Gestern wusste ich das selbst noch nicht, aber seitdem es Google gibt, lässt sich ein bisschen Pseudowissen schnell anlesen.

«Sie überraschen mich, Ahlweg.»

«Nein, Sie unterschätzen mich.»

«Wohl kaum. Sie unterschreiben also?»

«Ich bin einverstanden, für ein Jahr nach Tokio zu gehen», sage ich. «Ich stelle aber eine Bedingung.»

Bender läuft rot an. «Sie sind nicht in der Position, Bedingungen zu stellen.»

«Nun hören Sie mir doch erst einmal zu», antworte ich. «Sie sind doch froh, wenn Sie mich loswerden. Ich möchte von morgen an beurlaubt werden und erst am Tag vor meinem Abflug wieder aufs Revier kommen.»

Bender zögert.

«Tokio ist kein Urlaub.»

«Weiß ich doch. Aber ich muss mich schließlich vorbereiten. Ein bisschen Japanisch lernen. Und ich muss einen guten dritten Mann für meine Skatrunde finden.»

«Wie wäre es mit mir?», sagt er trocken.

Damit habe ich nicht gerechnet. «Sie?»

«Kann es sein, dass Sie mich auch unterschätzen, Ahlweg?»

«Golf und Schach traue ich Ihnen eher zu.»

«Sie haben in Kriminalistik nicht richtig aufgepasst.» Bender steht auf, geht an das Bücherregal neben seinem Schreibtisch und zieht einen der roten Bände aus den Lehrbüchern des Kriminalistik Verlags heraus.

«Der Polizist mag über noch so viel Menschenkenntnis und Erfahrung verfügen, seine Einschätzungen eines Zeugen können dennoch gelegentlich unzutreffend sein», liest er vor. «Sie haben Ihre eigenen Vorurteile nicht im Blick, Ahlweg. Sollten Sie als Kriminalist alter Schule eigentlich wissen.»

Ich glaube, ich habe damals auf der Polizeischule sogar

das gleiche Lehrbuch gelesen. Polizisten lassen sich immer wieder zu leicht von ihren eigenen Vorurteilen beeinflussen. Nicht schlecht. Da hat Bender mich auf dem kalten Fuß erwischt. Warum sollte der Mann nicht Skat spielen? Aber eines ist so sicher wie das Amen in der Kirche: Der Streber wird meinen Platz am Stammtisch im Härke-Eck nicht bekommen.

«Wir haben leider schon einen Kandidaten», sage ich. Was natürlich gelogen ist. Bender? Nur über meine Leiche. «Vielleicht in ein paar Jahren», sage ich, «Sie können ja noch ein bisschen üben.»

Bender guckt säuerlich. Bevor er noch etwas sagen kann, wiederhole ich mein Angebot. «Einverstanden, ich gehe nach Tokio», sage ich, «aber Sie beurlauben mich bis Ende März.»

«Jetzt, wo Sie fast weg sind, werden Sie mir glatt noch sympathisch, Ahlweg», sagt Bender, steht auf und reicht mir die Hand. «Abgemacht. Sie melden sich am Tag vor Ihrer Abreise noch einmal hier im Revier ...»

Bender lässt meine Hand los und sieht mich lange an. «Sie glauben, ich wollte Sie hier weghaben, vom ersten Tag an.»

«Ach», sage ich, «kommt jetzt ein Geständnis?»

Bender lacht. «Spaß beiseite, Ahlweg. Ich brauche hier Profis und keine abgehalfterten Pseudodetektive. Gehen Sie nach Tokio. Nutzen Sie die Zeit. Dann kommen Sie vielleicht als brauchbarer Polizist und als anderer Mensch zurück.»

Was soll das denn jetzt? Diese Beleidigungen muss ich mir nicht länger anhören. Ich nicke nur kurz, unterschreibe die Vereinbarung und stehe auf.

«Dann ist ja alles klar», sage ich und fühle mich seltsam erleichtert.

Von jetzt an habe ich frei. Ich werde mich in Ruhe auf Tokio vorbereiten und meine Sachen packen. Polizist bin ich erst wieder, wenn ich meinen Fuß auf japanischen Boden setze.

4

Mein letzter Abend in Peine. Morgen früh beginnt das Abenteuer, mehr als 10 000 Kilometer Richtung Osten. Um 10:20 Uhr startet mein Flieger in Hannover-Langenhagen. Umsteigen in Frankfurt. Dort habe ich leider etliche Stunden Aufenthalt. Das war die preiswerteste Verbindung. Ich warte gerne, wenn durch dieses kleine Opfer meine Flugkosten den niedersächsischen Steuerzahler nicht so stark belasten. Von Frankfurt geht es erst abends nonstop nach Tokio. Der internationale Flughafen Narita scheint ein bisschen außerhalb der Stadt zu liegen. Yoko Fukuda wird mich dort abholen. Der genaue Zeitplan, den mir meine neuen Kollegen aus Tokio für meinen ersten Arbeitstag in Japan zugeschickt haben, liegt ausgedruckt neben meinem Flugschein.

Es klingelt an der Tür. Ein kurzer Blick auf die Uhr. Kurz vor sieben. Das muss Wolfgang sein. Er holt mich ab zu meinem Abschiedsfest im Härke-Eck. Bender haben sie auch eingeladen. Die Idee dazu, behauptet Wolfgang, sei von Elsa gekommen. Ich könne nicht alle Kollegen einladen und nur meinen Chef außen vor lassen. Mir gefällt der Gedanke nicht, ausgerechnet mit Bender meinen letzten Abend in Peine zu feiern, aber vielleicht hat sie auch recht.

«Na, alles fertig gepackt?»

Wolfgang atmet schwer, die drei Stockwerke machen ihm

immer noch zu schaffen, obwohl ich nun schon seit Jahren hier wohne. Mit rotem Kopf drückt er mir eine Flasche Champagner in die Hand.

«Taitinger rosé, deine Lieblingssorte», sagt er. «Ich hoffe, du hast noch Platz im Gepäck.»

«Habe ich, für so eine Flasche immer.»

Champagner, das habe ich von Wolfgang gelernt, ist kein Alkohol. Wenn es im Job mal wieder so gar nicht laufen wollte, habe ich mich am Eixer See mit einer Flasche Rosé-Champagner getröstet. Wenn es dämmerte und am Ufer endlich Ruhe einkehrte, weil sich die glücklichen Familien mit ihren Kindern verzogen hatten, begann meine Besinnungsstunde.

Wolfgang reißt mich aus den Gedanken. «Und, hat deine Untermieterin die Wohnungsschlüssel abgeholt?», fragt er.

«Ja. Sie war schon früh da.»

Anna, 26, beginnt am 1. März ihr Volontariat bei der «Peiner Allgemeinen». Ich habe sie zu meiner Abschiedsfeier eingeladen. Sie will Polizeireporterin werden. Da kann es nicht schaden, ihr meine Kollegen vorzustellen. Die reden bestimmt lieber mit der blonden Anna als mit dem schmerbäuchigen Burgsdorf. Das ist zum Abschied meine persönliche Rache an diesem korrupten Fatzke.

«Hat was, die Kleine.»

«Wolfgang, lass bloß das Mädchen in Ruhe», sage ich, während ich den Champagner verstaue. «Die ist zu jung für dich.»

«Mein Aufpasser ist ja jetzt bald für ein Jahr weg», antwortet er und lacht. «Meinst du, ich blase Trübsal, während du im Fernen Osten neue Welten erkundest?»

Wolfgang hat sich meine beiden Koffer genommen und geht zur Haustür. «Los geht's!»

Ich nehme die Laptop-Tasche und den Rucksack, dann drehe ich mich noch einmal um – und schließe zum letzten Mal für ein Jahr die Haustür hinter mir ab. Das Gepäck verstauen wir in Wolfgangs Golf. Baujahr 1989, darauf ist er besonders stolz. Ich hoffe, die Kiste schafft es, mich morgen früh pünktlich zum Flughafen zu bringen. Wolfgangs Begeisterung über die Wiedervereinigung verstehe ich. Aber ich würde mir lieber ein Stück von der Berliner Mauer ins Regal stellen, als deswegen so eine Rostlaube zu fahren.

Aus dem Härke-Eck schallt uns schon laut die Musik entgegen. Nicht deutsche Schlager wie sonst, wenn Elsa versucht, den Geschmack ihrer immer älter werdenden Kunden zu treffen, sondern «Home» von Gabrielle Aplin, einer jungen englischen Sängerin. Warum ausgerechnet dieses Lied, frage ich mich. Ich weiß kaum etwas über diese Sängerin, aber sie berührt mich tief.

«Was ist das denn?», frage ich Wolfgang.

«Heute ist Bender DJ.»

«Bender?»

Schlimm genug, dass Elsa und Wolfgang ihn überhaupt eingeladen haben. Jetzt legt mein ärgster Feind in der Stadt auch noch die Musik bei meiner Abschiedsparty auf. Am liebsten wäre ich wieder umgekehrt.

Wolfgang hält mir die Tür auf. Alle Kollegen sind gekommen und die wenigen Freunde, die ich in Peine habe. «Sayonara, Bulle!» steht in bunten Buchstaben auf einem Transparent, das quer über den Tresen der Kneipe gespannt ist. Bender kommt auf mich zu, ein schwarzes Mikrophon in der Hand.

«Konnichiwa», sagt er, «guten Tag.»

Maria hat sich trotz ihrer üppigen Oberweite in einen Kimono gezwängt und versucht, sich in eine zierliche Japanerin zu verwandeln. Das Lächeln, mit dem sie mich begrüßt, wirkt gequält.

«Zwickt in der Taille, was?», raune ich ihr ins Ohr.

«Ich leide gern, wenn du dafür endlich gehst.»

«Sayonara, liebe Maria. Wir sehen uns wieder.»

Am Tresen sehe ich meinen Bruder Stefan, der sich im Härke-Eck sichtlich unwohl fühlt. Als leitender Angestellter bei der Kreissparkasse ist diese Art von Kneipe nicht sein Stil. Mit spitzen Fingern hält er sein Glas Rotwein in der Hand. Am Ecktisch entdecke ich die Meuchels mit ihren beiden Töchtern. Sie waren mal meine Nachbarn, als ich noch in Evern wohnte. Mein Schulfreund Ernst-August, immer schon ein Schwerenöter, hat sich Anna gekrallt. Das Weinglas in der Hand, doziert er mit weit ausladenden Gesten. Bestimmt geht es wieder um den philosophischen Begriff der Liebe. Das hat er schon getan, als wir an der Freien Universität in Berlin deutsche Literatur studierten. Damals war er erfolgreich mit der Masche.

Plötzlich kommt Bender auf mich zu und zieht mich nach vorne zum Tresen. «Hier ist er endlich», schmettert er ins Mikro wie ein schlechter DJ. «Unser Kollege, der bei den Japanern in Tokio lernen wird, wie man richtig auf Verbrecherjagd geht.»

Mehr als ein süßsaures Lächeln bringe ich nicht zustande. «Ich dachte, ich soll da erst mal lernen, wie man Computer benutzt», sage ich mürrisch.

Wolfgang tritt mir auf den Fuß. «Verdirb den Abend nicht», zischt er mir ins Ohr.

«Wir feiern heute Abschied», fährt Bender fort. Er sieht

mich an, für ein paar Sekunden schweigt er. «Ich weiß», flüstert er dann fast in sein Mikrophon, «Sie denken, ich will Sie loswerden, Ahlweg.» Wieder eine Pause. «Das stimmt nicht», sagt er. «Peine braucht gute Polizisten. Sie sollen lernen, sich weiterentwickeln und dann zurückkommen. Deswegen heißt unser Motto für den heutigen Abend: Sayonara, Bulle. Auf Wiedersehen, Ahlweg.»

Wie schafft der das bloß immer wieder? Ich fühle mich in diesem Moment wie ein Erstklässler, dem der Lehrer bei der Zeugnisübergabe sagt, vielleicht klappt es ja im nächsten Jahr mit der Versetzung. Doch bevor ich etwas erwidern kann, hebt Bender sein Glas. «Kanpai!», ruft er. «Kanpai!», schallt es zurück. Alle recken ihre Gläser in die Höhe, nur ich nicht.

«Prost», raunt mir Wolfgang ins Ohr. «Ich denke, du hast in den letzten Wochen ein bisschen Japanisch gelernt. Kanpai heißt prost. Das muss man dir doch sonst nicht zweimal sagen.»

«Hab mich bisher auf die Basics beschränkt», sage ich. «Das Kapitel ‹Geselliges Trinken› schlag ich erst auf, wenn keine Typen wie Bender mehr in der Nähe sind.»

Dann hebe auch ich mein Glas, sehe Bender auf seine wie immer akkurat gebundene Krawatte. Mein Bruder zwinkert mir von der Theke zu. Seine Botschaft ist klar: «Locker bleiben.»

Ich räuspere mich. In diesem Moment sind alle Augen in der Kneipe auf mich gerichtet. «Sayonara, bis bald», rufe ich. «Kanpai!»

An den Rest des Abends kann ich mich kaum noch erinnern. Zu viel Bier, zu viel Wacholder, zu viele Umarmungen. Maria, die Presswurst im Kimono. Wolfgang, der sich an Anna ranschmeißt, nachdem sie genug von Ernst-August und seinen Vorträgen hat. Bender, der mir die Hand schüttelt und sagt, wie sehr er die Party genossen habe. Danach beginnt alles zu verschwimmen.

«Ey, es ist kaum noch einer da.» Mit diesen Worten hat mich Elsa soeben geweckt. Von draußen dringt Licht durch die Fenster, es ist offenbar schon morgens. «Du fliegst heute nach Tokio, und für mich geht die Arbeit in Peine auch weiter.»

Sie nimmt die Biergläser vom Tisch und wischt den verkleckerten Senf meiner Abschiedsbratwurst weg.

«Sayonara, Bulle», sagt sie und nickt in Richtung Theke, «kümmere dich mal um deinen Chauffeur.»

Wolfgang steht da, ein Bier vor sich. Mit der linken Hand streichelt er langsam über Annas Hintern. Es ist unfassbar! Wie schafft er das bloß immer wieder?

Ich stehe auf. «Ha, da ist ja unser Held», sagt Anna und streicht sich die blonden Locken aus dem Gesicht.

«Wir müssen jetzt gehen, Wolfgang», sage ich.

Der blöde Kerl ignoriert mich. Warum nimmt er die Hand nicht endlich von ihrem Hintern?

«Spätestens halb zehn sollte ich am Flughafen sein», sage ich.

Wolfgang dreht sich um, sieht mich an. Nüchtern ist was anderes. «Wirst pünktlich da sein, versprochen», sagt er. Dann drückt er mir seine Autoschlüssel in die Hand. «Du fährst nämlich selbst. Stell den Wagen einfach auf einen Parkplatz. Ich hole ihn dann später ab.»

Es ist ein schönes Gefühl, Freunde zu haben, auf die man sich verlassen kann.

5

Jemand rüttelt mich am Arm. Müde schlage ich die Augen auf und blicke in das Gesicht der japanischen Flugbegleiterin.

«Ohayou gozaimasu», sagt sie, «guten Morgen.»

Ich habe den größten Teil der elf Stunden Flug von Frankfurt nach Tokio glatt verschlafen.

«Wir landen in neunzig Minuten in Narita», sagt die Frau und reicht mir ein Plastiktablett mit dem Essen.

Mein Magen ist eher auf ein Konterbier eingestellt, aber im Flugzeug ist jetzt offenbar Mittagessen angesagt. Während die Stewardess das Tablett vor mir abstellt, lächelt sie unermüdlich. An dieses immerwährende Lächeln werde ich mich wohl gewöhnen müssen.

«Wir haben leider nur noch ein japanisches Menü», erklärt sie und lächelt tapfer weiter. Ich hebe den Deckel und möchte alles am liebsten gleich zurückgeben. Gebratener Fisch, Reis, Misosuppe und zwei einsame, trockene Sushi-Rollen liegen auf dem Teller. Morgens, auf nüchternen Magen, ist mir das zu viel. Ich bemühe mich, trotz dieser kulinarischen Herausforderung zu lächeln. Höflich zu sein ist in Japan wichtig, habe ich gelernt.

«Arigatou», sage ich, danke.

«Sie sprechen Japanisch?»

Ich lächele zurück. «Ich versuche es.»

Ich frage, ob sie wirklich nichts anderes habe, ein europäisches Frühstück oder meinetwegen auch ein Schnitzel.

«Tut mir leid, das ist ausgegangen», sagt die Flugbegleiterin und bleckt wieder ihre strahlend weißen Zähne. «Sie haben geschlafen, und da habe ich erst einmal die anderen Passagiere bedient.»

Ich reiche ihr das Essen. «Gut», sage ich und streiche mir über den Bauch, «ein bisschen Diät kann mir ja nicht schaden.»

Ihr Lächeln gefriert. Wortlos nimmt sie das Tablett zurück und geht. Kurz darauf leuchtet das Zeichen auf, sich wieder anzuschnallen.

Zwei Stunden später habe ich es endlich geschafft: Fingerabdrücke, Foto, Einreiseerklärung, Zoll, die Japaner machen es einem nicht gerade leicht, ihr Land zu besuchen. Ich sehe auf meine Uhr, fünf Minuten nach vier. Die Kollegen in Tokio haben ihren Zeitplan genau berechnet. Als sich die automatischen Türen des Ausgangs öffnen und ich in die Vorhalle des Flughafens trete, erschlägt es mich fast. Mehr als hundert Menschen stehen hinter den Absperrungen. Ein Meer schwarzer Haare und unleserlicher Schilder. Ich suche Yoko Fukuda. Aber wie soll ich sie in dieser Menschenmenge finden? Für mich sehen in diesem Moment alle Japanerinnen gleich aus – klein, schlank und schwarzhaarig.

Langsam lasse ich den Blick über die Wartenden schweifen. Mit meinen 1,85 Metern falle ich hier wirklich auf, habe aber gleichzeitig einen Überblick über alles. Doch niemand hält ein Schild mit meinem Namen in seiner Hand. Eine Frau direkt hinter der Absperrung lächelt mich an und winkt. Ich nehme meine beiden Koffer und laufe auf sie zu. Erschreckt weicht sie zurück. Ich versuche es mit meinem Japanisch und stelle mich vor.

«Hajimemashite, Ahlweg desu.» Darf ich mich vorstellen, ich heiße Ahlweg.

Ein fragender Blick ist die einzige Antwort, dann flüstert die Frau schnell so etwas wie: «Sorry, no understand», dreht sich um und rennt davon. Das war wohl doch nicht Yoko Fukuda. Na gut, ich werde einfach warten. Irgendwann wird mich meine Kollegin schon finden. Schließlich ist sie Polizistin.

Die Halle beginnt sich allmählich zu leeren. Die große Wanduhr neben dem Schalter, an dem man Tickets für die Busse nach Tokio kaufen kann, springt auf 16:30 Uhr. Der Zeitplan, der alles auf die Minute genau geregelt hat, entpuppt sich als reines Wunschdenken. Auch wenn ich jetzt alleine hier herumstehe, muss ich darüber fast lachen. Ganz so perfekt, wie Bender sich die Polizei in Tokio ausgemalt hat, sind die Kollegen wohl doch nicht.

Plötzlich kommt eine kleine Frau mit schwarzen Pumps auf mich zugerannt. Höchstens Schuhgröße 35. Ihre zu einem Pferdeschwanz zusammengebundenen Haare wippen beim Laufen hin und her. Mir kommt es vor, als sei das Klacken ihrer Absätze das einzige Geräusch in der Ankunftshalle.

«Ahlweg-san», ruft sie und schwenkt ein Pappschild mit meinem Namen. «Es tut mir leid», sagt sie, «gomennasai.» Dabei verbeugt sie sich immer wieder tief vor mir. «Es war Stau auf der Autobahn, der Bus hatte Verspätung.» Und wieder verneigt sie sich.

Mir gefällt diese Begrüßung. Ich versuche, die Frau zu beruhigen, und fasse sie am Arm. Sofort spüre ich, wie ihr ganzer Körper bei meiner Berührung erstarrt. Sie weicht einen Schritt zurück. Der Blick aus ihren wütenden schwarzen Augen durchbohrt mich wie das Schwert eines japanischen Samurai-Kriegers. Dann, nur den Bruchteil einer Sekunde später, richtet sie ihren Pferdeschwanz, lächelt und verbeugt sich wieder.

«Ich bin Frau Fukuda», sagt sie und reicht mir mit beiden Händen ihre Visitenkarte.

Nur japanische Schriftzeichen, ich kann nichts darauf lesen und stecke das Ding in meine Jackentasche. Wieder verzieht sie für einen kurzen Moment das Gesicht. Verdammt, das hatte ich total vergessen. Dabei steht es sogar in den Unterlagen über Japan, die mir die Polizeidirektion zur Vorbereitung gegeben hat: Die gegenseitige Vorstellung und der Austausch von Visitenkarten sind für Japaner fast ein heiliges Ritual. Zuerst erweise ich mich als Barbar, weil ich keine eigene Karte dabeihabe. In ihrer Welt muss das so sein, als wäre ich fast nackt. Dann stoße ich sie vor den Kopf, weil ich ihre feierlich überreichte Karte wortlos in die Jackentasche stecke. Aus der schaut zu allem Überfluss auch noch mein schmutziges Taschentuch heraus. Kein guter Start.

Wie kann ich den Fehler wiedergutmachen? Irgendwie muss ich die Spannung lösen, die sich durch meine Ungeschicklichkeit zwischen uns aufgebaut hat.

«Bernie», sage ich, «meine Freunde nennen mich Bernie.»

«Danke.»

Sie nickt nur kurz und zeigt auf den Ausgang. «Wir sind spät dran und sollten uns beeilen.»

Draußen wartet mit laufendem Motor der orangefarbene Bus, der uns nach Tokio bringen soll. «Friendly Airport Limousine» steht auf dem Wagen. Vielleicht bringt dieses Motto auch Yoko Fukuda wieder in bessere Stimmung, hoffe ich. Wir sind die Letzten, fast alle Plätze sind schon besetzt. Geschäftsreisende. Nur wenige Touristen scheinen heute in die japanische Hauptstadt zu wollen. Wir bekommen im Bus keinen Platz mehr nebeneinander. Bilde ich mir das nur ein, oder ist sie ganz glücklich darüber, dass sie die Fahrt nicht neben mir verbringen muss? Ich setze mich auf den letzten freien Platz neben einen Japaner. Der schaut gelangweilt auf, rückt dann demonstrativ ein bisschen von mir weg und schläft sofort wieder ein.

Gut eine Stunde Autobahnfahrt später steigen wir um in die U-Bahn. Die Hanzomon-Linie, die Tokios neue Touristenattraktion Sky-Tree, einen der höchsten Fernsehtürme der Welt, mit dem schicken Mode- und Ausgehviertel Shibuya verbindet, wird mich künftig zur Arbeit bringen. Einen Vorgeschmack darauf, wie voll es in Tokio ist, bekomme ich schon jetzt. Ich kann es kaum fassen: rund dreißig Millionen Einwohner! Um halb sieben ist der Bahnsteig der Station Suitengumae, wo die Busse zu den beiden Flughäfen Narita und Haneda starten, voll. Überall stehen die Menschen geduldig in Schlangen, die meisten Männer im dunklen Anzug. Offenbar lieben die Japaner Einheitskleidung. Yoko Fukuda bemerkt meinen staunenden Blick. Zum ersten Mal lächelt sie mich an.

«Unsere Bürohengste fallen nicht gerne auf», sagt sie. «Diese Salary-Men verkörpern das moderne Japan, das ich hasse.»

«Warum?»

«Sehen Sie sich doch mal um. Die bemühen sich, alle gleich auszusehen. Bloß nicht auffallen, das ist ihre Devise.» Die scheue Zurückhaltung, die meine neue Kollegin bislang gezeigt hat, scheint auf einmal verflogen.

«Dunkle Anzüge sind auch in Europa in vielen Branchen üblich», entgegne ich.

«Aber nicht so wie hier. Nichts selbständig entscheiden, keine Verantwortung übernehmen, nicht auffallen. Das ist Japan.»

Einige Leute drehen sich in der U-Bahn schon nach uns um. Meine Begleiterin ist laut geworden. Für Außenstehende muss es aussehen, als hätten wir Streit. Ich schweige. Der Ausbruch überrascht mich. Wie es aussieht, hat es Yoko Fukuda bei der japanischen Polizei auch nicht so leicht.

Die meisten Fahrgäste im Waggon sind so klein, dass ich selbst den Stehenden problemlos auf den Kopf spucken könnte. Yoko Fukuda hätte mit ihren 1,50 Metern in Deutschland wohl nicht einmal die Aufnahmeprüfung zur Polizei geschafft. Ein gleichförmiges Meer in Schwarz breitet sich unter mir aus. Unterbrochen wird es nur von einigen dunkelbraunen Farbtupfern, zumeist jungen Frauen, die sich die Haare gefärbt haben. Fast muss ich lachen. Ich stelle mir vor, ab jetzt täglich die Haarprobleme der Japaner aus der Vogelperspektive beobachten zu müssen.

«Wissen Sie, was Ijime bedeutet?»

Ich schüttele den Kopf.

«Das ist unser Wort dafür, jemanden abzustrafen, der aus der Reihe tanzt. Konformität ist Gesetz. Hier in der U-Bahn sehen Sie das Ergebnis.»

Sie übertreibt und redet sich noch richtig in Rage, denke ich.

«Wir erreichen gleich den Bahnhof Hanzomon», unterbricht die Lautsprecherstimme in diesem Moment meine Gedanken.

«Na ja, Sie werden es ja schon bald selbst erleben», sagt Yoko Fukuda bitter.

Das Polizeirevier in Kojimachi ist das 89. Der Kaiserpalast ist um die Ecke, in der Umgebung leben wohlhabende Leute. Mord und Totschlag dürfte es hier kaum geben. Japan gilt tatsächlich als das Land mit der geringsten Kriminalität, kein Vergleich mit den USA, England oder auch Deutschland. Wir müssen nur wenige Meter vom U-Bahnhof laufen. Ein neungeschossiger, moderner Backsteinbau, der in dieser Straße, der Shinjuku-dori, kaum auffällt, ist unser Ziel. Ein Polizist – graue Flanellhose und hellblaues Hemd – wartet mit einem Besenstiel in der Hand vor dem Eingang. Er salutiert, als Yoko Fukuda und ich an ihm vorbeigehen. Jetzt bin ich doch ein bisschen aufgeregt. Was mich hier wohl erwarten wird?

Wir fahren in den fünften Stock. In einem Großraum sitzt ein gutes Dutzend Polizisten, alles Männer. Das also ist die Mordkommission. Als ich den Raum betreten will, hält mich Yoko Fukuda am Arm zurück.

«Schuhe ausziehen», flüstert sie mir zu.

Drinnen stehen leuchtend grüne Plastikpantoffeln bereit.

Ich bücke mich und ziehe meine Schnürschuhe aus. Das wird auf die Dauer eine ganz schön anstrengende Prozedur! Ich sollte mir Slipper kaufen. Dass Japaner ihre Wohnräume nicht mit Straßenschuhen betreten, weiß ich. Dass auch die Polizei in Socken arbeitet, überrascht mich. Ich frage mich, wie das wohl sein mag, wenn ich mal auf Verbrecherjagd gehen sollte – immer die Dienstpantoffeln in der Tasche?

«Willkommen in Kojimachi», begrüßt mich ein älterer Mann.

«Unser Keishi, Kriminalrat Taro Sato», stellt Yoko Fukuda mir meinen neuen Chef vor.

Dieses Mal bin ich vorbereitet und nehme seine Visitenkarte ehrfürchtig mit einer Verbeugung entgegen.

«Ich habe leider keine dabei», sage ich.

«Sie müssen in Peine ein wichtiger Mann gewesen sein, wenn Ihnen schon die Karten ausgegangen sind.»

Fukuda grinst mich an, als sie das übersetzt. Was ist das? Japanische Höflichkeit, oder gibt mir der Mann schlicht zu verstehen, dass er mich für einen Idioten hält, der die einfachsten Umgangsformen in diesem Land nicht kennt?

Wir gehen in sein Büro, einen abgetrennten Glaskasten, von dem aus der Keishi alles im Blick hat.

«Kaffee?», fragt er.

«Schwarz. Und drei Stück Zucker, bitte.»

Fukuda bleibt stehen, ihr bietet er keinen Kaffee an.

«Ein Jahr?»

Ich sehe Sato fragend an. Auch meine Übersetzerin wirkt irritiert.

«Wollen Sie wirklich ein Jahr bleiben?»

«So soll es sein.»

«Ich mache Ihnen einen Vorschlag.»

Sato schickt Yoko Fukuda, die am Türrahmen stehen geblieben ist, mit einer Handbewegung aus dem Zimmer. Sie verbeugt sich kurz und geht.

Sato versucht es auf Englisch. Das klingt alles etwas wirr, aber wenn ich ihn richtig verstehe, lautet seine Botschaft so: Sie arbeiten hier ein bisschen mit, sehen sich alles an. Und dann machen Sie sich eine schöne Zeit in Tokio.

«Das heißt, Sie wollen mich gleich wieder loswerden?», frage ich ihn.

Wieder stammelt Sato in seinem brüchigen Englisch, doch wieder ist seine Botschaft nach kurzem Hin und Her deutlich: Ich weiß, warum Sie hier sind. Wir machen das genauso und schicken die Kollegen zur Fortbildung ins Ausland, die wir als Belastung empfinden. So wahren wir die Harmonie.

«Japan ist nicht Deutschland.» Langsam bekomme ich schlechte Laune.

Sato kommt mit seinem Englisch überraschend schnell in Übung, diesmal verstehe ich ihn auf Anhieb. Es klingt, als habe er diese Sätze für unser Treffen auswendig gelernt: «Sagen wir es so, es ist ein Angebot. Und Sie haben Zeit, es sich zu überlegen. So, und jetzt stelle ich Ihnen die Mordkommission vor.»

Mit so einer Begrüßung habe ich nicht gerechnet. Aber immerhin sind die Fronten geklärt. Die Benders dieser Welt sind überall dieselben Typen. Ich muss schlucken. Hallo und tschüs in einem Satz, Sato scheint noch eine Spur unangenehmer zu sein als mein Chef in Peine.

Vor dem Büro haben sich die Polizisten der Mordkommission in einer Reihe aufgestellt.

«Frau Fukuda kennen Sie ja schon», sagt Sato. «Sie wird Sie betreuen.» Dann blinzelt er mir kurz zu. «Solange Sie meinen, unsere Betreuung in Anspruch nehmen zu müssen.»

Der Nächste tritt vor und reicht mir seine Karte.

«Keibu Ichiro Ozawa, mein Stellvertreter», stellt Sato ihn vor.

Ozawa ist der erste dicke Japaner, den ich an diesem Tag sehe. Er wischt sich die Hände an seiner ausgebeulten Hose ab und nickt mir zu. Der junge Mann, der ihm folgt, Kommissar Satoshi Ushiyama, sieht aus, als sei er einem Gangsterfilm entsprungen. Maßgeschneiderter Anzug, glattes Haar, das vor Gel glänzt, dazu eine Designer-Sonnenbrille und eine protzige Uhr. Doch Ushiyama ist der Erste, der mir die Hand zur Begrüßung reicht.

«Willkommen.»

Während er mir auf Japanisch Freundlichkeiten sagt, wirft er Yoko Fukuda, die neben mir steht und alles übersetzt, einen spöttischen Blick zu.

Letzter in der Reihe ist Tadayoshi Hayasaki. Er ist der Einzige mit weißen Haaren.

«Ich bin hier das schwarze Schaf», sagt er auf Englisch mit unverkennbar amerikanischer Färbung.

Yoko Fukuda zieht sich mit einer leichten Verbeugung und der Würde einer Oberschwester zurück.

«Deshalb sollte eigentlich ich Ihr Aufpasser werden», fährt Hayasaki fort, «zumal ich hier als Einziger halbwegs ordentlich Englisch spreche. Aber dann wussten wir nicht, ob Ihr Schulenglisch gut genug ist, und Fukuda spricht ja sehr gut Deutsch. Außerdem steht sie Satos Plänen wohl noch etwas mehr im Weg.» Er lacht laut auf.

«Und der da», er nickt leicht in Richtung Ushiyamas, der eifrig mit seinem Smartphone telefoniert, «ist mit dieser Entscheidung des Chefs auch gleich seine schärfste Konkurrentin losgeworden.» Wieder grinst er mich vertraulich an, als wären wir seit langem die besten Freunde.

«Lassen Sie uns doch nach Feierabend noch ein Bier trinken gehen», sagt Hayasaki. «In der Nähe Ihres Hotels gibt es eine nette Izakaya. Ich glaube, Sie können gut ein paar praktische Überlebenstipps gebrauchen. Außerdem möchte ich Ihnen eine junge Frau vorstellen, die an der Sophia-Universität hier ganz in der Nähe Deutsch studiert. Ich kann Sie in Tokio ja schlecht mit der grimmigen Yoko allein lassen.» Wieder lacht er laut und gibt mir, ungewöhnlich für einen Japaner, einen Klaps auf die Schulter.

Yoko Fukuda bringt mich wenig später zum Hotel. Es ist nur einen Steinwurf vom Revier entfernt.

«Bis morgen», sagt sie, und bevor ich etwas erwidern kann, hat sie sich schon umgedreht und ist verschwunden.

Jetzt verstehe ich, warum mich Sato in einem Hotel und nicht – wie es in den Unterlagen zum Polizeiaustausch steht – in einer Dienstwohnung einquartiert hat. Ich störe als Ausländer die Harmonie. Er will mich schnell loswerden und woanders hinschieben. Der Schnösel sollte mich nicht unterschätzen. Wer mir so überheblich kommt, der weckt meinen Kampfgeist.

Kaum habe ich meine Koffer aufs Zimmer gebracht und mit dem Auspacken begonnen, läutet das Telefon. Hayasaki ist an der Rezeption, um mich abzuholen. Na, dann los.

Offenbar bin ich in keinem der berühmten Ausgehviertel Tokios untergebracht, denn abends sind die Straßen hier fast menschenleer. Hayasaki lotst mich durch schmale Gassen zu einem kleinen Park.

«Der Togo-Park», sagt er. «Sie wissen, wer Togo war?»

Ich habe keine Ahnung und schüttele den Kopf.

«Ein japanischer Admiral, einer der ersten großen Kriegshelden unseres Landes.»

«Und nach dem wird ein so schöner Park mit Kinderspielplatz benannt?»

«Früher stand hier sein Palast, heißt es.»

Auf einigen Bänken sitzen Männer mit Bierdosen in der Hand und unterhalten sich. Eine junge Frau versucht, ihre Tochter von einer Rutsche wegzuzerren. Zwei Teenager hocken auf den Schaukeln, beide in ihre Smartphones vertieft.

«Unsere Regierung hat es ganz dicke mit nationaler Größe. Sie hat selbst zu den japanischen Kriegsverbrechen im Zweiten Weltkrieg eine etwas andere Position als der Rest der Welt.»

Ich antworte nicht, nicke nur. Mir ist nicht nach einer politischen Diskussion mit dem Kollegen. Als wir den Park verlassen und in ein Gewirr aus Gassen eintauchen, ändert sich das Bild. Überall rote Lampions, aus gut besuchten Kneipen dringt Stimmgewirr.

«Wir sind da», sagt Hayasaki schließlich und schiebt ein Tor zu einem unscheinbaren Hinterhof auf. «Meine Mama-san», sagt er stolz, «eine der wenigen, die in dieser Gegend überlebt haben.»

Im Treppenhaus hängen dicke Spinnenweben von den schummrigen Lampen. Mit dem Fuß stoße ich an eine leere Sakeflasche, die klirrend die Stufe herunterrollt. Im dritten Stock steuern wir zielstrebig auf eine Tür am Ende des Gangs zu. «Komachi» heißt die Izakaya. Mit einem Seufzer lässt sich Hayasaki auf dem einzigen freien Stuhl am Tresen nieder. Die Mama-san greift in das Regal hinter sich und stellt ihm unaufgefordert eine halb volle Flasche Whiskey und ein Glas hin. Sechs Plätze am Tresen sind besetzt, für mich bleibt nur noch eine Ecke zwischen Hayasaki und der Tür. Direkt vor meiner Nase hängen Dutzende Zettel mit japanischen Schriftzeichen an einer Pinnwand. Das könnten die Gerichte des Tages sein, rätsele ich.

Während Hayasaki sich angeregt mit der Frau hinter dem Tresen unterhält, wankt ein Mann vom einzigen Tisch in der Kneipe auf mich zu. Er legt mir seine Hand auf die Schulter. Wie alle hier hat er seine dunkle Anzugjacke lässig über die Lehne seines Stuhls gehängt und den Schlips gelockert. Mit hochrotem Kopf beginnt er lallend auf mich einzureden.

«Er will wissen, wo Sie herkommen», sagt Hayasaki und antwortet für mich.

Das Echo ist überwältigend, lautes Gegröle am Tisch und am Tresen. Der Betrunkene, der mich immer wieder am Arm packt und «sugoi», großartig, sagt, winkt die junge Bedienung herbei, die den Männern die Sakegläser wieder füllt.

«Sie kommen aus Deutschland?», fragt sie schüchtern auf Deutsch.

Ich nicke und versuche, höflich mit einer der Begrüßungsphrasen aus meinem Überlebensjapanisch zu antworten, als sich Hayasaki wieder einmischt.

«Das ist das Mädchen, das ich dir versprochen habe. Akane studiert deutsche Philosophie», sagt er. «Mit ihr kannst du stundenlang über Kant und seine Ethik sprechen, falls du nach dem Polizistenalltag mal Abwechslung brauchst.»

Die Mama-san stellt uns unaufgefordert ein randvolles Glas Sake hin, dazu etwas, das aussieht wie gegrillte Sardinen. Akane geht und widmet sich den Gästen am Tisch.

«Kanpai», ruft die Mama-san in die Runde.

Wie auf Kommando heben alle Männer am Tresen ihr Glas. Meinen Ersatz für das Härke-Eck habe ich schneller gefunden, als ich gedacht hätte.

«Ich komme mindestens zweimal die Woche nach der Arbeit hierher», sagt Hayasaki.

«Ich könnte mich an diesen Sake gewöhnen.»

«Ganz im Ernst: Nur hier kann ich mich wirklich entspannen.»

Ich sehe mich um. Die meisten Männer haben die fünfzig lange schon hinter sich gelassen.

Plötzlich steht die Mama-san neben mir. «Meine Freunde nennen mich Kyoko», sagt sie auf Englisch.

«Bernie.»

«Ich liebe meine Jungs, wir sind hier alle wie eine große Familie.»

«Ist das ein Angebot, mich zu adoptieren?»

«Hey, nicht so schnell, sonst werde ich eifersüchtig», mischt sich Hayasaki ein. «Einen Tag in Tokio, und schon spannst du mir die einzige Frau aus, die mich versteht und bei der ich mich mal so richtig ausweinen kann.»

Ich sehe auf seinen Ringfinger. «Ich denke, Sie sind verheiratet, Hayasaki-san?»

«Nicht Hayasaki-san. Nenn mich Tadayoshi», sagt er und hebt sein Glas. «Auf alle schwarzen Schafe in allen Polizeistationen dieser Welt.»

Zwei Sake später stellt er überraschend die Frage: «Und, wie gefällt dir unsere Yoko?»

«Ich habe nicht den Eindruck, dass sie mich mag.»

«Gut beobachtet.»

«Aber wo liegt das Problem? Rieche ich etwa streng?»

«Nein, aber du stehst ihrer Karriere im Weg.»

«Ich dachte immer, Ausländerbetreuung fällt unter internationale Erfahrung und bringt Fleißpunkte.»

«In Japan nicht unbedingt.» Er bekommt einen ernsten Gesichtsausdruck. «Mein Neffe hat zwei Jahre in Amerika studiert. Als er sich letzte Woche in einem japanischen Unternehmen beworben hat, meinte der Personalchef zu ihm: ‹Du bist eine Banane.›»

«Banane? Was meint er damit?»

«Von außen gelb, von innen aber schon weiß. Und Yoko gilt bei uns sowieso als Fleischfresserin.»

«Du bist auch nicht gerade ein Vegetarier», sage ich und zeige auf den Teller Schweinefleisch in Ingwersoße, den die Mama-san gerade vor uns abgestellt hat.

«Das heißt, dass sie eine der modernen Karrierefrauen ist. Yoko ist über dreißig, immer noch nicht verheiratet und hat nur ein großes Ziel. Sie will schnell Keibuho, Inspektor, werden.»

«Na, dann müsste sie sich doch freuen, mich in Zukunft an ihrer Seite zu haben. Bei unseren Fällen wird Yoko automatisch die Hauptrolle spielen.»

Tadayoshi lacht. «Du glaubst doch nicht im Ernst, dass Sato dir hier auch nur einen Fall geben wird?»

Während ich noch über diese Bemerkung nachdenke, stehen wie auf Kommando fast alle Männer am Tresen auf und ziehen ihre Anzugjacken an. Ich blicke auf die Uhr, kurz nach halb zwölf.

«Die letzte Bahn ruft», sagt Tadayoshi und bestellt noch eine Runde für uns. «Jetzt habe ich dich endlich für mich», ruft er der Mama-san auf Englisch zu.

Erwartungsvoll setzt er die dunkle Hornbrille wieder auf, die er gleich nach unserer Ankunft auf den Tresen gelegt hatte. Die Mama-san setzt sich neben ihn. Für mich hat er keinen Blick mehr übrig. Die beiden sprechen nun Japanisch.

«Machen Sie sich nichts draus», sagt Akane, während sie die leeren Gläser in die Spülmaschine räumt. «Die beiden sind wie ein altes Paar.» Sie kommt zu mir. «Mama-san weiß unwahrscheinlich viel», sagt sie. «Hier können die Männer über alles schimpfen und sich ausweinen.»

«Und was hat dich hierher verschlagen?»

«Die 1000 Yen, die ich hier die Stunde verdiene.»

«Und was ist mit der Philosophie?»

Keck wackelt sie mit dem Kopf. «Für die bleibt schon noch genügend Zeit.»

Langsam spüre ich die Müdigkeit in den Knochen. Ein langer Tag, eine lange Reise. Für mich geht der erste Abend in Tokio zu Ende. Und Tadayoshi kann ich für heute wohl eh abschreiben.

Ich stehe auf und klopfe auf den Tresen. «Bis morgen», rufe ich ihm zu.

Er blickt nur kurz auf und winkt. Akane öffnet mir die Tür.

«Bis bald», sagt sie.

6

Tadayoshi winkt mir zu.

«Na, gut geschlafen?», fragt er.

Yoko Fukuda steht mit Ushiyama im Nebenzimmer vor einer Stellwand mit Tatortfotos.

«Ein Drogendealer, letzte Woche erschossen», erklärt mir Tadayoshi. «Bis gestern haben die beiden gemeinsam an dem Fall gearbeitet, jetzt ist Yoko raus.»

«Weil sie mein Kindermädchen spielen muss.» Langsam beginne ich zu verstehen, warum sie von meiner Anwesenheit nicht gerade begeistert ist.

Im Büro des Chefs sehe ich Sato wild gestikulieren. Offenbar streitet er sich mit seinem Stellvertreter. Sato schaut immer wieder herüber. Es sieht so aus, als redeten sie über mich.

Yoko Fukuda, die mir gegenübersitzt, straft mich mit Missachtung. Gerade mal eins fünfzig, aber ihr Näschen trägt sie so hoch, dass sie die Größte im Raum sein könnte. Ich schalte den Computer ein, der auf meinem Schreibtisch steht. Der soll in Japan ja zu meinem wichtigsten Arbeitsgerät werden, wenn ich Bender glauben darf. Das Bedienungshandbuch liegt daneben, darauf klebt ein gelber Zettel: «Leider nur in Japanisch». Das kann ja heiter werden. Fukuda blättert in einer Zeitung. Langsam macht mich ihr Getue wütend.

«Was ist?», frage ich sie, nachdem ich gerade mal wieder daran gescheitert bin, eine deutsche Internetseite aufzurufen. «Mit dem falschen Fuß aufgestanden?»

«Ich bereite mich auf unsere Arbeit vor.»

«Scheint ja nicht besonders aufregend zu sein.»

«Die Musik spielt woanders.» Sie nickt mit dem Kopf zu Ushiyama.

«Nicht mehr mittendrin, was? Das ist natürlich schlimm für eine Frau wie Sie.»

Ushiyama sitzt mit zwei Kollegen am Besprechungstisch vor der Wand mit den Tatortfotos und macht einen wichtigen Eindruck. Vieles an diesem Mann erinnert mich an Bender, sein Auftreten, seine Kleidung. Bender ist nur nicht so schmierig. Kein Wunder, dass mir der neue Kollege nicht sonderlich sympathisch ist. Immerhin, was Ushiyama angeht, sind Fukuda und ich einer Meinung.

In das Schweigen bellt plötzlich der Bass Satos.

«Wir sollen zu ihm kommen», erklärt mir meine neue Kollegin.

«Es gibt da möglicherweise einen Fall», sagt Sato. Fukuda übersetzt für mich, und ich spüre, wie sich das Verhalten dieser Frau abrupt ändert. Ihr ganzer Körper strafft sich. Konzentriert folgt sie dem, was Sato ihr erzählt, ihre Anspannung steigt mit jedem Satz. Ich stehe wie ein dummer Schuljunge daneben und verstehe gar nichts. Also mache ich das, was ich auch bei Benders langatmigen Ausführungen in Peine immer mal wieder geübt habe. Ich schweige und sehe durch Sato hindurch, als würde ich ihm zuhören. Ich hätte nie gedacht, dass mir das niedersächsische Talent zu schweigen in Japan so nützlich sein könnte. Während ich in meiner Kommunikationsduldungsstarre verharre, wird Fukuda plötzlich laut. Fast brüllt sie ihren Vorgesetzten an. Doch so plötzlich, wie der Vulkan ausgebrochen ist, kehrt auch wieder Stille ein.

«Domo arigatou», herzlichen Dank, sagt Sato und weist uns zur Tür.

Die Höflichkeit seines Danks ist praktisch eine Form des Rauswurfs. Fukuda verbeugt sich kurz, murmelt ein paar

Worte, die sich wie eine Entschuldigung anhören, dann sind wir raus.

«Das ist reine Beschäftigungstherapie», sagt sie, als wir auf dem Flur stehen.

«Sollen Sie mir die Akten ungelöster Fälle vorlesen?»

«Schlimmer. Wir haben eine richtige Leiche. Eine Frau, 92, wahrscheinlich Herzversagen.»

«So etwas machen bei uns die Mediziner.»

«Bei uns normalerweise auch. Aber jetzt haben wir hier ja einen deutschen Spezialisten.»

Was soll's, denke ich mir. Auch wenn sich die Sache als normaler Todesfall erweisen sollte und Sato uns einfach nur aus dem Weg haben will, ich lerne Polizeiarbeit in Tokio kennen.

Der Fuhrpark des 89. Reviers befindet sich direkt im Erdgeschoss. Fast die Hälfte des Gebäudes hier unten ist Garage. Fukuda steuert zielstrebig auf einen silberfarbenen Toyota Lexus zu. Über die technische Ausstattung können sich die Kollegen in Tokio wirklich nicht beklagen. Als wir die Straße herunterfahren, sehe ich zur Rechten die britische Botschaft, links, das Haus ist nicht ganz so herrschaftlich, hängen die gelb-blauen Flaggen der Ukraine schlaff herab. Kojimachi scheint eine bessere Gegend zu sein, der Ansammlung diplomatischer Vertretungen nach zu urteilen. Moderne Bürohochhäuser säumen die Straßen, Angestellte huschen auf den Fußwegen an uns vorbei, einheitlich gekleidet in dunklen Anzügen oder Kostümen.

Doch dann, in einer Nebenstraße, ändert sich abrupt das Bild. Wohnbaracke reiht sich an Wohnbaracke. Vor einem baufällig aussehenden Gebäude parken zwei Streifenwagen.

Als Fukuda hinter ihnen anhält, kommt ein Uniformierter auf uns zu und salutiert. Er zeigt uns den Weg zum Tatort. Über eine rostige Blechtreppe geht es hoch in den zweiten Stock. Überall vor der Wohnung der Toten stehen Blumentöpfe. Die Blumen sind die einzigen Farbtupfer in dieser grauen Tristesse.

«Was will der denn hier?», fragt Fukuda mehr sich selbst als mich.

Ein Mann in den Vierzigern kommt auf uns zu. Das braune Sakko spannt leicht über dem Bauch.

«Kollege Aso vom Einbruch», erklärt sie mir.

In der kleinen Wohnung wimmelt es von Polizisten. Die Männer der Spurensicherung scheinen ihre Arbeit gerade beendet zu haben. Sie packen ihr Gerät in den Koffer. Aso nickt mir freundlich zu.

«In der Gegend ist seit Wochen eine Bande jugendlicher Einbrecher unterwegs. Nach allem, was wir wissen, handelt es sich um Koreaner», sagt er in erstaunlich gutem Englisch. «Es sieht so aus, als ob sie hier auch aktiv waren.»

«Warum?», fragt Fukuda.

Aso zeigt auf das aufgebrochene Türschloss. «War nicht schwer, das zu knacken», sagt er. «Außerdem haben die Nachbarn in der unteren Wohnung am Abend Krach gehört.»

«Aber hier gibt es doch nichts zu holen», werfe ich ein.

Die Einrichtung ist eher ärmlich. Hinter den Glastüren des Wandschranks sind nur billige bunte Gläser zu sehen. Die wenigen Bücher wirken alt und zerlesen. Überall liegen Stapel mit herausgerissenen Zeitungsseiten herum. Die Reste auf dem Esstisch deuten auch darauf hin, dass die Bewohnerin jeden Yen zweimal umdrehen musste.

«Die alte Dame besaß angeblich eine Sammlung alter Bücher von Ogyu Sorai», sagt Aso. «Im Haus hier weiß das praktisch jeder. Gefunden haben wir die nicht.»

«Wer ist dieser Sorai?»

«Ein japanischer Denker des 18. Jahrhunderts», erklärt mir Fukuda. «Seine Schriften sind in Sammlerkreisen sehr begehrt.»

Der gelbe Vorhang, der die Schlafecke abteilt, wird plötzlich aufgezogen. Auf dem breiten Bett liegt eine alte Frau im rot-weiß gestreiften Nachthemd. Unsere Leiche. Der Arzt, der sie untersucht hat, spricht mit Fukuda und Aso.

«Hier gibt es für uns nichts zu tun», sagt Fukuda. «Lassen Sie uns gehen.»

Ich fühle mich wie vor den Kopf gestoßen.

«Warum ist das kein Fall für die Mordkommission?»

«Sehen Sie, wie friedlich die alte Frau da im Bett liegt? Nichts deutet darauf hin, dass die Einbrecher sie getötet haben.»

«Hier gab es einen Einbruch, und im Bett liegt eine Leiche. Wenn das in Japan kein Fall ist, was ist dann ein Fall?»

«Der Arzt sagt, sie sei eines natürlichen Todes gestorben. Immerhin ist die Frau 92 Jahre alt geworden.»

«Wenn ich meinem Reiseführer glauben darf, ist das für japanische Frauen unterer Durchschnitt. War sie krank? Hatten es die Einbrecher auf die Handschriften abgesehen? Das sind doch Fragen, die wir uns stellen müssen.»

«Es gibt keine Spuren äußerer Gewaltanwendung.»

«Nur weil man ihr nicht den Kopf zu Brei geschlagen hat, heißt das nicht, dass die Einbrecher nichts mit ihrem Tod zu tun haben.»

«Sie war schon tot, als der Einbruch erfolgte.»

«Sagt wer?»

«Aso und der Arzt. Die Totenflecken lassen sich nur noch

mit starkem Druck wegdrücken. Sie ist also seit mindestens 36 Stunden tot. Der Einbruch war aber gestern am Abend gegen halb zehn, also vor höchstens zwanzig Stunden.»

«Fängt jede gute Detektivarbeit nicht mit dem sechsten Sinn an? Hier stimmt doch etwas nicht.»

Ich schiebe Fukuda zur Seite und gehe zum Bett mit der Toten. Aso und der Arzt schauen mich mit weit aufgerissenen Augen an.

Es ist nur so ein Gefühl. Aber ich bin mir sicher, dass hier ein Gewaltverbrechen stattgefunden hat. Eine Tote und ein Einbruch, das kann kein Zufall sein. Ich beuge mich über die Leiche, rolle langsam ihr Nachthemd hoch und untersuche ihre Oberschenkel. Nichts, keine verdächtigen Einstiche, keine blauen Flecken. Aber es kann einfach nicht sein, dass es zwischen dem Einbruch und dem Tod der Frau keinen Zusammenhang gibt. Ich untersuche den Hals. Da ist etwas. Leichte Rötungen. Fukudas Blick bohrt sich durch mich wie ein Skalpell.

«Gomennasai, ich bitte um Verzeihung», sage ich. «Ich muss so arbeiten, wie ich es für richtig halte. Dies ist kein Fall für Informatiker und Bürokraten. Es ist ein Fall für polizeiliche Neugier.»

«Es reicht», sagt Fukuda und versucht, mich von der Leiche wegzuziehen.

«Einen Moment noch.» Ich reiße mich los und zeige ihr leichte, dunkle Flecke am Hals der Toten. «Das dürften Druckstellen sein», sage ich. «Wenn Sie erlauben, möchte ich eine kleine Theorie aufstellen.» Dabei verbeuge ich mich leicht. Das soll ja helfen in Japan.

«Na, dann lassen Sie uns mal an Ihren Erkenntnissen teilhaben», sagt Fukuda schnippisch.

«Wo bleibt denn Ihr kriminalistischer Jagdinstinkt? Natürlich ist das nur ein vager Verdacht, aber als Polizisten müssen wir nun mal jeder noch so kleinen Spur nachgehen.» Jetzt habe ich Yoko Fukuda am Haken. Ich sehe es in ihren Augen: Das Jagdfieber in ihr ist erwacht.

Während Aso und der Arzt den Kopf schütteln, beugt sich Fukuda mit mir über die Tote.

«Diese leichten Rötungen am Hals können bedeutungslos sein», sage ich. «Sie können aber auch ein Indiz dafür sein, dass die Frau ermordet wurde.»

Der Arzt tippt mit dem Zeigefinger an seine Stirn. Diese Geste ist offensichtlich international verbreitet. Die denken, ich spinne. Doch so schnell gebe ich nicht auf, denn ich habe noch einen Trumpf in der Hand.

«Fällt Ihnen sonst nichts auf hier?», frage ich.

Die Antwort ist Schweigen. Langsam ziehe ich mit spitzen Fingern eine leere Whiskeyflasche unter dem Nachttisch hervor. Ich habe sie zufällig entdeckt, als ich auf das Bett der Toten zuging. Für Flaschen habe ich einen besonderen Blick.

«Scheint die Spurensicherung übersehen zu haben», sage ich grinsend. Ich kann den Triumph, den ich in diesem Moment empfinde, nicht verbergen.

Aso beißt sich auf die Oberlippe, zieht sich seine Plastikhandschuhe über und nimmt die Flasche. Dann greift er zum Handy. Ich verstehe zwar nicht, was er da brüllt, doch es handelt sich ganz bestimmt nicht um Freundlichkeiten. Die Spurensicherung hat Mist gebaut.

«Ich kenne mich zwar nicht aus, aber dieser Single Malt Yoichi scheint kein billiger Whiskey zu sein», sage ich, als Aso das Telefonat beendet hat. «Glauben Sie, diese alte Frau hat sich vor dem Einschlafen regelmäßig mit einem teuren Gläschen getröstet?»

Nichts in der Wohnung deutet darauf hin, dass die Frau Alkohol getrunken hat. Ein paar einfache Wassergläser stehen im Wandschrank, in der Spüle sind Teeschalen.

«Worauf wollen Sie hinaus?», fragt Aso.

«In der schönen Stadt Lehrte, ganz in der Nähe meiner Heimatstadt, hatten wir mal einen interessanten Fall. Da wurde dem Opfer gewaltsam hochprozentiger Alkohol eingeflößt», sage ich. «Auf den ersten Blick sieht es so aus, als sei die Frau friedlich eingeschlafen. Bei einer Frau in ihrem Alter, möglicherweise noch in Verbindung mit Medikamenten, reichen zwei bis drei Promille bis zur tödlichen Atemlähmung. Die Druckstellen am Hals könnten beim Einflößen entstanden sein.»

«Wie wollen Sie diese krude Theorie beweisen?»

«Alkohol baut sich nach dem Tod im Körper nicht mehr ab. Wir müssen die Frau obduzieren lassen.»

«Leichenschnippelei scheint der deutschen Polizei Spaß zu machen. Wir sind da nicht ganz so schnell bei der Sache», sagt Fukuda, aber sie ist lange nicht mehr so schnippisch wie vorher.

«Vielleicht ist das der Grund dafür, dass es in Japan statistisch nur so wenige Morde gibt», gebe ich scharf zurück.

Aso murmelt so etwas wie «Baka», Dummkopf. Fukuda schweigt. Ich spüre, wie sehr sie mit sich ringt. Ihr Jagdinstinkt rät ihr, mir zu folgen. Doch es fällt ihr schwer, mir recht zu geben. Gerade angekommen, kaum Ahnung von Japan und schon ein richtiger Besserwisser. Bei einer Frau wie Fukuda macht einen das nicht gerade zu einem beliebten Kollegen.

«Nun kommen Sie schon», sage ich. «Sie brechen sich keinen Zacken aus dem Krönchen, wenn Sie die Frau in die Gerichtsmedizin schaffen lassen. Im besten Fall haben wir einen spannenderen Mordfall als Ushiyama.»

«Krönchen?» Sie schaut verwirrt, doch dann lächelt sie mich zum ersten Mal wirklich an. «Einverstanden. Ich werde die Obduktion veranlassen.»

Aso zuckt mit den Schultern. «Ihr verschwendet hier nur eure Zeit», sagt er, legt die Hand kurz militärisch zum Gruß an die Stirn und geht.

Während Fukuda mit den Polizisten spricht und alles für den Abtransport der Leiche vorbereitet, sehe ich mich weiter in der Wohnung um. Über dem Bett hängt ein Bild des früheren Kaisers Hirohito, den habe sogar ich schon mal gesehen. In einem Geschichtsbuch aus dem Schulunterricht wahrscheinlich. Das Bild ist schief. Als ich versuche, den japanischen Monarchen gerade zu rücken, fallen mir zwei vergilbte Zeitungsausschnitte und ein Foto entgegen. Darauf sind zwei junge Frauen zu sehen. Der Mode nach zu urteilen, wurde das Foto vor nicht allzu langer Zeit aufgenommen. Warum versteckt die Frau ein Foto von zwei hübschen Mädchen in einem Bilderrahmen? Die Zeitungsartikel sind älter, «15. August 2007» steht über dem Text. Lesen kann ich sie natürlich nicht.

Ich packe die Zettel und das Foto in eine der Tüten, die die Spurensicherung liegen gelassen hat, und stecke sie in meine Jackentasche.

«Alles erledigt», sagt Fukuda im selben Moment. «Jetzt können wir gehen.» Eilig verlässt sie die Wohnung und geht zurück zum Wagen, ich schön brav hinterher.

Kann ich ihr trauen? Ich versuche es und zeige ihr die Artikel und das Foto.

«Auf welchem der vielen Altpapierhaufen in der Wohnung haben Sie das denn entdeckt?»

«Das steckte hinter dem Bild des Kaisers.»

«Vergessen Sie's.» Sie setzt sich auf den Fahrersitz des Lexus und öffnet mir die Tür. «Das ist interessanter als das Foto», sagt sie. «Das Tagebuch der Toten, ich habe es unter all den Papierbergen entdeckt. Wenn hier etwas faul ist, dann finden wir es in diesem blauen Buch.»

So zufrieden wie in diesem Moment habe ich sie in der kurzen Zeit, die wir uns kennen, noch nicht erlebt. Sie reicht mir die Hand.

«Yoko», sagt sie, «ich bin Yoko. Vielleicht wird das ja doch eine ganz spannende Zeit mit uns beiden. Deine Show, als du die Leiche untersucht hast, hat mich schwer beeindruckt.»

«Ich habe eben zu viele Krimis gelesen, um mich mit dem Naheliegenden zufriedenzugeben.»

Als wir im Revier ankommen, steht Sato mit Aso in der Eingangshalle. Offenbar hat er Sato schon einen Bericht vom Tatort gegeben. Aso wirft uns einen vernichtenden Blick zu. Der Chef brüllt Yoko an, kaum dass wir die Tür geöffnet haben.

«Ich soll in sein Büro kommen», sagt sie. «Sieht so aus, als hättest du in ein Wespennest gestochen.»

Ich verfolge den Streit zwischen den beiden aus sicherer Entfernung von meinem Schreibtisch aus. Yoko grinst, als sie nach der Standpauke zu ihrem Platz kommt.

«Sato kocht», berichtet sie. «Die Obduktion hätte ich niemals anordnen dürfen, sagt er. Verschwendung von Steuergeldern – und das war noch der schwächste Vorwurf, den ich mir anhören musste.»

Schlimmer als in Peine, denke ich. Was nicht ins vorgefertigte Bild passt, darf es auch hier nicht geben.

Yoko beugt sich zu mir herüber. «Die Kollegen haben dir bestimmt schon so einiges über mich erzählt», sagt sie. «Es stimmt, ich will Karriere machen. Ich will aufsteigen. Ich will Macht. Aber ich will das alles nur, um endlich effektiv arbeiten zu können und mir nicht von solchen Bürokraten reinquatschen zu lassen.» Dabei zeigt sie unmissverständlich auf Sato. «Die wollen ihre Ruhe, so sehr, dass sie sogar ihren Frieden mit der Yakuza geschlossen haben.»

«Mit der Mafia?»

«Ja, das hat was mit männlicher Ehre zu tun. Männerbünde, Nationalismus, klare Hierarchien – in Japan stehen manche Polizisten der Yakuza im Denken näher als der Idee des Rechtsstaats. Deswegen will ich nicht abhängig sein von diesen mittelmäßigen Kreaturen, die sich mir allein deswegen überlegen fühlen, weil sie jeden Morgen beim Pinkeln einen Schwanz in der Hand haben, und sich freuen, dass sie meine Vorgesetzten sind.»

Um Peine hat die Mafia bislang zwar einen großen Bogen gemacht. Das Gefühl, das Yoko da beschreibt, kenne ich aber nur zu gut.

«Na dann», sage ich, «auf eine gute Zusammenarbeit.»

7

Gut fünf Kilometer sind es den Touristenprospekten zufolge, wenn man die ausgedehnten Parks und Gärten des Kaiserlichen Palasts umrundet. Ein gutes Fitnessprogramm und

Entspannung für die Zeit nach der Arbeit, denke ich mir. Ein kurzer Blick auf den Stadtplan. Vom 89. Revier aus muss ich nur über eine große Kreuzung gehen, schon stehe ich vor dem Hanzomon, dem Hanzo-Tor. Der filigrane Durchgang wird fast erdrückt von den gigantischen Steinquadern, aus denen die Mauer entlang des alten Burggrabens gebaut ist. Neben den modernen Glasfassaden und Hochhäusern von Kojimachi verschwindet es fast. Vielleicht steht es deswegen in keinem der Reiseführer, die ich gelesen habe. Doch endlich sehe ich hier einen Teil des traditionellen Japans. Da fällt mir ein: Ich darf nicht vergessen, Elsa eine Postkarte zu schreiben.

An der Brücke zum Tor steht ein Koban. So heißen die kleinen Wachstationen der Polizei, die es in Tokio alle paar hundert Meter gibt. Die beiden Polizisten im Wachhäuschen grüßen mich freundlich. Wissen die, wer ich bin? Hat sich meine Anwesenheit etwa schon herumgesprochen? Oder sind die zu allen ausländischen Passanten so freundlich?

Ich bin nicht der Einzige, der sich an diesem lauen Frühlingsabend den Kaiserpalast als Ziel ausgesucht hat. Rechts überholen mich, wie an der Perlenschnur aufgereiht, Jogger, während ich immer wieder anhalte und das satte Grün am Ufer des Burggrabens oder die Befestigungsanlagen fotografiere. Es ist ein einziges Geschnaufe und Gestöhne. Ich wusste gar nicht, dass Japaner so gesundheitsbewusst sind. Es ist, als sei ich als Fußgänger aus Versehen mitten in den Tokio Marathon geraten.

Eine Frau, die mit den Trippelschritten eines alternden Hasen an mir vorbeizieht, sieht sich vorwurfsvoll um. Sie ruft etwas auf Japanisch. Weil ich nichts verstehe, winke ich ihr freundlich nach. Wahrscheinlich hat sie mir gesagt, dass ich hier als Spaziergänger so etwas wie ein Verkehrshindernis bin.

Die letzten 400 Meter ist es besonders schlimm. Ich weiß nicht, wie viele tausend Japaner in der letzten Stunde an mir vorbeigelaufen sind. Jetzt bekomme ich die Wut der Läufer richtig zu spüren. Der Fußweg wird hier so eng, dass nur zwei Menschen nebeneinander Platz haben. Jeder Zweite dreht sich nach mir um, nachdem er schwitzend an mir vorbeigezogen ist. Einige rempeln mich sogar an. In ihrer Freizeit sind Japaner offenbar nicht so freundlich, wie sie es bei der Arbeit sein müssen. Ich genieße es trotzdem, mit dem Kaiserpalast ein Stück Japans entdeckt zu haben, das inmitten dieser hektischen Stadt so etwas wie Ruhe und Gelassenheit ausstrahlt.

In der Jackentasche trage ich noch die Tüte mit dem Foto und den Zeitungsschnipseln bei mir. Ich weiß nicht, warum ich sie Yoko nicht gegeben habe, um sie zu den Akten zu legen. Die Artikel müssen eine Spur in diesem Fall sein. Warum sonst sollte die Frau sie hinter einem Porträt des Kaisers Hirohito versteckt haben? Vielleicht sollte ich einfach Akane frage, ob sie mir die Texte übersetzt? Ich ziehe meine Taschenuhr heraus. Verdammt, sie ist noch auf die deutsche Zeit eingestellt. Ich rechne acht Stunden dazu. Kurz nach neun. Es ist noch nicht zu spät. Außerdem könnte ich jetzt ein gutes Sashimi und einen Sake vertragen. Allmählich komme ich auf den Geschmack.

Den Weg zum Togo-koen, zum Togo-Park, finde ich ohne Probleme. Doch jetzt wird es schwierig. In Japan haben oft nur die Hauptstraßen Namen, das weiß ich mittlerweile. Ich sehe auf die Karte, die man mir im Hotel gegeben hat. Sanbancho 21–3 – 15 – III, steht da. Keine Ahnung, wo ich mit der Suche anfangen soll. Irgendwo muss es so etwas wie einen 21. Bezirk in Sanbancho geben, dann einen dritten Unterbezirk, und da ist es dann das 15. Haus.

Wage ich es, mein Japanisch auszuprobieren? Einmal ist immer das erste Mal. Nach dem Weg zu fragen, habe ich bei meinem Intensivkurs schließlich schon in der ersten Woche gelernt. Eine Frau, die mit zwei Einkaufstaschen unterwegs ist, ist mein Opfer.

«Sumimasen», Entschuldigung, spreche ich sie an und zeige ihr die Karte. «Doko desu ka?» Wo ist das?

Statt mir zu antworten, sieht sie sich bloß um. Sucht sie den Weg, oder hofft sie auf Unterstützung, nachdem dieser freche Ausländer sie einfach angesprochen hat?

«Sorry, no English», sagt sie dann mit weit aufgerissenen Augen.

Kaum einen Satz habe ich in meinen ersten beiden Tagen in Tokio so oft gehört. Ich mache ihr klar, dass ich Wegbeschreibungen auch auf Japanisch verstehe. Wieder ist ein hilfloser Blick die Antwort. Die Frau hält ein Ehepaar an, das vorsichtshalber gerade auf die andere Straßenseite wechseln wollte. Gemeinsam studieren sie die Karte, und es entwickelt sich eine angeregte Diskussion. Ein weiterer Passant gesellt sich hinzu. Er zeigt nach links, das Ehepaar zeigt nach rechts. Die Rettung naht in Gestalt eines Rentners, der seinen Pudel ausführt. Er nimmt die Karte und nickt. Ihre Gesichter entspannen sich, alle sind erleichtert.

«Kenne ich», scheint er den anderen zu sagen.

Jeder bedankt sich bei jedem mit mehrfacher Verbeugung. So stehen wir zu sechst auf dem Gehweg im Kreis und verbeugen uns ehrfürchtig und dankbar lächelnd voreinander. Der Rentner packt mich am Arm und redet auf mich ein. Er will mich zur Mama-san bringen. Der Pudel springt an meinem linken Bein hoch und leckt begeistert an meiner Hose.

Wir müssen nicht weit gehen. Ich erkenne das Gebäude wieder, bedanke mich und eile die Treppe hoch in den dritten Stock. Wieder ist es voll. Mama-san winkt mich auf den einzigen freien Platz an der Theke. Da ich die Tagesgerichte nicht lesen kann, zucke ich mit den Schultern.

«Soll ich übersetzen?» Akane steht plötzlich hinter mir und erklärt mir die unbekannten Köstlichkeiten.

Ich entscheide mich für Kani miso salada, einen Salat mit Krebsfleisch und Krebshirn, dazu – sicher ist sicher – ein frisches Thunfisch-Sashimi, Bauchfleisch, leicht fettig.

«Ich habe noch eine Bitte», sage ich und zeige ihr die Zeitungsartikel. «Kannst du mir sagen, was da steht?»

Sie zeigt auf die Gäste. «Wir sind hier nicht im Polizeipräsidium. Sie werden sich ein bisschen gedulden müssen.» Dann lächelt sie mich verschmitzt an. «Aber ich könnte der Mama-san natürlich sagen, dass Tadayoshis neuer Freund an seinem ersten Abend allein in Tokio ein bisschen Zuwendung braucht, damit er sich nicht einsam fühlt.»

Sie schenkt mir den Sake ein. Bilde ich mir das nur ein, oder wackelt sie auf dem Weg zur Mama-san besonders betont mit der Hüfte?

Während ich auf mein Essen warte, sehe ich mir das Foto mit den beiden jungen Frauen noch einmal gründlich an. Sie tragen eng anliegende, aber lange Kleider mit tiefem Ausschnitt. Dabei hätten beide nicht den Hauch einer Chance, auf dem Münchner Oktoberfest einen Job als Serviererin im Bierzelt zu bekommen. Vor ihnen stehen Gläser. Whiskey on the rocks, wie es scheint. Die hübschere – kurzer Pagenschnitt – schaut mit ihren dunklen Mandelaugen ernst in die

Kamera. Die andere – lange glatte Haare – wirkt aufgedreht. Sie verzieht ihre grellrot geschminkten Lippen zu einem Schmollmund.

«Wow», sagt Akane, die den Krebssalat und den Sake vor mir abstellt. «Noch keine zwei Tage in Tokio, und schon kennt unser deutscher Polizist das Nachtleben der Stadt.»

«Bislang findet mein Nachtleben hier bei dir statt.»

Sie lacht und tippt mit dem Finger auf das Foto. «Und die da?»

Ich zucke nur mit den Schultern.

«Die sind hübsch. Entsprechen genau dem Lolita-Komplex japanischer Machos. Ich wusste nicht, dass auch ihr so sehr auf Jugend steht. Aber vielleicht habe ich einfach zu viel Kant gelesen und idealisiere die Deutschen.»

«Das sind einfach nur zwei junge Frauen», entgegne ich.

«Einfach nur? So, so.» Sie nimmt mir das Foto aus der Hand und betrachtet es gründlich. «Das ist in einer Bar aufgenommen worden», sagt sie, «ich tippe auf einen Hostessenclub in Ginza oder Akasaka. Die Einrichtung ist nicht so schäbig wie bei den Clubs in Ueno oder Ikebukuro.»

Mir schwirrt der Kopf. Die Namen dieser Stadtteile kenne ich aus dem Reiseführer. Aber ich habe keine Vorstellung, wie es dort aussieht.

«Wie kommst du darauf, dass das Hostessen sind?»

Doch bevor Akane auf die Frage antworten kann, winkt die Mama-san sie zurück.

Ich widme mich meinem Essen. Immer wieder fällt mir das Krebshirn, eine schmierige, grün-braune Masse, die ich nur zusammen mit dem Salat essen kann, von den Stäbchen. Meine Nachbarn scheint das zu amüsieren. Sie tuscheln und lachen. Mein Essenstempo ist hier jedenfalls gesünder.

Schlingen geht mit Stäbchen nicht, jedenfalls nicht für ungeschickte Europäer.

Das Foto liegt neben meinem Teller. Wie kommt Akane darauf, hier eine Verbindung zum Rotlichtmilieu zu sehen? Im «Moulin Rouge» oder in «Evas Paradies» in Peine sieht es anders aus. Aber mehr Rotlicht als diese beiden schäbigen Provinzschuppen gibt es in dem Teil Niedersachsens ja auch nicht. Welche Vergleichsmöglichkeiten habe ich also? Tokio, das habe ich in einer Zeitschrift für Kriminalistik gelesen, ist der größte Sexmarkt der Welt. Ich denke über Akanes Bemerkung nach und sehe mir die Bilder noch einmal genau an. Ihre Beobachtung stimmt. Das Foto könnte in einer teuren Nachtbar aufgenommen worden sein.

«Gib mir mal die Artikel», sagt Akane, als sie mir das Thunfisch-Sashimi bringt. «Ich muss gleich den Müll rausbringen und spülen. Da kann ich zwischendurch schon mal lesen.»

Einen kurzen Moment zögere ich. Das sind Beweise in einer polizeilichen Ermittlung, und ich habe noch nicht einmal Kopien. Ich weiß auch nicht, in welcher japanischen Zeitung die Artikel veröffentlicht worden sind. Akane streckt die Hand aus. Verdammtes Misstrauen. Aber wen habe ich hier, dem ich trauen kann? Ich zögere kurz, dann gebe ihr die Artikel.

«Bis gleich», sagt sie.

Die Mama-san kommt.

«Genki desu ka?», wie geht es, fragt sie mich.

Dabei hält sie eine große Sakeflasche in der linken Hand. 1,8 Liter, lese ich. Sie zeigt auf mein Glas, setzt einen künstlich zufriedenen Gesichtsausdruck auf und reibt sich grunzend den Bauch.

«Ichi no seki desu. Oishii desu», sagt sie. Dieser Ichi no seki ist angeblich besonders lecker.

Ich hebe mein Glas. Mama-san schenkt ein. Akane, die hinter dem Tresen zwei Müllsäcke zuschnürt, schüttelt den Kopf. Für sie sehe ich wahrscheinlich in diesem Moment nicht gerade aus wie der prototypische Ermittler, der sich in einen Fall verbeißt. Aber was soll's?

«Kanpai», sage ich zu der Mama-san und trinke.

Akane kommt erst wieder zu mir, als sich die Kneipe langsam leert.

«Gomennasai», sagt sie, tut mir leid.

Als sie sich neben mich setzt und die beiden Zeitungsartikel auf den Tresen legt, schüttelt sie den Kopf. «Merkwürdig.»

«Was?»

«Diese beiden Artikel haben auf den ersten Blick nichts miteinander zu tun.» Sie zögert einen Moment. «Aber da ist etwas, das auffällt.»

«Was?»

«Der erste Text behandelt ein Ereignis aus dem Zweiten Weltkrieg», sagt sie und schiebt den Zeitungsausschnitt zu mir herüber. «Es geht um einen Offizier der japanischen Armee, der von 1940 an in der Mandschurei die Bordelle mit den Zwangsprostituierten aus Korea organisierte. Die meisten Japaner – angefangen beim Premierminister – leugnen bis heute, dass es japanischen Kriegsverbrechen wie diese gegeben hätte.»

Mich überrascht, wie offen Akane darüber spricht.

Sie legt den zweiten Artikel auf den Tisch. «Hier geht es um Prostitution heute. Die ist in Japan dem Gesetz nach verboten.»

Auf die folgenden Ausführungen über die Geschichte des japanischen Rotlichtmilieus kann ich mich nur schlecht konzentrieren. Zu sehr schwirrt mir die Frage im Kopf herum, was das alles mit der alten Frau zu tun haben könnte, die wir tot aufgefunden haben. Meine Aufmerksamkeit kehrt erst wieder zurück, als Akane nachgießt und sagt: «Aber das mit dem Namen ist schon merkwürdig.»

«Welcher Name?»

Ich sehe Akane erwartungsvoll an.

«In beiden Artikeln taucht derselbe Name auf», sagt sie. «Hier geht es um einen Tomonaga Goto, einen der Unterweltkönige in Tokio. Es heißt, er kontrolliert Prostitution und Glücksspiel in Akasaka. Er ist der lokale Boss der Sumiyoshi-kai.»

Als ich sie fragend ansehe, senkt sie die Stimme und flüstert mir ins Ohr: «Die Sumiyoshi-kai ist nicht nur eine der großen, sondern auch eine der brutalsten Gruppen der Yakuza in Tokio.»

«Warum flüsterst du?»

«Wir reden nicht gerne über die Yakuza in der Öffentlichkeit.» Sie blickt sich um und betrachtet die beiden letzten Gäste, die am Tisch ihr Bier trinken. «Man weiß ja nie.»

Yakuza, ein Einbruch in einer Sozialwohnung in Sanbacho – wie passt das zusammen? Dazu ein Mord, von dem ich noch nicht einmal weiß, ob es wirklich einer ist. Ganz so einfach, wie ich mir das gedacht habe, wird es wohl doch nicht mit einem ersten Fall in Japan. Und was Akane sagt, macht die Sache auch nicht gerade einfacher. Sie hebt den zweiten Artikel hoch.

«Der Offizier, um den es im zweiten Artikel geht, heißt auch Goto», sagt sie. «Haruhiko Goto. Er ist nach dem Krieg von den amerikanischen Besatzern als Kriegsverbrecher verurteilt, aber bald schon begnadigt worden.»

«Sind die beiden verwandt?»

«Keine Ahnung. Vielleicht ist es auch nur Zufall, der Name ist nicht gerade selten in Japan.»

«Hat Haruhiko nach dem Krieg weiter Pferdchen laufen gehabt?»

«Von einem Rennstall steht nichts im Artikel.»

«Nein, ich meinte: War er weiter als Zuhälter aktiv?»

«Ach so, ja», sagt Akane. «Er hat dem Artikel zufolge nach dem Krieg mit den amerikanischen Besatzern kooperiert und die Clubs in Akasaka aufgebaut.»

«Das spricht dafür, dass der Alte der Vater oder Großvater dieses Yakuza-Bosses ist.»

Akane zuckt mit den Schultern und zeigt auf das Foto mit den beiden Mädchen, das vor mir auf dem Tresen liegt. «Es hängt alles mit dem mizu shobai, dem Wassergewerbe, zusammen.»

«Wasser?»

Sie lacht. «Stimmt, das kannst du nicht wissen. Weil wir über solche Dinge nicht offen sprechen, wird das Geschäft mit dem Sex gern als Wassergewerbe bezeichnet. Man wäscht sich da ja oft.»

Akane hat recht. Alle Spuren führen zu den Clubs und Bars in dem Vergnügungsviertel und zu den Gotos.

«Du musst also nur noch herausfinden, wo die Verbindung zu der toten Frau ist», sagt sie.

Wenn die alte Dame wirklich mit Alkohol getötet worden ist, können das nur Profis gewesen sein, die wissen, wie man jemanden beseitigt, ohne dass es wie Mord aussieht. Das passt vermutlich eher zur Yakuza. Koreanische Kleingangster dürften sich kaum so viel Mühe machen, wenn sie bei einem Einbruch erwischt werden. Und was hat die Dame mit den beiden Mädchen auf den Fotos zu tun? Vielleicht ist eines davon ihre Enkelin?

Akane starrt auf das Foto. «Ich habe da eine Idee», sagt sie plötzlich, steht auf und schenkt mir wieder nach. «In meiner Basketballmannschaft spielt eine Frau von den Philippinen mit, Mari-san. Sie finanziert sich ihr Studium als Hostess in einem Club in Akasaka. Ich könnte sie mal fragen, bräuchte dazu allerdings das Foto.»

In was für eine Lage habe ich mich gebracht? Ich sitze mit einer Studentin, die ich kaum kenne, in einer Kneipe, offenbare ihr vertrauliches Material aus den Ermittlungsakten und denke für einen kurzen Moment sogar darüber nach, ihr das Foto zu geben. Aber dann beweise ich doch, dass Hannoveraner die besseren Preußen sind.

«Das geht nicht», sage ich, «das sind vertrauliche Dokumente. Ich muss da selber ermitteln.»

«Du?»

«Warum nicht?»

«Ausländer kommen in diese Art von Edelclubs nicht rein.»

«Das ist nur eine Frage des Eintrittsgeldes.»

Akane lacht schallend. «Nicht in Japan. Und selbst wenn du in einen der Clubs reingelassen wirst, wo die Mächtigen sich amüsieren, glaubst du, die Mädchen dort sprechen besser Englisch als die restlichen Japaner?»

«Eins zu null für dich», sage ich. «Was schlägst du vor?»

Bevor sie antwortet, zieht Akane ihr iPhone aus der Tasche.

«Kein Problem», sagt sie und lichtet das Foto ab, bevor ich überhaupt reagieren kann. «Ich höre mich mal um und melde mich dann bei dir. Oder komm übermorgen einfach wieder vorbei. Wenn Mari etwas weiß, wird sie es mir erzählen. Dann kommen wir in diesem Fall weiter.»

«Wir?»

«Allein dürftest du es in Tokio kaum schaffen.»

«Hinter mir steht die gesamte Polizei von Tokio.»

«Ach so? Du wärst kaum mit den ganzen Sachen zu mir gekommen, wenn du dort die nötige Unterstützung hättest. Und ich wollte immer schon mal Detektiv spielen.»

Ich überlege, wie ich Akane davon abbringen kann. Bevor mir eine Antwort einfällt, dreht sie sich um und hilft der Mama-san beim Aufräumen. Für diesen Abend bin ich entlassen. Ich trinke mein Glas aus, stecke das Foto und die Zeitungsartikel wieder ein und gehe.

8

An das Frühstück in meinem Hotel werde ich mich nie gewöhnen. So gut die japanische Küche auch ist, morgens brauche ich meine Schrippe mit Himbeermarmelade und ein Roggenbrötchen mit Mettwurst, dazu eine Tasse starken schwarzen Kaffee. Ratlos stehe ich vor dem Buffet. Gebratener Plattfisch, Reis, Misosuppe und Tofu mit Katsuobushi, geraspeltem Bonitofisch, stehen da, angerichtet wie kleine Kunstwerke. Mein Tischnachbar rührt gerade genüsslich sein Natto. Die fermentierten Sojabohnen ziehen dabei schleimige Fäden. Es sieht widerlich aus. Natto ist trotz seines gewöhnungsbedürftigen Anblicks das Einzige, das mir hier morgens schmeckt. Es ist lecker, wenn ich großzügig Sojasoße dazu gebe und das Ganze dann mit ein bisschen Reis in einem Blatt Nori anrichte. Den schwarzen Seetang kenne ich schon aus unserem Asia-Imbiss in Peine. Sushi ist eine der

Spezialitäten dort, jedenfalls wenn es nach dem Preis geht. Jetzt, wo ich in Tokio richtiges Sushi gegessen habe, würde ich diese Delikatesse in Peine eher nicht mehr bestellen. Vielleicht sollte ich den Vietnamesen, die sich dort als Japaner ausgeben, Natto empfehlen. Ich hole mir gleich zwei Schüsseln, dazu eine Tasse grünen Tee.

Mein Nachbar nickt mir anerkennend zu. «Es heißt, Natto macht ein kluges Köpfchen», sagt er auf Englisch.

Ich hoffe, etwas daran stimmt und es hilft. Einen klugen Kopf werde ich brauchen, wenn ich Yoko und vor allem Sato gleich davon überzeugen will, dass wir wegen der toten alten Frau gegen einen der Yakuza-Bosse in Tokio ermitteln müssen.

Der Posten vor dem Polizeirevier begrüßt mich, als würde ich schon lange dazugehören, und nickt mir anerkennend zu. Es scheint sich herumgesprochen zu haben, dass ich schon am ersten Tag in Tokio aus einer Leiche einen Mordfall konstruiert habe. Ich winke ihm und lächle. Yoko ist tief in das blaue Tagebuch der alten Dame versunken und sieht erst auf, als ich mich ihr gegenüber an meinen Schreibtisch setze.

«Guten Morgen», sagt sie, sieht mich an und grinst plötzlich über das ganze Gesicht. «Du magst Natto?», fragt sie.

«Woher weißt du das?»

«Ich bin Kriminalistin.»

«Warst du in meinem Hotel? Hast du mich beobachtet?»

Yoko lacht. «Nein, aber auf deinem Sakko kleben noch ein paar Nattobohnen», sagt sie. «Was schließe ich daraus? Du hast Natto zum Frühstück gehabt.»

«Das heißt aber noch lange nicht, dass ich es mag.»

«Doch. Die meisten Ausländer müssen bereits beim Anblick von Natto würgen. Sie erzählen jedem, wie schrecklich es schmeckt. Du schweigst, also scheinst du es zu mögen. Du bist der erste Deutsche, den ich kenne, der das Zeug mag.»

Ich klatsche anerkennend mit den Händen. «Bravo», sage ich, «Sherlock Holmes hätte das nicht besser machen können.» Dann zeige ich auf das Tagebuch. Ich brenne vor Neugier, ob Yoko dort Spuren zur Yakuza gefunden hat. «Hast du was Brauchbares entdeckt?», frage ich.

Yoko nickt. «Die Tote ist als 17 Jahre altes Mädchen aus ihrem Heimatdorf im Norden Koreas von japanischen Soldaten verschleppt und in die Mandschurei gebracht worden. Dort ist sie bis Kriegsende gezwungen worden, als Sexsklavin für die Soldaten der Kaiserlichen Armee in den Frontbordellen zu arbeiten.»

«Sie war also eine sogenannte Trostfrau.»

Yoko schlägt das Tagebuch zu und sieht mich mit durchdringendem Blick an. Zum ersten Mal fällt mir auf, wie schwarz ihre Augen sind.

«Ich bin Japanerin», sagt sie. «Ich bin aber zuerst einmal eine Frau. Die japanische Regierung leugnet bis heute, dass die Mädchen damals mit Gewalt verschleppt und zur Prostitution gezwungen worden sind. Ich mag es nicht, wenn mein Partner dieselben verharmlosenden Begriffe benutzt wie die Nationalisten hier. ‹Trostfrau› ist ein widerlicher Euphemismus.»

Mich überrascht, wie heftig Yoko reagiert. Ich zucke mit den Schultern. «Ich will hier nichts verharmlosen», sage ich. «Im Deutschen nennen wir diese Mädchen nun mal auch Trostfrauen.»

«Na, zumindest sprachlich scheint die Achse Tokio–Berlin noch zu funktionieren.»

Das Letzte, was ich jetzt gebrauchen kann, ist eine politische Debatte. «Du hast recht», sage ich, «aber der Rest ist zum Glück eine Weile her. Gibt es im Tagebuch eine Spur?»

«Seit gut einem Jahr hat sie sich um einige Mädchen gekümmert, die in den Bars in Akasaka anschaffen oder als Animierdamen arbeiten.»

«Warum?»

«Das kann mit ihrer eigenen Geschichte zu tun haben. Vielleicht wollte sie den Mädchen helfen und hat versucht, ihnen klarzumachen, dass Prostitution für Frauen immer mit Gewalt und Abhängigkeit verbunden ist.» Yoko zeigt mir das Tagebuch. Sie hat erst wenige Seiten darin gelesen. «Vielleicht finde ich noch etwas, dass uns weiterbringt. Das kann allerdings dauern, die Handschrift ist schwer zu entziffern.»

Ich ziehe die Zeitungsartikel aus meiner Tasche und lege sie vor Yoko auf den Tisch. «Vielleicht kenne ich bereits des Rätsels Lösung», sage ich. Wieder verhärtet sich Yokos Gesichtsausdruck. Verdammt. Schon wieder habe ich den Besserwisser raushängen lassen. «Tut mir leid», sage ich. «Aber wir sind da auf eine ziemlich heiße Spur gestoßen.»

«Wir?» Yoko schlägt fast im Zeitlupentempo das Tagebuch zu und verzieht die Stirn. «Wer ist wir?»

«Akane und ich.»

«Die Kleine aus Tadayoshis Izakaya?»

Ich zucke mit den Schultern.

«Sag mal, spinnst du?» Yoko springt auf. Es sieht so aus, als wolle sie mir gleich an die Gurgel gehen. «Arbeitet die Polizei in Deutschland so? Du gehst in eine Kneipe und liest gemeinsam mit einer Kellnerin Ermittlungsakten?»

Sie knallt das Tagebuch zu. «Wieso vertraust du ausgerechnet dieser Kleinen. Oder willst du etwa was von ihr? Das Mädchen könnte deine Tochter sein.»

Yoko hat recht. In Peine hätte ich das nie gemacht. Nicht einmal mit Elsa oder mit Wolfgang habe ich über meine Fälle gesprochen. Ein guter Polizist macht so was nicht. Und in Tokio binde ich eine Studentin in einen Mordfall ein, die ich am Abend zuvor in einer Kneipe kennengelernt habe.

«Sie hat nur die beiden Zeitungsartikel für mich übersetzt.» Ich erzähle ihr besser nicht, dass Akane auch das Bild mit den jungen Frauen abfotografiert hat und ihre Freundin Mari in den Bars von Akasaka für mich schon auf der Suche nach den beiden ist.

«Du musst hier noch eine Menge lernen, Bernie-san», sagt Yoko. «In Deutschland mögen solche Alleingänge ja üblich sein. In Japan arbeiten wir im Team. Wenn etwas übersetzt werden muss, dann machen wir das hier in diesem Polizeirevier. *Hier* wird ermittelt, nicht beim Sake an der Theke einer schummrigen Izakaya.» Yoko ist laut geworden, die Kollegen werfen uns schon verstohlene Blicke zu.

Ich überlege, wie ich Yoko beruhigen kann. «Stimmt, ich hätte zuerst mit dir sprechen sollen ...» Doch bevor ich den Satz beenden kann, klingelt das Telefon.

Yoko blickt auf das Display und bedeutet mir mit einer Handbewegung, den Mund zu halten. «Moshi, moshi», sagt sie, was so viel wie «hallo» bedeutet. Wie immer, wenn sie sich konzentriert, zieht sie ihre Stirn in Falten. «Honto ni», wirklich?, fragt sie mehr als einmal. Ich sitze die ganze Zeit still und sehe sie an, wie ein Schüler, der auf die Fortsetzung seiner Strafpredigt wartet. Doch plötzlich werde ich hellwach. «Es war also definitiv Mord», sagt Yoko auf Deutsch. Sie lächelt mich an und reckt den Daumen in die Höhe. Ihre

Wut über mich scheint von einer Sekunde zur anderen verflogen zu sein. Kann es sein, dass meine Mordtheorie von der Gerichtsmedizin gerade bestätigt worden ist?

Yoko legt auf und setzt sich. Für ein paar Sekunden sagt sie nichts. «Hen desu», sagt sie, es ist verrückt. Sie schüttelt den Kopf. «Du hattest recht. Die alte Frau ist ermordet worden. Es war genau so, wie du vermutest hast. Die Täter haben ihr mit Gewalt hochprozentigen Alkohol eingeflößt – bis ihr schwaches Herz nicht mehr mitgespielt hat.»

Ich weiß nicht, was ich sagen soll. Ich bin mir selbst nicht sicher gewesen. Es war mehr so ein Gefühl, als mich der Anblick der Toten an den Mord in Lehrte erinnert hat, der mehr als zehn Jahre zurückliegt.

«Und jetzt?», frage ich.

«Wir haben unseren ersten gemeinsamen Mordfall», antwortet Yoko.

«Na dann los, lass uns zu Sato gehen.»

«Und was sollen wir ihm sagen? Wir haben doch nichts in den Händen.»

«Das habe ich versucht, dir zu erklären. Akane und ich ...»

«Ich habe dir gesagt, was ich davon halte.»

«Jetzt hör mir erst mal zu. Aus den Zeitungsartikeln geht hervor, dass es offenbar eine Verbindung zwischen dem Mord, dem Rotlichtmilieu in Akasaka und einem Yakuza-Boss namens Goto gibt.» Ich kann mir diese japanischen Vornamen einfach nicht merken und muss auf meine Notizen sehen. «Tomonaga Goto, heißt er», sage ich.

Yoko wird bleich. «Goto, Tomonaga», sagt sie, die japanische Reihenfolge einhaltend, wo immer der Familien- vor dem Vornamen genannt wird. «Bist du dir sicher?»

Ich nicke mit dem Kopf. Mein erster Mordfall in Tokio,

und schon habe ich es mit der Mafia zu tun. Wenn das Bender in Peine zu Ohren kommt, dürfte er den Tag verfluchen, an dem er beschlossen hat, mich abzuschieben.

Yoko scheint nicht so begeistert. «Das macht es noch komplizierter», sagt sie. «Mit der Yakuza haben wir hier so eine Art Waffenstillstand. Da kann man nicht so einfach drauflosermitteln, wie du das gerne möchtest.»

«Dann lass uns eben mit Sato reden. Er wird wissen, was zu tun ist.»

«Das ist nicht so einfach, wie du dir das vorstellst. Sato würde uns die Hölle heißmachen, wenn wir die Yakuza auch nur erwähnen.»

«Was schlägst du also vor?»

«Abwarten.»

Jetzt bin ich es, der wütend wird. «Die Gerichtsmedizin bestätigt meine Theorie, wir finden belastendes Material gegen Goto – und unternehmen nichts?»

Sie zögert einen Moment. «Da gibt es noch eine Sache, die du nicht weißt: Was mir Professor Katagiri, der Gerichtsmediziner, erzählt hat, ist nicht offiziell.»

«Obduktionsbefunde kommen hier bestimmt auch in die Akten.»

«Ja, aber diese Leichenöffnung hätte es nie geben dürfen.»

Ich sehe Yoko fragend an.

«Sato hat sie eigentlich untersagt. Diese Obduktion in der Gerichtsmedizin ist eher ...» Sie zögert einen Moment und atmet tief ein. «Sie ist eher, wie soll ich sagen, inoffiziell.»

Ich komme nicht mehr mit. «Warum gibt es sie doch?», frage ich.

«Professor Katagiri war beeindruckt von deiner Theorie ...» Yoko überlegt wieder einen Moment. «Ich glaube, er hat sie ‹schrill› genannt. Nur deswegen hat er die Leiche überhaupt untersucht. Er wollte wissen, ob dieser total verrückte Ausländer recht haben könnte. Außerdem, sagt er, wäre er dann der erste Pathologe in Japan, der so eine schräge Mordmethode bestätigt.»

«Diesen Ruhm hat er jetzt.»

«Ja, aber er muss Sato schonend beibringen, dass er sich über dessen Anweisung hinweggesetzt hat. Übermorgen spielen die beiden Golf zusammen. Da will er das machen.»

«Übermorgen?» Das kann doch nicht wahr sein. «Dann haben wir zwei wertvolle Tage verloren.»

«Wir haben zwei Tage gewonnen, an denen wir schon mal ermitteln können.» Yoko lacht. «Du musst noch viel lernen, bis du denkst wie ein Japaner. Wart's ab, Professor Katagiri wird Sato schon weichklopfen.»

«Ich denke, du magst keine Alleingänge», sage ich.

«Nur dann nicht, wenn ich nichts von ihnen weiß. Wenn wir uns absprechen und uns einig sind, können wir die Regeln auch mal ignorieren. Offiziell halten wir uns natürlich an den Dienstweg.»

Yoko schaut auf die Uhr. «In zehn Minuten haben wir Dienstbesprechung. Bis dahin kannst du mir kurz noch sagen, was du in den Zeitungsartikeln entdeckt hast.»

Ich berichte ihr, was Akane mir übersetzt hat. Dass Akanes Freundin sich für mich im Milieu umhört, lasse ich auch jetzt weg. Bloß keinen neuen Ärger, denke ich mir.

«Die beiden jungen Frauen auf dem Foto könnten in einer von Gotos Bars in Akasaka arbeiten», sage ich stattdessen und schiebe Yoko das Foto zu.

Aufmerksam sieht sie es an. «Könnte sein», erwidert sie nur und sieht zu Sato in seinem Glaskasten. «Aber behalte das erst einmal für dich, und wir hören uns in der Zwischenzeit an, was Sato und Aso uns zu sagen haben.»

Ich nicke. Vielleicht ist es wirklich besser so. Meinen Bonus als Ausländer, der aneckt und schräge Ideen hat, habe ich im 89. Revier wahrscheinlich schon ausgeschöpft.

Im Besprechungsraum sitzt ein sichtlich vergnügter Oberkommissar Aso neben Sato. Zur Begrüßung stehen alle am Tisch auf. Dem «Ohayou-gozaimasu», dem «Guten Morgen» Satos, folgt die Antwort wie aus einem Mund. Das würde Bender gefallen. Er wünscht sich ja mehr Disziplin und Gemeinschaftsgeist in Peine. Alle verbeugen sich, dann setzen wir uns.

«Wie Sie wissen, haben wir gestern in Sanbancho eine weibliche Leiche aufgefunden», sagt Sato. Yoko, die links neben mir sitzt, flüstert mir die Übersetzung ins Ohr. «Es handelt sich um Keiko Hasegawa. Sie war 92 Jahre alt und ist koreanischer Herkunft. Die japanische Staatsangehörigkeit und ihren Namen hat sie vor 55 Jahren mit ihrer Heirat angenommen.» Jetzt wendet sich Sato an mich. «Unser neuer deutscher Kollege glaubt, es handele sich um Mord», sagt er und fügt nach einer Kunstpause hinzu: «Es deutet aber nichts darauf hin.»

Muss ich mich hier so vorführen lassen? Ich öffne den Mund und will widersprechen. Doch Yoko stoppt mich. «Nur die späte Rache ist süß», flüstert sie mir zu und hält mich am Arm fest.

Sato fährt fort. «In die Wohnung ist wenige Stunden nach dem Tod der alten Dame eingebrochen worden. Die Einbrecher haben wertvolle alte Bücher von Ogyu Sorai gestohlen. Mehr wird Ihnen Kollege Aso vom Einbruchsdezernat berichten.»

Aso steht auf. Für einen Moment sieht er mich spöttisch an. «Ich bin heute ausnahmsweise bei Ihnen, weil in unserem Fall ein Mordverdacht geäußert worden ist.» Jetzt macht dieses Arschloch auch noch ganz bewusst eine Kunstpause, genau wie Sato, damit auch jeder der Kollegen mir einen mitleidigen Blick zuwerfen kann.

«Der Fall ist so gut wie aufgeklärt», berichtet Aso weiter. «Wir haben die gestohlenen Bücher bei einem Antiquar in Jimbochu entdeckt, der als Hehler bekannt ist. Das Diebesgut ist von einer Bande junger Koreaner angeboten worden, die wir schon länger im Visier haben. Festnahmen sind nur noch eine Frage der Zeit.» Die Polizisten am Besprechungstisch klopfen anerkennend auf den Tisch, dann fährt Aso fort: «Und dass die bestohlene Frau gestorben ist, ist zwar bedauerlich. Es ist aber nichts weiter als ein Zufall, der mit unserem Fall nichts zu tun hat.»

«Arigatou, Aso-san», danke, sagt Sato.

Yoko sitzt stumm neben mir, die Arme vor der Brust verschränkt. «Ruhig bleiben. Wir müssen abwarten», flüstert sie mir zu.

«Willst du wirklich zwei Tage warten, bis der Gerichtsmediziner mit Sato gesprochen hat?»

«Sato hat mir den Auftrag gegeben, dich hier einzuarbeiten, und genau das werde ich tun.»

«Also ermitteln wir weiter?»

«Natürlich. Aber auf meine Art.»

Nachdem sich die Runde aufgelöst hat und jeder an seinen Schreibtisch zurückgekehrt ist, kommt Tadayoshi zu mir. «Jede Niederlage tut weh», sagt er nur.

«Ich verstehe einfach nicht, wie man so schnell zur Tagesordnung übergehen kann. Zumindest sollten wir einen möglichen Zusammenhang zwischen dem Tod der alten Dame und dem Einbruch prüfen.»

«Es gibt die verrücktesten Zufälle», sagt Tadayoshi und legt mir mitfühlend die Hand auf die Schulter. «Shouganai», so ist das Leben, sagt er und geht zurück zu seinem Platz. Im Nebenzimmer tuschelt Ushiyama mit Mitgliedern seines Teams und blickt immer wieder zu mir hinüber. So schnell wollte ich in Tokio eigentlich nicht gleich in die alte Außenseiterrolle geraten, die ich unter Bender schon in Peine hatte.

Während Ushiyama sich immer wieder mit den Händen über das gegelte Harr streicht und auf seine Leute einredet, beobachte ich Yoko, wie sie im Glaskasten des Chefs mit Sato und Aso spricht. Sie wirkt aufgeregt, gestikuliert wild mit den Armen. Schließlich verbeugt sie sich und kommt zu mir.

«Wenn Aso die Koreaner verhört, werden wir dabei sein», sagt sie.

«Gut. Wie hast du das geschafft?»

«Ich habe offen gesagt, dass du nach wie vor Zweifel hast und von einem Mord ausgehst.»

«Und das hat gereicht, um Sato zu überzeugen?»

«Nein, ich musste ein bisschen nachhelfen.»

«Wie?»

«Wir Japaner achten sehr darauf, was man im Ausland von uns denkt. Es wäre doch schade, wenn unser Gast aus Deutschland schon in seiner ersten Woche den Eindruck bekäme, wir würden nicht gründlich ermitteln. Das hat ihn überzeugt.»

«Also bin ich jetzt der Bösewicht.»

«Das geht in Ordnung. Schließlich hast du als Ausländer so etwas wie Narrenfreiheit.»

Sie hat recht. Ich habe nichts zu verlieren. Sato und Aso müssen uns jetzt weiter an dem Fall beteiligen. Nebenbei verfolgen wir unsere eigenen Spuren und warten auf diesen Professor Katagiri.

«Gut gemacht», sage ich und nicke Yoko anerkennend zu.

«Und jetzt an die Arbeit», sagt sie und holt das Tagebuch der alten Dame wieder hervor.

«Ach ja, ich habe noch eine kleine Überraschung für dich.»

Ich sehe Yoko fragend an.

«Wir gehen heute Abend essen. Ich glaube, du könntest noch eine kleine Nachhilfestunde vertragen, was den Umgang mit den japanischen Gebräuchen betrifft.»

«Da sage ich nicht nein. Wohin gehen wir?»

«Bestimmt nicht in die Izakaya zu deiner neuen kleinen Freundin. Ich hole dich um sieben im Hotel ab. Bis dahin kannst du mal in der Verwaltung nachhaken, wie weit sie mit deinem provisorischen Ausweis sind. Eine Waffe bekommst du übrigens nicht. Schließlich bist du in den Augen unserer Bürokraten als Ausländer kein richtiger Polizist», sagt sie und kichert.

9

Pünktlich um sieben läutet das Telefon in meinem Hotelzimmer. «Eine junge Dame für Sie», sagt der Portier. «Ihr Name ist Fukuda.»

Als ich Yoko in der Empfangshalle sehe, bleibt mir vor Staunen der Mund offen stehen. Das eng anliegende schwarze Kleid betont ihre zierliche, fast mädchenhafte Figur. Die

Haare, sonst immer streng zum Pferdeschwanz gebunden, trägt sie offen. Es sieht so aus, als hätte sie sogar versucht, mit Lockenwicklern Wellen hineinzubekommen. Allerdings wirken die Enden etwas struppig, ganz gelungen ist die Aktion nicht. Und doch: So, wie sie jetzt aussieht, muss ich sie einfach anstarren. Sie nestelt nervös an ihrer Perlenkette, die nicht gerade billig aussieht. Mir ist bislang noch gar nicht aufgefallen, dass meine neue Kollegin eine schöne Frau ist.

Sie kommt auf mich zu. Wie die beiden jungen Frauen auf dem Foto trägt sie lange, künstliche Augenwimpern. Viel Übung scheint sie auch mit diesen Dingern noch nicht zu haben. Sie zwinkert die ganze Zeit recht nervös. Doch die Wirkung ihres Make-ups ist beeindruckend. Vor mir steht eine andere Frau als die Yoko, die ich vom 89. Revier kenne.

«Hallo, Bernie-san», sagt sie. Sie schaut mir direkt in die Augen und schenkt mir dazu ein Lächeln, das mich umhaut. Ich hüte mich, ihr meine Begeisterung zu zeigen. Ich kann es nicht glauben. Auf der Arbeit gibt sie sich hart und kämpferisch. Und jetzt zieht Yoko erfolgreich alle Register, um kawaii, niedlich, zu sein. Vom Lolita-Komplex der japanischen Männer habe ich ja schon von Akane gehört. Dass kurze Röcke und künstliche Augenlider beliebte Hilfsmittel der japanischen Frauen sind, sich kawaii zu geben, sehe ich jeden Tag an der U-Bahn. Ich ertappe mich dabei, wie ich Yoko weiter anstarre und schlucke.

Sie kommt auf mich zu und begrüßt mich. «Das Taxi wartet draußen», sagt sie. Sie klingt jetzt schüchterner als sonst.

Ich spüre die Blicke des Hotelpersonals auf uns, als wir das Gebäude verlassen. Was sie wohl denken? Eine schöne junge Japanerin, daneben ein älterer Europäer in ausgebeulten Jeans, der dazu ein selbst in Peine etwas aus der Mode gekommenes blau-weiß kariertes Hemd trägt.

«Wohin fahren wir?», frage ich Yoko, als wir im Taxi sitzen.

«Lass dich überraschen, es ist nicht weit.»

Der Taxifahrer sieht aus, als habe er die siebzig schon eine ganze Weile hinter sich gelassen. Junge Männer oder gar Frauen habe ich in Tokio noch nicht am Steuer eines Taxis gesehen. Während ich noch darüber nachdenke, warum das wohl so ist, fragt mich der Fahrer, aus welchem Land ich komme.

«Deutschland», sage ich und bitte Yoko, ihn zu fragen, warum er im Ruhestand noch arbeitet.

Es sprudelt förmlich aus dem Mann heraus: «Die Rente reicht nicht, oft unterstützen die Alten auch ihre Kinder.» Der Fahrer gibt ordentlich Gas, wir rasen mit mehr als achtzig Kilometern die Stunde die Uchibori-dori hinunter. «Alt sein heißt nicht, nicht mehr fahren zu können», sagt er und lacht, als er meinen leicht verängstigten Blick bemerkt. Wie gut, dass der Mann nicht ahnt, dass hinter ihm die Polizei als Fahrgast sitzt.

Vor einem modernen Hochhaus mit Glasfassade hält er schließlich an. 1730 Yen zeigt das Taxameter. Ich gebe dem Fahrer 2000. Er nimmt sie mit einem Nicken entgegen. Die Hände in weißen Handschuhen, gibt er mir das Wechselgeld auf den Yen genau zurück. Ich muss mich noch daran gewöhnen, dass Trinkgeld in Japan ein Tabu ist. Yoko ist schon ausgestiegen und wartet vor dem Eingang. Am Arm führt sie mich eine Treppe ins Untergeschoss hinunter. Es ist wie eine Zeitreise. Oben steht ein Glaspalast neben dem anderen, hier unten ist liebevoll ein Stück altes Tokio nachgebaut worden. Yokos Pfennigabsätze, mit denen sie sich mindestens acht Zentimeter größer gemacht hat, klacken auf den echten Pflastersteinen. Zwei junge Frauen im Kimono begrüßen uns und führen uns an Bambusattrappen entlang durch das Restaurant in eines der durch diese klassischen japanischen Papierwände abgeteilten Séparées.

«Wie risikofreudig bist du?», fragt mich Yoko.

«Ist es nicht schon ein Risiko, mit einer so schönen Frau allein zu sein?»

«Du kannst ja sogar charmant sein.»

Jetzt komme ich ins Stottern. «Du siehst – du siehst toll aus», sage ich. «Ich habe dich bislang nur als Kollegin gesehen, überehrgeizig und überemanzipiert.»

«Auch emanzipierte Frauen legen Wert auf ihr Äußeres.»

Wenn ich an die Latzhosenfraktion in der Stadtverwaltung in Peine denke, die sich in der niedersächsischen Provinz gern als Speerspitze der Frauenbefreiung sieht, bin ich mir da nicht so sicher. Ich halte aber die Klappe, schließlich will ich die Stimmung nicht verderben.

«Also, wie viel Risiko willst du heute noch eingehen?»

Ist das eine explizite Anmache, oder verstehe ich sie bloß falsch? Wie sie sich so über den Tisch zu mir herüberbeugt und mit ihren Augenwimpern klimpert, könnte ich glatt schwach werden.

Yoko schiebt mir die Speisekarte zu. «Es gibt hier Tora fugu, den besten Kugelfisch der ganzen Stadt. Er kann bis zu 2,5 Kilo schwer werden und wäre eine gute Mordwaffe, da Leber, Eierstöcke und Teile des Darms hochgiftig sind. Das macht das Essen spannend.»

«Du machst Witze.»

«Es gibt jedes Jahr ein paar Tote», sagt sie und grinst mich provozierend an. «Riskieren wir es?»

Ich nicke. 8000 Yen kostet der Spaß. In einem Restaurant dieser Preisklasse werden sie schon darauf achten, dass kein Stück Darm mitgekocht wird.

«Du bereitest den Fisch ja nicht zu», sage ich, «das Risiko ist also überschaubar.»

Die Angestellte in ihrem grünen Kimono mit Blumenmuster kommt an unseren Tisch und notiert Yokos Bestellung: gekochten Fugu mit Gemüse, Tofu und Sojasoße, dazu einen Krug warmen Sake.

«Kanpai», sagt Yoko, nachdem die Kellnerin Krug und Gläser abgestellt und sich wieder entfernt hat. «Ich bin heute hier mit dir, weil ich ein paar Sachen klarstellen muss.» Yokos Tonfall ist jetzt wieder ganz der alte. «Ich mag keine Alleingänge, die nicht mit mir abgesprochen sind. Ich mag es auch nicht, wenn Kollegen geschwätzig sind.»

«Akane weiß nichts ...»

«Es geht nicht um die Kleine.»

«Sondern?»

«Wenn wir gegen Goto ermitteln, dann ist das wie ein Stich ins Wespennest. Der Mann hat Kontakte bis in die Spitze der Polizei, er würde sofort davon erfahren und wäre gewarnt.»

Yoko trinkt einen kräftigen Schluck aus ihrem Glas. Ich gieße ihr nach.

«Aber Fakt ist nun mal, dass die Zeitungsartikel, die wir gefunden haben, eindeutig sind, und das Foto der beiden Mädchen passt dazu.»

«Nicht nur das», sagt Yoko. «Ich habe im Tagebuch Hinweise gefunden, die deine These stützen.»

Jetzt muss ich einen Schluck nehmen, und Yoko gießt mir nach.

«Gotos Großvater Haruhiko war dafür verantwortlich,

dass Keiko Hasegawa als 17-Jährige in ein Frontbordell in die Mandschurei verschleppt wurde. Offenbar hat er das Mädchen auf dem Transport selbst mehrfach vergewaltigt. Als Hasegawa vor sechs Jahren die Artikel in der ‹Yomiuri Shimbun› über die beiden Gotos las, sind bei ihr alle Erinnerungen wieder hochgekommen.»

«Wie hängen die beiden jungen Frauen damit zusammen?»

«In Gotos Nachtclubs und Bars von Akasaka arbeiten viele Koreanerinnen. Die alte Dame scheint versucht zu haben, die Mädchen aus dem Milieu herauszuholen.»

«Mit Erfolg?»

«Das weiß ich nicht. Im Tagebuch schreibt sie über Treffen mit einer Menge Frauen. Ich bin zwar noch ganz am Anfang, aber ein paar Namen sind schon häufiger vorgekommen.»

«Nennt sie auch Familiennamen?»

«Nein, und auch Aiko, Michiko, Sairi und wie sie alle heißen dürften nur eine Art Künstlername sein.»

Stimmt, im Rotlichtmilieu arbeiten die Frauen nicht unter ihren richtigen Namen. Wahrscheinlich gibt es in Akasaka noch weniger echte Aikos oder Sairis als Gift in meinem Fugu.

Jetzt habe ich Yoko so gebannt zugehört, dass ich die ersten Bissen meines Kugelfisches schon gegessen habe, ohne an die Gefahr zu denken, mit der mir Yoko Angst machen wollte. Ich zupfe mit den Stäbchen ein neues Stück des weißen Fugu-Fleisches vom Teller und beginne langsam zu kauen. Es schmeckt fade, geradezu langweilig. Vielleicht ist das der Preis dafür, dass der Koch zuvor alle möglichen Giftquellen entfernt hat. Mein Lieblingsfisch wird das Fugu-Sashimi bestimmt nicht.

Während ich kaue, denke ich über das nach, was Yoko

mir gerade berichtet hat. Es bestätigt meinen Verdacht, dass die Frau ermordet wurde und dass die Yakuza ihre Finger im Spiel hat. Alle Spuren scheinen zu diesem Goto zu führen, auch wenn Sato und Aso nur gegen die koreanische Jugendbande ermitteln. Doch wie soll ich hier in Tokio auf eigene Faust arbeiten? Mit meinen Japanischkenntnissen kann ich allein so gut wie nichts ausrichten. Und Yoko kann mir nur bedingt helfen. Als Frau kommt sie in die Szenelokale vermutlich nur hinein, wenn sie am Eingang ihre Dienstmarke zückt. Bleibt nur noch Akane: Allein mit Hilfe ihrer philippinischen Freundin kann ich es schaffen, unerkannt in Gotos Unterwelt in Akasaka hineinzukommen. Gegenüber Yoko verliere ich darüber natürlich kein Wort.

Die Kellnerin bringt einen Topf mit kochender Brühe. Daneben stellt sie einen großen Teller mit weißem Fugu-Fleisch ab. Einige Stücke zucken noch. Yoko nimmt ungerührt einige der zuckenden Stücke und wirft sie in die kochende Brühe. «Das Restaurant ist bekannt dafür, dass der Fisch wirklich frisch auf den Tisch kommt», sagt sie. Ich muss schlucken. Vielleicht ist es eines der niedlichen Tierchen, die ich am Eingang in dem großen Aquarium direkt neben der Küche bewundert habe? «Sechs Minuten braucht das Fleisch, bis es gar ist», sagt Yoko. Auf dem Teller ist es inzwischen ruhig geworden. Ich frage sie, was ich in den nächsten zwei Tagen tun könne.

«Du kannst in den Archiven recherchieren», sagt Yoko. «Über den Großvater müsste es auch englischsprachiges Material geben. Der Mann ist 1945 von den amerikanischen Besatzungsbehörden als Kriegsverbrecher der Kategorie 2 vor Gericht gestellt worden.»

Sie serviert mir die ersten Stücke des Fisches. Gewürzt mit

Sojasoße und frischen Kräutern, schmeckt er deutlich besser. Ich überlege, ob ich ein paar Vergiftungserscheinungen simulieren soll. Besser nicht, diese Art von Humor würde hier vermutlich nicht so gut ankommen. «Und was machst du in der Zwischenzeit?», frage ich stattdessen.

«Ich werde nach weiteren Hinweisen in dem Tagebuch suchen. Außerdem treffe ich mich übermorgen mit einer Freundin aus der Abteilung Organisierte Kriminalität zum Kaffee.»

«Übermorgen erst.»

«Bis Professor Katagiri mit Sato über den Obduktionsbefund gesprochen hat, müssen wir offiziell die Füße stillhalten, das habe ich dir doch schon erklärt. Sato könnte von dem Treffen mit der Kollegin Wind bekommen und misstrauisch werden. Glaub mir, es ist klüger abzuwarten.»

Das schmeckt mir ganz und gar nicht. Wenn ich einmal Witterung aufgenommen habe, muss ich loslaufen – und damit meine ich nicht, meine Zeit in irgendwelchen staubigen Archiven zu verschwenden. Ich hoffe, dass Akane mir morgen schon ein Treffen mit ihrer Freundin vermitteln kann.

«Wo könnte ich denn etwas über den Enkel Goto erfahren?», frage ich vorsichtig und erwarte schon, zum wiederholten Male von Yoko ausgebremst zu werden.

Stattdessen lächelt sie und sagt sichtlich stolz: «Iss deinen Fugu zu Ende. Danach werde ich dir gleich hier und jetzt Gotos Revier zeigen. Was meinst du, warum ich mich so aufgebrezelt habe? Ich habe dir doch eine Überraschung versprochen.»

Draußen ist es mittlerweile dunkel geworden. Wir haben bezahlt und sind raus auf die Straße. Yoko hat sich bei mir eingehakt und zieht mich zu den überdimensionierten Toren des Hie-Schreins. «Das ist einer der größten Shinto-Schreine in Tokio», erklärt sie, zerrt mich aber weiter, als ich stehen bleiben will, um das Tor zu betrachten. Sie hält am Fußgängerüberweg über die vierspurige Akasaka-dori. «Du scheinst das Risiko ja nicht zu scheuen», sagt sie. «Gleich passieren wir die Grenze.»

«Welche Grenze?»

«Auf der anderen Seite der Straße beginnt das Territorium von Tomonaga Goto. Er ist der Boss, der alles kontrolliert – von den Bars bis zum Glücksspiel.»

Ich bin erstaunt. Ich scheine Yoko unterschätzt zu haben. Als Ermittlerin ist sie offenbar aus ähnlichem Holz geschnitzt wie ich. «Du denkst also auch, dass die Spur zur Yakuza und zu Goto führt?», frage ich.

«Es müsste mit dem Teufel zugehen, wenn nicht.»

Als wir die Kreuzung überquert haben, hakt sie sich erneut demonstrativ bei mir ein. Ich sehe sofort, warum. Wo tagsüber Restaurantbesucher und Geschäftsleute das Bild bestimmen, sind jetzt die Nachtschwärmer unterwegs. Männer, viele angetrunken, auch hier fast alle in den dunklen Anzügen. Dazwischen immer wieder Paare. Oft sind es junge Frauen, stark geschminkt, mit kurzen Röcken, und ältere Männer.

Genau vor uns geht so ein Paar. Oder sollte ich besser sagen: wanken? Beide scheinen schon reichlich was intus zu haben.

«Japanisches Dating», sagt Yoko trocken. «Die beiden sind auf dem Weg zum Love-Hotel.»

«Love-Hotel?» Aus Deutschland kenne ich Stundenhotels. Aber Liebeshotels?

«Japaner haben meist sehr kleine Wohnungen, wie du

weißt. Viele der Herren», sie zeigt auf das Paar vor uns, «sind außerdem verheiratet. Außerehelicher Sex zu Hause ist hierzulande schwierig.»

Jetzt wird es spannend. Aber Yoko redet nicht weiter.

«Und?», frage ich ungeduldig.

«Die Lösung ist das Love-Hotel. Man mietet sich für ein, zwei Stunden ein, zahlt seine 3000 bis 5000 Yen, tut, was getan werden muss, und geht wieder.» Jetzt ist Yoko in ihrem Element und beginnt zu dozieren. Mehr als 30 000 dieser Liebesnester gebe es in Japan, jedes im Schnitt mit zwanzig Zimmern. «Gehen wir mal davon aus, dass jeder Raum dreimal die Woche besucht wird und 5000 Yen bezahlt werden, dann sind das 650 Millionen Yen im Jahr», rechnet sie mir vor und weist auf die junge Frau vor uns. «Und die ist auch nicht gratis zu haben.»

«Du bist sicher, die beiden sind jetzt auf dem Weg in so ein Love-Hotel?», frage ich.

Sie räumt ein, dass sie sich irren könnte. Dann spricht sie aus, was ich mir auch schon gedacht habe: «Was glaubst du, was die Leute von uns denken?»

Wie ein echtes Liebespaar wirken wir nicht. Ich bin nicht sonderlich elegant gekleidet, geschweige denn attraktiv. Daneben Yoko. Wer hinter uns hergeht, könnte leicht ein ähnliches Gespräch führen.

«Fällt dir was auf?», fragt Yoko mich plötzlich.

«Ich bin mir nicht sicher. Klar, die Röcke sind kurz, und überall sind angetrunkene Männer unterwegs. Aber es sieht nicht gerade aus wie die Reeperbahn.» Ich zeige auf das italienische Restaurant zu unserer Linken und die irische Kneipe, auf die wir zulaufen. In Deutschland vermitteln Rotlichtviertel eine andere Atmosphäre.

«Du siehst es eben nicht. Die Fassade ist normal. Doch dahinter ...» Yoko baut sich plötzlich vor mir auf, fasst mein Kinn und zwingt mich, nach oben zu sehen. Jetzt erst fällt es mir auf. An den Hochhäusern weisen die eher kleinen beleuchteten Reklametafeln fast nur auf Nachtbars hin. «Flora, 4. Stock», «Rose, 7. Stock». «Das ist Gotos Revier, und hier scheint unsere alte Dame als Missionarin aktiv gewesen und jemandem auf die Füße getreten zu sein», sagt Yoko.

«Na, dann nichts wie hinein in den Spaß.»

«Mit mir an deiner Seite?»

«Warum nicht, du siehst doch toll aus.»

«Bernie-san, das sind Bars, in denen Männer Frauen suchen. Da geht man nicht mit einer Frau hin.»

«Dann gehe ich allein», sage ich.

Yoko schüttelt den Kopf. Ich begreife, dass sie mir zeigen wollte, in welchem Milieu wir uns bei unseren Ermittlungen bewegen. Was sie nicht will, ist, dass ich hier weiter auf eigene Faust herumschnüffele. Aber jetzt, wo ich weiß, wo Goto als König der Unterwelt herrscht, kann ich nicht einfach ins Hotel zurückgehen.

«Warte hier», sage ich zu Yoko, «ich will wenigstens mal schauen.»

Ich lasse sie auf der Straße stehen und laufe in den Hausaufgang, der mir als Erstes aufgefallen ist. Wenn ich das Plakat richtig verstehe, wirbt die Bar «Seoul» damit, dass hier vor allem hübsche koreanische Frauen arbeiten. Ich fahre mit dem Aufzug in den fünften Stock. «Members only» steht an der Tür. Ich klingle. Es dauert, bis sich die Tür langsam öffnet. Einen so großen Japaner wie diesen Türsteher habe ich noch nie gesehen. Ich versuche, einen Blick in den Raum zu erhaschen. Im Schummerlicht sehe ich junge Frauen, alle mit glatten, langen schwarzen Haaren, die gelangweilt an Tischen sitzen. Männer sind kaum da, wahrscheinlich ist es noch zu früh.

«Geschlossene Gesellschaft», sagt der Türsteher.

Ich zücke mein Portemonnaie und wedele mit einem Zehntausend-Yen-Schein vor seiner Nase.

«Tut mir leid», sagt er, «aber hier haben nur Japaner Zutritt.»

«Rassist!», brülle ich.

Doch der Riese an der Tür lächelt nur und lässt demonstrativ seine Muskeln spielen. In Peine würde ich es genießen, in so einer Situation meinen Polizeiausweis zu zücken. Einen kurzen Moment lang denke ich tatsächlich darüber nach, doch hier hätte das keinen Sinn. Sicher, ich käme hinein in den Nachtclub, aber ich könnte mit niemandem sprechen, weil dann bestimmt auf einmal keiner mehr Englisch versteht. Außerdem wäre ich für jede verdeckte Ermittlung mit Akanes Freundin verbrannt. Ich verbeuge mich also mit einem demütigen «gomennasai», tut mir leid, auf den Lippen und trete den Rückzug an. Hinter der Tür höre ich noch, wie plötzlich einige der Frauen schrill lachen. Wahrscheinlich amüsieren sie sich über den dummen Ausländer, der geglaubt hat, er könne so einfach vom größten Sexmarkt der Welt naschen.

Yoko hat auf der anderen Straßenseite auf mich gewartet. Zehn Minuten sind vergangen. Sie steht mit verschränkten Armen da. Ihr Blick lässt nichts Gutes ahnen.

«Musst du dir immer erst eine blutige Nase holen, bevor du kapierst, wie hier die Dinge laufen? Ich bin nicht dein Kindermädchen, Bernie-san. Wir spielen hier nicht die Hauptrollen in irgendeinem Fernsehkrimi. Wir sind in Japan, und da gelten Regeln.» Ich nicke zerknirscht. «Von jetzt an keine Alleingänge mehr», sagt sie.

Ich nicke wieder. Dabei überlege ich schon fieberhaft, wie ich mit der Hilfe von Akanes philippinischer Freundin Zugang zu der Szene bekommen kann.

«Lass uns nach Hause fahren», sagt Yoko.

«Jetzt schon?»

«Falls du es immer noch nicht verstanden hast: Du hast es verbockt!» Yoko winkt ein Taxi herbei.

Als wir vor meinem Hotel halten, versuche ich noch einmal, die schöne Stimmung vom Anfang des Abends zu retten. «Willst du auf einen Kaffee mit auf mein Zimmer kommen?», frage ich und sehe dabei auf ihre Oberschenkel.

Yoko lacht und zieht ihr Kleid tiefer über die Schenkel. «Bernie-san, mein Aufzug heute ist beruflich. Ich wollte dir Akasaka zeigen. Mit dir hat das nichts zu tun.»

Schlimmer hätte eine Ohrfeige auch nicht sein können. Wieder nicke ich nur und stehe noch am Straßenrand vor meinem Hotel, als Yoko mit dem Taxi schon lange fort ist.

10

Den Abend mit Yoko habe ich versaut. Sie sieht wirklich toll aus, wenn sie sich so zurechtmacht. Trotzdem hätte ich nicht gleich versuchen sollen, den Casanova zu spielen.

Es ist kurz vor zehn. Auf mein Hotelzimmer mag ich nach diesem abrupten Ende eines schönen Abends noch nicht gehen. Im Komachi müsste ich jetzt noch einen Sake bekommen. Und vielleicht hat Akane ja auch schon Nachrichten von ihrer Freundin Mari.

Aus dem Hotel kommt die ältere Frau, die dort immer die Nachtschicht hat. Ob alles in Ordnung sei, fragt sie mich.

«Ich will nur noch ein Glas trinken gehen», sage ich und lächele freundlich.

Sie verbeugt sich und verschwindet wieder im Gebäude. Diesmal muss ich den Weg in die Izakaya ohne fremde Hilfe finden. Auf den Straßen ist keine Menschenseele mehr unterwegs.

Oder ist da doch jemand? Als ich die Hanzomon eki dori überquere, die am Bahnhof Hanzomon vorbeiführt, habe ich plötzlich das Gefühl, dass mich jemand verfolgt. Ich blicke mich um. Niemand. Vielleicht sehe ich schon Gespenster. Wer sollte mich hier auch verfolgen? Die Yakuza? Ich hätte gestern vor dem Schlafen nicht so lange in dem Krimi über den «Hai von Shinjuku» lesen sollen. Der einsame Kampf des Kommissars Samejima in Shinjuku, wo die Yakuza besonders stark ist, gegen die organisierte Kriminalität und gegen angepasste, karrieregeile und korrupte Polizisten heizt offenbar meine Phantasie an. Im Krimi liest sich das spannend. Die Wirklichkeit ist meist weniger spektakulär. Ich bin erst ein paar Tage in Tokio, da sollte ich mich vielleicht nicht gleich wie der Hai von Kojimachi aufführen.

Ich bilde mir das nicht ein, da ist jemand. Zwei Männer bleiben an der Straßenecke stehen, keine dreißig Meter hinter mir. Einer von ihnen zündet sich eine Zigarette an. Dabei ist da keine Raucherecke. Da ich inzwischen weiß, wie konsequent sich Japaner an Regeln halten, bin ich mir sicher, dass hier etwas sonderbar ist. Ich gehe ein paar Schritte weiter, die beiden folgen mir langsam. Bis zum Togo-Park sind es nur noch wenige hundert Meter. Wenn sie dann immer noch da sind, ist klar, dass sie hinter mir her sind. Ich gehe etwas schneller, biege von der Hauptstraße ab in die kleine Gasse, durch die mich Hayasaki an meinem ersten Abend ins Komachi geführt hat. Im Park wippen die Schaukeln leicht im Wind. Auf einer der Bänke erkenne ich im Schein der Straßenlaterne eine Gruppe junger Männer. Sie halten Bierdosen in den Händen und unterhalten sich ziemlich laut. Ich drehe mich um. Die beiden Kerle sind verschwunden. Langsam gehe ich über den Sandplatz mit der großen Kinderrutsche. Plötzlich, nur für den Bruchteil einer Sekunde, sehe ich am Eingang zum Park hinter mir eine Zigarette aufglimmen. Lektion eins im Lehrbuch für Beschattung scheinen diese Männer nicht zu kennen: nachts nicht rauchen. Oder wollen die beiden, dass ich sie bemerke? Wollen sie mir Angst machen?

Es sind nur noch ein paar Schritte, und ich bin auf der Straße, die mich zur Izakaya führt. Soll ich die beiden dorthin führen? Das könnte Akane in Gefahr bringen. Ich zögere, halte an. Aber so dreist werden sie schon nicht sein, mir bis in die Kneipe zu folgen. Ich gehe weiter, schaue mir kurz über die Schulter. Hinter mir zieht einer der beiden Männer wieder an seiner Zigarette.

Im dritten Stock sehe ich vom Treppenhaus aus nach unten auf die Straße. Jetzt kann ich sie deutlich erkennen. Es sind zwei Japaner, sie warten in einem Hauseingang auf der gegenüberliegenden Straßenseite unter einer Laterne. Ich winke ihnen zu. Die sollen ruhig wissen, dass ich sie bemerkt habe. Ich mache ein Foto mit meinem iPhone. Zu erkennen ist nicht viel. Es sind zwei Männer, einer von ihnen hat eine markante Hakennase. Das sieht man selten bei einem Japaner. Vielleicht kann Yoko morgen mit dem Foto etwas anfangen.

Als ich die dunkle Holztür zur Kneipe aufschiebe, winkt Akane mir zu.

«Irasshai», ruft sie, den Willkommensgruß, mit dem in allen japanischen Kneipen und in vielen Geschäften die Gäste empfangen werden.

Nur wenige Männer sind da. Am Tresen sitzt Hayasaki. Sein Gesicht ist leicht gerötet. Die leeren Sakegläser vor ihm verraten auch, warum. Neben ihm steht die Mama-san und hat einen Arm auf seine Schulter gelegt. Akanes Ruf reißt die beiden aus ihrem Gespräch. Hayasaki winkt mich heran.

«War wohl kein so schöner Abend?», fragt er, als ich mich neben ihn setze.

«Wie kommst du darauf?»

Ich zeige auf sein Sakeglas und rufe Akane zu, dass ich auch eins möchte.

«Du warst doch mit der schönen Yoko verabredet. Und jetzt sitzt du um kurz nach zehn in der Izakaya, machst ein mürrisches Gesicht und bestellst Sake, bevor du ein Wort gesagt hast», sagt Hayasaki. Meine japanischen Kollegen scheinen die Wissenschaft der Deduktion alle bei Sherlock Holmes gelernt zu haben.

«Yoko hat mir nur ein paar Bars in Akasaka gezeigt», sage ich.

«Ihr seid in Akasaka gewesen? Weiß Sato davon?»

«Was glaubst du denn?»

«Verstehe. Und Yoko spielt da mit? Ihr setzt euch über Satos Anweisungen hinweg. Das kann Ärger geben. Polizisten, die eigenmächtig gegen die Yakuza ermitteln, sehen unsere Bosse nicht so gern.»

«Es gibt eindeutige Spuren, die zur Yakuza in Akasaka führen.»

«Zu Tomonaga Goto?»

«Du kennst den Mann?»

«Es gibt keinen Polizisten in Tokio, der nicht von ihm gehört hat. Er ist einer der mächtigsten Mafiabosse in Tokio. Es ist heikel, sich mit den Oyabun anzulegen.» Er schlägt mit der Faust auf den Tisch. «Im normalen Leben sind sie oft hoch angesehene Persönlichkeiten. Goto ist ein erfolgreicher Unternehmer. Import, Export, wenn du verstehst, was ich meine.»

«Dann kannst du mir ja vielleicht ein bisschen über den Mann erzählen.»

Hayasaki zuckt mit den Schultern. «Ich weiß nicht viel. Es gibt aber einen amerikanischen Journalisten, der Goto sehr gut kennt.» Er lacht laut auf. «Und John ist bestimmt kein Freund von Goto.»

Er greift zu seinem Handy und telefoniert. Ich verstehe nicht, was er sagt, bemerke aber, wie die Mama-san uns sorgenvoll ansieht.

«Du kannst ihn morgen treffen», sagt Hayasaki, nachdem er aufgelegt hat. Er schreibt mir einen Namen und eine Mobilnummer auf seinen Bierdeckel. John Smithers, lese ich, 080–43 211 959. «Ich kenne John noch aus der Zeit, als er Polizeireporter bei der ‹Asahi Shimbun› gewesen ist. Er war der erste Ausländer, der bei einer japanischen Zeitung über die Polizei berichtet hat.»

«Was hat er mit Goto zu tun?»

«Goto hat gedroht, ihn ermorden zu lassen, deswegen steht John Tag und Nacht unter Polizeischutz, wenn er in Japan ist.»

Mir bleibt vor Staunen der Mund offen stehen. Als Hayasaki keine Anstalten macht, weiterzureden, hake ich nach. «Was ist denn passiert?»

«John hat publik gemacht, dass Goto für eine Lebertransplantation in die Vereinigten Staaten gereist ist.»

Weil mir nicht klar ist, was daran so brisant sein soll, scherze ich: «Goto wird zu oft zu tief ins Glas geschaut haben. Es ist unter Ganoven ja Pflicht, sich kräftig zu besaufen und die Leber zu ruinieren.» Das Sakeglas, das ich gerade in die Hand genommen habe, stelle ich schnell wieder ab.

«Die Amerikaner haben Goto eine Bedingung für die Einreise gestellt: Er musste dem FBI als Gegenleistung ein paar Geheimnisse verraten. John hat Wind davon bekommen und die Geschichte veröffentlicht. Nicht in Japan, hier hätte das niemand gedruckt, sondern in einer amerikanischen Zeitung.»

«Dann ist Goto doch geliefert.»

«So ist es. Rivalisierende Banden fordern ihn offen heraus. Er kann sich aber noch halten. Und John schwebt seitdem in Lebensgefahr.»

«Wo treffe ich ihn?»

Hayasaki schreibt mir die Adresse des Foreign Correspondents Club in Yurakucho auf, des Vereins der ausländischen Korrespondenten in Japan. Viele Expads träfen sich dort mittags in der Bar zum Essen, wie er erklärt. Hier wird die Yakuza ihn also nicht direkt angreifen.

«Um 12 Uhr ist er da. Ach, und von mir hast du die Informationen nicht, wenn dich jemand fragt.»

Ich nicke und stecke den Bierdeckel in meine Jackentasche. Dabei fallen mir die beiden Männer wieder ein, die mich vom Hotel bis hierher verfolgt haben. Wenn die Yakuza wirklich hinter mir her ist und ich mich morgen mit dem amerikanischen Journalisten treffe, kann das gefährlich werden.

Hayasaki widmet sich wieder ganz der Mama-san. Während er auf sie einredet, streicht sie sanft über seine Hände.

Ich winke Akane. «Mo ippai?», noch einen, fragt sie und zeigt auf mein halb volles Glas.

Ich schüttele den Kopf. «Hast du schon eine Antwort von deiner Freundin?»

«Noch besser.» Akane beugt sich zu mir. «Sie kennt eine der Frauen auf dem Foto, eine Kollegin», flüstert sie mir ins Ohr. «Morgen kannst du Mari treffen. Sie will dich in ihren Club einführen. Du bist dort offiziell ein alter Bekannter, den sie noch aus Manila kennt.»

«Wo ist dieser Club?»

«Den findest du alleine nicht. Mari holt dich um acht am Koban an der Ecke der Sotobori-dori ab.»

Die Polizeiwache kenne ich. Genau in der Gegend bin ich vor gut zwei Stunden noch mit Yoko herumgelaufen. Ich jubele innerlich: endlich eine heiße Spur. Ich finde vielleicht schon morgen eine der beiden Frauen von dem Foto. Yoko und Sato werden Augen machen. Es geht eben doch nichts über die gute alte Ermittlungsarbeit. Diese ganze moderne Technik kann kriminalistischen Spürsinn nicht ersetzen. Was würde ich dafür geben, Benders Gesicht zu sehen, wenn er davon erfährt!

Beschwingt stehe ich auf. Akane will mich zur Tür begleiten. Ich wehre ab. Falls draußen noch die beiden Kerle warten, sollen sie Akane auf keinen Fall mit mir zusammen sehen.

«Ich muss noch mal kurz mit meinem Kollegen sprechen», sage ich und winke Hayasaki zu mir heran. «Bring mich mal zur Tür. Lass dich draußen dann für ein paar Sekunden mit mir sehen», sage ich leise.

Er versteht sofort und nickt ernst. Doch auf der Straße lauert niemand mehr auf mich.

«Alles in Ordnung?», fragt er.

Ich suche die Straße noch einmal ab. Sie ist menschenleer. Ich danke ihm und mache mich durch den beginnenden Regen auf den Weg zum Hotel.

11

Am Morgen wecken mich Gesänge aus Lautsprecherwagen, die im Minutenrhythmus am Hotel vorbeifahren. Als ich aus dem Fenster schaue, biegen die schwarzen Kleinlaster gerade um die Ecke. Ich sehe nur noch die Kriegsflaggen, die im Fahrtwind flattern. Das müssen japanische Nationalisten sein, von denen mir Yoko erzählt hat. Mein Hotel liegt in der Nähe des Yasukuni-Schreins, an dem Japan seiner Kriegstoten gedenkt. Dort träumen die harten Jungs in den kleinen Bussen von alter Größe. Vom Schrein aus kurven sie Tag für Tag in der Stadt herum. Die Schulmädchen der nahen Otsuma-Oberschule kümmern sich nicht um die lärmenden jungen Männer. Laut lachend gehen sie in ihren Matrosenuniformen, bestehend aus dunkelblauen Röcken und weißen Blusen, zur Schule. Einige halten ihre Schulhefte in der Hand und vergleichen die Hausaufgaben. Andere starren auf ihre Smartphones. Die Gesänge aus den Lautsprecherwagen erinnern mich an deutsche Soldatenlieder. Ein paar Wörter verstehe ich, die Lieder handeln von Ruhm und Ehre. Die jungen Männer mit ihren dunkelblauen Uniformen in den Autos sehen nicht aus, als seien sie älter als zwanzig oder dreißig. Aber zum Mädchen-Beeindrucken taugt ihre lächerliche Nummer offenbar nicht. Zumindest haben die Spinner mich aufgeweckt, sonst hätte ich verschlafen. Nein, ich *habe* verschlafen: In einer Viertelstunde beginnt Satos Morgenkonferenz! Also raus aus den Federn. Ich will diesem Karrieristen kein Wasser auf die Mühlen geben.

Obwohl ich mich abhetze, komme ich natürlich trotzdem zu spät. Sato blickt mich missbilligend an, als ich den Konferenzraum betrete. Er sieht bleich aus. Über Yokos Gesicht huscht ein kurzes Lächeln, als ich mich neben sie setze.

Aso hat gerade mit seiner Ansprache begonnen. «Wir haben diese koreanischen Wichser an den Eiern», sagt er auf Englisch und schaut triumphierend zu mir rüber. «Wir haben inzwischen alle Bücher von Sorai gefunden, die mutmaßlich aus der Wohnung der Hasegawa-san gestohlen worden sind.» Dann fährt er auf Japanisch fort.

Die Kollegen am Tisch klatschen.

Ein kurzer Blick auf Sato lässt sie verstummen. Der verharrt bewegungslos und stumm auf seinem Platz, wischt sich den Schweiß mit einem Tuch von der Stirn.

«Danke, Aso-san», unterbricht er den Vortrag des Kommissars. Sato räuspert sich, für einen kurzen Augenblick sucht er Blickkontakt mit mir. Eine Liebeserklärung macht er mir damit nicht.

«Unsere Ausganglage hat sich seit heute früh verändert», sagt er.

Aso ist der Erste, der darauf reagiert. «Inwiefern?», fragt er gereizt.

«Die alte Dame ist definitiv ermordet worden», sagt Sato.

Er wendet sich zu mir und verbeugt sich. «Ich muss mich bei unserem deutschen Kollegen entschuldigen, dass ich seine Hinweise nicht ernst genommen habe.»

Ich merke, wie Yoko, die mir das alles übersetzt, in diesem Moment triumphiert. Sato berichtet, dass die Gerichtsmedizin genau die Tötungsmethode bestätigt hat, die ich so selbstbewusst vorgetragen habe.

«Wir haben es also mit einem Mord zu tun», sagt Sato.

Aso, der die ganze Zeit schweigend zugehört hat, meldet sich wieder zu Wort: «Den Mord werden wir schnell aufklären. Es ist nur eine Frage der Zeit, dann gestehen die Koreaner auch das.»

Alle am Tisch sehen ihn fragend an.

«Die Koreaner?», frage ich, Yoko übersetzt.

«Wer sonst sollte es gewesen sein?»

Yoko sieht Sato an, der nickt. Daraufhin lächelt sie und sagt: «Wir ermitteln gemeinsam, Aso, die Kollegen vom Betrug und wir. Und wir ermitteln in alle Richtungen.»

«In alle? Auch gegen Goto und die Yakuza?»

«Ja. Auch gegen die», sagt sie entschieden.

Alle werden unruhig, sie blicken nervös umher oder rutschen auf ihren Stühlen herum. Nur Hayasaki verzieht keine Miene.

«Ein kleines Problem gibt es dabei», ergreift Yoko noch einmal das Wort. «Etwas, das bisher niemand außer uns beiden weiß», sagt sie und zeigt dabei auf mich und sich selbst. Dann steht sie auf und berichtet. Ein paar Brocken verstehe ich. Shimbun, Zeitung, Foto. Und natürlich den Namen Tomonaga Goto. Offenbar hat sie gerade unsere Theorie vorgetragen.

Für einen Moment ist es still. Dann reden auf einmal alle

wild durcheinander. Sato spricht etwas länger, woraufhin die Kollegen aufstehen und das Konferenzzimmer verlassen.

«Wir nicht», sagt Yoko und zeigt mit der Hand auf Satos Glaskasten. «In fünf Minuten beim Chef.»

Die Kollegen stehen im Nachbarraum in kleinen Gruppen zusammen, tuscheln und blicken dabei immer wieder zu Yoko und mir herüber. Ushiyama telefoniert mit seinem Smartphone.

Für einen Moment überlege ich, Yoko vor unserem Beichtgang zu Sato von meinem geplanten Treffen mit Mari zu erzählen. Sie blättert gerade in den Akten. Besser jetzt nicht stören, denke ich. Bestimmt bereitet sie sich auf die Auseinandersetzung mit Sato vor. Wo ist der überhaupt? Die fünf Minuten sind gleich vorbei, aber der Chef ist nirgendwo zu sehen.

Auch Yoko schaut auf die Uhr.

«Wo steckt er denn?», frage ich.

«Er sichert sich ab.»

«Beim Chef oben im zehnten Stock?»

«Noch höher, bei der Kriminalabteilung im Polizeihauptquartier in Kasumigaseki.»

«Dann kommen wir an die ganz kurze Leine.»

«Oder wir kriegen gleich einen Maulkorb.»

Sato kommt zurück in den Großraum. Er sieht noch bleicher aus als vorhin. Wortlos winkt er Yoko in sein Zimmer. Mir gebietet er mit einer Handbewegung, draußen zu bleiben. Ich trotte an meinen Schreibtisch zurück. Solange die beiden miteinander reden, kann ich schon mal auf dem Stadtplan nachsehen, wo ich mich gleich mit dem amerikanischen Journalisten treffe.

«Merkwürdig», sagt Yoko, als sie endlich zurückkommt. «Die lassen uns weitermachen.»

«So merkwürdig finde ich das gar nicht. Es gibt schließlich handfeste Hinweise auf Goto.»

«Das ist es, was mich wundert. Normalerweise zieht in solchen Fällen sofort die Abteilung für Organisierte Kriminalität im Hauptquartier die Ermittlungen an sich.»

«Vielleicht finden sie den Mord an einer Rentnerin nicht wichtig genug.»

«Möglich. Die machen nur die großen Fälle, die öffentlich Aufsehen erregen.»

«Dann lass uns noch mehr Staub aufwirbeln.»

Yoko lacht. «Du hast hier in der kurzen Zeit schon genug aufgewirbelt.» Sie rollt mit ihrem Drehstuhl um den Schreibtisch herum zu mir. «Genau das irritiert mich», sagt sie leise, «ich habe den Eindruck, die an der Spitze wollen, dass du als Ausländer Unruhe stiftest.»

«Oder vielleicht wollen sie einfach nur den Fall lösen und finden, dass ich der beste Mann für diesen Job bin», sage ich mit einem Grinsen.

«Quatsch, nimm dich nicht so wichtig. Da läuft noch etwas anderes. Wenn ich nur wüsste, was.»

«Wie machen wir also weiter?», frage ich Yoko und schaue auf die Uhr. Ich muss mich bald auf den Weg machen, wenn ich pünktlich beim Treffen mit Smithers sein will.

«Ich lasse uns erst einmal alle Akten über Goto kommen.»

«Die ich nicht lesen kann. Tadayoshi hat mir einen Kontakt zu einem amerikanischen Journalisten vermittelt, der etwas über Goto weiß. Mit dem treffe ich mich gleich.»

«Wieso wundert es mich nicht, dass ich nichts davon weiß.»

«Das ging alles ziemlich schnell.»

«Wie heißt der Journalist?»

«John Smithers.»

Yoko sieht mich mit offenem Mund an. «Von dem habe ich gehört. Ich sehe, du lernst schnell. Mach das.»

Ich nehme meine Tasche und gehe los, als Yoko aufspringt und mich am Arm zurückhält. «Nur, dass das klar ist», sagt sie, «nicht jeden Tag einen neuen Alleingang! Wir sind Partner.»

12

Zum Club der Auslandskorrespondenten in Yurakucho ist es nicht weit. Ich überlege, ob ich mir eines der schicken weißen Dienstfahrräder nehmen soll, die hier alle Verkehrspolizisten zu haben scheinen. Ich frage den Mann an der Wache. Doch der versteht mich nicht und zuckt nur mit den Schultern. Ich packe ihn am Arm, zerre ihn zur Garageneinfahrt und zeige auf die Fahrräder. Fragend sieht er mich an. Ein Kommissar auf dem Dienstfahrrad der Streifenpolizisten, das ist im Handbuch der Polizeiarbeit offensichtlich nicht vorgesehen.

«Chotto matte», sagt er, einen Moment bitte.

Er telefoniert. Auch diese Entscheidung muss anscheinend von oben abgesegnet werden. Der Polizist begleitet mich zu den Fahrrädern und salutiert.

Meine erste Dienstfahrt in Tokio beginnt. Ich fühle mich fast wie in Peine. Auch da gehörte das Rad zu meinen bevorzugten Verkehrsmitteln. Dieses Mal bin ich schneller als die Jogger, die rings um den Kaiserpalast keuchen. Es ist erstaunlich, wie viele hier selbst an einem Werktag mittags laufen gehen. Das weiße Fahrrad, unschwer als Dienstgefährt der Polizei zu erkennen, verschafft mir eine bemerkenswerte Autorität. Alle Läufer, die mir entgegenkommen, weichen aus. Ich sollte ganz Tokio auf diese Weise erkunden.

Als ich am Sakuradamon, einem der alten Tore zur Burg von Edo, vorbeiradle, sehe ich zu meiner Rechten das riesige Hauptquartier der Polizei von Tokio, das wie ein Tortenstück mit der spitzen Seite wuchtig vor den Ministerien im Regierungsbezirk Kasumigaseki liegt. Ich schaue die glänzenden Glasfassaden hoch. Irgendwo dort muss ein Bürokrat grünes Licht gegeben haben, dass Yoko und ich weiterermitteln dürfen. Sato hätte das ohne Druck von oben nie genehmigt.

Als ich am Hibiya-Park vorbei bin, kürze ich den Weg ab. Alle Fußgängerampeln sind auf Grün geschaltet, ich kann diagonal über die Kreuzung fahren. Jetzt sind es nur noch wenige Meter bis zum Ziel. Als ich schaue, wo ich das Fahrrad anschließen kann, versperrt mir ein Streifenpolizist mit seinem Rad den Weg. Hinter mir hält sein jüngerer Kollege. Er zeigt auf mein Fahrrad und redet auf mich ein.

Der denkt doch nicht etwa, dass ich so blöd bin, ein Polizeifahrrad zu klauen? Der junge Polizist notiert sich eifrig die Nummer und telefoniert. Wahrscheinlich spricht er gerade mit dem Revier in Kojimachi.

«Hai, wakarimashita», ja, ich habe verstanden, sagt er, nimmt plötzlich Haltung an und salutiert.

Alles in Ordnung, berichtet er dem Älteren. Der lässt mich trotzdem nicht weiterfahren. Er zückt ein Blatt Papier aus seiner Tasche und malt eine Kreuzung auf, dann einen Radler, der sie diagonal überquert.

«Dame desu», das ist verboten.

Fast muss ich lachen. Stimmt, das war kein Einsatz mit Blaulicht, da muss man sich schon an die Verkehrsregeln halten. Ich verbeuge mich tief und gelobe Besserung. Die beiden verabschieden sich freundlich. Jetzt haben sie etwas, was sie in ihrem Revier erzählen können.

Ich schließe das Fahrrad an einem Verkehrsschild an der Bahnhofsbrücke an. Auf der gegenüberliegenden Straßenseite ist das Gebäude, in dem im 20. Stock der Club der Auslandsjournalisten untergebracht ist. Ein Blick auf die Uhr am gegenüberliegenden Hochhaus sagt mir, dass ich noch gut eine halbe Stunde Zeit habe, ich kann mir also noch ein bisschen die Umgebung ansehen. Rund um die S-Bahn-Trassen erstreckt sich ein Labyrinth enger Gassen. Rote Laternen verraten, dass sich hier eine Izakaya neben der anderen befindet. Vor einer Kneipe, die frische Austern, Krebse und lebende Fische in ihrer Auslage hat, halte ich an. Hier scheint die Zeit stehen geblieben zu sein. So habe ich mir Asien vorgestellt. Dabei sind die Hauptstraßen mit ihren modernen Glaspalästen nur einen Steinwurf entfernt.

Ein Japaner kommt durch den schmalen Gang direkt auf mich zu. Obwohl ich ihn sehen kann, höre ich seine Schritte nicht. Als er nur noch ein paar Meter von mir entfernt ist, sehe ich ihm kurz in die Augen, doch er starrt stur geradeaus. In der Hand hat er eine Aktentasche, blau. Eine merkwürdige Farbe für eine Aktentasche. Der Mann irritiert mich, aber ich weiß nicht, warum. Er trägt einen dunklen Anzug, wie fast alle Angestellten, die in den Kneipen hier zu Mittag essen. Doch dieser Anzug ist maßgeschneidert, das erkenne sogar ich.

Er macht kleine Schritte, das rechte Bein zieht er dabei leicht nach. Irgendwo habe ich den Mann schon mal gesehen.

Als er an mir vorbei ist, sehe ich ihm über die Schulter nach. Es ist der Gang, ich kenne diesen Gang. Menschen können ihren Gang nicht so einfach verstellen. Er ist einer der beiden, die mich verfolgt haben, als ich zu Akane gegangen bin. Ich sehe mich um, überall gehen Gruppen von Angestellten zum Essen. Ein Meer von dunkel gekleideten Männern, alle mit schwarzen Haaren. Bilde ich mir das mit der Verfolgung nur ein? Der Gang des Mannes ist mir aufgefallen. Ich werde offenbar beschattet. Ich überlege, ob ich zur Straße vorlaufen und den Mann suchen soll. Doch dann verwerfe ich die Idee, das Treffen geht vor.

Im Foreign Correspondents Club fallen mir sofort die beiden Polizisten in Zivil auf, die neben den Aufzügen stehen. Das müssen Smithers' Aufpasser sein. Ich frage die rundliche Frau am Schalter nach dem Journalisten. Sie winkt einen der beiden Polizisten heran.

«Sie haben ein Treffen mit Smithers-san?», fragt er mich. Ich nicke. «Können Sie sich ausweisen?»

Ich halte ihm meinen provisorischen Ausweis der Tokyo Metropolitan Police unter die Nase. Der Personenschützer verzieht keine Miene.

«Ein Kollege?», fragt er.

«Ich bin hier, um zu lernen», antworte ich und verbeuge mich leicht.

Der Polizist hebt leicht die Augenbrauen, dann führt er mich um die Ecke in das Restaurant. Er deutet auf einen Mann, der an einem Tisch in der Ecke sitzt.

Ganz in Schwarz gekleidet, die Nase leicht schief, als sei er schon öfter von Ganoven zusammengeschlagen worden, die schwarzen Haare militärisch kurz geschnitten, sitzt Smithers an seinem Platz. In der Hand hält er eine halb abgebrannte

Zigarette. Smithers mustert mich. Er erinnert mich an den Detektiv Sam Spade von Dashiell Hammett. Ich habe mir den immer ganz anders vorgestellt als Humphrey Bogart. Dieser Smithers wäre meine Idealbesetzung für den «Malteser Falken», nicht Bogart. Die Tische links und rechts von ihm sind leer, obwohl das Restaurant gut besucht ist. Ich gebe ihm die Hand und stelle mich vor.

«Was interessiert Sie an Goto?», fragt er mich ohne Umschweife, als ich mich gesetzt habe.

«Es gibt da ein paar Ungereimtheiten in einem Mordfall.»

«Goto mordet nicht selbst.»

«Sein Name ist im Rahmen der Ermittlungen aufgetaucht.»

Smithers bestellt bei der Kellnerin eine Karaffe Wasser und zündet sich die nächste Zigarette an. «Eine Angewohnheit aus der Zeit, als ich noch Polizeireporter war», sagt er. «Wenn du mit einem japanischen Polizisten ausgehst, lautet die erste Regel: Du darfst nur Sake, Shochu, Bier oder Whiskey trinken. Die zweite ist: Du solltest besser kein Nichtraucher sein.»

Ich sehe auf sein Wasserglas.

«Kater von gestern», erklärt er. Es klingt fast wie eine Entschuldigung. Er habe sich gestern mit Informanten getroffen, da sei es normal, dass er am nächsten Tag nur Wasser trinkt.

«Was können Sie mir über Goto erzählen?», frage ich.

«Unsere Wege haben sich gekreuzt, als ich als Polizeireporter aus der Provinz nach Tokio gekommen bin.»

«Und dort haben Sie als Ausländer gleich über die Yakuza berichtet?»

«Natürlich nicht. Aber die Rotlichtbezirke in Kabukicho oder in Akasaka waren mein Revier. Dort arbeiten viele Ausländerinnen, Filipinas, Thaimädchen, neuerdings auch immer mehr Osteuropäerinnen. Für einen Polizeireporter ist es in den Rotlichtbezirken hilfreich, wenn man ordentlich Englisch spricht, deshalb haben sie mich dort eingesetzt.»

«Es stimmt also, dass Goto die Clubs in Akasaka kontrolliert?»

«Nicht nur dort. Ich bin selbst eine Informationshure. Für eine gute Geschichte habe ich auch schon mal mit einer der Nutten geschlafen, die als Favoritinnen der Bosse gelten.»

Ich zeige ihm das Foto mit den beiden jungen Frauen. Er zieht es zu sich herüber.

«Es ist schon ein, zwei Jahre her, dass ich in diesem Milieu verkehrt habe», sagt er und schüttelt den Kopf. «Goto wechselt seine Mädchen alle paar Monate. Die hier kenne ich nicht.» Er gibt mir das Foto zurück. «Ich hatte damals Kontakt zu einer Amerikanerin, die als Hostess gearbeitet hat. Sie hieß Anne», berichtet Smithers.

«*Hieß*?»

«Die Polizei hat, zwei Wochen nachdem ich mich mit ihr getroffen hatte, ihre Leiche aus dem Sumida gefischt. Aber sie hatte mir eine interessante Geschichte erzählt. Goto sei wenige Monate zuvor für eine Lebertransplantation in die USA gereist. Für jeden Journalisten ist das ein Scoop. Die haben ihn nur ins Land gelassen, weil er ihnen im Gegenzug einiges verraten hat. Goto steht in der Sumiyoshi-kai deswegen stark unter Druck. Außerdem machen rivalisierende Gruppen, vor allem die Inagawa-kai, ihm sein Revier in Akasaka streitig.»

«Wer steckt dahinter?»

«Die Inagawa-kai ist die drittgrößte Yakuza-Vereinigung in Japan. Ihr Oyabun heißt Kenji Tsuboi und ist noch frisch. Er tritt in Tokio ziemlich aggressiv auf. Es heißt, er setze vor allem Gotos Truppen zu.»

Ich erzähle ihm von meinem Verdacht, dass ich verfolgt werde. Nach Smithers' Geschichte bin ich noch paranoider als zuvor.

Er bestätigt mich in meinen Ängsten. «Wenn die wissen, dass du gegen sie ermittelst, verfolgen sie dich auf Schritt und Tritt.»

Ich trinke einen Schluck Wasser. Was habe ich mir da nur eingebrockt? Für einen Moment überlege ich, Satos freundliches Angebot anzunehmen und mir auf Staatskosten einfach ein schönes, ruhiges Jahr in Tokio zu machen.

«Zeigen Sie mir noch mal das Foto», sagt Smithers und reißt mich aus meinen Gedanken. «Die Kleine links, die mit den kurzen Haaren und dem Pony, die passt perfekt in Gotos Beuteschema. Diese zierlichen, fast kindlichen Mädels machen ihn ziemlich heiß.»

Das könnte eine Verbindung sein zwischen dem Foto und den Zeitungsartikeln, die wir in der Wohnung der ermordeten Frau gefunden haben. «Sie meinen, sie könnte eine seiner aktuellen Geliebten sein?»

Smithers zuckt mit den Schultern. «Es könnte passen. Beweise müssen Sie schon selber sammeln. Ich bin im Monat auch nur noch zwei, drei Tage hier. In Tokio kann ich nicht mehr selbst recherchieren.» Er zeigt auf den Personenschützer, der uns die ganze Zeit im Blick hat. «Ach, noch was», sagt er, als ich aufstehe. «Es heißt, dieser Tsuboi habe einen guten Draht zur Polizei.»

Als ich zurück bin, nimmt der Polizist in Kojimachi das Fahrrad wieder entgegen. Dabei salutiert er militärisch knapp. Ich stelle mir vor, wie das in Peine ankäme. Das Bild, das ich auf diesem kleinen Dienstfahrrad abgebe, muss ziemlich komisch sein. Noch im Treppenhaus höre ich Yoko von oben rufen. «Bernie-san, wo bleibst du denn? Aso hat mit dem Verhör der Koreaner schon begonnen. Komm endlich, das ist schließlich auch unser Fall.»

13

Ich haste die Treppe hoch, Yoko führt mich zum Verhörraum. Durch die Glasscheibe sehe ich Aso und einen Kollegen aus dem Betrugsdezernat. Ihnen gegenüber sitzt ein schmächtiger Jüngling.

«Kim Jung-un, japanischer Staatsbürger koreanischer Abstammung», erklärt mir Yoko. «Er fordert den Jungen gerade auf, endlich auch den Mord zu gestehen», übersetzt sie. «Der Diebstahl der Schriften von Ogyu Sorai ist bewiesen. Der Hehler hat gestanden, die Sachen von den Koreanern gekauft zu haben.»

«Aber beim Einbruch war die alte Frau schon Stunden tot, das weiß Aso doch. Oder hat die Gerichtsmedizin mittlerweile andere Erkenntnisse?», frage ich.

«Nein, und wir haben um das Bett der Toten auch keine Fingerabdrücke der Bande gefunden.»

«Warum brüllt Aso dann so rum?»

«Er vermutet, dass einer von den Jungs die Frau vorher umgebracht hat, damit sie danach ungestört einbrechen können.»

«Das ist bescheuert.»

«Das weiß Aso auch, deswegen das Gebrülle.»

Ich sehe, dass auf dem Tisch weder Tonband noch Mikrophon stehen. «Macht ihr eine Videoaufnahme von der Vernehmung?»

«Warum?» Yoko zieht fragend die Augenbrauen hoch. Ich vermisse in diesem Moment ihre schönen künstlichen Wimpern.

«Für das Protokoll.»

Bender schickt mich nach Tokio, damit ich moderne Polizeiarbeit lerne. Dass ich nicht lache. Es geht hier hierarchischer und altmodischer zu als in einem deutschen Polizeirevier vor sechzig Jahren. Die Hightech-Nation Japan spart an Technik bei Verhören. Dass ich nicht lache.

«Der Kollege, der hinten neben der Tür sitzt, schreibt mit und fertigt hinterher einen Bericht an», sagt Yoko. Sie blättert in der Akte, die sie mitgebracht hat. «Der Junge muss dann nur noch unterschreiben.»

«Und wo ist sein Verteidiger?»

In Yokos Augen sehe ich nur Fragezeichen.

«Na, er muss doch seinen Rechtsbeistand dabeihaben», sage ich.

«Die haben bei der polizeilichen Ermittlung nichts zu suchen.»

«Kein Wunder, dass bei solchen Methoden 93 Prozent aller von euch vor Gericht gebrachten Verdächtigen auch verurteilt werden.»

«Höre ich da schon wieder den Besserwisser aus dem Westen raus?»

«Sieh dir den Knaben doch an. Nach ein paar Stunden Verhör durch Aso unterschreibt der euch alles.»

«Still», Yoko legt den Finger vor ihre Lippen, «jetzt wird es spannend. Kim gibt zu, die Wohnung vorher ausspioniert zu haben.»

«Warum?»

«Er ist angeblich von einer jungen Frau aufgefordert worden, gezielt die alten Bücher von Sorai zu stehlen. Den Namen der Frau weiß er nicht, sagt er.»

«Ach, jetzt kommt auch noch eine große Unbekannte ins Spiel.»

Aso springt plötzlich auf und brüllt den jungen Mann an. Man muss ihn nicht verstehen, um zu wissen, was er sagt. Der Dieb soll endlich auch den Mord gestehen. Kim fängt an, hemmungslos zu schluchzen.

«Glaubst du wirklich, dass der schuldig ist?», frage ich Yoko. Ich halte es für unwahrscheinlich, dass die Koreaner die Mörder sind. «Das sind doch fast noch Kinder. Kleinganoven, mehr nicht. Dieser Mord, den wir selbst fast nicht entdeckt hätten, ist viel zu geschickt, viel zu intellektuell.»

«Du willst unbedingt, dass es dieser Goto gewesen ist.»

«Ich will nur, dass wir alle Spuren verfolgen.»

Yoko sieht mich ernst an. «Solange ich an dem Fall mitarbeite, werden wir das auch.»

Der junge Mann heult immer noch. Aso bricht das Verhör ab. «Wir sehen uns gleich wieder», droht er.

Das scheint Asos Verhörstrategie zu sein. Der Beschuldigte soll sich fühlen wie der Angeklagte, nicht mehr wirklich frei, sondern nur noch auf freiem Fuß.

«Alles klar», sagt Aso, als er sich zu uns stellt. «Der und seine Bande, die waren es.»

Ich wiederhole die Einwände, die ich schon Yoko gesagt habe. Kim und seine Freunde seien einfach nicht klug genug, um eine so ausgefallene Tötungsart zu kennen. Außerdem: Warum sollten sie die Frau ermordet haben, wenn sie die Wohnung doch nur auskundschaften wollten?

«Das Opfer hat sie überrascht», sagt Aso.

«Im Nachthemd im Bett? Und die Täter haben zufällig eine Flasche teuren Whiskey dabei, weil sie wissen, dass es bei kränklichen alten Leuten zum Herzstillstand führen kann, wenn man ihnen den Alkohol mit Gewalt einflößt? Das glauben Sie doch selbst nicht.»

Aso sieht mich an. «Doch», sagt er, «und im Gegensatz zu Ihnen mit Ihrer kruden Idee, dass die Yakuza hinter dem Mord steckt, habe ich sogar Beweise.» Er will wieder in den Verhörraum gehen, dreht sich aber noch einmal kurz zu mir um: «Und spätestens morgen habe ich ein Geständnis.»

Wenn ich das Häufchen Elend am Tisch sehe, kann ich das noch nicht einmal ausschließen.

«Ich würde auch gern mal mit diesem Kim sprechen», sage ich zu Yoko. «Meinst du, wir beide könnten ohne Aso mit ihm reden?»

«Ich frage Sato. Jetzt zeige ich dir aber erst mal, was ich gefunden habe. Das dürfte dir gefallen.» Sie schiebt mir das Tagebuch rüber.

«Wir wissen ja schon, dass sie als 17-Jährige aus ihrem Elternhaus im Norden Koreas von der japanischen Armee verschleppt worden ist. Je jünger, desto besser, das war die Devise von Haruhiko Goto. Er war berüchtigt dafür. Sie scheint das Ganze verdrängt zu haben, bis sie über diese beiden Zeitungsartikel gestolpert ist.» Yoko erzählt mir, wie die Berichte bei Keiko lange vergessene Albträume zu neuem Leben erweckten, wie sie ausführlich ihre Leidenszeit in den Frontbordellen schilderte, die Angst, wenn die schweren Stiefelschritte der Soldaten auf den Holzbohlen zu hören waren. «Und dann hat sie den zweiten Artikel gelesen, den über den Enkel. Plötzlich schreibt sie nicht mehr über ihre Albträume, die Schrecken der Vergangenheit sind wie weggeblasen aus diesem Tagebuch.»

«Wie das?»

«Keiko Hasegawa hat sich ein neues Ziel gesetzt», erklärt Yoko und schlägt eine Seite auf, die sie mit einem blauen Post-it gekennzeichnet hat. «Ich werde die Mädchen retten. Ich werde ihnen die Augen öffnen», hat sie notiert. Nacht für Nacht muss sich die alte Frau in Akasaka herumgetrieben haben, immer auf der Suche nach Mädchen, die für Goto als Escortdamen arbeiten. Was Yoko mir vorliest, hört sich an wie das Bekenntnis einer Besessenen. Immer neue Namen tauchen auf, immer neue Gräuelgeschichten, die die Mädchen Keiko Hasegawa erzählt haben. Glaubte man dem, was die alte Frau schreibt, ist Tokio der größte Umschlagplatz für Frauenhandel und käuflichen Sex in Asien und Goto der Teufel, bei dem alle Fäden zusammenlaufen.

«Und die beiden Frauen auf dem Foto?», frage ich.

Yoko zuckt mit den Schultern. Offenbar lassen sich die Namen im Tagebuch keiner der polizeilich registrierten Frauen zuordnen. Das wäre auch zu einfach gewesen.

«Es gibt gar keinen Hinweis?», frage ich.

«Iie», sagt Yoko, nein.

Ich schlage mit der Faust auf den Tisch. Hätten wir einen Namen, müssten selbst Sato und Aso zugeben, dass die Spur zur Yakuza führt.

«Lass dich nicht so schnell entmutigen», sagt Yoko.

Sie grinst mich an. Aus ihrer Schublade holt sie ein dickes, buntes Magazin hervor. Auf dem Titelblatt ist ein älterer Mann mit Schnauzer zu sehen. Er trägt einen blauen Filzhut, ein weißes Jackett zum lila Hemd und eine Sonnenbrille. Das Klischee eines Mafiabosses. Ich nehme das Heft und blättere es durch. Billiges Papier, schlecht gedruckte Schwarzweißfotos, die letzten Seiten sind voller Anzeigen nackter Mädchen und Escortagenturen.

«Du verdrängst es zwar immer wieder, aber auch ich ermittle in diesem Fall», sagt sie.

«Willst du jetzt alle Schmuddelheftchen nach den Frauen auf dem Foto absuchen?»

Gerade als Yoko etwas erwidern will, beginnt das Gebäude zu plötzlich wackeln. Die kleine Stoffgiraffe auf ihrem Schreibtisch rutscht langsam nach vorne und fällt hinunter. Ich sehe, wie der grüne Tee in meiner Tasse hin und her schwappt. Der Boden wankt, Gegenstände in den Regalen rutschen nach vorne, einige fallen auf den Boden, die Lampen schwingen.

«Jishin!», ein Erdbeben, ruft Yoko und sieht dabei nur kurz auf. Der Boden schwankt, ich sehe durch das Fenster die Hochhäuser auf der anderen Straßenseite schwanken. Ich spüre, wie Panik in mir aufsteigt. Dieses Gefühl, den Boden unter mir zu verlieren, kenne ich bis jetzt nur aus dem Härke-Eck, wenn ich mit Wolfgang zu tief ins Glas geschaut habe.

Aber so plötzlich, wie es angefangen hat, ist der Spuk auch schon wieder vorbei.

«Du bist ja ganz blass», sagt Yoko und gibt sich keine Mühe, den Spott in ihrem Blick zu verbergen. «Daran wirst du dich gewöhnen müssen.»

Japan ist das Land mit den meisten Erdbeben, das habe ich bei der Vorbereitung auf meinen Einsatz hier gelesen.

«Ich bin eher beunruhigt, wenn es mal über eine längere Zeit nicht rumst», erklärt Yoko. Drei Erdplatten, die sich in Japan übereinanderschieben, müssten einfach immer mal

Spannung ablassen. «Wir warten seit Jahren auf den Big Bang», sagt sie. «Aber er wird schon nicht ausgerechnet in dem Jahr kommen, in dem du hier bist.»

Sie hält mir das Heft entgegen. «Können wir weitermachen?»

Ich setze mich, meine Knie sind immer noch weich vom Schreck. Rings um mich arbeiten alle weiter, als sei nichts geschehen.

«Das ist kein Schmuddelheftchen», knüpft Yoko an unsere Unterhaltung an. «Das ist ein Fan-Magazin der Yakuza», sagt Yoko.

«Ein Fan-Magazin?» Ich kann es nicht fassen.

«Ja, es heißt ‹Jitsuwa dokyumento› und ist das wichtigste dieser Ganovenblätter. Die Kollegen der Abteilung Organisierte Kriminalität aus Kasumigaseki haben es mir geschickt.»

So viel habe ich schon gelernt. In Kasumigaseki schlägt das Herz der Polizei von Tokio und offenbar jetzt auch unserer Ermittlungen. Dort ist gegen Satos Willen entschieden worden, dass auch gegen die Yakuza ermittelt werden soll. Und jetzt scheinen uns die geheimnisvollen Kollegen aus der Zentrale sogar zu unterstützen, indem sie uns Hinweise geben.

«Sieh dir mal das Foto auf Seite 36 an.»

Yoko schiebt mir das Heft zu. Goto ist auf dem Foto klar zu erkennen. Es scheint auf einer Mafia-Feier aufgenommen worden zu sein. Männer mittleren Alters stehen da herum, Gläser in der Hand. Die Frauen sind alle deutlich jünger. Ich schaue mir die Kleine an, die sich eng an Goto schmiegt. Ich suche das Foto aus der Akte und lege es neben das Magazin. Das Gesicht ist etwas unscharf, aber Frisur und Figur passen. «Das könnte sie sein», sage ich.

«Unter dem Foto steht, sie heißt Aiko.»

Aiko? In meinem Kopf macht es klick. «Das ist also unsere Aiko aus dem Tagebuch?», frage ich.

«Sieht so aus. Wir müssen sie nur noch finden und rauskriegen, wie sie wirklich heißt.»

«Goto haben wir damit am Haken.» Zufrieden reibe ich mir die Hände. Es läuft besser, als ich gedacht hatte.

Zwanzig nach sieben. Wenn ich pünktlich zu meinem Treffen mit Mari will, wird es Zeit. Yoko scheint zu ahnen, dass ich etwas vorhabe. Sie sieht mich die ganze Zeit prüfend an. Auf einmal steht Sato neben unserem Schreibtisch, in der Hand hält er einen Stapel Papier.

«Wir haben die Täter an den Eiern», sagt er und wedelt mit den Blättern vor Yokos Nase herum. «Der Fall ist gelöst.» Der triumphierende Unterton in seiner Stimme ist nicht zu überhören.

Yoko nimmt das Papier und überfliegt es. «Das ist ja alles mit der Maschine geschrieben», sagt sie und hält das letzte Blatt in die Höhe. «Da fehlt noch die Unterschrift.»

«Reine Formalie», sagt Sato. «Aso hat die Jungs weichgekocht, sie werden den Mord gestehen. Das ist nur eine Frage der Zeit. Morgen früh nimmt er sich den Chef der Bande noch mal vor.» Der Polizeirat grinst und zeigt auf das Protokoll: «Der Kollege hat alles schon mal vorbereitet, die müssen nur noch unterzeichnen.»

«Bei dem Verhör sind wir dabei», sagt Yoko. Als Sato abwinken will, zischt Yoko ihm zu: «Sie wissen, dass die Abteilung für Organisierte Kriminalität in Kasumigaseki Interesse an dem Fall hat. Ich wäre an Ihrer Stelle vorsichtig.» Yoko spricht demonstrativ Englisch, damit ich alles mitbekomme.

Sato überlegt einen Moment. Ich frage mich, was da zwischen den beiden läuft. Wie weit werden die Fäden in unserem Fall von Leuten an der Spitze der Polizei gezogen, die ich nicht kenne? So viel habe ich von der japanischen Polizeiarbeit schon mitbekommen: Frauen haben es hier nicht leicht. Ich weiß, dass Yoko ehrgeizig ist. Aber es ist Selbstmord für die Karriere einer Polizistin, sich so offen gegen ihren Chef zu stellen – in Tokio noch mehr als in Peine. Yoko muss extrem selbstbewusst sein, dass sie es trotzdem wagt. Oder sie ist sich der Unterstützung von oben sehr sicher, sonst würde sie es nicht wagen, derart offen dem Chef zu widersprechen.

«Gut», sagt Sato sichtlich zerknirscht zu Yoko, «Ahlweg-san und Sie können morgen dabei sein, wenn Aso den Fall löst.»

Der Chef sieht sich noch ein paar Mal zu Yoko um, als er zurück in sein Büro geht. Wenn Blicke töten könnten, hätte ich die längste Zeit eine Kollegin in Tokio gehabt.

«Was war das denn?», frage ich.

«Aso hat hier einen gewissen Ruf», sagt Yoko. «Vor kurzem mussten sie nach acht Jahren einen Mann aus dem Gefängnis entlassen, der wegen eines von Aso gefälschten Protokolls verurteilt worden ist. Und abgesehen von diesem Protokoll hatten sie nichts in der Hand.»

«Und Aso darf trotzdem weitermachen?»

«Er ist einer von uns. Man lässt einen Kollegen nicht fallen, nur weil er einen Fehler gemacht hat.»

«Gut, aber das muss ihn doch verwarnt haben. Er wird die gleiche Masche jetzt nicht noch einmal probieren», sage ich.

«Hast du eine Ahnung! Staatsanwaltschaft und Justizministerium decken Aso in dem Fall bis heute. Nach damaligem Kenntnisstand sei die Verurteilung richtig gewesen, heißt es von offizieller Seite. Darum habe ich ja auch darauf bestanden, dass wir beide morgen dabei sind: damit so etwas nicht noch einmal passiert. Zumindest nicht in diesem Fall.»

Ich sehe auf die Uhr. Wenn ich ein Taxi nehme, schaffe ich es noch pünktlich zu Mari. Ich verabschiede mich von Yoko, die mich erstaunt anschaut. Wahrscheinlich zweifelt sie an der Arbeitsmoral der deutschen Polizei. Verdenken kann ich es ihr nicht, aber ich kann ihr auch nicht erzählen, was ich vorhabe.

Hayasaki winkt mir nach und ruft: «Wir sehen uns im Komachi.»

Ich sehe, wie Yoko die Stirn runzelt. Ich lasse sie in dem Glauben, dass ich in die Izakaya gehe. Wenn sie wüsste, was ich wirklich vorhabe, würde sie es nicht allein beim Stirnrunzeln belassen.

14

Ein Taxi ist bald gefunden. Um diese Zeit ist die Shinjuku-dori, die von Kojimachi ins Verwaltungszentrum Tokios führt, voll mit den schwarzen, gelben und grünen Toyota Crown. Die Taxifahrer halten nach Fahrgästen Ausschau, die Büroschluss haben und schnell zurück in ihre Wohnungen und zu ihren Familien wollen. Schon der erste Wagen stoppt. Zwar sehe ich dem Fahrer die Enttäuschung an, die Fahrt nach Akasaka ist nur eine Kurzstrecke für 710 Yen. Aber er meckert nicht. In Peine wäre das anders. «Können Sie die paar Meter nicht laufen?» Wie oft haben Taxifahrer mich das gefragt, wenn ich vom Härke-Eck zu mir nach Hause gefahren bin.

Vor dem Fußgängerüberweg am Koban in Akasaka bitte

ich den Fahrer zu halten. Wegen der roten Ampeln bilden sich vor dem Zebrastreifen in beiden Richtungen lange Schlangen. Es ist die Zeit, in der sich der Stadtteil verändert. Bei Einbruch der Dämmerung wandelt Akasaka sein Gesicht. Aus den Büros strömen die Angestellten, die auf ein Feierabendbier in die Izakaya gehen. Junge Frauen, stark geschminkt, eilen in die Nebenstraßen mit den Bars und Clubs. Viele tragen kurze Röcke, die im Modegeschäft als Gürtel verkauft werden könnten. Nicht mehr lange, und es kommen die Nachtschwärmer.

Ein Polizist vom Koban steuert direkt auf mich zu. «Kann ich helfen?», fragt er.

Aus dem Augenwinkel sehe ich, wie in genau dem Moment, in dem er mich anspricht, eine Frau auf der gegenüberliegenden Straßenseite abdreht. Lange, glatte schwarze Haare, goldfarbene High Heels, dazu trägt sie einen eleganten Mantel, der ihr gerade bis über das Knie reicht. Das könnte Mari sein. Ich muss den Polizisten schnell loswerden, bevor sie es sich anders überlegt und geht. Der junge Ordnungshüter redet dienstbeflissen weiter auf mich ein. Er scheint sich in den Kopf gesetzt zu haben, heute eine gute Tat zu tun und einem der hier vermutlich oft hilflos herumirrenden Ausländer zu helfen. Ich erkläre ihm, dass ich eine Verabredung habe.

Er fragt ungerührt weiter. «Kuni wa, doko desuka?», aus welchem Land kommen Sie?

Ich antworte wirsch: «Aus Deutschland.»

Das spornt ihn an, sein Englisch weiter an mir auszuprobieren: «Mögen Sie japanisches Essen?»

Die Frau im Mantel beobachtet uns interessiert aus sicherer Entfernung. Kann der Kerl mich nicht einfach in Ruhe lassen?

Ich sage nur «hai», ja, fasse mir auf den Bauch, drehe mich um und lasse ihn mit offenem Mund stehen. Die Frau grinst.

«Ist nett, aus der Ferne zwei Bullen plaudern zu sehen», sagt sie und reicht mir die Hand. «Mari, deine alte Freundin aus Manila.»

Sie hakt sich bei mir ein, schmiegt ihren Körper an mich, als wolle sie sich wärmen. Mit einem Hüftschwung zieht sie mich mit sich und geht los. Dem jungen Polizisten bieten wir in diesem Moment bestimmt eine filmreife Szene. Ich gerate bei der Aktion fast ins Stolpern und bekomme im Augenwinkel gerade noch mit, wie der Mann den Kopf schüttelt.

«Los», sagt Mari, «so gut, wie wir uns angeblich kennen, da erwarten in der Bar alle, dass du mich etwas leidenschaftlicher anpackst.»

Sie nimmt meinen linken Arm und legt ihn um ihre Hüfte. Das ist mir noch nie passiert. Sie fühlt sich gut an. Ich muss lachen.

«Heute macht mir Polizeiarbeit in Japan zum ersten Mal Spaß», sage ich.

«Spaß kannst du später mehr haben. Was springt bei unserem Treffen für mich raus?»

«Du hilfst, die Wahrheit in einem Kriminalfall herauszufinden.»

«Reicht nicht zum Leben.»

«Was willst du?»

«Du lässt in der Bar ordentlich was springen. Ein Whiskey-Cola kostet 4000 Yen, ich bekomme zwanzig Prozent. Bei zehn Getränken sind das 8000 Yen.»

«Wie wäre es mit einer Flasche Champagner?»

Mari lächelt mich an und schmiegt sich noch fester an

mich. «Du lernst verdammt schnell», sagt sie. «Und bei einer Flasche sollte es nicht bleiben.»

Sie zieht mich auf ein Grundstück. Ein kleiner Weg, von niedrigem Bambus begrenzt, führt zu einem Restaurant. Auf dem Stellplatz stehen vor allem deutsche Luxuslimousinen. Mercedes Benz, BMW, auch drei Porsche 911. Für Japaner mit Geld sind diese Marken ein Statussymbol. In Peine sehe ich solche Wagen eher selten. Und wenn, dann fahren sie schnell durch.

Als ich auf den Eingang des Restaurants zugehen will und in Gedanken beim Kontostand meiner Kreditkarte bin, zieht mich Mari weiter.

«Ganz so teuer wird es mit mir nicht», sagt sie und lotst mich in eine Gasse. Abrupt bleibt sie stehen und sieht mich an. «Ist eine Abkürzung», sagt sie.

Ich sehe ihre schwarzen Haare, die im Licht der Straßenlaterne glänzen, ihre roten Lippen. Der Mantel hat sich leicht geöffnet. Ich kann nicht anders und starre in das weit ausgeschnittene Dekolleté auf die festen, üppigen Brüste. Ohne nachzudenken, lege ich meine Hand auf Maris Hintern und ziehe sie zu mir heran. Mein einziger Gedanke in diesem Moment ist, dass ich sie am liebsten küssen möchte.

«Langsam», sagt sie und schiebt mich mit einer deutlichen Geste weg. «So alt ist unsere Freundschaft auch wieder nicht.» Ihre Augen funkeln, halb wütend, halb herausfordernd. «Und jetzt komm. Da hinten, das dritte Haus mit der rosa Leuchtreklame im vierten Stock, das ist mein Club.» Sie zögert einen Moment, öffnet den Mantel ganz, sodass ich ihren Körper sehen kann. «Aber eine Show müssen wir denen schon bieten», sagt sie und zwinkert mir zu. «Wenn die merken, dass ich einen Bullen anschleppe, kannst du mir danach gleich noch einen Arzt bezahlen. Aber ich glaube, du bekommst das hin. Mach einfach so weiter, und Mama-san wird dich für nichts anderes als einen geilen Kunden halten.»

Ich spüre an der Wärme im Gesicht, dass ich rot werde. «Entschuldigung», stammele ich, «aber ...»

Sie gibt mir einen Kuss und legt mir den Finger auf den Mund. «Bleib einfach, wie du bist. Das gefällt mir», sagt sie und hakt sich wieder bei mir ein. «Und jetzt los, mir wird hier draußen langsam kalt.»

In dem Gebäude gibt es mehrere Clubs. «Cleopatra» heißt Maris Bar im vierten Stock. Von außen ist das Haus eher unscheinbar. Das Soba-Restaurant im Erdgeschoss ist gut besucht. Die Stimmen sind bis weit auf die Straße zu hören. Mari führt mich durch einen engen Nebeneingang zum Fahrstuhl. Als sie im vierten Stock die Tür öffnet, beginnt mein Puls zu rasen. Eine füllige ältere Dame lässt uns rein. Sie redet kurz mit Mari, dann begleitet sie mich allein an einen schummerigen Tisch in der Ecke des Lokals. Es ist noch recht leer. An einem Tisch neben dem Eingang sitzen zwei Japaner mit ihrer Begleitung und trinken Bier.

«Mari kommt gleich», sagt die Mama-san und stellt mir ein Schälchen mit Erdnüssen hin.

Ich muss grinsen. Viel anders als «Evas Paradies» in Peine ist das hier offenbar auch nicht.

Am Nachbartisch sitzen drei Frauen. Sie haben nur kurz aufgeschaut, als die Mama-san mich hergeführt hat. Ich mustere sie. Sie sind alle eher extrem mager, Mari mit ihren vollen Hüften ist ein anderes Kaliber.

«Sind Sie Amerikaner?», fragt mich eine in gebrochenem Englisch.

«Nein, ich bin Niedersachse.»

Wie aus einem Mund haucht jede der Frauen ein fragendes, lang gezogenes «Ah so» aus. Ich mag dieses japanische «Ah so», weil es gerade bei Frauen immer von ganz unten tief aus dem Bauch kommt und toll klingt. Es ist außerdem leicht ins Deutsche zu übersetzen, «ach so».

Keine traut sich nachzufragen, was das denn sei: Niedersachsen.

«Ausländer riechen irgendwie anders», erklärt die Kleinste in der Runde den anderen beiden, jetzt wieder auf Japanisch. Ich verstehe zwar nicht alles, doch Wörter wie «gaijin», Ausländer, oder «nioimasenka», streng riechen, kenne ich schon. Den Rest reime ich mir zusammen. So oder so, Nettigkeiten über mich tauschen die jungen Damen kaum aus. Dass Fremde, noch dazu aus Europa, ihre Sprache zumindest ein bisschen verstehen und sprechen können, erwarten die wenigsten Japaner. Das erfahre ich täglich, seit ich in Tokio bin. Ich beuge mich leicht vor, damit ich besser hören kann, was sie reden.

Wenn ich mir das richtig zusammenreime, sagt eines der Mädchen, dass sie keine Ausländer an sich ranlässt, weil sie streng riechen.

Eine andere widerspricht. Es wäre schon verkraftbar. Nur wenn sie Knoblauch gegessen hätten, wäre es unerträglich.

Hat sie das wirklich gesagt? Ich bin mir nicht sicher. Aber die generelle Botschaft ist klar. Die Frauen vertreten die in Japan recht verbreitete Ansicht, dass Ausländer strenger riechen und stärker schwitzen.

Die drei lachen.

Ich stehe langsam auf und gehe zu ihnen an den Nachbartisch.

«Entschuldigung», sage ich und verbeuge mich leicht. «Sie müssen keine Angst vor mir haben, die letzten vier Tage gab es bei mir allein japanisches Essen.»

Die Kleine hält sich vor Schreck die Hand vor den Mund. «Sie sprechen Japanisch?»

«Chotto», ein bisschen, sage ich. «Vielleicht etwas mehr als hundert Worte, aber ‹Knoblauch›, ‹Ausländer› und ‹stinken› gehören dazu.»

Die Frau versucht, die Situation zu retten. «Michiko», stellt sie sich kichernd vor und reicht mir die Hand. «Das sind meine Freundinnen Emiko und Yunko.»

Die Arme sieht aus, als wolle sie jeden Augenblick in Tränen ausbrechen. Ich finde das so komisch, dass ich sie tröstend in den Arm nehmen könnte.

«Alles in Ordnung?», höre ich hinter mir Maris Stimme.

Ich drehe mich zu ihr um. «Wir schließen gerade Völkerfreundschaft», sage ich und nicke den Frauen zu. Sie schauen betreten zu Boden.

Zurück an unserem Tisch, legt Mari demonstrativ eine Hand auf mein Knie. «Ich habe schon mal eine Flasche Champagner bestellt», sagt sie so laut, dass es auch die drei Frauen hören können. Sie stehen auf und ziehen einen Tisch weiter, sie wissen jetzt, wem der Ausländer an diesem Abend gehört.

«Dumme japanische Gänschen», sagt Mari. «Sprechen kaum Englisch, glauben aber, sie wären etwas Besseres.»

Ich versuche, charmant zu sein. «Etwas Besseres als dich gibt es hier nicht», flüstere ich ihr ins Ohr.

«Das siehst vielleicht du so, aber für die bin ich als Filipina bestenfalls zweite Klasse», sagt sie und schenkt uns beiden Champagner ein.

«Kanpai», prost.

Wir stoßen an, und Mari rückt nah an mich heran. «Kommen wir zum Geschäft», sagt sie. «Ich habe eine der Frauen auf dem Foto schon mal gesehen.»

«Welche?»

«Die mit dem Schmollmund und den langen Haaren. Sie ist hier als Etsuko bekannt.»

«Wie gut kennst du sie?»

«Kaum. Sie wechselt oft die Clubs, in denen sie arbeitet.»

«Weißt du, wo ich sie jetzt finden kann?»

«Kann sein, dass sie in Ikebukuro ist. Wo genau, weiß ich nicht.»

Wenigstens ein Anhaltspunkt. Yoko hat mir erzählt, dass Ikebukuro ein Bezirk ist, in dem das «Wassergewerbe» eine große Rolle spielt.

«Und die andere? Die Frau mit dem Pagenschnitt interessiert mich mehr.»

«Nie gesehen», sagt Mari und wendet sich ein bisschen zu schnell von mir ab, um ihr Glas nachzufüllen. Ich werde das Gefühl nicht los, dass sie mir etwas verheimlicht. Vielleicht kennt sie Aiko doch und hat nur Angst, mir von ihr zu erzählen. Wer tratscht schon gerne über die Geliebte des Yakuza-Bosses, in dessen Revier man arbeitet?

Die Zeit bei Champagner vergeht wie im Flug. Die Bar ist inzwischen gut gefüllt, und ich fühle mich wohl in Maris Gesellschaft. Sie flirtet ungeniert, doch sie erzählt nichts, was mir weiterhilft, Aiko zu finden. Während ich überlege, wie ich Mari etwas entlocken kann, kommen zwei Männer in die Bar. Sie scheinen die Mama-san gut zu kennen. Der eine mustert sorgsam die Gäste, und für einen kurzen Augenblick begegnen sich unsere Blicke. Kein Zweifel, das sind die beiden, die mich verfolgt haben. Die Mama-san führt sie in einen Nebenraum. Das kann kein Zufall sein, die sitzen mir im Genick.

Ich ziehe Mari eng zu mir heran. «Notfall», sage ich, «können wir uns schnell ins Séparée zurückziehen?»

Sie kichert und legt mir die Hand in den Schritt. «Du meinst das?»

Ich nicke. Ihre Hand brennt wie Feuer zwischen meinen Beinen. Ich kann es nicht steuern. Ich schäme mich, aber sie muss spüren, wie sehr sie mir gefällt. Warum lacht sie jetzt?

«Diese Bar ist kein Puff», flüstert sie mir ins Ohr. «Wir geben dir den Traum vom Sex. Das ist der Geschäftstrick von Hostessen meiner Klasse.»

Ich verstehe nicht. Sie nimmt die Hand weg und trinkt einen Schluck. «Pass auf, das funktioniert hier so», erklärt sie. «Du zahlst eine Menge Geld, dafür sind wir nett zu dir. Wir zeigen euch unsere weiblichen Waffen. Ihr dürft uns sogar ein bisschen berühren. So geben wir den Männern das Gefühl, dass sie eines Tages mit uns schlafen dürfen. Das hält sie bei der Stange.» Sie grinst und legt ihre Hand mit festem Druck wieder zwischen meine Beine.

«Das ist alles?»

Wieder lacht sie. «In der Regel ja. Aber einige der Hostessen fangen tatsächlich etwas mit Kunden an. Die braven Ehemänner können sich dann darauf verlassen, dass sie Profis sind. Es gibt keinen Skandal, keine Ehefrau erfährt etwas. Dafür stimmt der Preis.»

Das ist ja schön und gut, aber mich interessiert im Moment weniger, wie Japans Sexgewerbe funktioniert. Ich will wissen, wie ich am besten verschwinden kann. Ich fange an zu schwitzen. Was mache ich, wenn die beiden Männer aus dem Hinterzimmer kommen?

Mari setzt ihren Vortrag über Japans Nachtleben ungerührt fort. «Es gibt natürlich auch andere Bars. Sex ist da nur eine Frage des Preises», sagt sie.

Ich unterbreche sie brüsk: «Ich muss hier weg, egal wie.»

Sie sieht auf die halb volle Champagnerflasche. «Warum so eilig? Wir haben eine Vereinbarung, an die du dich halten musst.»

Es wäre schön, wenn auch sie sich an unsere Vereinbarung halten und mir etwas über Aiko erzählen könnte. Aber jetzt habe ich andere Sorgen.

«Kennst du die beiden Männer, die gerade mit der Mama-san ins Hinterzimmer gegangen sind?» Mari schüttelt den Kopf. «Ich bin mir ziemlich sicher, dass sie mich beschatten. Ich muss hier weg. Um dein Trinkgeld musst du dir keine Sorgen machen.»

«Wenn die wirklich hinter dir her sind, dann ist es das Beste, wir spielen unauffällig weiter. Sonst machen wir uns nur noch verdächtiger.»

Ich zögere. Mari hat wahrscheinlich recht. Für einen Moment überlege ich dennoch, einfach aufzustehen, zu zahlen und zu verschwinden, aber es ist schon zu spät. Die Tür zum Hinterzimmer geht auf, und die beiden Männer kommen heraus – begleitet von einem tätowierten Schrank, der mich unverhohlen angrinst. Mari versteht die Situation sofort, führt meine Hand an ihren Busen und kichert laut los. Ich nehme sie in den Arm.

«Spiel die Rolle des Kunden», zischt sie mir zu. «Die hauen schon wieder ab.»

Mari wendet sich um zur Mama-san, die neben den Männern am Tresen steht. «Wir möchten noch einen Champagner», ruft sie.

Die Geschäftsmänner am Nachbartisch sind bereits betrunken. Sie recken mir ihre Whiskeygläser entgegen. «Ganbatte!», brüllen sie. Das soll wohl heißen, dass sie mir Jagdglück wünschen.

Mari strahlt, als die Mama-san die neue Flasche bringt und vor unseren Augen entkorkt.

«Du weißt mehr über die zweite Frau auf dem Foto», flüstere ich ihr ins Ohr und streichle dabei demonstrativ ihre linke Brust. Wenn wir den Yakuza an der Bar schon ein Theaterstück bieten, dann soll es ein gutes Stück sein.

Wieder kreischt sie laut los und fällt mir um den Hals. Aus den Augenwinkeln sehe ich, dass die Männer an der Bar uns aufmerksam beobachten. «Es ist besser, wenn ich dir nichts sage», raunt sie mir zu. «Mit der Yakuza ist nicht zu spaßen.»

Ich ziehe die Flasche zu uns hinüber und schenke nach. «Nun sag schon, ich weiß, dass sie Aiko heißt. Du kennst sie.»

Ich spüre, wie ihr Körper sich versteift. Aber sie fängt sich schnell und schmiegt sich kokett an meine Schulter. Lacht. Selbst in so einer Situation bleibt sie souverän in ihrer Rolle. Ich beginne, diese Frau zu bewundern, sogar zu mögen. Mari ist ein echter Profi. Ich ahne jetzt, was sie damit meint, wenn sie sagt, die Hostessen verkauften den Männern Illusionen.

«Wie kann ich Aiko finden?» Ich proste Mari zu. «Es ist wichtig.»

Irre ich mich, oder füllen sich ihre Augen tatsächlich mit Tränen? Ich halte sie fester.

«Keine Angst», sage ich.

Sie nickt. «Ich weiß nicht, warum ich mich auf dieses Treffen eingelassen habe», flüstert sie und seufzt. «Okay. Aiko hat bis vor kurzem für einen Escort-Service gearbeitet.» Sie schenkt sich ihr Glas voll und leert es in einem Zug. «Magdalena Delicious. Ziemlich hochklassig. Nur für Japaner. Gaijin, Ausländer, kommen in diese Kreise üblicherweise nicht rein. Vielleicht kannst du Aiko da finden.» Sie lächelt und gibt mir einen schmatzenden Kuss auf die Wange. «Mehr weiß ich wirklich nicht.»

«Wenn die Ausländer gleich abweisen», sage ich, «wie soll ich an sie herankommen?»

«Einen Weg gibt es.»

«Der wäre?»

«Ein Japaner mit Einfluss muss dich empfehlen. Oder du musst Geld haben, das hilft in diesem Land immer. Ein Zimmer im Imperial Hotel und ein Tipp von einem Japaner, so könntest du es schaffen.»

Ermitteln in Tokio wird langsam teuer. Das Imperial am Hibya-Park im Zentrum Tokios gilt als eines der luxuriösesten Hotels der Stadt. Es ist aber so anonym, dass Yoko es bei unserem Ausflug nach Akasaka scherzhaft als das größte und teuerste Love-Hotel Tokios bezeichnet hat. Der Gedanke, mich dort für ein vorgebliches Schäferstündchen mit Aiko für eine Nacht einzumieten, gefällt mir. Was würde ich dafür geben, Benders Gesichtsausdruck zu sehen, wenn er die Spesenrechnung auf den Tisch bekommt!

Die Aussicht, an diese mysteriöse junge Frau heranzukommen, versetzt mich in Hochstimmung. Für einen kurzen Moment vergesse ich sogar die Yakuza an der Bar. «Noch eine», rufe ich der Mama-san zu und halte die leere Erdnussschale in die Höhe. Die Mama-san, die eben noch angeregt mit den Männern an der Bar gesprochen hat, winkt zurück. Sie wendet sich kurz wieder meinen mutmaßlichen Aufpassern zu, dann kommt sie an unseren Tisch. Ein Wortwechsel mit

Mari, und sie stellt eine neue Schale ab, randvoll gefüllt mit Wasabi-Erdnüssen.

«Sie hat gefragt, ob ich mich gut amüsiere», sagt Mari.

«Und?»

«Wie in den alten Zeiten in Manila, habe ich gesagt. Ich hoffe, sie nimmt uns die Geschichte ab.»

Ich antworte mit einem Kuss. Die Männer an der Bar sollen glauben, dass Mari nichts anderes tut, als auch mir den ewig alten Männertraum von der großen Liebe vorzuspielen.

Wie lange sind wir inzwischen hier. Zwei, drei Stunden? Ich spüre, dass mir der Alkohol langsam zu Kopf steigt. Ich muss sehen, dass ich hier wegkomme. Die Champagnerflasche ist schon wieder fast leer. In der Geschwindigkeit halte ich das Trinken nicht mehr lange durch. Von Mari werde ich außerdem keine Informationen mehr bekommen.

Sie sitzt auf meinem Schoß, legt ihre Arme um meinen Hals und flüstert mir ins Ohr: «Lass uns einfach die ganze Nacht durchmachen.»

Vielleicht sollte ich das wirklich tun? Ich fühle mich wohl mit dieser Frau. Doch das Tempo, in dem Mama-san Champagner nachliefert, bringt mich an die Grenze meiner Leistungsfähigkeit – körperlich und finanziell.

Als ich Mari das sage, lacht sie. «Das ist das Geschäftsmodell japanischer Hostessenclubs», erklärt sie mir. «Wenn Männer hier nicht trinken, gilt das unter ihren Geschlechtsgenossen schnell als unmännlich, sogar als unjapanisch.»

In dem Moment stürmt eine Gruppe älterer Herren in die Bar, Büroangestellte nach Feierabend der Kleidung zufolge. Sie setzen sich an den langen Tisch direkt neben unserer kleinen Nische. Die Männer tragen die Einheitskluft der japanischen «salary-men», dunkle Anzüge mit weißen Hemden und langweiligen Krawatten. Der Älteste scheint der Chef zu sein. Er ist schon angetrunken. «Kyou wa bureikou de!, weist er seine Mitarbeiter an. Die anderen nicken.

«Er schlägt vor, jetzt alle Status- und Höflichkeitsrituale auszusetzen, die in der japanischen Gesellschaft eine so große Rolle spielen», erklärt mir Mari. Sie berichtet, dass Mitarbeiter in solchen Situationen, aber nur in solchen Situationen, ihrem Chef alles offen sagen dürfen, was sie denken. Vom Chef wird dann erwartet, dass er das alles am nächsten Morgen wieder vergessen hat, wenn man sich im Büro sieht. Klare Worte ohne Konsequenzen, nach meinen bisherigen Erfahrungen gibt es das im japanischen Alltag sonst nicht.

Mit den neuen Gästen am Nachbartisch verspricht der Abend noch spannender zu werden. Die Mama-san kommt, sie hat gleich einige Flaschen Whiskey auf dem Tablett. Das Etikett erkenne ich sofort wieder. Genau die Sorte haben wir bei der Toten in Sanbancho gefunden. Nur ein Zufall? Die jungen Frauen, die noch keine Kunden haben, nähern sich langsam der Herrenrunde. Sie defilieren erst an dem Chef vorbei. Der zieht die zierliche Michiko zu sich.

Wahrscheinlich liegt es nur am Champagner, aber ich fühle mich ziemlich beschwingt. Voller Tatendrang. Hier in der Bar habe ich allerdings alles erreicht, was ich kann. Mari hat mir erzählt, was sie weiß. Ich sollte verschwinden.

«Ich genieße die Zeit mit dir sehr, Mari», sage ich und wende mein Gesicht langsam nach links zur Bar, wo die drei Männer stoisch an ihren Drinks nippen. «Aber es wird Zeit für mich.»

Mari nickt. «Ich verstehe», sagt sie. Dabei schenkt sie mir wieder dieses kokette Lachen, mit dem sie mich schon den ganzen Abend verwöhnt hat und das wie ein Versprechen auf mehr klingt. Gleichzeitig merke ich aber, wie sie auf dem Weg zur Kasse schon mal unauffällig die wenigen Männer am Nachbartisch mustert, die ohne weibliche Gesellschaft geblieben sind. Die potenziellen neuen Kunden machen es ihr leichter, mich ziehen zu lassen.

Als mir die Mama-san die Rechnung präsentiert, bekomme ich einen Schreck. 90 000 Yen, rund 700 Euro. Ich stecke die rosafarbene Quittung lässig in die Jackentasche. Mal sehen, ob sich das einreichen lässt.

Mari öffnet mir die Tür und legt noch einmal ihre Arme um meinen Hals. «Pass auf dich auf», flüstert sie mir zu. Laut sagt sie: «Es war schön, über die alten Zeiten in Manila zu sprechen, Bernie-san.»

Dann verbeugt sie sich mit der Mama-san, die neben sie getreten ist, tief vor mir. Als sie die Tür hinter mir schließen, sehe ich durch die Glasscheibe, dass der erste der drei Männer an der Bar aufgestanden ist. Auf den Aufzug will ich nicht warten. Ich nehme zwei Stufen auf einmal und eile das kahle Betontreppenhaus hinunter und raus auf die Straße. Im Gewimmel der Nachtschwärmer fühle ich mich sicher und blicke zurück zur Bar. Da steht er, der Yakuza, der das Bein nachzieht. Er gibt jemandem ein Zeichen.

Schnell versuche ich in die Richtung zu sehen, in die er gewunken hat. Zwei Männer fallen mir auf. Sie stehen vor dem irischen Pub an der Ecke zur Hauptstraße. Die Kneipe scheint ein beliebter Treffpunkt für Ausländer zu sein. An den Holztischen, die im Freien aufgebaut sind, sind die beiden die einzigen Asiaten. Der eine trägt eine dicke Hornbrille. Als der Yakuza ihnen von der Bar her zugewunken hat, haben sie schnell ihre Biergläser abgestellt. Dabei sind die Gläser noch fast voll, sogar die Schaumkrone ist noch zu sehen. Langsam kommen die beiden jetzt näher. Das ist der Beweis: Ich werde beschattet. Ich tue so, als würde ich mir die Auslagen in einem Juweliergeschäft ansehen. In dem Laden gibt es einen Spiegel, in dem ich beobachten kann, was auf der Straße hinter mir passiert. Die beiden halten Abstand, ganz offensichtlich aber sollen sie mich im Auge behalten. Der Mann mit der Brille scheint der Boss zu sein, immer wieder flüstert er dem anderen etwas zu. Der zweite Mann ist stämmiger gebaut, die Nase ist erstaunlich breit und flach. Er hat sich in seiner Karriere als Gangster wohl zu oft geprügelt. Ich präge mir die beiden Gesichter ein und schlendere langsam weiter.

15

Auch die beiden Männer setzen sich wieder in Bewegung. In Akasaka ist es um diese Zeit zwar voller Menschen, doch abhängen kann ich die Verfolger selbst hier nicht. Mit meiner Statur und der weißen Mähne ist es mir praktisch unmöglich, mich unsichtbar zu machen. Als ihren neuen «Kollegen aus Deutschland mit der Koizumi-Frisur» hat mich eine der Polizistinnen in Kojimachi kürzlich bezeichnet. Der frühere japanische Premierminister Koizumi ist einer der wenigen älteren Japaner, die sich die Haare nicht schwarz färben, um jünger zu wirken.

Mit großen, schnellen Schritten biege ich von der Hauptstraße mit ihren Izakayas, chinesischen Garküchen und Bars ab in eine der Querstraßen. Dank Yokos Führung weiß ich, dass das der kürzeste Weg zur U-Bahn ist.

Es ist ruhiger hier, obwohl die Nachtbars und Restaurants nur eine Straße entfernt sind. Vereinzelt huschen ein paar Nachtschwärmer vorbei. Wieder bleibe ich vor einem Schaufenster stehen, in dem sich spiegelt, was hinter mir passiert. Kein Zweifel, die beiden Männer sind noch da. Ich sehe sie an der Straßenecke. Der mit der Hornbrille kauft sich am Zeitungsstand ein Magazin, während der andere zu mir rüberstarrt. Ich könnte jetzt eine Station bis zu meiner Haltestelle Hanzomon zurückfahren und direkt ins Hotel gehen. Aber irgendwie komme ich langsam auf den Geschmack. Ich beschließe, die beiden in das Gewirr der kleinen Fressgassen hinter dem Bahnhof Yurakucho zu locken und dort abzuhängen.

«Das Spiel ist eröffnet», flüstere ich in die Nacht.

Wenn ich nur wüsste, wer sich da so viel Mühe gibt, über jeden meiner Schritte informiert zu sein? Hat Goto Informanten bei der Polizei und weiß bereits, dass ich die treibende Kraft bei den Ermittlungen bin? Oder haben mich gar die eigenen Kollegen von der Tokyo Metropolitan Police unter Beobachtung, damit ich keine Dummheiten mache? Yoko traue ich glatt zu, ihren deutschen Partner mit ausgeprägtem Hang zu Alleingängen beobachten zu lassen. Schließlich ist sie nach japanischem Verständnis für mich verantwortlich. Mir fällt ein Kommentar ein, den Bender schon kurze Zeit nach seinem Amtsantritt in meiner Personalakte in Peine vermerkt hat: «Ahlweg ist beliebt bei seinen Kollegen, gilt aber als Einzelgänger. Moderne Teamarbeit ist nicht seine Stärke.» Ich bin erst ein paar Tage in Tokio, da wird Yoko hoffentlich nicht genauso schnell den Stab über mich brechen, wie Bender das getan hat.

Ich laufe die Treppe von der Yurakucho-Linie zur Straße

hoch. Oben wimmelt es von Menschen. Links quietschen die Züge der Yamanote-Ringbahn. Vorne sehe ich eines der wenigen deutschen Lokale in Tokio. Eine schwarz-rot-goldene Flagge, Reklametafeln für Paulaner Weißbier, Bratwürstchen, Sauerkraut und Brezeln. So stellt sich der Japaner die typisch deutsche Küche vor. Vor dem Eingang stehen die Menschen Schlange.

Ich eile weiter. An der nächsten Ecke bin ich am Ziel. An der Izakaya mit dem Gerüst, an dem geräucherte Fische hängen, beginnt das Labyrinth der kleinen Gassen. Ich stehe vor einer Holzkiste voller Austern. Ein Gang führt zwischen den Kneipen ins Dunkle. Rote Lampions beleuchten die ersten Meter der Gasse. Hier kann ich meinen Verfolgern eine Lektion erteilen. Die beiden geben sich schon lange keine Mühe mehr, sich zu verbergen. Knapp hundert Meter hinter mir warten sie vor einem chinesischen Schnellimbiss. Der mit der Hornbrille tut so, als studiere er die Speisekarte. Ich winke ihnen zu, dann sprinte ich um die Ecke. Sehen kann ich sie nicht mehr, aber ich höre das Klacken von Absätzen. Sie rennen.

Ich laufe in eine kleine Gasse zwischen einer Sushi-Bar und einem koreanischen Lokal. Ein rosiger Schweinskopf verrät, was hier angeboten wird. Eine Kellnerin steht rauchend in einer der Küchentüren. Ein Mann rollt ein Bierfass durch den Hintereingang in eine der Kneipen. Überall hängen die großen länglichen Lampions mit den Namen der Izakayas. Rot, gelb, weiß – es ist ein buntes Farbenmeer. Dazwischen immer wieder finstere Gänge, in denen kein Licht leuchtet. Über mir rattern die Züge. Ich bleibe stehen und lausche. Habe ich sie abgehängt? Da sehe ich den Mann mit der Boxernase um die Ecke biegen. Mist. Er sieht mich, ruft seinem Kollegen etwas zu. Und schon ist das Klacken ihrer Absätze wieder hinter mir. Rechts in die kleine Gasse, hier kreuzen zwei Wirtschaftswege. Ich überlege kurz, halte mich dieses Mal links. In der Entfernung höre ich, dass sich zwei Männer etwas zurufen. Sind das die beiden? Sehen kann ich sie nicht. Ich merke, dass ich ewig keinen Sport mehr gemacht habe. Mir geht die Puste aus. Seitenstiche. Eine Verfolgungsjagd halte ich nicht mehr lange durch.

Da geht plötzlich vor mir eine der Küchentüren auf. Eine alte Frau stellt einen Sack mit Abfällen heraus. Bevor sie die Tür wieder schließen kann, bin ich da und schiebe einen Fuß dazwischen. Mit angstgeweiteten Augen sieht sie mich an, sie öffnet den Mund. Bevor sie schreien kann, nehme ich sie fest in den Arm und verschließe mit der linken Hand ihren Mund. Den Zeigefinger der rechten halte ich vor meine Lippen.

«Psst!», raune ich ihr zu, sage auf Japanisch: «Gefahr, Hilfe, böse Männer sind hinter mir her.»

Sie scheint zu verstehen. Langsam nickt sie. Ich spüre, wie ihr Körper sich entspannt. «Okay», sagt sie.

Ich lasse sie los. Sie schließt schnell die Tür und lächelt mich an. Damit habe ich nicht gerechnet. «Danke», flüstere ich der unbekannten Retterin zu.

Draußen höre ich die Schritte meiner Verfolger. Eine halbe Minute später, und die beiden hätten mich erwischt.

Langsam beruhigt sich mein Puls wieder. Ich habe sie abgeschüttelt. Doch sie werden die Gassen der Umgebung im Auge behalten. Über die Hintertür kann ich unmöglich abhauen. Ich muss dreist aus dem Haupteingang herausspazieren. Der liegt direkt an der Verbindungsstraße, die unter den Bahngleisen durchführt. Dort ist es voller Menschen und hell beleuchtet. Die Frau führt mich aus der Abstellkammer mit dem Müll in die Küche. Die Köche machen weiter, als ginge sie das alles nichts an. Fast hätte ich dem einen die Pfanne zu Boden gerissen, in der er Scampi brät. Auf engstem Raum arbeiten vier Männer, überall stehen Plastikschüsseln mit Lebensmitteln. Ich muss an Elsas Küche im Härke-Eck denken. Die ist drei Mal so groß, aber auch drei Mal so tot. Meine Retterin lenkt mich zum Durchgang, der in den Gastraum führt. Sie nickt mir zu, sagt «Viel Glück» und schiebt mich hinaus zu den Gästen.

Die Izakaya scheint beliebt zu sein. Statt auf Stühlen sitzen die Gäste auf gelben Bierkisten an langen Holztischen. Rauchen ist hier noch erlaubt, Tabakqualm hängt in der Luft. Nur hinten in der Ecke, bei einer Gruppe Japanerinnen, ist noch ein Platz frei. Das Gekicher der Frauen ist durch das ganze Lokal zu hören. Sie scheinen sich prächtig zu amüsieren. Ein besseres Versteck als mitten in einer fidelen Frauengruppe kann ich kaum finden. Artig frage ich auf Japanisch, ob ich mich zu ihnen setzen darf. Gejohle ist die Antwort. Eine der Damen steht auf und lädt mich auf Englisch mit amerikanischem Akzent ein, neben ihr Platz zu nehmen. Sie scheint die Wortführerin zu sein. Kaum sitze ich, schon fragt sie mich aus, und alle anderen lauschen andächtig. Woher ich komme? Was ich in Japan mache? Bei dieser Frage weiche ich aus, murmele nur etwas von schwierigen Geschäften in Tokio. Allseitiges Nicken ist die Antwort.

Ich bin in eine Gruppe trinkfester Bridgespielerinnen geraten. Nach dem Spiel gehen sie auf einen Absacker und ein paar gebratene Austern gerne gemeinsam in die Izakaya. Ungefragt schenkt mir meine Nachbarin einen Sake ein.

«Ich hätte lieber einen Oolong-Tee», sage ich. Wer weiß, wo die beiden Yakuza stecken? Ich habe vom Champagner einen Schwips – wenn ich jetzt noch Reiswein trinke, habe ich keine Chance mehr, die beiden abzuschütteln.

Während ich die Kellnerin herbeiwinke, sehe ich, wie jemand den Vorhang an der Eingangstür zur Kneipe zurückschiebt. Es ist der Mann mit der Hornbrille. Ich verstecke mich schnell hinter dem Rücken meiner Nachbarin. Dabei packe ich sie fest an die Hüften. Zu fest offenbar, denn sie quittiert meine Berührung mit einem lauten Quietschen. Das ganze Lokal sieht auf uns, auch der Yakuza an der Tür. Ein breites Grinsen zeigt, dass er mich gesehen hat. Ich rechne damit, dass er jeden Moment hereinkommt. Doch er dreht sich um und schließt die Tür. Vielleicht muss er erst seinen Kollegen informieren. Zu zweit können sie mir jeden Fluchtweg abschneiden.

Bei der Frauenrunde kann ich nicht bleiben. Ich renne zurück zur Küche. Die Köche reißen den Mund auf, als ich ohne Rücksicht auf herumstehende Pfannen und Töpfe zum Hinterausgang laufe. Dort spült die Frau, die mich vor weniger als einer Viertelstunde gerettet hat, Biergläser. Wortlos steht sie auf, schüttelt mit dem Kopf und öffnet mir die Tür. Ich bin wieder im Freien. Am Ende der Gasse höre ich Schritte. Wahrscheinlich ist es der Komplize des Brillenmannes, der mir den Fluchtweg über die Küche versperren will.

Mir bleibt nur eine Richtung, in die ich laufen kann. Ich weiß jetzt nicht mehr genau, wo ich bin. Vor mir sehe ich in einer Seitenstraße ein paar Männer im Vorzelt einer Izakaya Bier trinken. Ich renne los. An der Kreuzung bremst plötzlich direkt vor mir ein dunkler BMW. Ein Japaner mit Sonnenbrille reißt die Tür auf und fordert mich in akzentfreiem Englisch auf einzusteigen. Hinter mir höre ich das Schnaufen meiner

Verfolger. Ohne lange nachzudenken, schwinge ich mich ins Auto, das mit quietschenden Reifen davonrast.

«Ich freue mich sehr, dass Sie unserer kurzfristigen Einladung so bereitwillig folgen», sagt der Mann neben mir. Er nimmt die Sonnenbrille ab und deutet eine Verbeugung an. Ich bin außer Atem und kann nicht antworten. «Ich habe gehört, dass Deutsche verständige Menschen sind», erklärt mein Nachbar. «Jetzt sehe ich, dass das stimmt.» Im Rückspiegel kann ich sehen, dass der Fahrer grinst.

Was soll das? Freundliche Verbrecher kidnappen einen Polizisten? Ich versuche, das Spiel mitzuspielen.

«Wem verdanke ich die überraschende Einladung?», frage ich.

«Entschuldigen Sie bitte, dass ich mich noch nicht vorgestellt habe. Mein Name ist Tanaka. Herr Goto, den Sie ja kennen, hat mich gebeten, Sie zu ihm zu bringen.»

Höfliche Kriminelle – Japan überrascht mich immer wieder. Ich habe mich von denen mit meiner blöden Verfolgungsjagd wie ein Hase in die Falle locken lassen. Wobei ich nicht einmal sicher sein kann, dass die beiden Männer aus Yurakucho zu Gotos Bande gehören.

Die Ausbeulung des Jacketts an der Brusttasche verrät, dass Tanaka bewaffnet ist. Ich habe gewusst, dass es gefährlich wird, sich mit der Yakuza anzulegen. Warum habe ich Yoko nicht über meine Schritte informiert? Sie hätte bestimmt ein paar brauchbare Tipps, wie man sich im Gespräch mit einem japanischen Mafiaboss verhält. Jetzt ist es zu spät. Ich sehe das Grinsen des Fahrers im Rückspiegel und sinke tiefer in das weiche Lederpolster.

«Es dauert ein bisschen», sagt Herr Tanaka. «Entspannen Sie ein wenig. Der Chef liebt deutsche Luxuslimousinen, weil sie so bequem sind.» Dabei hüpft er demonstrativ auf seinem Sitz auf und ab.

Ich kann durch die getönten Scheiben ohne Probleme nach außen sehen. Anfangs sagen mir die Hinweise auf den Verkehrsschildern noch etwas. «Shibuya», «Setagaya», dort bin ich schon gewesen. Bald ändert sich das, die Namen sind mir ein Buch mit sieben Siegeln. Ich habe keine Ahnung, wohin wir fahren. Sollte ich hier heil herauskommen, kann ich Yoko nicht einmal berichten, wohin die beiden Männer mich gebracht haben. Kluge Dozenten an Polizeiakademien erklären, Entführungsopfer sollten sich markante Gebäude merken. Diese Klugscheißer sind nie durch die Vororte von Tokio gefahren. Für mich sieht das alles gleich aus. Mehrstöckige Beton- oder Glasklötze, im Erdgeschoss kleine Läden und an jeder dritten oder vierten Kreuzung ein «Starbucks» an der Ecke. Ich würde nichts wiedererkennen, also lehne ich mich zurück und warte ab. Mehr kann ich jetzt nicht tun.

Wir sind schneller am Ziel, als ich erwartet habe. In einer ruhigen Nebenstraße bremst der Fahrer vor einem großen Holztor ab. Der Wohnsitz des Oyabun ist beeindruckend. Über einen mindestens hundert Meter langen Schotterweg rollen wir auf eine Villa zu, die aussieht wie die herrschaftlichen japanischen Residenzen auf den alten Holzstichen, die ich aus dem Kulturreiseführer kenne. Mit dem Tokio, das ich bislang gesehen habe, hat das allerdings wenig zu tun. Hier dominieren gesichtslose Glaspaläste neben langweiligen Betonkästen. Gotos Residenz ist das erste Gebäude, das an das alte Japan erinnert. Das Anwesen ist nur spärlich beleuchtet. Eine Laterne neben der Eingangstür und Leuchten an einem Weg, der hinter dem Haus in einen Park führt, sind die einzigen Lichtquellen. Alle Fenster sind dunkel. Der Fahrer hat die Scheinwerfer ausgemacht. Ich spüre einen Kloß im Hals, hinter den Ohren rollen langsam Schweißperlen den Hals hinunter. Meine Begleiter bleiben stumm. Was haben die mit mir vor?

Plötzlich ist überall Bewegung, der Platz von einem Moment zum anderen in gleißendes Licht getaucht. Gleichzeitig öffnen zwei Männer in karierten Anzügen die beiden Flügel des Eingangsportals. Sie bauen sich links und rechts der Tür auf und halten ihre Hände demonstrativ an der Innentasche der Sakkos. Ich rechne schon damit, dass sie gleich ihre Waffen ziehen. Ich versuche, die Autotür zu öffnen.

«Einen Moment», sagt Tanaka, der auf der ganzen Fahrt geschwiegen hat. «Kindersicherung», erklärt er und grinst. «Sicher ist sicher.» Der Fahrer steigt aus und öffnet Tanaka und mir mit einer freundlichen Verbeugung die Tür.

Im Türrahmen steht ein kleiner, feminin aussehender Mann. Ich erkenne ihn sofort. Das ist der Mann, den ich auf Fotos gesehen habe. Tomonaga Goto. Es ist kaum zu fassen. Ich bin angetrunken und durchgeschwitzt und stehe einem der mächtigsten Yakuza-Bosse Japans gegenüber.

16

Goto kommt mir auf der Treppe eine Stufe entgegen. Die Männer neben der Tür verziehen keine Miene.

«Ich freue mich, einen Ausländer kennenzulernen, der hingebungsvoll den Gesetzen meines Landes dient», sagt der Yakuza-Boss.

Dabei blickt er starr an mir vorbei. Seine ganze Körpersprache verrät mir, wie wenig er von mir hält. Trotz der Höflichkeitsfloskel deutet er nicht einmal ansatzweise eine Verbeugung an. Eine grobe Unhöflichkeit ist das. So viel verstehe sogar ich mittlerweile von japanischer Etikette. Ich sehe ihm direkt in die dunklen Augen. Es irritiert mich immer wieder, dass die Augen vieler Japaner so schwarz sind, dass man die Pupillen nicht erkennen kann.

«Folgen Sie mir.»

Gotos Stimme ist verblüffend piepsig. So habe ich mir einen mächtigen Unterwelt-Boss nicht vorgestellt.

«Ich bedanke mich für die überraschende Einladung», sage ich und verschränke die Arme vor meiner Brust.

Ich bleibe am Absatz der Treppe stehen. Goto zieht die Augenbrauen hoch. Damit hat er offenbar nicht gerechnet, dass seine Dreistigkeit von mir genauso beantwortet wird.

Der Hauch eines Lächelns huscht über Gotos Gesicht. «Was mir über Sie erzählt wurde, ist nicht übertrieben», sagt er, und jetzt deutet er eine leichte Verbeugung an. «Ich höre, Sie haben Fragen an mich, Herr Kommissar. Die Höflichkeit gebietet, dass ich Ihnen helfe, die richtigen Antworten zu finden.» Dabei dreht er sich um und weist mir mit der Hand, ihm zu folgen.

«Danke für Ihre kostbare Zeit», antworte ich.

Goto schließt die Tür hinter uns. «Ich weiß es wirklich zu schätzen, dass Sie als Polizist im Dienste eines Ihnen fremden Landes so viel Einsatz zeigen», sagt er.

Der Mann scheint Witz zu haben. Ich sehe ihn an. Sein Gesicht bleibt regungslos, auch die Augen blicken starr. Der meint das ernst, jedes Wort. Humor und Ironie, das habe ich schon gemerkt, sind nicht die stärksten Seiten der Japaner.

Goto zollt mir ein Mindestmaß an Anerkennung, weil ich es als Polizeioffizier zumindest nach den Regeln der Gesellschaft verdiene, als ein gleichwertiger Gegner behandelt zu werden.

Ich folge ihm in den Eingangsbereich. Eine geschwungene Marmortreppe führt in das Obergeschoss. Als ich auf den roten Läufer trete, versinken meine Schuhe im weichen Velours. In regelmäßigen Abständen hängen Fotografien an der Wand, alles Porträts von Männern. Unten bei den ersten Stufen sind sie noch schwarzweiß. Weiter oben werden sie farbig.

Goto dreht sich um. «Hier sehen Sie alle meine Vorgänger», sagt er.

«Familie oder Yakuza?», frage ich.

«Das eine schließt das andere nicht aus.»

Am Ende der Galerie hängt – doppelt so groß wie seine Ahnen – mein Gastgeber, der auf alle bisherigen Bosse der Sumiyoshi-kai herunterblickt. Goto ist als Einziger als Ölbild für die Nachwelt verewigt.

Ein Rundgang durch das Zimmer, in das er mich führt, ist wie ein Streifzug durch die Kulturgeschichte europäischer Inneneinrichtung. Alle Stilepochen finden sich hier wild durcheinander wieder, in der Mitte steht ein dunkles Chesterfield-Sofa. Der Yakuza-Boss fordert mich auf, dort Platz zu nehmen.

«Darf ich Ihnen etwas zu trinken anbieten?», fragt er und geht zu einem barocken Sekretär an der Wand. Er öffnet die Klappe, holt eine Flasche Whiskey heraus und streckt sie mir entgegen. Wie schon im Hostessenclub ist es genau die Sorte, die wir unter dem Nachttisch der ermordeten alten Dame gefunden haben.

«Ach nein. Den mögen Sie nicht», sagt Goto. «Lieber einen Sake?» Ich nicke. Er holt eine andere Flasche aus dem Schrank. «Das ist ein ganz besonderer Tropfen», sagt er, «setzen Sie sich doch bitte.»

An der Tür stehen zwei Aufpasser, die Knöpfe im Ohr und die ausgebeulten Sakkos verraten auf den ersten Blick, welchen Job sie bei Goto haben. Mit einem Kopfnicken schickt er sie aus dem Raum. Er reicht mir ein Glas und setzt sich mir gegenüber in einen Lehnsessel. Den großen Strauß bunter Frühlingsblumen, der zwischen uns auf dem Tisch steht, schiebt er langsam zur Seite.

«Auf weißem Marmor gibt Wasser immer so unangenehme Flecken», sagt er.

Träume ich, oder plaudere ich hier wirklich mit einem Gangsterboss über Belanglosigkeiten?

«Wo haben Sie so gut Englisch gelernt?» Es fängt an, mir Spaß zu machen, bei Gotos abgeschmackter Posse mitzuspielen.

«In Berkeley», antwortet er. «Ich habe in den Vereinigten Staaten zwei Jahre Rechtswissenschaft studiert. In meinem Job kann das ja nicht schaden.» Er lacht schallend und hält mir sein Glas entgegen. «Mit meiner neuen Leber kann ich meine alten Trinkgewohnheiten ja fortsetzen», sagt er und grinst. «Kanpai.»

«Kanpai», sage ich und beuge mich vor. «Da Sie mich so freundlich in Ihr Haus eingeladen haben, werden Sie wissen, was mich interessiert.»

Goto schüttelt leicht den Kopf und lehnt sich genüsslich im Sessel zurück. «Gerüchte», flüstert er, «mir sind aus der Polizei nur Gerüchte zugetragen worden.»

Aus der Polizei? Also hat Yoko recht, wenn sie glaubt, dass

es bei der Tokyo Metropolitan Police eine undichte Stelle gibt.

Ich zücke meinen Notizblock. «Mich interessiert Ihre Beziehung zu einer Hostess namens Aiko. Auch Ihr Verhältnis zu einer älteren Dame namens Keiko Hasegawa aus Sanbancho wirft Fragen auf.» Ich hole einen Stift aus der Innentasche und sehe Goto erwartungsvoll an.

«Keiko Hasegawa, wer soll das sein?»

«Eine gute alte Bekannte Ihres Großvaters.»

Goto scheint wirklich überrascht. Er zögert einen Moment, wirft einen Blick auf ein Foto, das im Goldrahmen an der Wand hinter mir hängt. «Das ist mein Großvater. Was soll er mit dieser, wie heißt sie doch gleich ...»

«Hasegawa, Keiko», erwidere ich.

«Wie kommen Sie darauf, dass mein Großvater etwas mit dieser Frau zu tun hatte. Er ist bereits seit fünf Jahren tot.»

«Er hat sie, als sie siebzehn war, vergewaltigt und in ein japanisches Frontbordell in der Mandschurei verschleppt.»

«Ahlweg-san, das sind alte Geschichten. Nichts davon ist bewiesen.»

«Goto-san», sage ich und revanchiere mich damit für die erste direkte Anrede in unserem Gespräch, «es gibt eine Vergangenheit, die nicht vergehen will. Und Keiko Hasegawas Ermordung hat viel mit Ihnen und der Gegenwart zu tun.»

«Das müssen Sie mir erklären.»

Wie viel darf ich ihm verraten? Ich muss vorsichtig sein. Andererseits, warum soll ich um den heißen Brei herumreden? Offenbar weiß Goto sowieso schon alles über die laufenden Ermittlungen. Also beschließe ich, den Stier direkt bei den Hörnern zu packen.

«Tun Sie doch nicht so», sage ich entschieden. «Die Tote

war eine enge Vertraute ihrer Mätresse Aiko. Da schließt sich der Kreis, der zu Ihnen führt. Zweimal taucht der Name Goto auf, es gibt Hinweise, dass sich die alte Dame über Aiko mit Ihnen in Verbindung gesetzt hat. Sie sind dringend verdächtig, Keiko Hasegawa ermordet oder zumindest den Mord in Auftrag gegeben zu haben.»

Goto lehnt sich im Sessel zurück. «Was wäre mein Motiv?»

«Die Verbrechen der Vergangenheit in Verbindung mit ihren Rotlichtbars in Akasaka, da gibt es bestimmt einiges zu verbergen.»

Der Yakuza schmunzelt. «Vielleicht haben Sie es noch nicht mitbekommen, Herr Kommissar. Sie ermitteln jetzt in Japan. Und der Premierminister dieses Landes, der von der amerikanischen Regierung hoch geschätzte Shinzo Abe, hat erst dieser Tage erklärt, dass es all diese angeblichen Verbrechen der japanischen Armee nie gegeben hat. Das Gerede von den Sexsklavinnen ist koreanische Propaganda, so was glauben in Japan allenfalls ein paar Anarchisten und unverbesserliche Gutmenschen. Meinen Großvater können Sie mit solchen Anschuldigungen in diesem Land nicht in den Schmutz ziehen. Im Gegenteil: Mein Ruf wäre nach Vorwürfen wie diesen bis in die höheren Kreise der Gesellschaft wahrscheinlich besser als zuvor.»

Möglicherweise hat Goto sogar recht. Was ich bislang aus der Lektüre der beiden englischsprachigen Tageszeitungen, der nationalkonservativen «Japan News» und der eher liberalen «Japan Times», schließen kann, gehen die Japaner mit ihrer Vergangenheit anders um als die Deutschen. Was ich bisweilen in «Japan News» lese, das würde ich in Deutschland bestenfalls in extrem rechten Blättern finden.

Ich muss Goto anders aus der Reserve locken. «Vielleicht

hat die Tote von Ihrer Freundin Informationen erhalten, die Ihren aktuellen Geschäften gefährlich werden können. Es gibt einen ganzen Strauß an möglichen Motiven, warum Sie die alte Dame lieber tot als lebendig sehen wollten.»

«Was sollten das für Informationen gewesen sein?»

«Erzählen Sie es mir.»

«Unsere Geschäfte in Akasaka sind legal. Sonst hätte die Polizei die Bars längst geschlossen. Prostitution findet dort nicht statt.»

«Aiko mag da mehr wissen.»

«Ahlweg-san, glauben Sie, ich plaudere mit einer meiner Geliebten im Bett über Geheimnisse der Yakuza? So naiv dürfte selbst die Polizei in der deutschen Provinz nicht sein.»

«Im Bett neben einer schönen Frau haben Männer in schwachen Stunden schon oft Dinge erzählt, die nicht für andere Ohren bestimmt waren.»

«Japanische Männer nicht», sagt Goto.

Er springt auf und geht zur Tür, sagt etwas zu einem der Wachtposten. Der dreht sich um und verschwindet.

«Chotto matte», einen kleinen Augenblick bitte, sagt Goto und füllt uns beiden die Sakegläser wieder voll. Dann setzt er sich mir gegenüber, nimmt sein Glas in die Hand, ohne zu trinken, und schweigt.

Einen Moment später kommen zwei Frauen in das Zimmer. Beide tragen den typischen Lolita-Schick, den viele Schulmädchen in Japan so lieben. Röckchen, Rüschenblusen, eine hat sogar eine rosa Schleife im langen Haar. Der Friseur dürfte Stunden daran gearbeitet haben, alle diese Spirallocken so gut hinzubekommen. Mit den langen Augenwimpern klimpernd und kräftig geschminkt, verbeugen sie sich zuerst tief vor Goto, dann vor mir. Die Kleinere hält sich dabei die Hand vors Auge und wirkt erschrocken. Als sie sich aufrichtet und neben Goto stellt, sehe ich, warum. Die künstlichen Wimpern haben sich gelöst und drohen jeden Moment herabzufallen. Sie ist höchstens siebzehn, die andere kaum älter.

«Darf ich vorstellen: Ajane-chan und Naomi-chan», sagt Goto.

Die beiden Frauen schenken mir ihr herzlichstes Roboterlächeln und sehen Goto fragend an. Der Yakuza-Boss klapst Ajane auf den Hintern.

«Die Mädchen sind meine Freundinnen. Aiko ist in diesem Hause schon seit Monaten nicht mehr gesehen worden.» Goto beugt sich zu mir. «Glauben Sie mir, Ahlweg-san. Ich muss mich über sexuelle Versorgung nicht beklagen. Ich wechsele oft, weil mir schnell langweilig wird. Die Versuchung, Geheimnisse auszuplaudern, ist gering. Vielleicht sind Sie als Deutscher einfach zu romantisch?»

Er ruft den Mädchen etwas zu, worauf sie kichernd den Raum verlassen.

«Bis gleich», meint die Jüngere beim Hinausgehen und wirft mir mit einer koketten Kusshand ein «Sayonara», auf Wiedersehen, zu.

Das ist schon bemerkenswert: ein Mafiaboss, der einem Polizisten offen minderjährige Geliebte vorführt. Wie mag es da in den Séparées der Hostessenclubs zugehen? Vielleicht liegt da das Motiv? Die Ermordete hat sich wegen ihrer eigenen Geschichte vor allem um junge Frauen gekümmert. Vielleicht ist sie Gotos Verwicklung in den florierenden Mädchenhandel in Tokio auf die Spur gekommen?

Der Yakuza-Boss reißt mich aus den Gedanken. «Kawaii», niedlich, sagt er. «Haben Sie Interesse? Morgen bekommen wir eine frische Lieferung aus Kyushu. Ich könnte sehen, ob ein passendes Mädchen für Sie dabei ist. Frauen aus Kyushu gelten bei japanischen Männern als besonders kawaii.»

«Ich halte es lieber mit gestandenen Frauen», erwidere ich. «Außerdem haben Sie meine Fragen nicht beantwortet.»

«Sie sind so, wie sich Japaner einen Deutschen vorstellen», sagt er. «Nicht einmal mit Mädchen kann ich Sie ablenken. Sie funktionieren, egal was passiert, wie eine Maschine. Jetzt wissen Sie, warum ich deutsche Autos so mag.»

Goto steht auf und stellt sich hinter den Sessel. «Ahlweg-san, alles, was Sie bislang vorweisen können, sind haltlose Spekulationen. Was wissen Sie überhaupt von der Struktur der Yakuza in Tokio?»

«Genug, um zu überblicken, dass es Indizien gibt, die Fragen an Sie rechtfertigen.»

«Ich habe befürchtet, dass Sie das denken. Deswegen habe ich Sie eingeladen», sagt Goto. Dieses Mal verbeugt er sich richtig.

«Wollen Sie ernsthaft behaupten, mit dem Tod der alten Dame nichts zu tun zu haben?»

«Ich wusste nicht mal, dass es sie gibt. Erst als Sie mit Ihren gewagten Theorien in der Zentrale der Tokyo Metropolitan Police Staub aufgewirbelt haben, habe ich von dem Mord erfahren.»

Was für ein Spiel wird hier gespielt? Ist es das, was die Japaner «Honne» nennen? Zeigt Goto mir als Fremden, was er wirklich denkt? Oder ist das alles nur japanisches «Tatamae», und er sagt bloß das, von dem er glaubt, dass es die Umwelt und die Polizei von ihm erwartet? Mir kommt es so vor, als bekäme ich die erste handfeste Lektion in die Kultur des japanischen Doppelgesichts, von der ich bislang nur gelesen habe. Yoko könnte Gotos Vorstellung vielleicht durchschauen. Ich bin in diesem Moment total überfordert. Spielt der nur, oder will er mir helfen?

«Sie meinen, ich liege falsch, und es geht um etwas ganz anderes?», frage ich.

Goto nickt.

«Seit bei euch in Deutschland die Mauer gefallen ist, verändert sich auch hier die Welt», sagt er. «Deswegen bin ich dabei, die Geschäfte der Sumiyoshi-kai neu zu organisieren.»

«Sie wollen ehrlich werden.»

Goto grinst. «So schlimm wird es nicht. Aber mit unserem alten Kerngeschäft, mit Schutzgelderpressung, Sex und Glücksspiel, lassen sich nicht mehr die alten Profite erzielen. Wir investieren mehr und mehr in die Finanzbranche und in Immobilienprojekte.»

«Das klingt spannend.»

«Ist es auch. Sie werden verstehen, dass ich Ihnen als Polizist keine Details erzählen kann.» Goto beugt sich vor und schenkt uns beiden nach.

«Was hat das mit dem Tod der alten Dame zu tun?»

«Ich bedaure, aber ich muss vage bleiben.»

«Niemand bedauert das mehr als ich», sage ich und verbeuge mich wieder.

«Wir verlagern unser Geschäft, das weckt Begehrlichkeiten und verstärkt die Konkurrenz.»

«Bei wem?»

«Fragen Sie die schöne Yoko nach Kenji Tsuboi.»

«Dem Chef der Inagawa-kai?»

Goto bleibt für einen Moment der Mund offen stehen. «Ich habe Sie unterschätzt, Ahlweg-san», sagt er. «Sie scheinen mehr zu wissen, als ich dachte.»

«Ein Kommissar, der sich in einem Gespräch mit einem Verbrecher leicht in die Karten sehen lässt, ist kein guter Polizist», antworte ich. Dabei habe ich alles andere als ein gutes Blatt. An den Namen Tsuboi erinnere ich mich nur aus dem Gespräch mit dem amerikanischen Journalisten. Mich überrascht aber vor allem, dass Goto Yoko mit dem Yakuza in Verbindung bringt.

«Fragen Sie Ihre Kollegin Fukuda nach Kenji Tsuboi», wiederholt Goto und steht auf. Sofort öffnet einer seiner Leibwächter die Tür zum Treppenhaus. «Es tut mir leid, aber es ist spät geworden. Für heute muss ich unser Gespräch beenden, Ahlweg-san.» Er reicht mir die Hand.

«Wir sind noch lange nicht am Ende.»

Goto nickt. «Das fürchte ich auch. Und jetzt entschuldigen Sie mich bitte, Ajane und Naomi warten.» Er grinst mich an. «Dieses Vergnügen gönne ich mir.»

Goto bringt mich zur Haustür. «Denken Sie darüber nach, welche Rolle Sie in diesem Spiel spielen wollen. Und erlauben Sie bitte, dass meine Mitarbeiter Sie zu Ihrem Hotel bringen.»

Ich sehe auf meine silberne Taschenuhr. Es ist kurz nach eins. Die letzten Bahnen sind vor Mitternacht gefahren, und ich habe keine Ahnung, wo ich bin.

«Arigatou», sage ich, ein knappes Danke. Dann schließt sich die Tür hinter mir. Im BMW, der mit laufendem Motor wartet, sitzt nur der Fahrer. Aufpasser Tanaka, der mich in Yurakucho so freundlich zu diesem Ausflug eingeladen hatte, schläft wahrscheinlich schon.

17

Obwohl ich kaum vier Stunden geschlafen habe, wache ich um kurz vor sieben auf. Draußen ist es still. Mir will das Gespräch mit Goto nicht aus dem Kopf gehen. Warum sagt Goto, ich solle Yoko nach Kenji Tsuboi fragen? Will er damit andeuten, dass der Mord an der alten Dame möglicherweise die Inszenierung einer gegnerischen Yakuza-Organisation ist? Auf dem Revier bekomme ich hoffentlich eine Antwort darauf, wenn ich meine Kollegin sehe. Doch als ich eine knappe Stunde später das Büro betrete, ist Yoko nicht da.

«Sie kommt heute erst am Nachmittag», sagt Tadayoshi. Yoko sei zu einer kurzfristig angesetzten wichtigen Besprechung im Keishichou, im Hauptquartier der Polizei von Tokio. «Die Kollegen von der Organisierten Kriminalität scheinen sich auf einmal stärker für den Fall zu interessieren», erklärt er.

Ich nicke. Das passt zu dem, was Goto angedeutet hat. Tadayoshi bleibt neben meinem Schreibtisch stehen. Er sieht mich erwartungsvoll an.

«Ist noch etwas?», frage ich ihn.

«Wo warst du gestern Abend?»

«Warum?»

«Kurz bevor Yoko in die Zentrale gerufen worden ist, hat sie einen Anruf bekommen. Dein Name ist mehrfach gefallen. Deiner und Gotos.»

Ich zucke mit den Schultern. «Keine Ahnung, was das zu bedeuten hat», sage ich.

Wenn Yoko etwas von meinem Ausflug zum Yakuza-Boss weiß, soll sie es mir selber sagen. Ich werde die Geschichte erst einmal nicht an die große Glocke hängen.

«Vergiss nicht, wer deine Freunde sind», sagt Tadayoshi, dreht sich um und geht.

Langsam frage ich mich, ob ich unter Verfolgungswahn leide. Ich ärgere mich immer noch, dass ich blind in die Falle hineingetappt bin, die Gotos Männer mir gestellt haben. Dann bringt mein mysteriöser Gastgeber auch noch aus heiterem Himmel eine andere Yakuza-Gruppe ins Spiel und fordert mich auf, nach Spuren in dieser Richtung zu suchen. Und zu allem Überfluss bestätigt sich wieder einmal, dass meine japanischen Kollegen mir gegenüber nicht mit offenen Karten spielen. Na ja, so richtig darf ich mich darüber nicht beschweren. Wenn Yoko in der Kantine über mich spricht, wird sie mich auch nicht gerade als idealen Mannschaftsspieler beschreiben. Sie hat mir in den wenigen Tagen unserer Zusammenarbeit mehr als einmal vorgeworfen, wie sehr meine Alleingänge sie stören. Mir liegt es einfach nicht, eng mit anderen Polizisten zusammenzuarbeiten.

Im Nachbarzimmer streitet Oberkommissar Aso mit dem Chef. Sato scheint wütend. Ich verstehe nicht, worüber sie sprechen, doch so wild, wie Sato mit den Armen gestikuliert, scheint er sich gewaltig über irgendetwas zu ärgern. Die beiden sehen immer wieder zu mir herüber. Haben die schon Informationen über meinen nächtlichen Ausflug? Es ist gerade sechs Stunden her, dass Gotos Fahrer mich am Hotel abgesetzt hat. Ich kann mir nicht vorstellen, dass hier jemand davon weiß. Andererseits bin ich noch weit davon entfernt, die Strukturen zu durchschauen.

Sato geht zurück in seinen Glaskasten und knallt die Tür hinter sich zu. Aso schlendert betont langsam auf mich zu.

«Sie werden schon mitbekommen haben, dass Fukuda-san heute später kommt», sagt er. «Wir können das Verhör des tatverdächtigen Koreaners aber nicht verschieben, und auf die Schnelle einen Dolmetscher für Sie zu finden wird schwierig.»

Ich nicke. Wenn Yoko nicht hier ist, um zu übersetzen, kann ich nicht verfolgen, wie Aso den Mann in die Mangel nimmt. Aso dürfte das gut in den Kram passen. Er wollte mich von Anfang an außen vor lassen. Doch so einfach kommt er mir nicht davon.

«Schwierig heißt nicht unmöglich», sage ich.

«Das Verhör findet auf Japanisch statt», sagt Aso. «Sie können natürlich gerne dabei sein ...»

Ich unterbreche ihn. «Es tut mir sehr leid, Ihnen Unannehmlichkeiten zu bereiten, aber vielleicht finden wir eine andere Lösung.»

So gut kenne ich die japanischen Gebräuche mittlerweile. Ein klares Nein fällt Japanern schwer, meine Kollegen im 89. Revier sind da keine Ausnahme. Aso tritt verlegen von einem Fuß auf den anderen. Wahrscheinlich erwartet er, dass ich jetzt bereitwillig darauf verzichte, an dem Verhör beteiligt zu werden. Doch ich habe kein Problem damit, ihm Unannehmlichkeiten zu machen.

«Das nächste Mal vielleicht», sagt er.

«Nein», antworte ich, «Sie sprechen Englisch, da wird sich schon ein Weg finden.»

Aso schluckt. Ich spüre förmlich, in welcher Zwickmühle er steckt. Er ringt mit sich. «Also gut», Aso räuspert sich, «es gäbe da einen Weg: Der Verdächtige spricht wie viele Koreaner in Japan sehr gut Englisch. Sie könnten ihn getrennt von uns kurz befragen.»

«Was heißt kurz?»

«Wie viel Zeit brauchen Sie?»

«Kommt darauf an, was der Mann erzählt.»

Aso schaut auf seine Uhr. «Ich habe das Verhör für kurz vor elf angesetzt, es bleiben also noch gut zwei Stunden. Wenn wir ihn gleich holen lassen, hätten Sie mindestens eine Stunde für sich.»

«Einverstanden.»

Aso telefoniert. «In vierzig Minuten ist er hier. Der Verhörraum ist ein Stockwerk höher, Zimmer 712.»

«Domo arigatou gozaimashita», herzlichsten Dank, sage ich und verbeuge mich leicht. «Ich weiß Ihre Unterstützung sehr zu schätzen, Aso-san.» Ich frage mich, woher Asos Sineswandel kommt. Er hat bei den Ermittlungen immer wieder versucht, mich auszubremsen. Jetzt plötzlich will ausgerechnet Aso mir helfen. Warum tut er das? Er mag Yoko nicht, das ist offensichtlich. Vielleicht hilft er mir nur, weil er so der ehrgeizigen Rivalin eins auswischen kann?

Während Aso geht, überlege ich mir die nächsten Schritte. Am wichtigsten ist es, Aiko zu finden. Der Name der Agentur, den Mari mir gegeben hat, steht in meinem Notizbuch. So viel Japanisch spreche ich, dass ich einen Termin mit ihr ausmachen kann. Darum kümmere ich mich später im Hotel, wenn ich ungestört bin.

Außerdem sollte ich mir noch einmal die Akte mit dem Foto ansehen, das wir am Tatort gefunden haben. Sie liegt auf Yokos Schreibtisch, allerdings kann ich die Fotos nicht finden. Irgendwo hier müssen sie sein. Einen Moment zögere ich, dann ziehe ich ihre Schreibtischschublade auf. Ganz oben entdecke ich dort ein Dossier mit einem Polizeifoto Aikos. Das ist eine andere, eine ältere Akte. Neugierig schlage ich den Ordner auf. Es ist ein fast vierzig Seiten dickes Konvolut über Jahre gesammelter Informationen über die Frau. Ich kann das alles nicht lesen, aber Polizeiarbeit ist international so weit gleich, dass ich weiß, dass ich Aikos Polizeiakte vor mir habe. Ganz offensichtlich ist die junge Frau der hiesigen Polizei keine Unbekannte. Sie ist seit Jahren aktenkundig, der erste Eintrag stammt aus den 1990er Jahren.

Warum hat Yoko mir das nicht berichtet? Hat meine Kollegin Geheimnisse vor mir? Ich blättere das Dossier durch, entdecke darin auch das Foto mit Goto aus der Yakuza-Zeitschrift, die Yoko mir gezeigt hat. Weiter hinten gibt es Bilder, die Aiko sehr vertraut mit einem anderen Mann zeigen. Mitte vierzig, eher ein kantiger Kerl. Diese Aufnahmen sind neueren Datums. Das könnte Gotos Behauptung bestätigen, dass Aiko schon lange nicht mehr seine Geliebte ist. Wer also ist der Muskeltyp an ihrer Seite? Ich scanne das Bild ein und versuche es mit der Bilderkennungsdatei, die mir Yoko erklärt hat. Volltreffer! Kenji Tsuboi – der mysteriöse andere Yakuza-Boss, von dem Goto erzählt hat. Er hat einen langen Eintrag – alles in Japanisch. Mal sehen, was ich später aus Yoko herausbekommen kann.

Zurück an meinem Platz, entdecke ich eine Mail im Posteingang: die erste, seitdem ich in Tokio bin. Sie kommt von Bender.

«Wie ich höre, gibt es in Tokio Probleme», schreibt er aus dem fernen Peine. «Ich habe Sie nach Japan geschickt, damit Sie lernen, im Team zu arbeiten. Machen Sie uns keine Schande. Erwarte umgehend Stellungnahme.»

Ich weiß nicht, wer sich über mich beschwert hat; Sato und Yoko sind die Einzigen, die in Frage kommen. Und Bender, das Arschloch, macht sich deren Vorwürfe sofort zu eigen. Das ist genau die Art von Vorgesetzten, die die Polizei nicht braucht. Ein guter Chef steht zu seinen Leuten. Ich spüre, wie mein Blutdruck in die Höhe schießt. Dann mache ich mir eine Notiz: Wer hat mich in Peine angeschwärzt? Das ist schon die dritte Frage, die ich im Gespräch mit Yoko klären muss.

Nach einer halben Stunde kommt Aso mich holen. «Es ist Zeit», sagt er. «Der Verdächtige sitzt im Verhörraum und wartet.»

Aso begleitet mich in den siebten Stock. Vor dem Spiegelglasfenster, durch das er in den Raum sehen kann, bleibt er stehen.

«Ich werde immer in Ihrer Nähe sein», erklärt er mit einem breiten Grinsen und zeigt mir die Tür.

Das Erste, was mir auffällt, als ich den jungen Mann am Tisch ansehe, ist seine Haut. Das Gesicht ist übersät mit Akne, die Fingernägel sind abgekaut. Der leichte Flaum über der Oberlippe, der wohl mal ein Schnauzer werden soll, verstärkt meinen Eindruck: Dieser verängstigte Junge, der da auf mich wartet, mag ein Dieb sein, einen kalt geplanten Mord traue ich ihm nicht zu.

Kim hält den Blick gesenkt, als ich mich ihm gegenübersetze. «Holen die Bullen sich jetzt schon Unterstützung bei ihren amerikanischen Freunden?», fragt er mit leiser Stimme.

«Tut mir leid, ich muss Sie enttäuschen, Herr Kim», sage ich. «Ich bin Deutscher. Danke, dass Sie bereit sind, meine Fragen zu beantworten. Wenn Sie einverstanden sind, nehme ich unser Gespräch auf.»

Ich lege mein Aufnahmegerät auf den Tisch. Kim hebt den Kopf und sieht mich an. «Wow, bringt die deutsche Polizei internationale Standards nach Japan? Ich denke, es ist schon entschieden, dass ich der Mörder bin.»

«Entscheiden kann das auch in Japan nur ein unabhängiges Gericht», sage ich.

Der junge Mann gluckst leise und hebt die Hände vors Gesicht. «Sie sind noch nicht lange hier», sagt er, «sonst wüssten Sie, dass es in diesem Land anders läuft.»

Ich denke an Aso, der unser Gespräch genau verfolgt. Deswegen gehe ich auf Kims Bemerkung nicht ein. «Sie geben den Diebstahl der Schriften von diesem ...» Mir fällt der Name des japanischen Philosophen nicht ein, ich blättere in den Unterlagen.

«Ogyu Sorai», sagt Kim, «der bis heute wohl wichtigste konfuzianische Denker außerhalb Chinas. Er hat die chinesischen Meister nicht nur kopiert, sondern eigene Gedanken gewagt. Das macht man in Japan nicht so gerne.»

«Sie geben den Diebstahl zu?»

«Ja, aber ich habe die alte Dame nicht ermordet. Glauben Sie mir, die war schon tot.»

«Woher wissen Sie das?»

«Sie lag im Bett und rührte sich nicht. Wir haben uns richtig erschrocken, als wir sie entdeckt haben.»

«Haben Sie ihren Puls gefühlt?»

«Quatsch, wir packen doch keine Tote an.»

«Genau wissen Sie also nicht, ob sie schon tot war?»

«Sie lag da im Nachthemd, die Augen weit aufgerissen. Sie hat keinen Mucks gemacht. Die hat nicht mehr geatmet. Dass die Frau tot war, mussten wir nicht mehr prüfen.»

«Diese Gasse in Sanbancho ist keine feine Gegend. Woher wusstet ihr, dass da etwas zu holen ist?»

«Ein anonymer Tipp.»

«Halten Sie mich für blöd? Ihr zieht doch nicht los, nur weil es einen anonymen Hinweis gibt.»

«Die Quelle ist seriös.»

«Wenn Sie wissen, dass sie seriös ist, dann ist sie nicht mehr anonym.»

Kim fängt an, an seinen Fingernägeln zu kauen. Kein schöner Anblick. Die Stunden, die Aso ihn verhört hat, haben Spuren hinterlassen.

«Endo hat gesagt, das geht in Ordnung», sagt er.

«Wer ist Endo?»

«Unser Dealer.»

«Woher weiß der, dass die Quelle zuverlässig war?»

«Er hat Kanäle.»

«Die Yakuza?», frage ich.

Kim wird bleich. Er nickt.

«Sagt Ihnen im Zusammenhang mit der Yakuza der Name Goto etwas? Oder Tsuboi?»

Wieder nickt er nur.

«Kommt der Tipp von einer dieser Banden, von der Sumiyoshi-kai oder von der Inagawa-kai?»

Der Junge schweigt. Offenbar ein Volltreffer.

«Ich warte auf eine Antwort», schnauze ich ihn an.

Aso, der vermutlich immer noch hinter der Glasscheibe steht, dürfte das gefallen. So stelle ich ihn mir beim Verhör vor. Laut und einschüchternd.

«Ich weiß es nicht», flüstert Kim, und ich glaube ihm. Wahrscheinlich sind die Jungen genauso dumm in eine Falle getappt wie ich gestern.

«Ist Ihnen irgendetwas Ungewöhnliches in Sanbancho aufgefallen?»

Er schüttelt den Kopf.

«Sie und Ihre Leute haben das Haus mehr als zwei Stunden lang beobachtet. Da muss Ihnen doch etwas aufgefallen sein.»

Schweigen, Nägelkauen.

«Wenn ich Ihnen helfen soll, müssen Sie schon den Mund aufmachen», sage ich.

Er zögert. «Da war eine Mutter mit ihrer Tochter», antwortet er dann. Er zieht die Stirn kraus, scheint mit aller Macht in seiner Erinnerung zu kramen. «Ja, und als wir angekommen sind, stand da noch eine Frau am Eingang zum Togo-Park. Ich habe mich gewundert, worauf die da im Dunkeln wartet.»

«Wie lange hat die Frau da gewartet?»

«Eine gute halbe Stunde.»

Jetzt wird es spannend. Das ist eine neue Spur. Ich bin immer mehr davon überzeugt, dass der Mord an der alten Frau mit dem Diebstahl der wertvollen Bücher nichts zu tun hat. Die Einbrecher sollten nur die Sündenböcke sein.

«Wie sah die Frau aus?»

«Nicht sonderlich groß. Die Haare waren eher kurz, ich glaube, sie hatte einen Pony.»

Es ist das alte Problem. Die Beschreibung trifft auf jede dritte japanische Frau zu. Wenn Kim wenigstens sagen könnte, ob die Haare schwarz oder – wie bei den meisten jungen Japanerinnen – bräunlich oder rötlich gefärbt waren.

«Es war zu dunkel», sagt er.

Ich muss es riskieren. «Chotto matte kudasai», sage ich, einen Moment bitte.

Ich lasse meine Notizen liegen und laufe am verdutzten Aso vorbei zurück in mein Büro. Ich packe die Akte über Aiko und sitze eine Minute später wieder im Verhörraum.

«Hier, könnte das die Frau sein?», frage ich etwas außer Atem.

Ich lege ihm ein paar Fotos von Aiko hin, die ich wahllos aus dem Hefter ziehe.

Kim sieht die Aufnahmen lange an. Ein Foto schiebt er mir langsam über den Tisch zu. Aiko ist darauf auf einem Empfang zu sehen. «Ich glaube, das könnte sie sein», sagt er. «Es war dunkel. Aber so wie sie hier steht, das linke Bein leicht angewinkelt, den einen Ellenbogen in der Hüfte ... die Körperhaltung der Frau war genauso.»

«Daran können Sie sich erinnern?»

«Sie sieht gut aus. Da habe ich ein bisschen länger hingeschaut. Die Haltung passt, auch die Haare. Aber beschwören kann ich nicht, dass das die Frau in Sanbancho war.»

«Was können Sie mir über die Mutter mit dem Kind sagen?»

Vielleicht hat die ja genauer gesehen, wer da am Togo-Park gewartet hat. Wenn sie mit dem Kind auf dem Spielplatz im Park war, muss sie auf dem Rückweg an der Frau vorbeigegangen sein.

«Die beiden wohnen in einem der Nachbarhäuser, da bin ich mir ziemlich sicher. Sie sind in einem der Eingänge verschwunden. Das Kind, ein Mädchen, ist vielleicht fünf, sechs Jahre alt und hat ein rosafarbenes Fahrrad.»

Bingo! Es dürfte nicht schwer sein, die Familie zu finden.

«Wenn die Mutter die Frau auf dem Foto wiedererkennt, dann seid ihr vermutlich aus dem Schneider», sage ich zu Kim.

Der steht auf und schüttelt mir die Hand. «Domo arigatou gozaimashita», herzlichen Dank, sagt er mit zitternder Stimme.

«Er gehört Ihnen», sage ich zu Aso, der draußen wartet.

«Die Pointe haben Sie mir geklaut, Ahlweg-san», sagt Aso. Seltsamerweise wirkt er fast erfreut. «Für Mord kriege ich den Jungen nicht ran, wenn sich bestätigt, was er gesagt hat.»

«Danke», sage ich und verbeuge mich leicht vor dem Kollegen.

«So schlimm ist es für mich nicht», antwortet er, «die Erfolgsstatistik meiner Abteilung bleibt gut. Für den Einbruch müssen sich die Koreaner verantworten. Mit der Aufklärungsquote für die Mordkommission sieht es jetzt allerdings schlechter aus. Das ist jetzt Yokos und Ihr Problem.»

«Das kriegen wir schon hin», sage ich.

«Die Mutter mit dem Kind ermitteln wir für Sie», meint Aso.

Ich nicke und gehe zurück an meinen Schreibtisch. Komisch, dass Aso so schnell nachgibt. Noch vor zwei Tagen war er sich sicher, dass die Jugendbande die alte Dame in Sanbancho ermordet hat. Jetzt scheint er sich fast darüber zu freuen, dass seine These nicht stimmt. Ich kann mir den plötzlichen Sinneswandel nicht erklären. Vielleicht hat Yoko eine Antwort.

18

Zurück an meinem Rechner, fällt mir sofort die unverschämte Mail von Bender wieder ins Auge. Für meinen Blutdruck ist der Mann nicht gut. Er hat keine Ahnung, wie es hier in Tokio zugeht. Mein Hochgefühl, das ich nach dem Gespräch mit Kim hatte, verfliegt. Schon in Peine hat mir Bender immer wieder Knüppel zwischen die Beine geworfen. Jetzt, wo wir Beweise haben, dass der Mord an der alten Frau Hasegawa mit Goto und der Yakuza zusammenhängt, sollte er mir eher gratulieren. Polizeirat Bender achtet aber wie jeder gute

Karrierist nur darauf, dass das Verhältnis zu den japanischen Kollegen einwandfrei bleibt. Doch eigentlich wundert mich das nicht. Kriminalräte sind eben beides, Kriminalisten und Politiker. Er will um jeden Preis eine gute Figur machen, auch im mehr als zehntausend Kilometer entfernten Tokio. Aber wer hat mich bei ihm angeschwärzt? Ich mag mir nicht vorstellen, dass Yoko das war. Sie ist ehrgeizig. Ich traue ihr aber nicht zu, dass sie falsch spielt und sich hinter dem Rücken bei Bender über meine Alleingänge beschwert.

Ich sehe auf die Uhr. In Tokio ist es bereits früher Nachmittag. Acht Stunden Zeitunterschied, Bender wird in spätestens zwei Stunden in sein Büro kommen. Was soll ich antworten? Auf keinen Fall werde ich zu Kreuze kriechen!

«Betreff: Stellungnahme», schreibe ich. «Sehr geehrter Herr Polizeirat. Ich muss gestehen, dass mich Ihre Mail überrascht. Ich bin hier bereits kurz nach meiner Ankunft in einen Mordfall eingebunden. Die Ermittlungen verlaufen vielversprechend. Mir sind in Tokio bislang keine Beschwerden zugetragen worden. Mit bestem Gruß, Ahlweg.»

Das muss reichen. Ich sende die Mail ab. Mal sehen, was passiert. In der Zwischenzeit widme ich mich dem Polizeidossier über Aiko, das ich in Yokos Schreibtischschublade entdeckt habe. Ich kann es zwar nicht lesen, kopiere mir aber die Fotos und das, was ich für ihren Lebenslauf halte.

«Was machst du da?»

Yoko steht neben mir. Ich habe nicht mitbekommen, dass sie zurück ist. Jetzt fühle ich mich ertappt.

«Schnüffelst du in meinen Sachen herum?», fragt sie.

«Ich habe für das Gespräch mit Kim das Foto aus der Wohnung gesucht. Dabei ist mir die Akte in die Hände gefallen.»

«Du hast Kim verhört? Ohne mich?»

«Oberkommissar Aso und ich haben uns darauf geeinigt, weil das Verhör nicht verschoben werden konnte.»

Das Gespräch zwischen Yoko und mir findet bei den Kollegen große Aufmerksamkeit. Sato verfolgt uns interessiert aus seinem Glaskasten, die Polizisten aus dem Nachbarzimmer werfen immer wieder verstohlene Blicke herüber.

Das merkt offenbar auch Yoko. «Auf ein Wort», sagt sie, packt mich am Arm und zieht mich hinter sich her auf den Gang. «Wir gehen jetzt einen Kaffee trinken. Dort sind wir ungestört.»

Ungestört in einem Café in Tokio zu dieser Zeit, das dürfte schwierig werden. Ich bin gespannt, wo sie uns hinführt. Schweigend laufen wir auf der Straße zum U-Bahnhof Hanzomon nebeneinander her. Wir passieren das nächste Starbucks. Schon ein Blick durch die Scheiben verrät, dass es hier bestimmt keinen freien Platz gibt.

«Keine Sorge», sagt sie, «ich kenne einen Ort, wo wir ungestört sind.»

«Hast du dich bei meinem Chef in Peine über mich beschwert?», rutscht es mir unvermittelt raus.

Sie sieht mich erstaunt an.

«Nein», sagt sie und schenkt mir ein Lächeln. In diesem Land wird so viel gelächelt, dass ich nie weiß, ob es ehrlich gemeint oder nur Fassade ist. «Obwohl ich schon nach einer Woche mehr als genug Gründe hätte, das zu tun. Aber nein: Ich habe mich nicht beschwert.»

«Jemand hat es getan. Sato?»

«Sato ist froh, wenn er seine Ruhe hat.»

«Er hat mir am ersten Tag schon das Angebot gemacht, ich solle besser Urlaub in Japan machen, als euch zur Last zu fallen.»

«Wie die meisten Japaner mag Sato keine Veränderungen. Ein Ausländer im eigenen Revier ist das Schlimmste, was ihm passieren kann. Er ist ein Arschloch, aber er würde sich nicht hinter deinem Rücken offiziell beschweren.»

«Vielleicht will er mich so loszuwerden?»

«Das würde große Aufmerksamkeit erregen. Ins Visier seiner Vorgesetzten zu geraten, schmeckt Sato noch weniger als Veränderungen. Er ist da sehr japanisch.»

«Wer bleibt sonst?»

Yoko zuckt mit den Schultern. «Keine Ahnung.»

Ich berichte ihr von meinem Gespräch mit Kim. Die Möglichkeit, dass Aiko am Tatort gewesen sein könnte, quittiert sie mit einem anerkennenden Nicken. «Nicht schlecht, Bernie. In die Richtung hat Aso bestimmt nicht gefragt. Damit haben wir Goto am Sack.»

Mittlerweile sind wir an einem kleinen Holzhaus in einer Nebenstraße in Sanbancho angekommen.

«Das Café ist altmodisch und hat seine besten Tage lange hinter sich. Der Vorteil ist: Es ist zu jeder Tageszeit schlecht besucht.»

Die Wirtin scheint Yoko zu kennen. Sie kommt auf uns zu, Yoko grüßt sie mit einer leichten Verbeugung. Die Frau weist uns einen Platz in der Ecke zu. Die einzigen anderen Gäste sind ein paar ältere Damen, die mit der Wirtin plaudern und genüsslich ihren grünen Tee schlürfen.

«Ich will nicht, dass die Kollegen alles mitbekommen», sagt Yoko und holt ihren iPad aus der Tasche. «Als ich eben im Hauptquartier war, hat mir Polizeidirektor Yoshida drei interessante Filmchen gezeigt.» Sie schiebt mir das Gerät rüber.

In Schwarzweiß sehe ich mich auf meinem nächtlichen

Ausflug in Yurakucho. Gerade komme ich aus der kleinen Gasse gelaufen, in der die Izakaya ist, in der ich mich versteckt habe. Der BMW fährt vor, ich steige ein. Auf den Aufnahmen der Überwachungskamera sieht das alles aus wie bestellt. Niemand würde glauben, dass das Auto zufällig zu der Zeit dort war. Ich zweifele jetzt nicht mehr daran, dass Goto mir eine Falle gestellt hat. Die Männer, die hinter mir her waren, tauchen auf dem Video nicht auf, als der Wagen mit quietschenden Reifen davonrast. Merkwürdig. Wo sind die beiden abgeblieben? Die können doch nicht abrupt stehen geblieben sein, nur um nicht gefilmt zu werden. Dazu hätten sie genau wissen müssen, wo Überwachungskameras installiert sind.

Der zweite Film zeigt meine Ankunft am Haus von Goto. Zu erkennen ist nur der BMW, es ist zu dunkel, um die Insassen zu identifizieren. Lediglich das Gesicht des Fahrers ist einmal deutlich zu sehen.

Schließlich folgt die Abfahrt. Die Aufnahme dokumentiert die genaue Uhrzeit. Es war 1:17 Uhr, als sich das Tor hinter uns schloss. Auch dieses Mal ist nur der Mann am Steuer klar zu erkennen. Ich bin auf dem Rücksitz nur als Schatten wahrnehmbar.

«Spannend», sage ich.

«Das fand Polizeidirektor Yoshida auch.»

«Spannend ist vor allem, dass er die Aufnahmen so schnell hatte. Außerdem fehlt der wichtigste Teil der Handlung, die beiden Ganoven, die mich in den Gassen verfolgt haben.»

«In der Gegend gibt es leider flächendeckend noch keine Überwachungskameras», sagt Yoko. «Diese Videos beweisen aber, dass du bei Goto warst.»

Langsam werde ich sauer. Erst jagt mich die Yakuza, jetzt beobachten mich auch noch die eigenen Kollegen von der Tokyo Metropolitan Police.

«Wir überwachen Goto, nicht dich», erklärt Yoko schnell, als könne sie Gedanken lesen.

«Obwohl Polizei und Yakuza eng zusammenarbeiten?»

«Wir machen Pferde eben nur dort scheu, wo es sich lohnt», faucht Yoko mich an. Jetzt ist sie wütend geworden. «Außerdem solltest du nicht alles glauben, was so gesagt wird. Natürlich beobachten wir, was ein Yakuza-Boss wie Goto macht.»

«In so kurzer Zeit werden Überwachungskameras sonst nicht ausgewertet, oder?»

«Wir erstellen seit einiger Zeit Bewegungsprofile aller Fahrzeuge, die Goto nutzt. Der BMW ist eines davon. So lässt sich lückenlos fast jede Spur verfolgen. Mit Hilfe der Videokameras klären wir in Tokio heute mehr Verbrechen auf als mit DNA-Analysen.»

«Warum wird Goto observiert?»

Yoko zögert einen Moment mit ihrer Antwort. «Er muss bei seinen Finanzgeschäften jemandem auf die Füße getreten sein, der gute Kontakte zur Regierungspartei hat. Die Anweisung, ihn zu observieren, ist noch nicht alt, und sie kommt von ganz oben.» Ihr Blick ist wie immer unergründlich. «Wie sahen die Yakuza aus, die dich verfolgt haben?», fragt sie nach einem kurzen Moment des Schweigens.

Ich beschreibe Yoko sämtliche Männer, die bislang hinter mir her waren, nicht nur die beiden, die ich in Yurakucho abschütteln wollte. Wenn Tokio tatsächlich so flächendeckend überwacht wird, wie meine Kollegin behauptet, gibt es ja möglicherweise doch irgendwelche Aufnahmen. Yoko notiert sich die Straßen und die Zeiten, zu denen ich unterwegs war.

«Was wollte Goto von dir?», fragt sie dann.

Ich fasse zusammen, was der Boss der Sumiyoshi-kai mir gesagt hat: dass er schon Monate von Aiko getrennt sei; dass er nicht erpressbar sei, weder wegen der Verstrickungen seines Großvaters im Krieg noch durch eigene Geschäfte.

«Die Unschuld von Setagaya», spottet Yoko.

«Wenn stimmt, was er sagt, hat er kein Motiv», sage ich.

Ein wütendes Schnaufen ist die Antwort.

«Ich soll dich nach einem Kenji Tsuboi fragen.»

Für einen kurzen Moment schlägt Yoko die Augen nieder. «Ein anderer Yakuza-Boss», sagt sie dann. «Einer, der Goto das Leben schwer macht.»

«Goto behauptet, du kennst ihn gut.»

«Jeder Polizist kennt Tsuboi. Er ist der starke Mann der Inagawa-kai, die Gotos Macht in Tokios Innenstadtbezirken offen herausfordert. Vor allem in Akasaka hat er zuletzt Territorium erobert.»

«Was hast du mit dem zu tun?»

«Nichts, und für den Fall spielt Tsuboi keine Rolle.»

«Da bin ich mir nicht sicher.» Yokos Antworten sind mir eine Spur zu glatt.

«Pass auf, dass du nicht auf Goto reinfällst», sagt Yoko.

Ich nicke. Sie hat recht, ich sollte mich nicht so leicht verunsichern lassen. Im Mordfall Hasegawa weisen alle Spuren zu Aiko und Goto.

«Morgen früh für acht Uhr haben wir eine Hausdurchsuchung und einen Besuch bei Goto angesetzt», sagt Yoko.

«Wir?»

«Polizeidirektor Yoshida hat das durchgesetzt. Unsere Theorie hat ihn überzeugt. Wir ermitteln weiter, werden aber von der Zentrale unterstützt.» Sie lächelt. «Sato ist raus. Wir sind von heute an dem Keishichou zugeordnet.»

«Ich auch?»

Auf der einen Seite schreibt mir Bender aus Peine, dass die Kollegen in Tokio unzufrieden seien. Auf der anderen werde ich in die Elite der japanischen Polizei aufgenommen, dem Keishichou. Ich würde den Kaffee jetzt gerne gegen ein Gläschen Wacholder eintauschen.

«Yoshida ist skeptisch wegen der Aufnahmen. Ich habe ihm erklärt, dass du Goto nicht persönlich kennen kannst, weil du neu im Land bist. Das Video lässt sich auch so deuten, dass du in eine Falle getappt bist. Als ich ihm deine – sagen wir – unorthodoxen Ermittlungsmethoden geschildert habe, hat Yoshida zugestimmt. Das Video ist kein Beweis für ein lange geplantes Treffen.»

«Dass er überhaupt auf die Idee kommt ...»

«Du wirst ihn bald kennenlernen. Wir starten morgen früh um 7:20 Uhr in Kojimachi. Pünktlich um acht sind wir dann bei Goto.» Yoko steckt ihr iPad ein.

«Die Akte Aiko?», frage ich.

«Aiko ist uns seit einiger Zeit bekannt. Wir haben sie noch nicht gefunden, aber das ist nur eine Frage der Zeit. Ihr richtiger Name ist Momoko Narizawa. Sie ist jetzt Anfang 30 und kommt aus Fukuoka auf Kyushu.»

«Ist das die japanische Insel im Südwesten, die am nächsten zu Korea liegt?»

«Ja, es gibt dort viele Japaner mit koreanischer Abstammung. Goto rekrutiert dort den größten Teil seiner Frauen. So dürfte er auch an Momoko alias Aiko gekommen sein.»

«Warum ist sie aufgefallen? Was hat die Frau mit dem Mord zu tun?»

«Sie ist seit ihrer Jugend im Wassergewerbe aktiv. Wie weit sie in den Mord verstrickt ist, wissen wir nicht. Wenn sie wirklich in der Nähe des Tatorts war, wie Kim behauptet, werden wir das herausfinden.»

«Warum hast du die Akte vor mir versteckt?»

«Ich hätte sie dir schon noch gezeigt.» Yoko senkt den Kopf. Ich spüre, dass ihr das peinlich ist.

«Ich denke mal, bei Alleingängen sind wir quitt», sage ich.

Gar keine schlechte Bilanz. Der größte Polizeiapparat Japans verfolgt jetzt die Spuren, die ich gegen Widerstand vieler im Revier, die eine einfachere Lösung wollten, gefunden habe. Warum gibt es trotzdem diese Mail von Bender? Für einen Moment überlege ich, ihn einfach anzurufen. Aber ehrlich gesagt würde es mir bloß den Tag versauen, seine Stimme zu hören.

Yoko steht auf. Sie will zurück ins Polizeirevier. Papierarbeit machen, wie sie sagt. Ich melde mich ab für heute und gehe direkt ins Hotel. Dort kann ich ungestörter im Internet nach der Hostessenagentur suchen, bei der Aiko arbeitet.

Ich gebe «Magdalena Delicious Escort Tokio» bei Google ein. Hunderte Seiten werden mir angezeigt, nur nicht die, die ich suche. Aber wie gut, dass Japaner ausländische Begriffe immer in ihrer Silbenschrift Katakana schreiben. Anders als die schwierigen Kanji, die chinesischen Schriftzeichen, kenne ich Katakana und verstehe es einigermaßen. Ich versuche, die Agentur auf Katakana zu googeln – und habe Erfolg. Die Website bietet für jede Hostess eine eigene Unterseite, auch ihren Arbeitsplan kann ich abrufen. Ich klicke die Fotos durch. Eine Aiko ist namentlich nicht aufgeführt. Auch auf den Bildern finde ich sie nicht. Ist sie abgetaucht? Hat Mari sich geirrt? Ich muss es riskieren und bei der Agentur anrufen. Oder besser jemanden anrufen lassen. Eine Kontaktrufnummer steht gleich auf der Startseite.

Akane könnte das tun. Bei der Gelegenheit könnte ich sie gleich nach Mari fragen. Nach der Verfolgungsjagd in Yurakucho mache ich mir Sorgen, dass sie Probleme bekommen hat. Eine Woche Verdienstausfall wegen eines blauen Auges müsste ich ihr wohl ersetzen.

Das Komachi hat vor zwei Stunden geöffnet. Also auf zu Akane. Außerdem habe ich Hunger, und ein Sake könnte nach den Aufregungen der letzten beiden Tage auch nicht schaden.

Am Eingang zum Togo-Park komme ich an der Stelle vorbei, an der am Mordtag möglicherweise Aiko gewartet hat. Eine Straßenlaterne, die knappe drei Meter entfernt steht, leuchtet den Platz gut aus. Wenn die Frau, die Kim mit ihrer Tochter gesehen hat, auf dem Spielplatz war, muss ihr Aiko aufgefallen sein.

Ich erinnere mich, dass Kim sagte, Mutter und Tochter würden in der Nähe wohnen. Ich gehe die Straße zurück. Fast vor jedem Haus stehen Fahrräder, ein rosa Kinderfahrrad kann ich allerdings nicht entdecken. Auch die Kinder, die im Park spielen, haben kein Rad dabei, das zur Beschreibung passt. An den Blicken der Mütter, die auf den Bänken sitzen, spüre ich, dass ich langsam auffalle. Ein Ausländer, der um einen Kinderspielplatz schleicht, Fahrräder mustert und nach etwas Ausschau hält – da schrillen bei jeder Mutter die Alarmglocken. Ich spüre das Misstrauen und beginne, mich unwohl zu fühlen. Eine Oma, die ihre Enkelin schützend auf den Arm nimmt, sieht mich skeptisch an, als ich an ihr vorbeigehe. Ich nicke ihr zu. Sie erwidert mein Lächeln nicht. Die Suche nach der Frau kann ich getrost den Kollegen überlassen.

19

«Irassahimase», herzlich willkommen.

Der Gruß in der Izakaya ist noch nicht verklungen, da kommt Akane schon aufgeregt auf mich zu. «Wir müssen reden», sagt sie.

Ich lege ihr die Hand auf die Schulter, ein Verstoß gegen alle japanischen Sitten. «Ich auch mit dir», sage ich.

Sie führt mich zu einem Platz an der Theke. Noch ist es hier ruhig. Ich blättere in der Speisekarte, erkenne aber fast nichts wieder.

«Wir haben heute etwas besonders Leckeres», sagt die Mama-san, als sie an meinen Platz kommt. Sie empfiehlt mir die Buchweizen-Nudelsuppe, Soba. Ich nicke, dazu bestelle ich einen Sake.

Akane serviert die Suppe. «Hast du ein bisschen Zeit?», fragt sie. «Es ist wegen Mari. Sie ist seit gestern Abend verschwunden.»

«Was ist passiert?»

«Ich habe bei der Freundin angerufen, mit der sie zusammenwohnt. Mari ist in der Nacht nicht nach Hause gekommen. Im Club sagen sie, sie habe sich überraschend ein paar Tage freigenommen.»

«Kann es sein, dass sie abtauchen will?»

«Auch dann hätte sie sich bei mir gemeldet.»

«Hat die Yakuza mitbekommen, was sie mir erzählt hat?»

«Ich weiß es nicht. Aber möglich ist es schon. Besonders besorgt klang sie jedoch nicht.»

«Du hast also doch mit ihr gesprochen?»

«Sie hat mich nach Feierabend angerufen. Deswegen bin ich ja so besorgt. Sie war auf dem Weg nach Hause.»

«Was hat sie dir erzählt?»

«Sie hat der Mama-san gesagt, dass sie weiß, dass du Polizist bist. Schließlich warst du das auch in Manila als Sicherheitsbeauftragter der Botschaft.»

«Eine glatte Lüge.»

«Ja, aber Mari wusste sich keinen anderen Ausweg. Sie haben sie fast drei Stunden lang in die Mangel genommen.»

«Wer?»

«Die Mama-san und die Männer an der Bar.»

«Haben sie sie geschlagen?»

«Ja, aber nur leicht. Sie hat gleich zugegeben, dass du sie nach Aiko gefragt hast. Sie wisse aber nichts, deswegen hättet ihr dann bloß ein bisschen weiter geplaudert.»

«Und das haben sie geglaubt?»

«Mari sagt ja.»

«Wenn sie sie aus dem Verkehr ziehen wollten, hätten sie das gleich gemacht und sie nicht erst mit dir telefonieren lassen.»

«Du glaubst, sie hat sich danach versteckt, weil sie Angst hat?»

«Es ist möglich, ich kümmere mich darum», sage ich. Wohl ist mir bei der ganzen Sache nicht. Ich kann mir zwar nicht vorstellen, dass sie Mari etwas antun. Dass sie spurlos verschwunden ist, beunruhigt mich trotzdem.

«Der Laden gehört Goto – hat sie etwas über Goto gesagt?», frage ich Akane.

«Nein. Mari hat mir schon vor einiger Zeit erzählt, es gebe einen neuen Boss. Ich weiß aber nicht, wer das ist. Goto ist aber, glaube ich, raus.»

«Bist du sicher?»

«Nein, aber wir sollten sehen, dass wir Mari schnell finden. Ich habe wirklich Angst um sie.»

Akane hat recht. Ich hätte die Mädchen da nicht hineinziehen dürfen. Doch ohne ihre Hilfe hätte ich keine der Informationen bekommen, die ich jetzt habe.

«Ich verspreche dir, dass wir alles tun, um sie zu finden», sage ich.

Einen Moment zögere ich, ob ich sie in dieser Situation darum bitten soll, bei Aiko anzurufen. Einerseits darf ich sie nicht noch weiter in Gefahr bringen. Andererseits hängt hinter dem Haus, gleich neben dem Hintereingang, einer der wenigen öffentlichen Fernsprecher, die im Zeitalter der Mobiltelefone überlebt haben. Wenn sie die Hostessenagentur von dort anruft, dürfte sich die Spur nicht so schnell verfolgen lassen. Ich muss es riskieren, wenn ich ohne den ganzen Polizeiapparat an Aiko herankommen will. Für einen Moment überlege ich, ob ich nicht den offiziellen Weg gehen und meinen neuen Kollegen mehr vertrauen sollte. Doch Gotos Fragen nach seinem Yakuza-Rivalen Tsuboi und dessen Verbindungen zur Polizei haben mein Misstrauen geweckt. Beim Mord an der alten Frau in Sanbancho gibt es zu viele Ungereimtheiten. Warum versteckt Yoko die Akte über Aiko vor mir und weicht aus, wenn ich sie darauf anspreche? Die Polizei kennt sie, und niemand schenkt mir reinen Wein ein.

Akane unterbricht meine Gedanken. «Deine Soba-Nudeln

werden kalt. Du weißt, dass du jetzt richtig laut schlürfen musst.»

Ich sehe mich um, rings um mich sitzen Gäste vor ihren Suppenschüsseln. Vor allem aber höre ich die Schlürfgeräusche. Während Akane mich beobachtet, versuche ich es auch und ziehe die Nudeln mit lautem Schlürfen ein. Ich weiß nicht, wie die Männer neben mir das machen. Bei ihnen sieht das gekonnt aus. In meinem Mund zappeln die Buchweizennudeln hin und her, das Nudelsaugen klingt eher nach dem Gurgeln eines Ertrinkenden. Schon nach wenigen Sekunden ist mein Hemd übersät von Suppenflecken.

Akane lacht. «Essen will gelernt sein», sagt sie und reicht mir ein Papiertuch.

Ich frage sie, ob sie einen Anruf für mich machen könnte, und gebe ihr alle nötigen Details. Akane zögert einen Moment. In einer halben Stunde habe sie Pause, sagt sie, dann werde sie sich darum kümmern. Ich sitze mit meinem bekleckerten Hemd am Tresen und bestelle bei der Mama-san Thunfisch-Sashimi. Das halbfette Bauchfleisch schmeckt am besten. Da weiß ich außerdem, dass ich nach dem Essen nicht aussehe wie ein Schwein.

«Du weißt, was ein Zimmer im Imperial Hotel kostet?», fragt Akane, als sie sich nach ihrer Pause neben mich setzt.

Ich schüttele den Kopf.

«Ich habe eines der preiswerteren gebucht», sagt sie, «Zimmer 512. Das ist im fünften Stock und kostet dich 45 000 Yen, ohne Frühstück.»

Es hat seinen Preis, dass ich hier während meines Polizeiaustauschs auf eigene Rechnung arbeite. Wenn es so weitergeht, gebe ich in Tokio in einer Woche mehr Geld aus, als ich in Peine im Monat netto verdiene. Aber ich habe keine Alternative, wenn ich den Fall aufklären will. Viel wichtiger ist die Frage, ob es Akane gelungen ist, ein Treffen mit Aiko zu organisieren.

«Es hat geklappt», sagt sie, «Aiko wird kommen. Ich weiß nicht, ob es deine Aiko ist. Aber eine Hostess namens Aiko wird morgen Abend um acht Uhr an die Tür des Zimmers 512 im Imperial Hotel klopfen.»

Ich könnte Akane umarmen. Wenn alles gutgeht, sehe ich bald meine Hauptverdächtige, bevor die Kollegen sie ausfindig gemacht haben. Altmodische Detektivarbeit ist eben doch besser als das ganze Gerede von moderner Teamarbeit, Überwachungskameras und technischem Fortschritt.

«Wie hast du das geschafft?», frage ich.

«Ich habe gesagt, dass ein japanischer Geschäftsfreund dir Aiko empfohlen hat und dass du sie morgen Abend sehen willst.»

«Hat die Agentur nicht gefragt, wer sie empfohlen hat?»

«Natürlich. Ich habe ihnen gesagt, dass mein Chef es nicht gern sehe, wenn sein Name oder der Name seiner Geschäftskontakte genannt wird. Mit ein paar Anspielungen war klar, dass du einer der internationalen Partner der Yakuza bist.»

«Toll», sage ich, «ich hoffe, dass das nie rauskommt.»

Akane erklärt mir, dass sie der Frau in der Agentur sehr genau beschrieben habe, wie Aiko aussieht. Sie sei sich ziemlich sicher, dass morgen die Richtige kommen werde. Außerdem wüssten nur Insider von Aiko, weil sie im Internetauftritt der Agentur nirgendwo erwähnt wird.

Ich bedanke mich bei Akane und verspreche ihr, mich um Mari zu kümmern.

«Das ist das Mindeste, was du tun kannst. Du nutzt uns

aus, Scheißkerl», sagt sie mit einem Augenzwinkern und begleitet mich zur Tür.

«Das Leben ist hart», sage ich, «in Tokio sogar sehr hart. Ich muss so handeln.»

Bevor ich das Treppenhaus heruntergehe, suche ich die Straße ab. Da sind sie, meine Verfolger. Wahrscheinlich ist es Hinkefuß, der sich im Hauseingang gerade eine Zigarette anzündet, um sich die Langeweile bei der Observation zu vertreiben. Das Münztelefon können sie von dort unten nicht sehen, Akane sollte also sicher sein. Ich gehe die Treppe hinunter und winke den beiden Männern zu, die keine fünfzig Meter entfernt im Schatten warten.

20

Ein ungewohnter Anblick. In der Straße vor dem 89. Revier in Kojimachi parken an diesem Morgen fünf Mannschaftswagen der Polizei. Dahinter entdecke ich Yoko, die neben einem schwarzen Lexus steht und mit einem älteren Mann redet. Ihre zu einem Pferdeschwanz zusammengebundenen Haare wippen dabei auf und ab. Sie trägt ein dunkelgraues Kostüm und Schuhe mit hohen Absätzen. Meine Kollegin sieht eher aus wie eine Jungmanagerin direkt nach dem BWL-Abschluss. Die Hausdurchsuchung bei einem Boss der Yakuza scheint in Japan bessere Kleidung vorauszusetzen. Bender würde das gefallen. Er liebt Hierarchien, und er mag es, sie sichtbar zu machen. Es fehlt nur noch, dass Yoko den Gangster nachher statt mit dem üblichen Goto-san mit dem Respekt bekundenden Goto-sama anspricht.

Ich gehe gerade an den hellblauen Bussen mit vergitterten Fenstern vorbei, als sich die Wagenkolonne langsam in Bewegung setzt. Bin ich zu spät? Nein, ein Blick auf die Uhr zeigt mir, dass gut eine Viertelstunde Zeit ist bis zum Abfahrtstermin. Yoko winkt mich zu sich.

«Darf ich vorstellen, Polizeidirektor Yoshida vom Keishichou. Ahlweg-san, unser Kollege aus Deutschland.»

Der Händedruck des grau melierten Mannes lässt mich fast in die Knie gehen. Yoshida verzieht keine Miene, als er mir in die Augen sieht. An den Schläfen treten die Adern leicht hervor. Mit einem kurzen Kopfnicken wendet er sich wieder zu Yoko und redet weiter auf sie ein. Dann dreht er sich um. Sichtlich aufgebracht, drückt er mir ein Blatt Papier in die Hand.

«Wäre so etwas bei Ihnen in Deutschland möglich, Ahlweg?», fragt er.

Ich sehe auf das Papier und verstehe nichts.

«Das ist die Anweisung aus dem Justizministerium, die Hausdurchsuchung bei Goto abzusagen», erklärt Yoko.

Ich pfeife durch die Zähne. Schützenhilfe aus dem Justizministerium.

«Unser Freund scheint einflussreiche Freunde zu haben», sagte ich.

Yoshida stampft voller Wut mit dem Fuß auf. Wieder ist es an Yoko, die Situation zu erklären. Goto habe über seine Unternehmen gute Verbindungen zu führenden Politikern der regierenden Liberaldemokratischen Partei. Und so viel habe ich in meiner kurzen Zeit in Tokio aus der Lektüre der «Japan Times», der einzigen unabhängigen englischsprachigen Tageszeitung des Landes, schon gelernt: Korruption und LDP sind in Japan zwei Seiten einer Medaille. Seit mehr als einem halben Jahrhundert regiert die Partei fast unangefochten. Man muss kein Experte für Wirtschaftskriminalität sein, um zu wissen, dass das eine der besten Voraussetzungen für Korruption ist.

«Was ist mit der Befragung?», frage ich. Yoshida und Yoko sehen mich verständnislos an. «Wir haben Goto aufgefordert, sich für eine Befragung bereitzuhalten. Sie haben gesagt, nur die Durchsuchung sei abgesagt.»

Der Kriminaldirektor nimmt Yoko das Papier aus der Hand und liest. «Es ist dasselbe Aktenzeichen», sagt er, «aber es stimmt: Im Schreiben des Justizministeriums wird die Befragung nicht ausdrücklich erwähnt.»

«Na dann, fragen wir Goto», sage ich.

«Glauben Sie bloß nicht, dass das wieder einer Ihrer Alleingänge wird», sagt Yoshida. «Wir kommen mit.» Wieder verzieht er dabei keine Miene. Ich sehe aber, wie er Yoko zuzwinkert.

Der Polizeidirektor gibt den Polizisten, die neben dem Lexus stehen, Anweisungen. Yoko und er setzen sich hinten in den Wagen.

«Willst du Wurzeln schlagen?», ruft mir Yoko zu und fordert mich auf, auf dem Beifahrersitz Platz zu nehmen.

Ich tue das mit Vergnügen. Mit einem der höchsten Beamten der japanischen Elitepolizei auf dem Weg zu einer Befragung, die sich in den Grauzonen des Rechts abspielt. Besser könnte die Antwort an den Paragraphenhengst Bender nicht sein. Ich schnalle mich an. Zum zweiten Mal in weniger als vierundzwanzig Stunden fahre ich zu Goto.

Wie groß Gotos zu einer Festung ausgebautes Grundstück ist, lässt sich erst bei Tag richtig sehen. Die weiße Mauer, die es umgibt, zieht sich über mehr als zweihundert Meter die Straße entlang. Wir parken mit unserem Lexus vor dem verschlossenen Tor. Heute ist Gotos Empfang unfreundlicher, niemand öffnet. Der Fahrer steht fast zwei Minuten vor der Tür und klingelt. Ich sehe im Rückspiegel, wie Yoko Augenkontakt zu ihrem Vorgesetzten sucht. Was tun, wenn Goto einfach nicht reagiert? An Yoshidas Schläfen treten wieder die Adern hervor.

«Warten Sie, lassen Sie mich mal versuchen», sage ich und öffne meine Tür.

Yoshida sieht mich verständnislos an, Yoko senkt den Kopf und hält sich verschämt die Hand vors Gesicht. Ich schiebe den Fahrer zur Seite und läute Sturm. Die Tür bleibt verschlossen. Mich packt die Wut. Ich trete gegen die robusten Holzbohlen des Tors und rufe auf Englisch: «Aufmachen, Polizei!»

Keine Reaktion. In den Häusern gegenüber öffnen die ersten Bewohner die Fenster und schauen, wer so unverschämt ist und diesen Radau macht. Der Fahrer packt mich mit einer fast zärtlichen Bewegung am Arm und will mich wegführen. Beim Umdrehen sehe ich, dass Yoshida ihm das Zeichen dazu gegeben hat.

In dem Moment öffnet sich das Tor, und Tanaka, mein höflicher Begleiter von gestern, tritt auf die Straße. Ich renne zum Auto, reiße Yoko ihre Mappe vom Schoß, gehe zurück und zeige ihm den alten Durchsuchungsbeschluss.

«Tanaka-san, wo ist Gotos berühmte Gastfreundschaft geblieben?»

Bevor er antworten kann, öffnet sich wie von Geisterhand das Tor. Der Lexus fährt an mir vorbei auf den Hof. Yoshida schaut amüsiert auf mich, doch sein amüsierter Ausdruck hat etwas Widerwilliges. Yoko hält weiter den Blick gesenkt.

Ich folge dem Lexus über den Schotterweg zur Villa. Im Eingang warten Goto und zwei Männer. Einer ist der Leibwächter, den ich schon kenne. Der andere scheint wichtig zu sein. Yoshida und Yoko verbeugen sich jedenfalls tief vor ihm. Wieder und wieder machen sie ihren Bückling. Während ich mich noch frage, wer das sein mag, entdecke ich an der Auffahrt einen winzigen japanischen Steingarten. Der ist mir gestern überhaupt nicht aufgefallen. Ich mag diese geometrischen Muster, die offenkundig mit viel Sorgfalt angelegt worden sind.

Als ich vor dem Haus ankomme, spricht Yoshida bereits erregt mit dem Mann, den ich nicht kenne. Er scheint Politiker zu sein. Am Revers seiner Anzugjacke, die über dem Bauch spannt, steckt die kleine rubinrote Rosette. Die dürfen allein Mitglieder des Parlaments tragen.

«Das ist Daisuke Tanoue, Vorsitzender des Innenausschusses des Unterhauses, einer der wichtigsten LDP-Politiker», flüstert mir Yoko ins Ohr.

«Was hat der hier zu suchen?»

«Das fragen Yoshida und ich uns auch.»

Tanoue, aufrecht, die Beine in Angriffshaltung, als wolle er sich gleich auf uns stürzen, redet wild gestikulierend auf den Polizeidirektor ein.

«Er weist uns auf das Schreiben des Justizministers hin», sagt Yoko.

Yoshida schluckt. Den Kopf hat er die ganze Zeit über gesenkt gehalten. Jetzt verbeugt er sich tiefer als zuvor. So stelle ich mir einen kämpferischen japanischen Polizeidirektor nicht vor. Ein einflussreicher Parlamentarier, der Ermittlungen behindert, in Gesellschaft eines Yakuza, das stinkt doch zum Himmel. Yoko scheint zu ahnen, was ich denke und dass ich gleich etwas sagen will. Sie tritt mir warnend auf den linken Fuß. Dazu zeigt sie mir ein Lächeln, als säße sie seit Stunden auf einem Nagelbrett fest.

Während der Politiker weiter auf den immer kleiner werdenden Polizeidirektor einredet, sehe ich hoch zum Fenster im zweiten Stock. Ajane und Naomi, die beiden aktuellen Favoritinnen Gotos, verfolgen interessiert das Schauspiel.

Ich nicke Ajane zu, sie zwinkert kokett und winkt so wild zurück, dass ihre frische Lockenpracht in Bewegung kommt. Jetzt sehen alle nach oben. Gotos Gesicht erstarrt. Der Politiker, der seine Macht eben noch durch Brüllerei zeigte, schaut mit offenem Mund nach oben zu den Frauen.

«Darf ich Sie etwas fragen?», sage ich in die Stille hinein und wende mich an Goto und seinen einflussreichen Freund.

Der nickt. Wahrscheinlich ist er in diesem Moment einfach überrumpelt.

«Fällt es Ihnen vielleicht zu schwer, sich auf eine Befragung durch die Polizei zu konzentrieren, wenn ständig so süße, knackige Mädchen um sie herum sind?»

Der Abgeordnete schnappt nach Luft. Ich weiß nicht, was ihn mehr aufregt, meine Bemerkung oder die beiden Lolitas am Fenster.

Bevor er antworten kann, sage ich: «Mir hat Goto kürzlich auch Frischfleisch aus seinem einträglichen Mädchenhandel angeboten. Ich habe abgelehnt.»

Jetzt brüllt der Vorsitzende des Innenausschusses Yoshida an. Ich verstehe kaum etwas, aber die wenigen Brocken, die ich mitbekomme, reichen. «Dreister Ausländer», «Folgen haben», «verrückt». Ich habe wohl mal wieder überzogen, aber die Arroganz des Politikers und die eigene Ohnmacht haben mich wütend gemacht. Kein Japaner hätte sich so verhalten wie ich eben. Yoko steht neben mir und hält den Kopf wieder gesenkt. Doch wenn ich mich nicht täusche, muss sie sich zusammennehmen, nicht laut loszulachen. Yoshida tritt unter dem Gebrüll des Politikers langsam den Rückzug an und winkt Yoko, ihm zu folgen.

«Getroffene Hunde beißen», flüstere ich ihr zu.

Yoshida und Yoko steigen in den Wagen. Der Fahrer hält mir die Tür auf, aber ich ziehe es vor, zu Fuß bis zum Tor zu gehen. Goto folgt mir kopfschüttelnd. Auf einem kunstvoll gestapelten Steinhaufen entdecke ich ein vergilbtes Bambusblatt. Ich weiß, wie sehr Japaner die Symmetrie in ihren Steingärten lieben. Also stapfe ich zu dem Stein, hebe das Blatt auf und gebe es Goto.

«Das hat Ihr Gärtner übersehen», sage ich.

Das um den Stein herum liebevoll mit einer Harke in den Kies gezeichnete Muster ist zerstört. Schuhe der Größe 44 hinterlassen Spuren.

Gleich bin ich am Tor. Beim Rausgehen sage ich zu Goto: «Wir sind noch nicht fertig.»

«Sie verstehen die Spielregeln nicht. Wir sind hier nicht in Deutschland», sagt Goto.

«Tut mir leid um ihr Steinbeet. Aber in meinem Land wie in Ihrem gilt das Gesetz. Und Mord ist in beiden strafbar.»

Auf dem Rückweg dreht sich Goto noch einmal kurz um. «Haben Sie Yoko nach Tsuboi gefragt?»

Ich sehe ihm nach, wie er langsam zum Haus zurückgeht. Am Fenster steht immer noch eines der Mädchen und winkt.

«Bist du jetzt vollkommen durchgedreht?», fragt mich Yoko, als wir alle wieder im Auto sitzen. «Du kannst doch nicht einen der einflussreichsten Abgeordneten unseres Landes ...»

«Lassen Sie, Fukuda-san», unterbricht sie der Polizeidirektor. Für einen Moment überlegt er. «Das ist besser für uns gelaufen, als es aussieht. Goto weiß jetzt, dass wir hinter ihm her sind und dass seine Freunde aus der Politik ihn auf die Dauer nicht schützen können. Ahlweg-san, Ihr Verhalten ist sehr unjapanisch. Doch mit Ihrer Art helfen Sie uns im Moment mehr, als Sie sich vorstellen können.»

Auf der Rückfahrt bis Kojimachi geht mir die Bemerkung Yoshidas nicht aus dem Kopf. Meine direkte Art hilft Yoshida und seinen Leuten möglicherweise, die Yakuza frontaler anzugehen. Ich spiele den Terrier, und sie werden einen Gangsterboss los, an dem sie sich sonst die Zähne ausbeißen. Ich werde den Verdacht aber nicht los, dass im Hintergrund eine ganz andere Geschichte läuft. Warum sonst Gotos Fragen nach diesem Tsuboi?

Dabei sind die Ergebnisse der Ermittlungen eindeutig. Die Bande koreanischer Jungeinbrecher hat die alte Frau nicht ermordet, davon bin ich überzeugt. Aiko und Goto sind die einzige heiße Spur. Warum also macht mich das Lob von Yoshida misstrauisch? Kann es nicht sein, dass erstmals ein Polizeidirektor einfach nur zufrieden mit mir ist?

«Bernie-san!» Yoko reißt mich aus den Gedanken. «Yoshida und ich haben gerade die Fahndung nach Aiko ausgeweitet. Die andere Frau auf dem Foto ist offenbar vor einigen Wochen nach Amerika ausgewandert. Sie scheidet damit als Täterin aus. Ob wir sie später als Zeugin benötigen, werden wir sehen.»

«Es kann doch nicht so schwer sein, diese Aiko zu finden»,

sage ich. Jetzt könnte ich berichten, dass ich mich heute Abend im Imperial Hotel mit einer Frau treffe – und davon ausgehe, dass es die Gesuchte ist. Ich halte aber lieber weiter den Mund. Irgendwo im Polizeiapparat muss es eine undichte Stelle geben. Warum sonst sollten sich Goto und die Yakuza so für mich interessieren?

«Wir haben ihre letzten Meldeadressen abgesucht. Dort wohnt sie nicht mehr. Niemand weiß, wo sie hingezogen ist», sagt Yoko.

«Sie arbeitet als Hostess. Da muss sie doch leicht zu finden sein.»

«Wir haben die Agentur ausfindig gemacht, in der sie arbeitet. Magdalena Delicious.»

«Machen wir da doch eine Razzia.»

«Die Agentur besteht aus zwei Frauen, die Telefondienst machen. Aikos Nummer, die sie uns gegeben haben, ist falsch. Sie behaupten, sie hätten keine andere.»

«Wem gehört der Laden?»

Yoko zögert.

«Er wird von der Inagawa-kai kontrolliert», antwortet statt ihrer Yoshida auf meine Frage.

Da ist er, der Mitspieler, den ich bislang nicht auf der Liste hatte: Kenji Tsuboi, Boss der Inagawa-kai, der drittmächtigsten Yakuza-Gruppe Tokios, und gefährlichster Rivale Gotos. Aiko, Gotos Ex-Geliebte, arbeitet jetzt für ihn. Goto ist damit nicht aus dem Schneider. Er hat ein Motiv für den Mord, aber Aiko hat ebenfalls eins. Wer weiß, was sie ihrer alten Beichtmutter alles erzählt hat. Aiko ist die Figur, bei der alles zusammenläuft. Sie war die Geliebte Gotos, jetzt ist sie nach den Informationen, die ich aus der Akte in Yokos Schreibtisch habe, mit Tsuboi zusammen. Tsuboi kämpft gegen Goto.

Goto wiederum muss Angst haben, dass Aiko Geheimnisse kennt, die Tsuboi gegen ihn nutzen kann.

«Das Wichtigste ist jetzt, dass wir diese Aiko finden», sagt Yoshida.

Ich nicke, behalte aber meine Pläne weiterhin für mich. Es ist besser, wenn ich die Frau erst einmal alleine befrage. Wolfgang würde jetzt sagen, ich sei paranoid. Mein Misstrauen gegenüber dem japanischen Polizeiapparat hat sich in den wenigen Tagen in Tokio aber ganz klar verhärtet. Aiko wäre für die Eliten im Sicherheitsapparat das ideale Bauernopfer. Goto und Tsuboi sind als Yakuza zwar Außenseiter. Von John Smithers weiß ich aber, wie eng Politik- und Wirtschaftselite, Polizei und Yakuza verbunden sind. Wenn ich der Wahrheit nur halbwegs auf den Grund kommen will, muss ich Aiko zuerst allein verhören.

Zurück im Büro, übersetzt Yoko mir das Wichtigste aus Aikos Akte. Schon als vierzehnjährige Schülerin ist sie in ihrer Heimatstadt Fukuoka aufgefallen: Sie ging im Seifuku, der Matrosenuniform, die japanische Schülerinnen bis zum Abitur tragen, auf Männerjagd.

«Enjokosai», sagt Yoko, «auf Deutsch übersetzt bedeutet das bezahltes Dating. In Tokio tauchte das Phänomen Enjokosai Mitte der 1990er Jahre zum ersten Mal auf. Aiko war in Fukuoka eine der ersten Schülerinnen, die die Polizei aufgegriffen hat.»

«Was genau beinhaltet dieses Enjokosai?»

«Oberschülerinnen bieten sich solventen Geschäftsleuten oder Angestellten als Begleitung an. Sie treffen sich im Café und gehen dann gemeinsam ins Love-Hotel.»

«Freiwillig?»

«Die meisten ja. Sie wollen teure Markenprodukte, sie rebellieren gegen die verknöcherte Gesellschaft. *Kogals* nennen sie sich, eine Kombination aus *Ko* für klein und *gals* für das englische Wort girls.»

«Da ist es zum Callgirl sprachlich nicht mehr weit», sage ich.

«Das stimmt. Als in den 1990er Jahren in Japan erstmals über das Enjokosai in den Medien berichtet wurde, war der Schreck groß. Viele konnten sich das nicht vorstellen. Am Ende hat sogar die Regierung eingeräumt, dass dieser Schülerinnen-Sex ein großes Problem ist. Aiko hat den Weg zum Enjokosai mit vierzehn eingeschlagen. Jetzt ist sie zweiunddreißig und hat nie etwas anderes gemacht.»

«Das kann der Grund sein, warum sich die alte Frau Hasegawa ausgerechnet für sie interessiert hat. Bei Aiko und ihren Kolleginnen wiederholt sich unter anderen Vorzeichen ihre eigene Geschichte. Und immer waren es Gotos, die dafür verantwortlich sind.»

Yoko will mit Yoshida noch einmal zu einer Besprechung ins Hauptquartier am Sakuradamon. Ich winke ab mit der Begründung, dass ich ihr nicht zumuten will, alles zu übersetzen. Aso hat uns eine Mail geschickt mit dem Namen und der Adresse der Frau, die Kim am Abend des Einbruchs am Togo-Park gesehen hat.

«Lass uns da morgen vorbeischauen», sagt Yoko.

Ich gehe zurück in mein Hotel und ziehe mich um für das Treffen mit Aiko. Auf dem Weg mache ich am Geldautomaten der Postbank halt. Eines der teuersten Hotels der Stadt und eine Hostess von einer der teuersten Agenturen, darauf muss ich mich finanziell vorbereiten.

21

Aus der leichten Brise vom Vormittag ist ein heftiger Wind geworden, als ich mit dem Taxi am Imperial Hotel vorfahre. Akane hat den Termin mit der Agentur für halb neun ausgemacht. Ich habe noch eine Stunde Zeit, bis Aiko kommt. Am Himmel ziehen drohend graue Wolken auf. Ich überlege, ob ich noch einen kurzen Spaziergang durch den Hibiya-Park mache, der auf der gegenüberliegenden Straßenseite ist. Die ersten Regentropfen halten mich ab.

Im Hotel bemühe ich mich, den Überwachungskameras auszuweichen. Sogar einen Hut habe ich mir besorgt für alle Fälle. Ich möchte nicht wieder einen Film mit mir als Hauptdarsteller vorgeführt bekommen. Der Concierge gibt mir den Schlüssel für Zimmer 512. Alles läuft wie geplant, auf Akane ist Verlass.

«Wollen Sie frühstücken, Sir?», fragt mich der Mann.

«Nein.»

Wenigstens die sechzig Euro spare ich mir, der Abend im Dienste des japanischen Staates wird teuer genug.

«Ihr Gepäck, Sir?»

Als ich sage, dass ich ohne Gepäck reise, verzieht der Concierge kurz die Augenbrauen. Er hat sich sofort wieder im Griff und winkt einen jungen Mann herbei, der mich zum Zimmer begleitet.

Das Zimmer enttäuscht mich. Es wirkt ziemlich standardisiert, keine eigene Note. Alles ist in dunklen Tönen gehalten. Das geräumige Doppelbett steht in der Ecke. Gegenüber an der Wand der Schreibtisch. Ich hänge mein Sakko über die Stuhllehne und stecke mein iPhone in die Brusttasche, aber so, dass das Kameraauge oben herausschaut. Dann teste ich, wie weit ich von hier aus filmen kann, was im Zimmer passiert. Ich stelle den Stuhl direkt vors Fenster, so habe ich Eingang und Bett gut im Bild. Um mir die Wartezeit zu verkürzen, mache ich den Fernseher an.

Pünktlich um halb neun klopft es an der Tür. Ich spüre meinen Herzschlag, gehe zur Tür und öffne: Das ist sie, Aiko. Ich erkenne sie sofort. Sie ist noch kleiner und zierlicher, als ich sie mir nach den Fotos vorgestellt habe. Ich nehme ihr den tropfenden Regenschirm und den Mantel ab. Atemberaubend. Wie sie da im hautengen grünen Kleid vor mir steht, verschlägt es mir für einen Moment die Sprache.

«Aiko», sagt sie und reicht mir die Hand. «Wie lange möchten Sie, dass ich bleibe?»

«Zwei Stunden.»

«Das kostet 75 000 Yen.»

Ich zähle das Geld ab, schiebe es in eines der Hotelkuverts vom Schreibtisch und überreiche ihr den Umschlag.

Aiko lächelt mich an. «Ich mag Männer mit Stil.»

Sie mustert das Zimmer. Am Stuhl bleibt ihr Blick hängen. Sie geht zu meinem Sakko, fischt das iPhone heraus, das ich eingeschaltet hatte, als sie an die Tür klopfte.

«Wenn ich möchte, dass Sie ein Foto von mir haben, sende ich Ihnen eins», sagt sie. «Einer meiner Kunden wollte die Kamera sogar nachjustieren, als wir Sex hatten. Das ist ihm nicht gut bekommen, er fiel aus dem Bett und brach sich den Knöchel. Den Film habe ich gelöscht, stattdessen habe ich aufgenommen, wie er nackt mit schmerzverzerrtem Gesicht durch das Zimmer gehumpelt ist.»

Ich entschuldige mich mit einer Verbeugung.

«Ist ja nichts passiert», sagt sie. «Jeder zweite Kunde versucht das. Da wird man vorsichtig.»

Sie gibt mir das Smartphone. Ich stecke es in meine Hosentasche. Aiko stellt sich dabei dicht vor mich, das Kleid über dem Schenkel aufreizend nur ein Stück in die Höhe geschoben. Plötzlich fährt sie langsam, aber fest mit der Handfläche über meinen Rücken. Mir stockt der Atem. Ihr Körper ist warm, ihr Mund sucht meinen Hals. Ich sehe, dass sie auf Zehenspitzen steht. Das muss anstrengend sein, weil sie auch für eine Japanerin eher klein ist. Knapp über eins fünfzig, schätze ich. Ihre linke Hand hakt sich in meinem Gürtel ein. Das ist der Moment, wo ich endlich Stopp sagen sollte. Doch Aiko rückt noch näher, greift nach meinem Hinterkopf, zieht meinen Mund an ihren und küsst mich. Sie verlagert ihr Gewicht, schiebt ihren linken Schenkel zwischen meine Beine. Ich weiß nicht mehr, was ich tun soll. Sie muss spüren, wie sehr mich das erregt. Ich schmecke ihren Lippenstift. Oh Gott, lass es bitte. Doch statt mich abzuwenden, streiche ich ihr fest mit der Hand über die Brüste. Sie stöhnt leicht auf. Was tue ich hier? Sie nimmt meine rechte Hand, schiebt sie unter das Kleid auf ihren Po.

«Gefällt dir das?», fragt sie. «Gehen wir duschen?»

Statt meine Antwort abzuwarten, beginnt sie, die Antwort an meinen Hemdknöpfen abzuzählen. «Ja, nein, ja ...»

Sie öffnet einen Knopf nach dem anderen, bis ich im Unterhemd vor ihr stehe. Mit ihrem Zeigefinger streicht sie langsam an der Innenseite meines Oberschenkels nach oben. Plötzlich bricht sie die Bewegung ab. Mein Handy klingelt.

Ich schiebe Aiko von mir und greife nach dem Telefon. «Moshi, moshi», sage ich, den Gruß, mit dem in Japan jedes Telefongespräch beginnt.

«Hier ist Yoko. Wobei störe ich?»

Ich atme heftig, so sehr hat mich Aiko erregt.

«Um diese Uhrzeit? Tja, da führt oft eins zum anderen. Oder was glaubst du?», sage ich.

«Bist du alleine, Bernie-san?»

«Hm», sage ich nur.

Aiko steht neben dem Bett und beginnt langsam, sich auszuziehen. Ich kann den Blick nicht von ihr wenden.

«Wir suchen Momoko Narizawa», sagt Yoko, «du weißt schon, die schöne Aiko. Ist sie zufällig bei dir?»

«Wie kommst du darauf?»

«Wir haben sie noch einmal in ihrer Agentur gesucht. Die Mama-san, die heute Schicht hat, hat uns gerade erzählt, Aiko habe für heute ein längeres Rendezvous mit einem Ausländer. Leider weiß sie nur, dass sie im Imperial Hotel ist, aber nicht die Zimmernummer.»

«Imperial Hotel, warum denkst du da an mich? Du weißt, in welcher Gehaltsgruppe wir uns bewegen.»

«Es würde zu deinen unorthodoxen Ermittlungsmethoden passen.»

Aiko hat sich mittlerweile ganz ausgezogen und rekelt sich genüsslich auf dem Laken. Noch nie lag eine so schöne Frau in meinem Bett. Ich weiß nicht, was passiert wäre, wenn Yoko mich nicht angerufen hätte.

«Was wäre, wenn sie bei mir ist?», frage ich.

«Dann muss ich dich warnen.»

«Danke, dass du das gerade machst.»

Einen kurzen Moment schweigt Yoko. «Gut», sagt sie, «sie ist also nicht bei dir. Wir werden das Hotel observieren. In zehn Minuten spätestens fahren die Kollegen hier los, ich melde mich.»

«Arbeit?», fragt Aiko, als ich das Telefon weglege.

«Chotto», sage ich, ein bisschen.

«Komm.» Sie öffnet die Arme, ich gehe zu ihr und setze mich auf die Bettkante.

«Entschuldige bitte», sage ich, «das Gespräch eben hat mir die Stimmung vermiest. Nach Sex ist mir nicht mehr.»

«Solange du zahlst, bin ich mit allem einverstanden.»

Ich überlege, was ich jetzt machen soll. Ich will alleine mit ihr reden, bevor die Kollegen sie in die Hände bekommen. Wir müssen hier also so schnell wie möglich verschwinden.

«Ich zahle, aber lass uns den Ort wechseln. Hier wird es gleich verdammt ungemütlich.»

Sie sieht mich fragend an, klimpert mit den langen, künstlichen Augenwimpern, wie sie es wohl schon zu ihrer Enjokosai-Zeit gelernt hat.

«Die Polizei wird gleich hier sein», sage ich.

22

Keine fünf Minuten später bin ich mit Aiko auf der Straße vom Hotel zum Hibiya-Park. Ich zerre sie hinter mir her. In ihren irre hohen Stöckelschuhen fällt ihr das Gehen selbst bei gemächlichem Seniorentempo schwer. Der Reißverschluss ihres grünen Kleides ist nicht hochgezogen. Ich stoppe sie und richte das. Sie fällt in ihrer Aufmachung so schon auf, halb ausgezogen würde sich wohl jeder mögliche Zeuge an sie erinnern. Aus der Ferne höre ich Polizeisirenen näherkommen. Das war knapp. Die Kreuzung zwischen der Verbindung zur Ginza, der wichtigsten Einkaufsmeile Tokios, und dem Kaiserpalast ist von den Polizeilichtern in ein grelles, zuckendes Rot getaucht. Ohne den Anruf Yokos sähe ich alt aus. Unvorstellbar peinlich wäre das geworden. Ich stelle mir vor, wie eine Horde Polizisten das Hotelzimmer stürmt – und ich nackt neben Aiko im Bett liege. Ich sehe Aiko an, die keuchend neben mir herstöckelt. Ich hoffe, dass wir die Überwachungskameras im Hotel trotz unserer überstürzten Flucht umgangen haben. Jetzt, im Hibiya-Park, fühle ich mich halbwegs sicher. Um diese Zeit ist es hier menschenleer. In dem Moment, in dem ich Aikos Arm loslasse und wir vor der Stadtbibliothek kurz haltmachen, bremsen die Kollegen vor dem Portal des Hotels. Die Szene erinnert an einen amerikanischen Kriminalfilm. Die roten Leuchten auf den Streifenwagen zeigen den wenigen Nachtschwärmern in diesem Büroviertel, dass etwas passiert ist. Dabei haben die Kollegen die Sirenen auf den letzten vierhundert Metern ausgestellt. Wahrscheinlich wollten sie verhindern, dass sie uns durch den Lärm warnen. Uniformierte Polizisten springen aus den Fahrzeugen und sprinten ins Hotel. Aiko verfolgt das Schauspiel mit weit aufgerissenen Augen. Sie rückt näher an mich. «Wer zum Teufel bist du?», fragt sie.

«Einer von denen.»

«Du bist ein Bulle?» Sie tritt zurück und sieht mich fragend an. Ich versuche zu lächeln. Leider fehlt mir die japanische Routine. «Was machen wir dann hier im Regen in einem Park, in dem ich mir den Arsch abfriere?»

«Vielleicht ist es besser, wir beide reden miteinander, bevor die ...» – ich zeige auf die Polizeiwagen in der Auffahrt des Imperial Hotels. «... bevor die mit mir reden. So viel habe ich schon verstanden», sagt Aiko. «Was macht ein Ausländer bei der Polizei in Tokio? Und warum meinst du, mich vor deinen eigenen Kollegen in Sicherheit bringen zu müssen?»

Gute Frage. Warum mache ich das? «Ich lasse mich nicht gerne manipulieren», sage ich.

Einige Minuten stehen Aiko und ich schweigend nebeneinander und verfolgen, was sich keine zweihundert Meter entfernt von uns vor dem Hotel tut. In unserem Rücken erhebt sich hinter dem Park wie ein dunkler Sperrriegel das Hauptquartier der Polizei von Tokio. Die Funkmasten auf dem Dach des Keishichou reflektieren im Licht des zunehmenden Monds. In der Mitte des Parks setze ich mich auf eine Bank. Umzingelt von der geballten Macht der Polizei von Tokio, sitzen wir wie ein Pärchen auf einer Bank in einer der schönsten Parkanlagen der Stadt. Sicherer kann man kaum sein. Keiner der Kollegen dürfte auf die Idee kommen, uns ausgerechnet hier zu suchen.

Aiko zupft mich am Ärmel. «Und was jetzt, Herr Detektiv?»

«Wenn ich das wüsste», sage ich, «die haben dich zur Fahndung ausgeschrieben.»

«Ich weiß einen Ort, wo wir uns ungestört unterhalten können», sagt Aiko. «In Shibuya gibt es Hunderte von Love-Hotels. Ich kenne eins im zweiten Bezirk, ganz in der Nähe des Bahnhofs. Da werden sie uns so schnell nicht finden, selbst wenn sie mich überall suchen.» Sie zittert vor Kälte, ihr Kleid ist nass, den Mantel hat sie auf unserer Flucht im Hotel liegen gelassen. Sie schmiegt sich an mich. «Lass uns gehen», sagt sie, «dann kannst du mir alle Fragen stellen. Nach dieser Aktion schulde ich dir was.»

Aikos Idee ist gut. Love-Hotels haben keine Melderegister. Bezahlt wird in bar. Die Namen der Gäste sind in den meisten Fällen frei erfunden. Selbst wenn die Polizei alle Love-Hotels durchkämmen sollte, dürfte es eine Ewigkeit dauern, bis sie eine Spur von uns finden.

«Wie kommen wir von hier nach Shibuya? Wenn wir ein Taxi nehmen, können sie uns schnell finden.»

«Wir fahren S-Bahn», sage ich, «und wir fahren getrennt. Achte auf die Überwachungskameras. Sie dürfen auf keinen Fall unsere Spur finden.»

Aiko zittert, die Gänsehaut an ihren Armen zeigt, wie sehr sie friert. Wenn wir uns der Polizei nicht auf dem Silbertablett präsentieren wollen, kann Aiko nicht länger in ihrem Hostessenkleid durch die Stadt laufen. Keine 500 Meter entfernt, am Bahnhof Yurakucho, ist ein Kaufhaus. Es sieht nicht danach aus, als würde die Polizei die Straßen rings ums Hotel bereits kontrollieren. Das wird sich in wenigen Minuten ändern. Wir dürfen keine Zeit mehr verlieren. «Hast du Geld bei dir?», frage ich Aiko.

Sie deutet ein Nicken an.

«Beeil dich. Kauf dir Klamotten, möglichst konservativ», sage ich.

«Wir treffen uns in 90 Minuten am Bahnhof in Shibuya. Vom Bahnhof gehst du zum Ausgang der 3a-Hanzomon-Linie», sagt Aiko. «Dort warte ich auf dich, und du folgst mir dann unauffällig. Ich miete ein Zimmer in einem der Hotels. Du kommst zehn Minuten später nach. Frag an der Rezeption nach Tanaka, Yuri. Unter dem Namen checke ich ein.»

Der Plan klingt gut. «Hast du genügend Geld für neue Kleidung?», frage ich. Aiko zeigt mir einen Stapel 10 000-Yen-Scheine. Sie scheint gut zu verdienen. Ich gehe mit ihr zum Eingang des Kaufhauses. «In einer Stunde am Ausgang der 3a-Hanzomon-Linie», sage ich, «ich warte da auf dich.»

Aiko verschwindet in der Dunkelheit. Ich sehe ihr nach. Mit der S-Bahn brauche ich von hier bis nach Shibuya gut 20 Minuten. Genug Zeit, zum Hotel zu gehen und zu sehen, was die Kollegen dort herausgefunden haben. Ich gehe langsam zurück, im Haus halte ich mich von der Rezeption fern. Oben auf der Treppe entdecke ich Yoko. Ich laufe hoch. «Und?», frage ich, «habt ihr sie gefunden?»

Yoko sieht mich erstaunt an.

«Nach deinem Anruf wollte ich wissen, ob Aiko wirklich hier untergetaucht ist.»

«Der Vogel ist ausgeflogen. Das ist schon komisch.»

«Komisch?»

«Sie muss gewusst haben, dass wir kommen. Jemand hat sie gewarnt.»

«Wer?»

Yoko zuckt betont langsam mit den Schultern.

«Sie ist kurz vor halb neun angekommen. Das Überwachungsvideo zeigt 20:25 Uhr. Sie ist zu einem Gast ins Zimmer 512 gegangen.»

Jetzt kommt die Stunde der Wahrheit.

«Und?», frage ich.

«Wir wissen nicht, wer der Mann ist, mit dem Aiko sich getroffen hat. Er ist auf keiner der Überwachungskameras deutlich zu erkennen. Wir wissen nur, dass er Ausländer ist. Die Beschreibung passt auf jeden Zweiten. Groß, dunkle Haare, normale Statur. Immerhin, das Bett ist zerwühlt, vielleicht findet die Spurensicherung dort DNA. Wenn er in unseren Dateien ist, finden wir ihn. Fünf Minuten bevor wir gekommen sind, sind die beiden abgehauen.»

Ich bin erleichtert. Dunkle Haare, wie gut, dass ich einen Hut getragen habe. Normale Figur. Ich sehe an meinem Bauch herunter. Es ist immer wieder schön zu sehen, wie genau Zeugen sich im Nachhinein erinnern. Wahrscheinlich sehen für Japaner Westler sowieso alle gleich aus.

«Der Mann interessiert uns nicht», sagt Yoko. Bilde ich mir das ein, oder hat sie mir zugezwinkert? «Wir müssen die Frau finden, sie ist die Schlüsselfigur in unserem Mordfall.»

Ich nicke. Das stimmt. Goto und Tsuboi, die beiden Yakuza-Häuptlinge, das Opfer – alle stehen in enger Verbindung zu ihr. Bei Aiko laufen alle Fäden zusammen. Das Keishichou hat eine dicke Akte über sie. Ich bin hier in meinen ersten Tagen in Tokio offenbar in eine viel größere Sache hineingeraten. Mein Instinkt sagt mir, dass ich nur ein Spielball in einem Fall bin, der weit über den Mord in Sanbancho hinausreicht. Ich muss alleine mit Aiko sprechen, wenn ich für mich Licht ins Dunkel bringen will. «Braucht ihr mich hier?», frage ich.

Yoko schüttelt den Kopf.

«Dann viel Erfolg noch. Und bis morgen.»

Der kürzeste Weg vom Hotel zur S-Bahn führt genau dort entlang, wo mich vor wenigen Tagen die Yakuza verfolgt hat. Wegen des Nieselregens ist es fast menschenleer. Bis auf eine Gruppe älterer Damen, die unter einem Vordach stehen und miteinander plaudern, ist niemand zu sehen. Meine Verfolger scheinen abrupt das Interesse an mir verloren zu haben. Ich gehe langsam zur S-Bahn. Um ganz sicherzugehen, dass mir keiner folgt, nehme ich den Zug in die Gegenrichtung. An der nächsten Station, Hauptbahnhof, steige ich aus. Mit mir verlassen nur zwei Schulmädchen und zwei ältere Frauen in Kimonos den Zug. Ich warte zwei Züge ab. Jetzt bin ich mir ganz sicher, dass die Luft rein ist. Aber die Zeit wird langsam knapp.

In Shibuya brauche ich ein paar Minuten, bis ich den Ausgang A der 3a-Hanzomon-Linie finde. Er liegt direkt am bekannten Kaufhaus 109, in dem Mädchen und junge Frauen von schriller Kleidung über Kosmetik alles kaufen können, was gerade angesagt ist. Jeder Tokio-Reiseführer erwähnt das silbernfarbene Gebäude mit seinem Turm an der Ecke der Bunkamura-dori. Vor dem Eingang spielt eine Mädchenband japanischen Pop, Hunderte Menschen tanzen ausgelassen zu ihrer Musik. Vor allem die jungen Frauen haben dick Make-up aufgetragen, die Mode ist schrill und bunt. Viele sind im Lolita-Look, die langen Haare lockig, einige haben sie sogar blond färben lassen. Konsum ist wichtig in diesem Land, das sehe ich an beinahe jeder Ecke. Ich suche Aiko. Sie lehnt an einer Straßenlaterne und betrachtet das bunte Treiben vor dem Kaufhaus. Unter all den modisch gekleideten Frauen fällt sie mit dem konservativen Kostüm auf, das sie sich gekauft hat. «Folge mir», raunt sie mir zu, als ich sie erreicht habe. Wir gehen die Bunkamura-dori hoch. Auf der gegenüberliegenden Straßenseite haben sich vor dem Tohu-Kino lange Schlangen gebildet. Es läuft «The Eternal Zero», ein nationalistisches Heldenepos über Kamikaze-Soldaten der japanischen Armee im Zweiten Weltkrieg. In der «Japan Times» habe ich gelesen, dass der Film ein Kassenschlager ist. Mich überrascht immer wieder, wie positiv in Japan die eigene Rolle im Zweiten Weltkrieg gesehen wird, wie massiv die Kriegsverbrechen verdrängt werden. Ich sehe mir die Menschen an, die vor den Kassen anstehen. Viele junge Männer sind dabei, ein paar Paare, der Kleidung nach eher aus der besseren Gesellschaft. Kaum Senioren, wenig Frauen.

An einer Straßenecke biegt Aiko nach rechts ab. Am Eckgebäude sind grell leuchtende Reklame-Schriftzüge angebracht. Auch wenn ich nichts lesen kann, sehe ich sofort, worum es geht. Porträts hübscher Mädchen, auf kindlich getrimmt, hängen in den Schaufenstern, darunter stehen

Telefonnummern. An der Hauptstraße haben Nobelketten und Kaufhäuser ihre glitzernden Paläste. In den Nebenstraßen geht es nahtlos über in die schummerige Welt der Spelunken, Bars und Bordelle. Eine Frau, die Haare grellblond gefärbt, flötet mich auf Englisch an: «Lust auf einen Drink mit mir?» Aiko scheint das mitbekommen zu haben, sie dreht sich um und zieht mich demonstrativ zu sich. Sofort dreht die Grellblonde ab. «An meiner Seite kommst du hier schneller durch», sagt sie. Nach wenigen hundert Metern wechseln die Bilder wieder. Statt der Frauen mit den kurzen Röcken und den gelockten Haaren stolzieren jetzt Japanerinnen mit Einkaufstaschen an uns vorbei. Shopping in Shibuya scheint angesagt zu sein. Ich schüttele den Kopf über die Kontraste, die so eng beieinanderliegen. Die Dame mit der Einkaufstüte verschwindet in einer Filiale von Bulgari, ein Verkäufer im dunklen Anzug hält ihr die Tür auf.

Während ich der Frau nachsehe, zieht mich Aiko nach links in eine kleine Gasse. Es geht bergauf, und nach wenigen Schritten sind wir fast am Ziel. Eine Absteige reiht sich an die andere. Neben kleinen billigen Stundenhotels stehen Kitschpaläste für die heimliche Liebe und den schnellen Sex. «Hotel Levante», lese ich. Giebelbalkone, kitschig nachgebaute antike Säulen, bunte Wandgemälde mit Liebespaaren. Keine asiatischen Paare prangen da an den Wänden, die Bilder sehen aus wie Reklamefotos von Hollywoodschnulzen. «Na, gefallen dir unsere Love-Hotels?», fragt Aiko. Ich zeige auf die Fotos der Zimmer in den Schaukästen des «Levante». «Über Geschmack kann man streiten», sage ich. Liebesgrotten wie in einer Wagner-Oper, daneben Räume, wie man sich einen orientalischen Harem vorstellt – für jeden ist etwas dabei. Verschämt kommt ein Paar aus dem Eingang, die Frau blickt zu Boden. Aiko zieht mich ungeduldig weiter. In einer schmuddeligen Gasse bleibt sie stehen und zeigt auf eine Absteige auf der anderen Straßenseite. «Ich kenne den Besitzer», sagt sie. 3000 Yen kostet es, wenn man für ein Schäferstündchen einkehren will. Die Übernachtung ist im Hotel Sulata für 8000 Yen zu haben.

«Komm in 10 Minuten nach und frag nach mir», sagt Aiko und geht in das Gebäude. Ich schlendere die Straße hoch. Im Hotel Claire schaltet die Anzeige vom grünen «Frei» gerade auf das rote «Belegt», als mich eine Frau anspricht. «Tom-San?» Sie ist dick geschminkt, ihr Gesichtsausdruck ist leer, das Lächeln mechanisch wie von einem Roboter. Ich schüttele den Kopf, ich bin nicht der Tom, mit dem sie sich hier verabredet zu haben scheint. Ich bin allerdings der einzige Ausländer, der hier alleine herumstolziert, misstrauisch beäugt von den Türstehern. Wahrscheinlich denkt sie deswegen, ich sei der Mann, mit dem sie hier ein Date hat.

Nachdem die zehn Minuten vergangen sind, frage ich im Hotel Sulata nach Aiko. Der Mann am Empfang schenkt mir ein schmieriges Lächeln. «Zimmer 624. Sechster Stock», sagt er. Dann schiebt er mir einen Zettel zu, auf den er mit Bleistift 8000 Yen notiert hat. «Vorkasse», das kennt der Mann sogar auf Englisch. «Die Dame hat gesagt, ihr Gast zahlt.» Ich blättere ihm das Geld auf den Tresen und gehe zum Aufzug. Zimmer 624 ist das letzte Zimmer am Gang. Ich klopfe. «Tut mir leid, für die ganze Nacht habe ich nichts Besseres bekommen», sagt Aiko zur Begrüßung und zieht mich hinein. «Suite Honeymoon, ist vielleicht ein bisschen kitschig. Aber japanische Liebespaare mögen das», sagt sie. Vor dem Fenster hängen beleuchtete rote Herzen, auf dem Tisch neben dem Bett steht ein bordeauxroter Kussmund aus Acryl. Auf seiner Plastikoberfläche spiegelt sich das Scheinwerferlicht der Discokugel, die das Bett bunt ausleuchtet. Aiko scheint gerade geduscht zu haben. Aus ihren Haaren tropft Wasser auf den Boden. Das Handtuch verdeckt ihren nackten Körper kaum. Ich ziehe meine Schuhe aus und schlüpfe in die ranzigen Hauspantoffeln, die vor mir bestimmt schon Tausende liebestoller Japaner getragen haben. Aiko setzt mich auf den Diwan, legt das Handtuch fort, bietet mir ihren nackten Körper dar. «Du hast mich nicht bestellt, um Sex zu machen, nehme ich an», sagt sie und setzt sich auf meinen Schoß. «Vielleicht überlegst du es dir noch mal?»

«Nein, ich will mit dir reden.»

«Reden? Bist du einer von diesen Perversen?»

Fast muss ich lachen. «Nein», sage ich. «Wie du weißt, bin ich ein Bulle.»

«Also doch ein bisschen pervers. Wer wird sonst schon Bulle.»

Fast eine Minute lang sitzt Aiko still neben mir und schaut mich mit großen Augen an. «Ein Bulle aus Deutschland beim Keishichou. Verrückt.» Sie schüttelt den Kopf, steht auf und bedeckt sich wieder mit dem Handtuch.

«Was willst du von mir?» Jedes Wort ist wie ein Schnitt mit der Rasierklinge.

«Was kannst du mir über Keiko Hasegawa berichten?», frage ich ohne Umschweife.

«Die Miss Marple von Akasaka?»

«Warum Miss Marple?»

«Den Namen haben die Mädchen in den Bars ihr gegeben, die neugierige alte Jungfer hat uns Löcher in den Bauch gefragt.»

«Wie?

«Fast jede Nacht hat sie vor dem ‹Cleopatra›, dem ‹Rosa› oder dem ‹Smiley› nach Feierabend auf Frauen gewartet, die nach Hause gehen wollten.»

«Warum gerade dort?»

«Da arbeiten viele Koreanerinnen. Für die hat sich Miss Marple stark interessiert, vermutlich, weil sie selbst von dort stammt.»

«Hat sie dich auch vor der Bar angesprochen?»

«Nein, ich habe sie zu einem Kaffee eingeladen. Sie tat mir leid. Ich war gerade auf dem Weg nach Hause, als ich sie gesehen habe, zitternd vor Kälte an der Straßenecke.»

«Wann war das?»

Aiko überlegt. «Vor knapp vier Monaten, kurz vor Neujahr. Warum interessierst du dich so für die Alte?»

«Sie ist ermordet worden, und in ihrer Wohnung haben wir ein Foto von dir gefunden.»

«Ermordet? Scheiße.»

Entweder ist sie eine gute Schauspielerin, oder sie ist wirklich überrascht. Aiko lässt ihr Handtuch fallen. Langsam kommt sie zu mir, setzt sich wieder auf meinen Schoß, legt ihren Arm um mich. «Und?», flüstert sie. «Ist die offizielle Vernehmung damit vorbei? Gib es zu, ich habe dir schon auf dem Foto gefallen.»

Ich schiebe den Arm weg. «Nicht so gut, wie du Tsuboi und Goto gefällst.»

Ich spüre, wie sich ihr Körper verkrampft. An ihren Armen kehrt die Gänsehaut zurück. «Du solltest dir was anziehen, wenn dir kalt ist», sage ich und schiebe sie mit sanftem Druck von meinem Schoß.

Aiko geht zur Badezimmertür und zieht sich den Yukata über. In meinen Augen hat sie jetzt eine größere erotische

Ausstrahlung als nackt. Sie setzt sich neben mich. «Hasegawa war eine Weltverbesserin», sagt sie, «ein unbelehrbarer Gutmensch. Immer wieder hat sie versucht, mich von dem abzubringen, was sie für Hölle und Verderbnis hielt.»

«Sex gegen Geld?»

Aiko nickt. «Für mich ist das ein Job wie jeder andere», sagt sie. «Eine Schulfreundin von mir ist in Kyushu geblieben und Ama-Taucherin geworden. Sie taucht tagein, tagaus nach Muscheln, nach Seeigeln und nach Abalonien, nach Seeohren. Genau wie ihre Urgroßmutter, ihre Großmutter und ihre Mutter das schon getan haben. Als sie mich in Tokio besucht hat, hat diese Freundin mir eine Geschichte erzählt. Wenn sie in sieben Meter Tiefe beim Tauchen eine Abalonie, ein Seeohr entdeckt, verwandelt sich die vor ihrem Auge in einen 10 000-Yen-Schein. Genau so geht es mir mit meinen Kunden.» Sie sieht mich mit einem Augenzwinkern an. «Wenn ich mit denen in der Bar flirte, sehe ich in ihren Gesichter Fukuzawa Yukichi, den Mann auf unserem 10 000-Yen-Schein», sagt sie. «Und ich sehe ihn nicht nur einmal, sondern drei- bis fünffach. Mit vielen Männern macht mir der Sex sogar Spaß. Das hat Miss Marple nicht verstehen wollen.»

«Kein Wunder bei ihrer Geschichte.»

«Meine Geschichte ist eine andere Geschichte.»

Aiko geht zum Stuhl, auf dem sie ihre Kleider abgelegt hat, und zieht sich an. «Sie hat einfach nicht verstanden, dass ich anders bin», erzählt sie dabei weiter. «Sie hat bestimmt vielen Frauen geholfen. Viele sind mit falschen Versprechungen nach Tokio gelockt worden.»

«Du nicht?»

Sie zögert einen Moment, schlüpft in ihren Rock und zieht den Reißverschluss mit einem Ruck hoch. «Ich wusste, worauf ich mich einlasse», sagt sie. «Ich habe mich als Teenager von geilen alten Säcken begrapschen lassen, die gut dafür gezahlt haben. Irgendwann hätte ich meine Unschuld sowieso verloren. Warum also nicht einen Haufen Geld dafür bekommen?»

«Woher kennst du Goto?»

«Ihm gehört der Club, in dem ich damals angefangen habe, als ich nach Tokio gekommen bin. Er kam zu einem der Kontrollbesuche, die die Bosse hin und wieder in ihren Bars machen. Wie man sich einen Mann angelt, habe ich lange genug geübt. Das war nicht schwer bei Goto. Bei dir wäre es mir heute ja auch fast gelungen.»

Ich spüre, wie die Hitze in meinem Kopf aufsteigt und ich rot werde. Aiko lächelt mich schelmisch an. Ich weiß nicht, was vorhin im Hotel Imperial passiert wäre, hätte Yoko mich nicht angerufen.

«Du scheinst ein netter Kerl zu sein», sagt Aiko. «Ich erzähle dir, was ich weiß. Aber erst mal brauche ich was zu essen.» Ich weiß nicht, ob es im Love-Hotel auch so etwas wie einen Zimmerservice gibt.

«An der Ecke habe ich einen Konbini gesehen, soll ich dir ein Bento mitbringen?»

«Ich komme mit», sage ich etwas unsicher.

«Keine Angst, ich haue nicht ab.»

Für einen Moment überlege ich, ob es klug ist, sie aus den Augen zu lassen. Andererseits ist es ein guter Test ihrer Glaubwürdigkeit, sie jetzt gehen zu lassen. Den kleinen Laden habe ich auch gesehen. Die Konbini, die es in Tokio bald an jeder Straßenecke gibt, sind oft rund um die Uhr geöffnet. Im Angebot haben sie das, was zwischendurch dringend benötigt wird – Getränke, Bento, Päckchen mit japanischem

Essen, Kekse und Schreibwarenartikel. Ich bitte Aiko, mir ein Thunfischbrötchen mitzubringen. «Und eine Dose Ebisu-Bier!», rufe ich ihr nach. Aber da ist sie schon aus dem Zimmer.

Ich hole einen Zettel aus meiner Tasche und mache mir Notizen zum Fall. Wer hatte ein Motiv, die alte Frau zu ermorden? Goto? In Peine würde es ihn und seinen Ruf ruinieren, wenn herauskäme, dass sein Großvater verantwortlich für die Verschleppung Tausender südkoreanischer Mädchen war. Dort hätte er ein Motiv. In Japan ist das anders. Seit der Nationalist Shinzo Abe Regierungschef ist, gehört rechte Gesinnung in Japan eher wieder zum guten Ton. Der Yakuza-Boss hat recht, das ist kein Motiv für einen Mord in diesem Land.

Dass Goto außerdem Bordelle und Bars in Aksaka betreibt, schadet ihm ebenso wenig. So viel weiß ich mittlerweile von diesem Land, Sex spielt eine große Rolle – im Verborgenen. Niemand würde Goto belangen, weil er Dienste minderjähriger Frauen anbietet, die vor allem einflussreiche Herren der japanischen Oberschicht gerne nutzen.

Manches deutet darauf hin, dass Aiko selbst die Mörderin sein könnte. Zeugen haben sie in der Nähe des Tatorts gesehen. Sie fühlte sich belästigt, weil die Alte sie belehren wollte. Aber bringt man deswegen jemanden um? Der dritte Name auf meiner Liste ist Tsuboi, der Chef der Inagawa-kai. Ich habe noch keine Ahnung, welche Rolle er in diesem Fall spielt. Sicher ist nur, dass er und Goto um Einflusssphären für ihre Banden in Tokio kämpfen. Und Aiko, früher Gotos Geliebte, arbeitet jetzt für ihn. Bei «Motiv» kann ich nur ein Fragezeichen machen. Tsuboi wird der Nächste sein, um den ich mich kümmere. Die jungen Einbrecher streiche ich endgültig von der Liste.

Ich sehe auf die Uhr. 20 Minuten sind vergangen, seit Aiko gegangen ist, um einzukaufen. Sie müsste längst zurück sein. Ich öffne die Zimmertür und sehe auf den Gang. Stille. Da geht die Tür zum Nachbarzimmer auf. Eine Oberschülerin in der Uniform der Kojimachi-Schule steht vor mir. Scheu lächelt sie mich an. Hinter ihr erscheint ein Mann, mein Alter, Ehering an der linken Hand. «Kawaii desu nee», sagt er dem Mädchen, du bist wirklich süß. Erst jetzt sieht er mich, die Situation ist ihm erkennbar unangenehm. «Gomennasai», sagt er, Entschuldigung. Ich nicke nur und gehe zurück ins Zimmer. Enjokosai scheint in Japan noch verbreitet zu sein. Durch den Türspion sehe ich dem ungleichen Paar nach. Die Schülerin könnte eines der Mädchen sein, die ich jeden Morgen von meinem Hotelzimmer aus sehen kann.

Aiko hat genauso angefangen wie die Kleine, die da gerade aus dem Nachbarzimmer gekommen ist. Während ich noch darüber nachdenke, was eine Schülerin dazu bringen kann, sich für Geld von älteren Männern betatschen zu lassen, klopft es an der Tür. Ich gehe zum Spion, es ist Aiko. «Ich habe einen Bärenhunger», sagt sie und stellt zwei Plastiktüten auf dem Tisch ab. Gebratener Lachs, Reisbällchen, Baumkuchen, dazu eine Flasche billiger australischer Rotwein.

«Hast du hier irgendwo Gläser gesehen?», fragt sie mich. Ich schüttele den Kopf. Auf ein romantisches Dinner mit Fertigessen aus dem Konbini und Rotwein ist das Love-Hotel nicht eingestellt. «Macht nichts», sagt Aiko und trinkt aus der Flasche. «Hast du deine Meinung geändert?» Sie lächelt mich kokett an.

«Nein.»

«Dann stell deine Fragen», sagt sie und nimmt noch einen Schluck Wein, steckt sich ein Reisbällchen in den Mund.

«Wann hast du Keiko Hasegawa das letzte Mal gesehen?», beginne ich, nachdem ich mir ein bisschen von dem Baumkuchen geangelt habe.

«Das weiß ich nicht mehr, ist zu lange her.»

«Zeugen haben dich in der Mordnacht vor dem Togo-Park gesehen», hake ich nach.

«Die müssen sich im Tag geirrt haben», sagt sie schnippisch. «Ich wollte der Frau nichts Böses. Ich habe mich um sie gekümmert.»

«Inwiefern?» Ich hätte Lust, mir auch einen Schluck Wein zu genehmigen. Aber professionell wäre das nicht. Andererseits: Lehrbuchmäßig ist heute so ziemlich nichts gelaufen. Ich strecke die Hand aus, und Aiko reicht mir die Flasche.

«Sie wollte reden», sagt sie, nachdem wir einen Moment geschwiegen haben, «immer wieder reden. Alte Leute sind einsam, in Japan besonders.»

«Das glaube ich dir. Aber vorhin hast du noch gesagt, sie sei dir auf die Nerven gegangen.»

«Sie hat nicht verstanden, dass es mir nichts ausmacht, mich für Sex bezahlen zu lassen.» Ihre Augen funkeln. «Im Gegenteil: Es ist leicht verdientes Geld, und ich kaufe gerne ein. Mode, Schmuck, Kosmetiksachen. Du weißt, wie teuer das ist.»

«Warum hast du den Kontakt nicht einfach abgebrochen?»

Aiko greift nach der Flasche und nimmt einen tiefen Schluck. «Mich hat interessiert, was sie über Goto weiß.»

«Kennt Goto sie?» Jetzt wird es langsam interessant.

«Ich habe ihm natürlich von ihr erzählt. Er hat nur gelacht. Eine alte Wichtigtuerin, hat er gesagt.»

Da haben wir es. Es gibt also einen Kontakt zu Goto. Der Yakuza-Chef ist in dieser Ermittlung noch lange nicht aus dem Schneider. «Haben die beiden sich jemals persönlich getroffen?», frage ich.

«Kann sein.»

«Ja oder nein?»

«Ich weiß es nicht, verdammt.»

«Und Tsuboi-san, was hast du für den in der Sache getan? Er ist ja dein neuer Boss und Lover.» Ich sehe an Aikos Gesichtsausdruck, dass die Frage sie überrumpelt hat.

«Nicht mehr als das, was du schon weißt. Er ist mein neuer Chef.»

«Wie steht er zu Goto?»

«Eine Liebesbeziehung kann man das nicht gerade nennen.» Sie nimmt sich ein Stück Lachs und beginnt zu kauen. Ich merke, wie mein Magen knurrt. Aber jetzt erst mal das Geschäftliche.

«Kann Tsuboi etwas mit dem Mord zu tun haben?», frage ich sie frei heraus.

«Warum sollte er?»

«Vielleicht wollte er von der alten Dame Informationen, die Goto schaden?»

«Was für eine nette Idee. Sind alle deutschen Polizisten so phantasievoll?» Wieder dieses kokette Lächeln. Aber ich lasse mich nicht einwickeln.

«Du weißt mehr, als du mir bislang erzählt hast», sage ich und schaue sie fest an.

«Natürlich, mein Freund. Du musst nur deine Phantasie benutzen, um die richtigen Fragen zu stellen.»

«Welche Rolle spielt Tsuboi in der Geschichte?»

«Er hält Goto für weich. Er will sein Revier übernehmen. Als Geliebte von Yakuza-Bossen bekommt man das eine oder andere mit. Es geht wohl um Geldwaschen.» Jetzt ist der

Baumkuchen dran. Wie kann diese Frau eine solche Figur haben, wenn sie so zulangt?

«Die Sumiyoshi-kai Gotos und Tsubois Inagawa-kai haben eigene Finanz- und Immobilienunternehmen», fährt sie fort. «Mit denen waschen sie nicht nur das Geld, das sie mit Drogen, Prostitution oder Schutzgelderpressung verdienen. Sie bekommen auch einen profitablen Einstieg in die legale Geschäftswelt. Dabei helfen ihnen ihre Netzwerke bis hoch in die politische Spitze der Staatspartei LDP.»

Ich muss grinsen. Ob ausgerechnet Banken und Finanzdienstleister Symbole für seriöse Geschäfte sind, dürfte seit der Finanzkrise fraglich sein. Und dass viele Japaner die LDP automatisch mit Korruption verbinden, das habe ich in meiner kurzen Zeit in Tokio schon gelernt.

Aiko gähnt und schaut auf ihre Uhr. «Ahlweg-san, ich bin müde. Lass uns morgen weitermachen. Ich bleibe hier im Love-Hotel, bis der Staub sich ein bisschen gelegt hat. Sagen wir, gegen 14 Uhr?»

Mit so viel Entgegenkommen hatte ich nicht gerechnet. Aber kann ich ihr trauen? Bis jetzt habe ich von ihr wenig neue Informationen bekommen. Bei Tsuboi hat sie mir immerhin einen Hinweis gegeben, dem ich nachgehen kann.

Ich nicke. Wenn ich darauf dränge, heute weiterzumachen, bekomme ich wahrscheinlich gar nichts mehr aus ihr heraus. «Ich danke dir, Aiko», sage ich sanft. «Auch ich habe genug für heute.»

Ich stehe auf und nehme meinen Mantel.

«Gute Nacht, mein deutscher Freund», sagt Aiko. «Gib gut auf dich acht.»

Auf der Straße wimmelt es von Menschen, das Leuchtschild am Love-Hotel zeigt ein rotes «Belegt» an. Ich habe für heute genug von diesem Milieu, aber zum Schlafen bin ich zu aufgedreht. Ich winke ein Taxi herbei. «Hanzomon eki», sage zum Fahrer. In der Nähe des Bahnhofs Hanzomon habe ich eine kleine Bar gesehen, das Sagamiya. Die hat mit Sicherheit noch auf, hier kann ich vielleicht meine Gedanken sortieren. Und zu meinem Hotel sind es von dort nur knapp 200 Meter. Ich muss rausfinden, welche Rolle dieser Tsuboi spielt. Sein Name taucht in den Ermittlungen ein bisschen zu oft auf.

Ich lehne mich auf meinem Rücksitz zurück und überlege, was ich als Nächstes tun kann. Wenn mir jemand etwas über Tsuboi sagen kann, dann ist es John Smithers. Wie ich den Mann einschätze, ist er bestimmt noch wach. Irgendwo in meiner Brieftasche habe ich die Telefonnummer, die Tadayoshi mir gegeben hat.

Ich hole mein iPhone heraus und rufe ihn an. Gleich nach dem ersten Klingeln geht er ran.

«Guten Abend, Mister Detective. Womit kann ich dienen?»

«Guten Abend, Smithers. Ich wusste, dass Sie eine Nachteule sind. Tsuboi geht mir nicht aus dem Kopf.»

«Wow, das nenne ich Timing.» Ein rauchiges Lachen.

«Tatsächlich?»

«Ja. Ich sitze gerade an einem Eintrag für meinen Blog. Thema: Tsuboi und der Weg der Yakuza in das Immobilien- und Finanzgeschäft.»

«Das trifft sich gut. Unser Freund Goto scheint auf den Mann nicht besonders gut zu sprechen zu sein.»

«Das können Sie laut sagen. Er ist der große Verlierer in dem Kampf», sagt Smithers, «Tsuboi hat einflussreiche Unterstützer bei den regierenden Liberaldemokraten, wie es heißt. Die helfen ihm, Gotos Revier zu übernehmen. Yakuza und Liberaldemokraten haben schon immer eng zusammengearbeitet.»

«Aber auch Goto hat seine Beziehungen», sage ich. Ich denke an die groteske Begegnung mit dem Vorsitzenden des Innenausschusses. «Schon mal was von Daisuke Tanoue gehört?»

Smithers lacht. «Klar, der Mann ist so etwas wie das Scharnier zwischen organisierter Kriminalität und Regierungspartei. Wir haben den lange schon im Visier.»

«Wir?» Smithers ist mir ein bisschen zu gut informiert für einen Journalisten. Vielleicht ist etwas dran an den Gerüchten, von denen Tadayoshi mir berichtet hat: CIA. «Meine Mitblogger und ich», antwortet er kurzsilbig. «Ich schicke Ihnen spätestens morgen die Unterlagen, die wir nächste Woche veröffentlichen werden. Machen Sie etwas daraus. Aber weder ich noch der Blog dürfen jetzt schon als Quelle auftauchen.»

«Warum nicht?»

«Die Geschichte ist brisant. Das eiserne Dreieck von Politik, Wirtschaft und Bürokratie ist in Japan noch ziemlich stabil. Oft sind die Grenzen zur Unterwelt da fließend. Ausländer, die daran rühren, werden nicht besonders gern gesehen.»

«Es geht um Tsubois Kontakte ins Keishichou?»

«Ja. Allerdings gibt es noch keine wasserdichten Beweise, eher auffällige Ungereimtheiten. Ich schicke Ihnen morgen, was wir haben. Sehen Sie dann selbst.»

23

Ich erwache mit einem ordentlichen Kater. Den Absacker im Sagamiya hätte ich mir vielleicht doch lieber sparen sollen. Aber an Schlaf war nach diesem turbulenten Tag einfach nicht zu denken. Zu allem Übel liegt heute Frühlingsduft in der Luft, die schlimmste Strafe bei einem Hangover. Die «Japan Times», durch die ich mich beim Frühstück kämpfe, hat ein Foto mit der Knospe einer Kirschblüte am Yasukuni-Schrein auf der Titelseite. «Sakura», die Kirschblüte in Tokio, beginnt damit offiziell. In den nächsten Tagen wird sich meine Umgebung in ein Meer aus Weiß und Rosa verwandeln. Schon jetzt hat die Stadtverwaltung überall unter den Bäumen Schilder aufgebaut. Dort ist genau geregelt, wo Picknick unter den Kirschbäumen erlaubt und wo es verboten ist.

Vielleicht sollte ich Yoko eine Blume mitbringen? Ich werde die Ahnung nicht los, dass sie vermutet hat, dass ich gestern mit Aiko im Hotel Imperial gewesen bin. Ihr Anruf kann Zufall gewesen sein, aber auch eine kollegiale Warnung.

Blumen haben noch nie geschadet, beschließe ich, und mache mich auf den Weg zu dem Blumenladen, den ich an der Kreuzung zum Bahnhof Hanzomon gesehen habe. Ich schaue mich um, viel Auswahl hat der Laden nicht. Rote und weiße Rosen, Chrysanthemen, Stiefmütterchen im Topf. Die junge Floristin verbeugt sich und rückt ihre Brille zurecht. Die großen runden Gläser lassen sie aussehen wie eine Eule, eine nette Eule mit Lachfalten. Stiefmütterchen erscheinen mir zu spießig, eine rote Rose könnte Yoko missverstehen. «Eine weiße Rose bitte», sage ich.

«*Eine* Rose?», die Floristin sieht mich mit großen Augen an.

«Hai», sage ich, ein knappes kurzes Ja.

Sie schüttelt den Kopf und zeigt auf das Schild neben den Blumensträußen. Nur fünf Rosen für 1000 Yen dürfe ich kaufen oder zehn für 1800 Yen. Die Floristin macht mir klar, dass sie mir die Blumen leider nur in genau den Mengen verkaufen darf, wie es auf dem Schild steht. So sei nun mal die Regel.

«Wenn fünf Rosen 1000 Yen kosten, kann ich doch auch eine für 200 Yen kaufen.» Ich versuche, sie auf Japanisch von meinem simplen Dreisatz zu überzeugen.

«Das ist nicht vorgesehen», bleibt sie standhaft und verbeugt sich.

Es hat wohl keinen Sinn, hier weiter zu diskutieren.

«Okay», sage ich. «Ich nehme fünf weiße Rosen.»

«Danke für Ihr Verständnis», sagt die Floristin mit einer weiteren tiefen Verbeugung. Sie nimmt die Rosen und will sie in Papier einwickeln. «Danke, nicht nötig», sage ich und nehme ihr die Blumen aus der Hand. «Es reicht, wenn Sie eine einwickeln.» Als sie mir die kunstvoll eingewickelte Rose überreicht, drücke ich ihr die vier anderen Rosen in die Hand. «Für Sie», sage ich mit meinem charmantesten Lächeln. Sie öffnet den Mund, um etwas zu sagen. Wahrscheinlich ist auch das in der Verkaufsordnung dieses Geschäfts nicht vorgesehen. Geschenke von wildfremden Männern anzunehmen, das dürfte hierzulande noch stärker gegen die Regeln guten Benehmens verstoßen als in Peine. Ich gebe der Frau keine Chance, die Blumen zurückzuweisen, und eile grußlos mit großen Schritten davon in Richtung Polizeirevier.

Yoko strahlt mich an, als ich ihr die weiße Rose überreiche. «Womit habe ich das verdient?»

«Weil Kirschblüte ist», sage ich. «Außerdem möchte ich mich für deine Unterstützung bedanken.»

Sie stellt die Rose in ein großes Wasserglas auf ihrem Schreibtisch. Vasen gehören auch in Japan nicht zur Grundausstattung eine Polizeireviers. Yoko sieht mich lange an. «Hattest du gestern noch einen guten Abend?», fragt sie.

«Geht so», sage ich und erzähle ihr von meinem Telefonat mit Smithers.

«Du verrennst dich schon wieder, Bernie-san», sagt Yoko. «Erst warst du dir ganz sicher, dass Goto der Mann ist, den wir suchen.»

«Ich kann kein Motiv entdecken.»

«Es dürfte schwer sein, Goto etwas nachzuweisen», stimmt Yoko zu. «Die Ermittlungen laufen immer stärker auf Momoko Narizawa als Täterin hinaus, also die schöne Aiko.»

Ich schweige.

«Sie scheint dir zu gefallen, Bernie.»

«Mir ist das zu einfach. Narizawa alias Aiko ist die Mörderin, und Goto und Tsuboi sind aus dem Schneider.»

«Manchmal ist das Leben einfach. In einer halben Stunde haben wir die Zeugenbefragung bei Sariko Mori, der Mutter, die die koreanischen Einbrecher am Togo-Park gesehen haben. Danach werden wir mehr wissen, in 15 Minuten fahren wir los.»

Das lässt mir genügend Zeit, meine E-Mails zu kontrollieren. Vielleicht hat Smithers seine Sachen schon geschickt. Doch die einzige Mail im Posteingang ist von Bender.

Schon der Betreff «Unverbesserlich» lässt Böses ahnen. «Ahlweg», lese ich, «es überrascht mich nicht, dass meine Mail Sie überrascht. Ich habe von Polizeirat Yoshida Hinweise bekommen, dass Ihre Alleingänge in Tokio bereits unangenehm auffallen. Ich hatte gehofft, dass Sie die Zeit dort besser nutzen. In Peine habe ich Sie mehr als einmal darauf hingewiesen. Jede kriminalistische Fallanalyse wird heute in einer Arbeitsgruppe entwickelt. Es ist offensichtlich, dass die Gruppe bessere Lösungen erarbeitet als ein Einzelner.» Im Dozieren ist er schon immer groß gewesen, unser Karriere-Kriminalrat. Aber wehe, die kluge Gruppe kommt zu anderen Schlüssen als der Chef. Den Fall sehen Benders Polizeischulweisheiten nicht vor. Er würde besser hierher passen als ich. In Kojimachi und noch mehr im Keishichou scheint die Polizeispitze an der Aufklärung unseres Mordfalls nicht sonderlich interessiert zu sein. Genau wie in Peine: zu viel Polizeipolitik statt Ermittlung. Ich habe dieses verquaste neumodische Kriminalistengefasel schon in Peine nicht ertragen. Muss Bender mir damit jetzt auch in Tokio in den Ohren liegen? Immerhin weiß ich nun, wer sich über mich beschwert hat. Dabei hatte Yoshida mich noch nie persönlich getroffen, als er mich bei Bender angeschwärzt hat.

«Ich erwarte, dass Sie sich in Tokio an die Spielregeln halten», lese ich weiter. «Nur dass wir uns verstehen, Duttenstedt und Dungelbeck könnten sonst schneller Ihre neuen Wirkungsstätten werden, als Sie sich vorstellen.»

Ruhig bleiben. Ich darf jetzt nicht ausfallend werden, wenn ich antworte. Ich sollte es mal auf die japanische Art versuchen und Bender zeigen, was ich in Tokio alles schon gelernt habe im Umgang mit Vorgesetzten. Ich muss grinsen. Ja, ich werde Bender genauso antworten, wie es meine Kollegen hier bei einem Anschiss von oben machen würden.

«Sehr geehrter, lieber Herr Polizeirat Bender», schreibe ich. «herzlichen Dank für Ihre Mail. Ich bedauere außerordentlich, dass ich Ihnen bei meinem Einsatz hier in der Fremde Unannehmlichkeiten bereitet habe. Selbstredend werde ich den Mordfall nur in enger Zusammenarbeit mit den Kollegen zu lösen versuchen. Wenn die eine oder andere meiner Aktionen in den letzten Tagen in Tokio und Peine Missverständnisse ausgelöst haben sollte, bedauere ich das sehr. Polizeirat Yoshida hat mich übrigens gemeinsam mit der Kollegin Fukuda zur Aufklärung des Falls dem Keishichou, dem Hauptquartier der Polizei von Tokio, zugeordnet. Dem arbeiten wir jetzt von unserem Revier aus zu.» Ich schicke die Mail ab. So nett und freundlich habe ich Bender noch nie gesagt, dass ich ihn für ein Arschloch halte.

Wir halten auf einem Parkplatz zwei Wohnblöcke vom Tatort entfernt. Den Kassenautomaten ignoriert Yoko geflissentlich. «Mori-san und ihre Tochter wohnen im Block direkt neben der Wohnung des Mordopfers», erklärt sie mir. «Sie ist eine alleinerziehende Mutter, berufstätig, finanziell nicht gerade auf Rosen gebettet.»

«Zahlt der Vater keinen Unterhalt?»

«Rechtlich gesehen, müsste er das. Aber in Japan gehen die Uhren anders. Viele Väter weigern sich zu zahlen.»

«Wofür gibt es Gerichte?»

«Ach, Bernie. Du musst noch viel lernen. Es ist schwer, die Männer zu zwingen. Japan ist eine stark patriarchale Gesellschaft, in der viele alte Rollenbilder überlebt haben. Es gibt Fälle, wo Männer ihre Frauen wieder bei den Schwiegereltern abgegeben haben, weil sie ihren Erwartungen nicht entsprachen.»

Unter der Metalltreppe, die zu den Wohnungen im Obergeschoss führt, fällt mir sofort das rosa Kinderfahrrad auf.

Am Lenkrad hängt eine «Hello Kitty»-Puppe. Um den Sattel sind rote und grüne Bänder gewickelt.

Mori und ihre Tochter leben in der letzten Wohnung am Ende des Ganges. Die beiden haben sich schick gemacht für uns. Die Tochter ist angezogen wie eine kleine Märchenprinzessin, alles in Rosa und Weiß. Ganz unüblich scheint das hier nicht zu sein. Ich habe ähnlich verkleidete Mädchen schon in der Bahn gesehen habe, wenn Familien sich für einen Ausflug herausgeputzt hatten. Die Mutter wirkt streng in ihrem leicht abgetragenen grauen Kostüm. Selbst ich sehe, dass sie sich bei ihrer kunstvoll hochgesteckten Frisur viel Mühe gegeben haben muss. Yoko und ich ziehen die Schuhe aus und setzen uns an den Esstisch, auf dem dampfender grüner Tee und Süßigkeiten auf uns warten.

Yoko fragt die Mutter, ob sie sich an den Tag erinnern kann, an dem die alte Dame im Nachbarhaus getötet wurde, und Frau Mori bejaht.

«Waren Sie an dem Tag im Togo-Park?», versuche ich mich auf Japanisch.

Das Mädchen lacht und sagt dann mit vollem Mund: «Da sind wir jeden Tag.»

Die Mutter nickt. «Ich arbeite bis fünf. Danach hole ich Sairi, meine Tochter, von der Schule ab. Oft will sie dann im Togo-Park noch spielen.»

Yoko holt ein Foto von Momoko Narizawa aus der Tasche und legt es auf den Tisch. «Haben Sie diese Frau schon mal gesehen?»

Während die Mutter noch überlegt, kräht die Kleine mit kräftiger Stimme los. «Natürlich, das ist doch die Frau, die mich angeschimpft hat, weil ich mein Kaugummi auf den Boden gespuckt habe.»

«Stimmt», sagt die Mutter und nimmt das Foto. «Mir war das peinlich. Vielleicht war es diese Frau.»

«Ist sie es, ja oder nein?», frage ich, vielleicht schärfer als notwendig.

«Doch, das ist sie. Ich bin mir sicher. Ich habe mich geärgert über ihre Bemerkung.»

«Was hat sie gesagt?», fragt Yoko.

«Unerzogenes Kind. Und dabei hat sie arrogant auf Sairi herabgeguckt. Wissen Sie, Sairi ist ein lebhaftes Kind, da ist es nicht immer leicht für mich.»

Yoko hat das alles für mich übersetzt. Hier wäre ich mit Englisch nicht weitergekommen. Narizawa alias Aiko ist am Mordtag zur Tatzeit in der Nähe des Tatorts gesehen worden. Die Aussagen von Mutter und Tochter sind eindeutig. Wir dürfen keine Zeit mehr verlieren. Ich muss in das Love-Hotel und sehen, ob Aiko noch dort ist. Oder sollte ich nicht besser endlich Yoko einweihen und Aiko festnehmen lassen? Auch meine Kollegin ist unruhig geworden. Wir nicken uns zu, und Yoko bedankt sich bei den beiden. Als wir aufstehen und uns zum Gehen wenden, zupft mich das Mädchen am Ärmel. «Warte», ruft sie, schiebt sich schnell noch ein Stück Schokolade in den Mund. «Ich bringe euch runter.»

Die Kleine zieht sich ihre bunten Gummistiefel an und hüpft aufgeregt vor uns auf und ab. Unten dreht sie mit ihrem Fahrrad eine Runde und brabbelt die ganze Zeit vor sich hin. Yoko, den Autoschlüssel schon in der Hand, bleibt plötzlich abrupt stehen. Sie beugt sich zu dem Mädchen herunter und fragt es etwas auf Japanisch. Wieder fängt die Kleine an zu plappern. «Hast du verstanden, was das Kind sagt?», fragt Yoko. Ich schüttele den Kopf. «Sie sagt, Narizawa ist zu Hasegawas Wohnung gegangen und hat geklingelt.»

«Wie kann sie das gesehen haben?»

«Sie ist ein paar Minuten nach der Rückkehr aus dem Togo-Park noch einmal zu ihrem Fahrrad gegangen. Sie hatte ihren Teddy auf dem Gepäckträger vergessen.»

«Stimmt, ohne Teddy kriege ich Sairi nicht ins Bett», bestätigt die Mutter. Sie sagt das mit Blick auf mich in so einfachem Japanisch, dass sogar ich es verstehe. Die Mutter erzählt, dass ihre Tochter ihr ziemlich laut erzählt habe, dass sie die, wie das Mädchen sie nannte, «böse Frau» gesehen habe. Sie habe dem aber keine Bedeutung beigemessen. Dass die Frau eine Mörderin sein könnte, auf die Idee wäre sie im Leben nicht gekommen.

«Kommen Sie bitte morgen früh zu uns aufs Revier, damit wir Ihre Aussage aufnehmen können», sagt Yoko der Mutter. Dann zieht sich mich ins Auto.

Nachdem wir losgefahren sind, ruft sie sofort über Funk die Einsatzzentrale. Nach ein paar gebellten Sätzen wendet sie sich mir zu. «Die Fahndung nach Momoko Narizawa ist ausgeweitet. Jetzt sucht jeder Polizist in Tokio und in den angrenzenden Präfekturen nach ihr. Ich glaube, wir haben unsere Mörderin.»

Ich räuspere mich. «Ich hätte da eine Idee, wo wir sie suchen könnten», flüstere ich fast. Yoko bremst den Wagen und sieht mich durchdringend an. «Wo?», fragt sie nur. «In Dogenzaka, sie könnte im Love-Hotel sein.»

«Da gibt es Dutzende Love-Hotels.»

«Hotel Sulata», sage ich. «Das hat mir ein Spatz vom Dach gepfiffen.»

Yoko sagt nichts, sie holt die rote Polizeileuchte aus dem Handschuhfach, klemmt sie aufs Dach und gibt Gas.

24

Wir rasen auf der Stadtautobahn 3 nach Shibuya. Über Funk hat Yoko andere Einsatzkräfte alarmiert. Als wir vor dem Sulata ankommen, stehen in der engen Straße überall Streifenwagen. Vor den angrenzenden Love-Hotels starren Männer mit finsterem Blick auf die geballte Staatsmacht. Polizeipräsenz ist in diesem Gewerbe nicht gut fürs Geschäft. Welcher Familienvater lässt sich schon gern dabei beobachten, wie er mit Schülerinnen oder mit der Arbeitskollegin in der Mittagspause zum Schäferstündchen geht? Vor dem Hotel Sulata warten zwei Polizisten in Zivil. Ich beuge mich zu Yoko. In dem Moment bin ich wild entschlossen, ihr meine Geschichte mit Narizawa zu beichten. Aber da kommt Polizeidirektor Yoshida aus dem Eingang und winkt uns zu sich.

«Ausgeflogen», übersetzt Yoko. «Momoko Narizawa hat hier übernachtet, ist heute aber gegen halb sieben gegangen.»

«Vielleicht kommt sie wieder.»

«Jetzt bestimmt nicht mehr», meint Yoko und zeigt auf die Streifenwagen, die die ganze Straße blockieren.

Yoshida winkt einen Mann der Spurensicherung heran. Er lässt sich von ihm eine der Plastiktüten geben, in denen gesichert wird, was die Polizisten im Zimmer fanden. In der Tüte steckt ein beschriebenes Blatt Papier.

«Der Fall Hasegawa ist gelöst», sagt Yoshida.

«Wie?», fragen Yoko und ich wie aus einem Mund.

«Wir haben einen Brief gefunden, in dem sich Narizawa selbst bezichtigt, die alte Dame ermordet zu haben.»

«Woher wissen wir, ob sie das selbst geschrieben hat», werfe ich ein.

«Wer sonst?», fragt Yoshida. «Gestern Nachmittag ist sie

in das Hotel gekommen, alleine. Der Portier kann sich leider nicht erinnern, ob Besucher gezielt nach ihr gefragt haben. 178 neue Gäste gab es gestern allein nach 18 Uhr. Es waren also mindestens 356 Menschen hier, die nicht erkannt werden wollten.»

«Er kann sich nicht an einen Besucher von Narizawa erinnern?», frage ich. Ich wage es kaum zu glauben. Sollte ich, wie schon im Hotel Imperial, Glück haben? Yoko sieht mich an. Habe ich meine Erleichterung zu deutlich gezeigt? «Ein, zwei Ausländer waren hier. Aber er weiß nicht mehr, ob einer von ihnen nach Narizawa gefragt hat. Wahrscheinlicher ist, dass sich die beiden Fremden mit Prostituierten getroffen haben, die am Bahnhof in Shibuya ausländische Männer abpassen und in die Love-Hotels schleppen.»

«Kann er einen der Ausländer beschreiben?», fragt Yoko.

Yoshida winkt einen der Beamten herbei. Der reicht ihm seine Notizen. Yoshida liest sie und schüttelt den Kopf. «Könnten nach der Beschreibung auch Sie gewesen sein», meint der Polizeidirektor und lacht. «Für uns Japaner seht ihr Kaukasier auf den ersten Blick alle gleich aus.» Yoko nimmt sich die Notizen. «Kräftig, groß, an die Haarfarbe erinnert er sich nicht, der Mann trug eine Mütze», liest sie vor. Dann zögert sie einen Moment. «Klingt wie die Beschreibung des Mannes aus dem Imperial. Vielleicht haben wir es mit derselben Person zu tun?»

«In Absteigen wie dieser melden sich alle unter falschem Namen an», sagt Yoshida. «Wir sollten uns auf die Suche nach Momoko Narizawa konzentrieren. Sie ist unsere Hauptverdächtige.»

Yoko fragt mich, ob ich sie in das Zimmer begleiten will, in dem Narizawa übernachtet hat. Ich lehne ab. Wenn sich der Portier nicht an mich erinnert, muss ich ihn nicht mit der Nase drauf stoßen, bei meinem Anblick seine Gedächtnislücke zu schließen. «Ich helfen den Kollegen lieber, die Cafés in der Umgebung abzusuchen. Vielleicht haben wir ja Glück.»

Ich hoffe wirklich, dass Narizawa noch in der Nähe ist. Wenn die Frau mit dem Künstlernamen Aiko tatsächlich untertauchen wollte, hätte sie nicht im Sulata übernachtet. Sie hätte sich sofort vom Acker gemacht. Im Sulata hätte sie jeden Moment mit der Festnahme rechnen müssen, wenn sie mir nicht vertraut hätte. Nein, hinter ihrem Verschwinden muss etwas anderes stecken.

Schnell wird mir klar: Aiko im quirligen Geschäftsviertel rund um den Bahnhof zu finden, ist so gut wie aussichtslos. Selbst wenn sie hier ist und gar nicht versuchen sollte, sich zu verstecken, wäre die Chance praktisch gleich null. Aber dann habe ich eine Idee.

Ich gehe genau den Weg zurück, den Momoko Narizawa mich gestern geführt hat. Schon zwei Straßen weiter, neben dem Hotel Levante, entdecke ich ein kleines Café. Bis auf einen alten Mann gibt es keine Gäste. Ich zeige der Frau an der Theke das Foto von Narizawa und frage, ob diese Frau heute zum Frühstück hier war. So weit reicht mein Japanisch mittlerweile. Doch auf das «Hai», das Ja, der Frau bin ich nicht vorbereitet. Jetzt muss ich weiterfragen. «Sprechen Sie Englisch?» Verängstigt schüttelt sie den Kopf. «Chotto matte», sage ich und rufe Yoko an. «Ich habe eine Spur», sage ich und beschreibe ihr, wo ich bin.

Fünf Minuten später steht Yoko in der Tür. Es ist keine zwei Stunden her, dass Narizawa hier war, in Begleitung eines

Mannes. «Lass uns die Streifenwagen abziehen. Vielleicht kommt sie doch zurück ins Sulata.»

«Das kannst du vergessen. Die kommt nicht zurück. Sie ist hier vor zwei Stunden weg – und sie war nicht allein. Im Hotel hat sie nichts mehr, keine Kleidung, keine persönlichen Sachen. Sie hat alles mitgenommen. Es bleibt ein Beamter dort, wir überwachen alle Orte, wo sie unterschlüpfen könnte.»

«Warum habt ihr sie euch eigentlich nicht gleich geschnappt, als wir das Foto in der Wohnung entdeckt haben? Als Aiko ist die Frau doch seit langem polizeibekannt», frage ich Yoko.

«Ich habe sie auf dem Foto nicht gleich erkannt. Als wir herausbekommen haben, dass es sich um Momoko Narizawa handelt, warst du ihr schon lange auf der Spur. Kompliment dafür übrigens.»

«Ihr hättet sie gleich identifizieren müssen.» So viel Schlamperei bei der Polizei kann nicht sein. Es muss einen Grund geben, warum die Informationen über Momoko Narizawa erst so spät zu uns gekommen sind.

«Mich ärgert das auch», sagt Yoko. «Irgendwo auf dem Dienstweg muss die Akte hängengeblieben sein.»

«Glaubst du, dass sie es war?»

«Alle Indizien sprechen dafür. Und jetzt der Brief, in dem sie sich selber bezichtigt ...»

«Den hätte jeder schreiben können.»

«Die Sachverständigen im Keishichou prüfen das. Vielleicht haben wir schon heute eine erste Einschätzung, ob sie das wirklich geschrieben hat.»

«Wie genau kann so eine Analyse sein?»

«Die Frau scheint dich ja wirklich beeindruckt zu haben, Bernie-san», sagt Yoko und grinst mich an, als wisse sie genau Bescheid über mein Treffen. «Unsere Spezialisten in linguistischer Tatschreibenanalyse können mit einer Wahrscheinlichkeit von weit über 90 Prozent sagen, ob sie den Brief geschrieben hat.»

«Habt ihr so viele Vergleichstexte von ihr?»

Wieder lächelt Yoko mich an. «Genug», sagt sie, «glaube mir, wir haben genug.»

Den Rest des Rückwegs schweigen wir.

25

Yoko setzt mich in Kojimachi ab und fährt weiter ins Hauptquartier am Sakuradamon. Ich fahre meinen Computer hoch und schaue sofort in den Posteingang. Und tatsächlich, Smithers hat seine Informationen geschickt.

Schon als ich das erste Fotodokument öffne, entfährt mir ein überraschter Pfiff. Der Boss der Inagawa-kai, Tsuboi, steht da, neben ihm Narizawa alias Aiko. Die beiden sind auf einem Empfang. Im Hintergrund erkenne ich ein Logo. Es scheint die Feier eines neuen japanischen Finanzunternehmens zu sein. Tsuboi hat den Arm um Narizawas Taille gelegt. Doch nicht die beiden sind das eigentlich Interessante. Es ist der Dritte im Bild, mit dem sie sich angeregt – und offenbar ziemlich vertraut – unterhalten: der LDP-Politiker, der unsere Hausdurchsuchung bei Goto verhindert hat. Hat dieser Daisuke Tanoue gute Kontakte zu allen Yakuza-Gruppen? Der Mann ist Vorsitzender des Innenausschusses des Unterhauses und nach Yokos Angaben einer der einflussreichsten Politiker der Regierungspartei. Ich versuche mir vorzustellen, was los wäre, wenn ein Foto von einem deutschen Spitzenpolitiker beim Tête-à-Tête mit einem Mafioso auftauchen würde. Aber erst jetzt fällt mir ein weiteres Detail auf, das noch bemerkenswerter ist. Am oberen Bildrand entdecke ich Kriminaldirektor Yoshida, ein Champagnerglas in der Hand, den Blick auf Momoko Narizawa alias Aiko gerichtet. Ich verstehe gar nichts mehr. Tsuboi, Yoshida, und Tanoue als Teil einer Verschwörung? Aber gegen wen? Und welche Rolle spielt das Mordopfer dabei?

Ich öffne das Textdokument, das Smithers mit dem Foto geschickt hat. Da steht es: Aufgenommen wurde das vor fünf Wochen bei der Gründung eines neuen Immobilienfinanzierers in Akasaka. «Real-Finance» heißt die Gruppe, und nach Smithers' Informationen ist sie eine Tarnfirma von Tsubois Inagawa-kai. Bislang sei Gotos Sumiyoshi-kai im Geschäft mit Baufinanzierungen, bei denen die Yakuza die Hände im Spiel hat, in Tokio unbestritten die Nummer eins. Mit der Entscheidung, die Olympischen Sommerspiele 2020 nach Tokio zu vergeben, würden Bauindustrie und Baufinanzierung für die organisierte Kriminalität ein noch lukrativeres Geschäft, schreibt Smithers. Im nächsten Absatz folgen Zahlenkolonnen, Umsätze, Profite. Die Sumiyoshi-kai Gotos habe in Tokio etwa 12 600 Männer, Tsubois Inagawa-kai 9100, berichtet Smithers. «Der Geist des Finanzkapitalismus hat die Yakuza gründlich infiziert», lese ich. Es gibt dafür sogar einen eigenen Begriff im Japanischen, Keizai Yakuza, Wirtschaftsyakuza. Wegen der Profite aus dem Baugeschäft für Olympia kämpfen die unterschiedlichen Yakuza-Gruppen seit Monaten um ein möglichst großes Stück vom Kuchen. Smithers rechnet damit, dass zehn bis fünfzehn Prozent der Gelder, die in Tokio für Olympia ausgegeben werden, in den Kanälen des organisierten Verbrechens versickern. Die Yakuza habe deswegen auch ihre alten Kontakte zur LDP wieder massiv verstärkt. Mich erstaunt, was ich über den Politiker lese, der uns bei dem Versuch, Goto zu verhören, Knüppel zwischen die Beine geworfen hat. Wenn Smithers' Informationen stimmen, ist die Ehefrau von Tanoue mit fast 35 Prozent an der Tarnfirma beteiligt, mit der Tsuboi ins Olympiageschäft einsteigen will. Ein Neffe des Politikers, Absolvent einer Eliteuniversität, sei als stellvertretender Geschäftsführer im Gespräch. Das ist ganz schön waghalsig, wenn man bedenkt, dass Tsuboi über das Unternehmen auch seine Gewinne aus dem Geschäft mit der Prostitution, Glücksspiel und Drogenhandel wäscht.

Was Smithers da recherchiert hat, ist Dynamit. Da läuft etwas, und alle Spuren im Mord an der alten Frau in Sanbancho führen zur Yakuza. Dazu der LDP-Politiker und Polizeidirektor Yoshida. Ich frage mich, welche Rolle die beiden spielen. Korruption bis in die Spitze der Polizei? Ich muss vorsichtiger sein. Immerhin war es Yoshida, der sich bei Bender über mich beschwert hat. Gleichzeitig komme ich alleine nicht weiter mit meinen Entwicklungen. Ich brauche Hilfe. Yoko?

Während ich noch grübele, kommt Yoko aus dem Hauptquartier zurück. «Ich habe etwas für dich», sagt sie, «Fotos von deinen Verfolgern, die wir von den Aufnahmen der Überwachungskameras bekommen haben.» Sie setzt sich neben mich und zeigt mir zwei Fotos. Darauf ist ein Pärchen zu erkennen, das ich nie zuvor gesehen habe. Yoko sieht mich erwartungsvoll an.

«Nie gesehen», sage ich. «Die haben mich verfolgt?»

Yoko nickt. «Drei Tage lang. Die Frau ist Gotos Spezialistin für Beschattung.»

«Das glaube ich, denn von der Beschattung habe ich nichts gemerkt.»

«Und diese hier?»

Yoko schiebt mir zwei weitere Fotos herüber. Ja, das sind sie. Auf dem einen Bild ist Hinkefuß deutlich zu sehen, auf dem anderen der Hornbrillenträger und die Plattnase, die mich durch Yurakucho gejagt haben. «Ja, gut getroffene Aufnahmen», sage ich.

Wortlos sammelt Yoko die Fotos wieder ein.

«Und, wer ist das?»

Meine Kollegin schweigt.

«Kennst du die?», hake ich nach.

Yoko atmet tief aus, senkt langsam den Kopf.

«Die stehen auf der Gehaltsliste von Tsuboi.»

Sie schiebt mir die Fotos wieder zu. «Diese beiden sind harmlos, die bespitzeln nur. Der hier ist gefährlich.» Sie zeigt auf den untersetzten Mann mit der Hornbrille. «Das ist Taro Watanabe, Tsubois Mann fürs Grobe. Wir glauben, dass rund dreißig Morde auf sein Konto gehen.»

«Ihr habt ihn nie drangekriegt?»

Sie schüttelt den Kopf. «Du weißt, wie das ist. Da tauchen plötzlich smarte Anwälte auf, die eidesstattliche Erklärungen aus der Aktentasche ziehen.»

«Tsuboi hat ihm immer ein Alibi verschafft?»

«Wir mussten ihn jedes Mal ziehen lassen. Ich mache mir Sorgen, Bernie. Warum schickt Tsuboi ausgerechnet Taro Watanabe hinter dir her?»

«Ich lebe ja noch.»

«Betonung auf noch. Bernie, das ist nicht komisch.»

«Kann als Warnung gemeint sein?»

«Das glaube ich nicht. Was kann dieser Profikiller Watanabe von dir wollen? Oder wollte er über dich an Momoko Narizawa?»

Yoko hat recht. Wenn die Yakuza über ihre Kanäle zur Polizei gewusst hat, dass ich hinter Aiko her war, dann habe ich sie direkt zu ihr geführt. Aber wir haben sogar die Polizei gelinkt. An dem Tag, an dem ich mich mit ihr getroffen habe, ist mir kein Verfolger aufgefallen.

«Was kann Tsuboi von ihr wollen?», frage ich.

«Narizawa ist seine aktuelle Mätresse. Sie könnte manches über den Konflikt mit Goto wissen, das ihm gefährlich werden kann.»

Ich beschließe, Yoko zu vertrauen und sie in alles einzuweihen. «Ich habe da noch etwas», sage ich und berichte ihr von Smithers' Unterlagen. Sie lächelt mich an. «Bernie, du wirst ja doch noch zum Mannschaftsspieler und lässt mich mitmachen. Soll das heißen, du vertraust mir endlich?» Ich spüre, wie mir wieder die Wärme in den Kopf schießt. Warum macht mich diese Frau immer wieder so verlegen, dass ich rot werde?

«Mein Polizeirat aus Peine hat mir gerade geschrieben, dass man in der Gruppe oft mehr herausfindet als allein. Da dachte ich, ich fange mal ganz klein mit einer Zweiergruppe an.» Wie auf Kommando prusten wir beide los.

«Feierabend für heute», sagt Yoko. «Wenn die Kollegen Momoko Narizawa finden sollten, rufe ich dich an. Ansonsten bis Montag. Ich denke, einen freien Sonntag kannst du gut gebrauchen.»

Auf dem Rückweg fällt mir Mari ein. Die hatte ich total vergessen. Mist, ich habe Akane versprochen, mich um sie zu kümmern. Ich muss ins Komachi und mit Akane sprechen.

Der kleine Spaziergang tut mir gut. Nur den Kopf kriege ich nicht frei. Überall werde ich mit dem Fall konfrontiert. Erst komme ich am Haus vorbei, in dem Mori und ihre Tochter wohnen. Der Tatort im Nachbarblock ist immer noch mit blau-weißen Polizeibändern abgesperrt. Im Togo-Park sehe ich mich vorsichtig um. Kein Verfolger in Sicht. Totenstille, Nieselregen. Nur ein paar aufgescheuchte Krähen krächzen. Ich gehe zu den Kirschbäumen. Die Knospen sind satt und voll. Morgen, spätestens übermorgen wird der Park sein Gesicht verwandeln und ein Blütenmeer in Weiß und Pink sein. Die Kollegen sprechen seit Tagen von nichts anderem als von Sakura und Hanami, der Kirschblüte und den Feiern. Ich betrachte eine Knospe, die kurz vor dem Aufblühen steht. Der Zauber von Sakura packt sogar mich, im Nieselregen in diesem Park.

So stark wie noch nie fühle ich so etwas wie Zuneigung zu meiner neuen Wahlheimat. Tokio gefällt mir besser, als ich jemals erwartet hatte. Absurd. Spätabends, über einen Mordfall grübelnd, versetzt mich die nahende Kirschblüte in Hochstimmung. Wenn ich das Yoko erzähle, verleiht sie mir sofort die japanische Ehrenbürgerschaft.

Es ist leer in der Izakaya. Entsprechend dünn ist das «Irrasshai mase», das Kunden in den meisten Geschäften oder Kneipen als Willkommensgruß zugerufen wird. Nur zwei Männer sitzen am Tresen und unterhalten sich mit der Mama-san. «Hat sich Mari bei dir gemeldet?», frage ich Akane. Ich setze mich an den leeren Tisch, damit ich ungestört mit ihr sprechen kann. «Nein, bis jetzt nicht», antwortet sie. Ich beginne mir ernste Sorgen zu machen. Wenn Tsuboi seine Gorillas auf sie angesetzt hat ... Ich wage es nicht, mir das vorzustellen. Akane gibt sich cool. «Ich glaube nicht, dass ihr etwas passiert ist», sagt sie. «Sie hat gewusst, worauf sie sich einlässt. Sie wird bei Landsleuten untergeschlüpft sein.»

Sie holt mir meinen Lieblingssake Suigei, was auf Deutsch so viel wie «trunkener Wal» bedeutet. «Hast du diese mysteriöse Aiko getroffen? Ist sie ins Imperial Hotel gekommen?» Ich nicke, halte mich aber ansonsten bedeckt. Zwei Minuten sitzen wir uns schweigend gegenüber. «Hattest du etwa was mit ihr?», fragt mich Akane abrupt und grinst spöttisch. Ich winke ab. Auch wenn ich Yokos Mahnung noch im Ohr habe, nicht über laufende Ermittlungen zu sprechen, erzähle ich Akane die ganze Geschichte. Ohne ihre Hilfe wäre ich nie an Narizawa herangekommen.

In dem Moment vibriert mein Handy. Eine SMS von Yoko. «Die Kollegen sind sich zu fast 100 Prozent sicher, Narizawa hat den Bekennerbrief geschrieben.» Akane sieht mich an. «Schlechte Nachrichten?», fragt sie.

Ich zeige ihr die SMS.

«Das heißt, diese Aiko, oder wie auch immer sie heißt, hat die alte Frau umgebracht?»

«Es sieht so aus.»

Akane schenkt mir nach.

«Du glaubst das nicht?», fragt sie.

«Nein», sage ich. «Das ist mir alles zu einfach. Und wo ist sie jetzt? Sie hat versprochen ...»

Akanes Lachen unterbricht mich. «Bernie-san, du könntest mein Vater sein. Aber du sprichst mit über 50 wie ein verliebter Teenager. Es gibt Tausende solcher Frauen in Japan. Sie haben sich schon als Schulmädchen verkauft. Die spielt jede Rolle perfekt. Wir Japaner lernen von Kindheit an, nichts zu sagen, womit wir anecken. Ob Lehrer, Eltern von Freunden, wir lernen, uns so zu verhalten, dass wir nicht auffallen. Ein Span, der herausragt, muss glattgeschlagen werden, sagt ein Sprichwort. Du bist naiv, wenn du dieser Aiko auch nur ein Wort glaubst. Die ist weg, und du rettest dich in dunkle Verschwörungstheorien.»

Jetzt spricht Akane wie Yoko. Ich sollte die Einwände ernst nehmen. Wir müssen Narizawa finden, dann werden wir schnell wissen, ob sie wirklich die Mörderin ist. Ich nippe an meinem Sakeglas und bitte Akana, mir die Rechnung zu machen. «Noch Arbeit?», fragt sie. Ich nicke. «Chotto nihonjin desu», sagt sie, du bist schon ein bisschen wie ein Japaner. «Shigoto, Shigoto, Shigoto.» Arbeit, Arbeit, Arbeit. Schade, dass Bender das nicht hört; dass ich Übereifer zeige, ist ihm in Peine nie aufgefallen.

«Ich muss», sage ich Akane nur, zahle meine Rechnung und gehe. Meine Beschatter scheinen das Interesse an mir verloren zu haben. Oder sie geben sich mehr Mühe. Die Straße ist menschenleer, im Togo-Park sitzen ein paar Jugendliche in der lauen Frühlingsluft und trinken Dosenbier. Artig wünschen sie mir eine gute Nacht, als ich an ihnen vorbeigehe.

Im Hotel winkt mich der Portier zur Seite. «An der Bar sitzt ein Herr, der auf Sie wartet», sagt er und reicht mir meinen Zimmerschlüssel. «Einen Namen hat er nicht gesagt.» Er druckst ein wenig und flüstert mir dann ins Ohr: «Ich glaube der ist Boryokudan-Mitglied.» Boryokudan, gewalttätige Gruppen, nennen Japaner die Yakuza, wenn sie in der Öffentlichkeit über die Mafia reden. Das Wort Yakuza direkt auszusprechen, scheuen sie sich. Selbst auf dem Polizeirevier in Kojimachi ist mir das in den letzten Tagen aufgefallen.

Die Hotelbar ist leer, die beiden Kellnerinnen hinter der Theke haben schon seit mehr als einer Stunde Feierabend. Aber einem Yakuza schlägt man die Bitte nach einem Bier nicht so einfach aus in Japan.

«Tanaka-san», sage ich und gehe auf den Mann an der Bar zu. «Ist das wieder eine der freundlichen Einladungen Gotos?»

Tanaka grinst. «Hai», sagt er, ja. Ich sehe nach draußen, in der Nähe des Hotels parkt kein Auto.

«Ich bin mit der U-Bahn gekommen», sagt der Yakuza-Mann, der meinen suchenden Blick bemerkt hat. «Wir wissen ja jetzt dank Ihrer Hilfe, dass unsere Wagen von der Polizei sehr genau beobachtet werden.»

«Hierher ist Ihnen niemand gefolgt?»

Wieder grinst Tanaka. «Ich verstehe mein Handwerk», sagt er und holt ein Kuvert aus seiner Jackentasche. «Goto würde Sie gerne morgen Nachmittag treffen, in einem Onsen in Izu-kogen.»

«Warum?»

Tanaka zuckt mit den Schultern. «Soviel ich weiß, hat er etwas Interessantes für Sie.»

Er schiebt mir ein braunes Kuvert über den Tresen zu. Ich öffne es, ich entdecke einen Fahrplan für die Fahrt nach Izu-kogen, auch ein Ticket der Japan Rail. Der Prospekt einer Pension direkt am Hafen von Izu-kogen ist mit einer Heftklammer am Fahrplan befestigt, inklusive einer handschriftlichen englischen Übersetzung. Vorbildlich, die Fürsorge eines Yakuza-Bosses für einen Polizisten aus dem fernen Peine. Bender würde ausrasten, wenn ich so ein Angebot annehmen würde.

«Bis morgen», sagt Tanaka und steht auf, um zu gehen. Ich

halte ihn am Arm zurück. «Einen Moment noch», sage ich. «Sagt Ihnen der Name Taro Watanabe etwas?»

Für einen Moment sehe ich in Tanakas Gesichtszügen so etwas wie Entsetzen aufflackern, doch er hat sich sofort wieder unter Kontrolle. «Einer von Tsubois Auftragskillern. Der Beste», sagt er.

«Im Beschatten ist er eher eine Niete.»

«War der etwa hinter Ihnen her, Ahlweg?»

«An dem Tag, als Sie mich freundlicherweise mit Gotos BMW aufgesammelt haben, war er hinter mir her.»

Tanaka pfeift leise durch die Zähne. Er winkt einen der jungen Barkeeper heran und lässt sich die Rechnung geben. «Das wird meinen Boss interessieren», sagt er. «Diese Informationen verändern unsere Pläne. Es bleibt aber dabei, wenn Sie morgen im Ryokan sind, gehen Sie gegen vier, halb fünf in das Onsen. Der Boss wird dann zu Ihnen kommen.»

Ich bitte den Concierge im Hotel, mir für den nächsten Tag eine spätere Verbindung von Tokio nach Izu-kogen rauszusuchen. Es reicht, wenn ich kurz vor Goto ankomme. Die Fahrt mit der Bahn dauert gut zwei Stunden, wenn ich von Tokio bis zum Badeort Atami den Shinkansen, den japanischen Intercity-Zug, nehme. Von Atami geht es mit zwei Bummelzügen weiter. Es reicht also, wenn ich hier gegen Mittag losfahre. Ich rufe Yoko an und erzähle ihr, dass ich am Sonntag einen Ausflug machen will.

«Wohin?», fragt sie. «Planst du doch wieder einen deiner Alleingänge?» Ihr Misstrauen ist unüberhörbar. Dass ich mit Goto ins Onsen gehe, kann ich ihr beim besten Willen nicht sagen. Um ein bisschen Alleingang werde ich auch in Zukunft nicht herumkommen.

«Ich sehe mir Atami und eure schöne Halbinsel Izu an», sage ich

«Nur ein Ausflug?»

«Onsen, Kirschblüte und gut essen. Seitdem ich in Tokio bin, gab es keine ruhige Minute. Habt ihr Narizawa gefunden?»

«Noch nicht. Die Großfahndung läuft, wenn sie in Tokio ist und als Aiko arbeitet, werden wir sie finden.»

«Du bist überzeugt, dass sie die Mörderin ist?»

«Ihr Bekennerbrief ist echt. Wir haben genug Schriftproben von ihr.»

«Die können sie gezwungen haben.»

«Die? Hör mit deinen Yakuza-Verschwörungstheorien auf. Der Fall ist erledigt, die Akte wird geschlossen.»

Warum reicht mir das nicht? Ohne mich hätte die Polizei nicht herausgefunden, dass es überhaupt ein Mord war. Ohne mich hätten sie die Spur zu dieser Aiko nicht verfolgt. Ich sollte zufrieden sein und mich freuen, den ersten Fall so schnell gelöst zu haben. Doch das läuft mir zu glatt. Wo bleibt das Dreieck aus Politik, Polizei und Yakuza?

Ich notiere mir Fragen an Goto und gehe endlich schlafen.

26

Am nächsten Morgen bin ich aufgeregt wie ein kleines Kind. Nicht nur, weil ich mir von Goto Antworten auf meine Fragen erhoffe, sondern auch, weil es mein erster Ausflug in die japanische Provinz ist. Und ich werde in einem Onsen, einer der heißen Quellen, baden. Wenn das mal nichts ist?

Während der Zugfahrt lese ich in meinem Japan-Benimmführer noch einmal nach, wie ich mich dort zu verhalten habe. Vorher im Vorraum gründlich waschen und schrubben, ins Onsen geht man sauber. Bei der Vorstellung, in wenigen Stunden nackt mit dem Yakuza-Boss in einem Bad zu sitzen, wird mir dann doch etwas mulmig. Ein Abenteuer, sage ich mir, andere Länder, andere Sitten.

Zwei Stunden später stehe ich vor dem Bummelzug von Atami nach Shimoda an der Südspitze der Halbinsel Izu. Hier hat der amerikanische Kommandant Matthew Perry 1853 mit seinen schwarzen Kriegsschiffen die Öffnung der japanischen Märkte für die westlichen Mächte erzwungen. Ich überlege, ob gründlichere Geschichtskenntnisse mir helfen, diese für mich fremde Kultur besser zu verstehen. Vieles, sagt Yoko, sei dann einfacher.

Der Zug ist voll. Ich bahne mir meinen Weg über Rucksäcke, vorbei an Rentnern mit Wanderstöcken. Ein kleiner Junge fängt an zu weinen, als ich vor ihm stehen bleibe. Mit angstvoll aufgerissenen Augen schaut er mich an. Der Mutter ist das peinlich. «Gomennasai», Entschuldigung, sagt sie und verbeugt sich. Ich versuche, das Kind anzulächeln, und so zu beruhigen. Doch die Botschaft, dass selbst wuchtige Ausländer nett sein können, kommt nicht an. Der Junge weint noch mehr und klammert sich schutzsuchend an seine Mama. Ich stapfe weiter durch den Gang. Im nächsten Wagen finde ich einen freien Platz neben einer alten Frau. Ich krame in meinem Gedächtnis. «Darf ich mich setzen?», frage ich auf Japanisch. Die Alte grinst, zeigt ihre schwarzen Zähne und macht eine einladende Handbewegung. Das Paar, das ihr gegenüber sitzt, lacht schallend.

Ich setze mich, die Alte rutscht nah an mich heran, grinst

und schaut erwartungsvoll. Die beiden auf der Bank gegenüber kriegen sich jetzt vor Lachen nicht mehr ein. «Wissen Sie, was Sie meine Mutter gerade gefragt haben?», meint die Frau in bestem Oxford-Englisch.

«Ob ich mich hier setzen darf.»

Wieder lachen die beiden laut los. «Suwatte mo ii desu ka», sagt sie, «das heißt, darf ich mich setzen. Sie haben gefragt, sawatte mo ii desu ka?»

Gut, das klingt ein bisschen anders. «Damit haben Sie gefragt, ob Sie meine Mutter berühren, begrapschen dürfen.»

Ich spüre, wie ich rot werde. Jetzt lacht auch die Alte und spricht mit ihrer Tochter. «Nicht schlimm, soll ich Ihnen sagen. Meine Mutter ist 87, da freut man sich über so eine Frage von einem kräftigen jungen Mann.» Die Mutter strahlt mich an und reicht mir ihre Hand.

Einen Vorteil hat mein Fauxpas. Meine Begleiter erweisen sich als ortskundige Fremdenführer. Zu jedem Ort, jeder Felsenküste, jeder Bucht können sie mir etwas erzählen. Japan, spüre ich, ist anders als Tokio. Kilometerlang zieht die Bahn an Buchten vorbei, ohne dass eine Ortschaft das Bild stört.

Ich könnte stundenlang so weiterfahren und die Natur bestaunen. Doch nach einer halben Stunde ist Schluss für mich. «Izu-kogen ist der nächste Halt», erklärt mir die Tochter. Ich verabschiede mich von meinen Begleitern. Der Bahnhof liegt etwas außerhalb der Stadt. Ich muss ein Taxi nehmen. Vor dem Bahnhof warten zwei Wagen, die Fahrer scheinen noch älter zu sein als die in Tokio. Ich gehe zu den beiden alten Männern, die an der Raucherecke stehen und qualmen. In Deutschland hätten sich die Taxifahrer jetzt darum gerissen, einen Kunden zu bekommen. Die beiden Opas aber ignorieren mich. Erst als ich einem von ihnen den Zettel mit der Anschrift des Hotels dicht unter die Nase halte, geht er langsam zu seinem Wagen zurück.

Der Weg zum Onsen-Hotel zieht sich. Die Hauptstraße von Izu-kogen ist so gesichtslos wie die Vorstädte Tokios. Ich sehe dieselben Einkaufsketten, alle in funktionalen Mehrzweckhallen untergebracht. Das Bild ändert sich erst, als der Fahrer links in eine der kleinen Gassen zum Hafen abbiegt. Kleine Häuser, einige offenbar schon alt und aus Holz gebaut, säumen den Weg. An der Straßenecke stehen drei alte Männer und unterhalten sich, zwei Kinder spielen Ball.

Das Hotel ist direkt neben dem Hafen. Zwei Fischerboote dümpeln im Wasser. Die Bucht ist ein Traum, umgeben von hügeligen Wäldern. Aber die Bebauung ist eine Katastrophe. Ich habe von Smithers viel gehört über die enge Verflechtung von Politik, Bauwirtschaft und Verbrechen. Der Ausblick zeigt mir, dass seine These nicht ganz aus der Luft gegriffen ist. In Izu-kogen haben sie sich alle Mühe gegeben, die Natur zu verschandeln. Beton, wohin man schaut. Wie oft habe ich über die Stadtplaner zu Hause geschimpft. Ein schöner Ort ist Peine wirklich nicht. Aber es gibt zumindest so etwas wie Bebauungspläne. Izu-kogen, von der Natur verwöhnt, tut dagegen alles, seinen natürlichen Schatz zu zerstören. Ich verstehe es nicht. Japaner lieben Auslandsreisen nach Italien, nach Spanien, nach Hawaii. Dort bewundern sie die idyllischen Strandbars. Und hier? Nichts. Öde. Leere. Nicht ein Mensch ist zu sehen. Kein Café weit und breit.

Der Gasthof, in den mich Goto bestellt hat, ist erstaunlich klein. Ich stehe vor den weißen Stoffbahnen, dahinter ist die Schiebetür, die ins Haus führt. In dem Moment, als ich die Tür öffnen will, kommt mir eine Frau entgegen, die Haare zum Knoten hochgesteckt. Sie richtet sich den Kimono und verbeugt sich leicht. «Ahlweg-san, nehme ich an», sagt sie. «Willkommen!»

Am Eingang ziehe ich die roten Hauspantoffeln aus Plastik an. Ich sehe mich erwartungsvoll um. Die Wirtin scheint meine Gedanken zu erraten. «Goto-san wird etwas später eintreffen», erklärt sie. Es folgt die Frage, die ich in Japan immer wieder gestellt bekommen habe: «Mögen Sie japanisches Essen?» Ich nicke. «Dai suki desu», sehr sogar.

Die Wirtin wirkt erleichtert. «Das Essen wird Ihnen auf dem Zimmer serviert», sagt sie. Dann zeigt sie mir die beiden Bäder. Das für die Frauen ist mit einem roten Vorhang abgeteilt, das für Männer mit einem blauen. Täglich wird gewechselt. Bis Goto kommt, habe ich noch ein bisschen Zeit. Ich stelle die Reisetasche in mein Zimmer, ziehe mir den Yukata, einen Hausmantel, an. Ich sollte mich im Onsen schon mal ein wenig umsehen. Am Eingang lege ich den Yukata und das Handtuch zum Abtrocknen in einen der Körbe, die dort in einem Regal stehen. Das Tenugui, das kleine Stofftuch mit dem Aufdruck des Gasthofs, halte ich mir vor mein Geschlecht. Ich bin allein, aber ich geniere mich trotzdem.

Auch im Waschraum ist niemand, und ich entspanne mich allmählich. Ich ziehe mir einen der grünen Plastikhocker heran, die vor den Duschen stehen. Wie ich es im Reiseführer gelesen habe, schrubbe ich mich ordentlich mit warmem Wasser ab. Ich wasche mir auch gründlich die Haare. Sauber wie lange nicht, gehe ich langsam in das gut zehn Meter breite Becken. Wohlig warm ist es, meine Gedanken schweifen in die Ferne. Ich setze mich, strecke die Beine aus und genieße den Blick aus dem Panoramafenster auf die Bucht.

«Hallo!» Eine Stimme von hinten reißt mich aus den Gedanken. Am Beckenrand steht ein alter Mann, nackt, seine Haut ist greisenhaft faltig. Er runzelt die Stirn, ringt nach Worten. «Das ist kein Schwimmbad», stößt er in gebrochenem Englisch, Wort für Wort betonend, hervor. Seine Augen funkeln mich böse an.

«Ich weiß.»

«Onsen desu, das ist ein Onsen.»

«Wakarimasu», ich weiß, wiederhole ich.

Der alte Mann zeigt auf die Plastikhocker vor den Duschen. «Vorher waschen», sagt er.

Jetzt weiß ich, worauf der alte Mann anspielt. Wahrscheinlich befürchtet er, dass ich als Ausländer das Onsen mit einer großen Badewanne verwechsele und schmutzig ins Wasser gegangen bin. Ich grinse ihn an.

«Wakarimasu, ich weiß», sage ich noch einmal und zeige auf die Dusche, mit der ich mich abgebraust habe.

Erleichtert nimmt er sich einen der Holzkübel und füllt ihn mit Wasser. Damit gießt er sich über den Körper, setzt sich an den Beckenrand und lässt sich langsam in das Wasser gleiten. So viel zum Thema Sauberkeit. Jetzt bleibt mir vor Erstaunen der Mund offen stehen.

Einige Minuten sitzen wir schweigend nebeneinander, als Tanaka den Raum betritt. Er ist barfuß, sonst aber angezogen. Der Yakuza wischt sich den Schweiß von der Stirn, im anthrazitfarbenen Anzug ist es im Onsen ziemlich warm. Tanaka beugt sich zu dem Alten herunter und flüstert ihm etwas ins Ohr. Sofort steht der Mann auf. Er sieht sich zu mir um. Kann ich in dem Blick Angst erkennen, oder ist es eher Anerkennung?

«Goto kommt gleich», sagt Tanaka und verlässt das Bad.

Ich lasse mich tiefer in das warme Wasser sinken und

bewundere durch den Wasserdampf die Bucht. Die heiße Quelle, nach Angaben der Wirtin sehr kaliumreich, soll gut für die Haut sein. Auf jeden Fall ist sie gut für die Durchblutung. Meine Beine sind rot wie die Scheren eines Hummers im Kochtopf.

Goto betritt den Raum und nickt mir zu. Gründlich beginnt er die Waschprozedur. Mit dem Tenugui bedeckt er sein Geschlecht, als er zu mir in das Onsen steigt. Das Becken ist groß. Er setzt sich mir gegenüber vor das Panoramafenster, sitzend geht ihm das Wasser dort bis zum Hals. Die Situation kommt mir absurd vor. Ich sitze nackt mit einem der einflussreichsten Yakuza-Bosse Tokios im Onsen zum trauten Tête-à-Tête beim Bade.

«Guten Tag, Ahlweg-san», begrüßt er mich. «Gefällt Ihnen die japanische Onsen-Kultur?»

«Guten Tag, Goto-san. Ich fühle mich sehr wohl. Keine Aufpasser heute?»

Goto hebt die Arme, wie zur Entschuldigung. «Draußen stehen zwei meiner Männer. Yakuza sind oft tätowiert, und Tattoos sind in den meisten Onsen nicht erlaubt. Das ist so eine der Ideen der Regierung, die organisierte Kriminalität zu bekämpfen. Auch Tanaka durfte deswegen nur im Anzug guten Tag sagen.»

«Ein Leben ohne Onsen, das muss hart sein für einen japanischen Mann», hänsele ich ihn und grinse frech.

«Seitdem wir uns mehr um die Finanzmärkte als um Frauenhandel kümmern, lässt das mit den Tattoos nach.» Goto schaut nachdenklich. «Das ist bedauerlicherweise ein weiterer Verlust an Kultur in diesem Land», sagt er, ohne eine Miene zu verziehen. Ich muss an die Fotos denken von den Männern, die am ganzen Körper tätowiert sind. Drachen,

Fabeltiere, wahre Kunstwerke auf Menschenkörpern. Goto würde ich den Gangster eher abnehmen, wenn er ordentlich tätowiert wäre. Mit seiner runden Hornbrille erinnert er mich im Moment eher an einen Pennäler, der durch Zufall zum Klassensprecher gewählt worden ist.

«Wie weit sind Sie mit Ihren Ermittlungen?», fragt Goto.

«Sorry, Dienstgeheimnis.»

«Haben Sie etwas über Tsuboi herausgefunden?»

Was glaubt der Kerl? Dass er mich hier aushorchen kann? Andererseits, was habe ich schon zu verlieren? Tanaka wird seinem Chef brühwarm berichtet haben, dass Tsuboi einen seiner Killer zu meiner Beschattung abgestellt hat. Allein gegen alle, dieses Gefühl hat mich ich in diesem Fall vom ersten Tag an verfolgt. Ich sollte Goto sagen, was ich weiß. Vielleicht hat der Yakuza-Boss die Puzzlestücke, die mir für das Gesamtbild noch fehlen. Ich muss versuchen, ihn aus der Reserve zu locken. «Sie wissen, dass Ihre Ex-Freundin Momoko Narizawa ...»

Ich stocke einen Moment. «... oder kennen Sie die Dame nur unter ihrem Künstlernamen Aiko? Sie ist dringend tatverdächtig, die alte Frau Hasegawa ermordet zu haben.»

«Das wundert mich nicht.»

«Das müssen Sie mir erklären.»

«Ahlweg-san, wussten Sie, dass japanische Frauen rund 40 Prozent aller Luxusgüter der Welt kaufen? Unternehmen wie Louis Vuitton, Chanel, Gucci oder unser führendes Designhaus Comme des Garçons verdanken ihren Erfolg vor allem den Japanerinnen.» Er zögert einen Moment. «Unsere Frauen sind da weltweit immer noch die Nummer eins», sagt er. «Doch der wirtschaftliche Aufstieg Chinas verändert auch bei Luxusgütern die Balance.»

Es stimmt, die Dichte der in meinen Augen eher hässlichen kackbraunen Taschen von Louis Vuitton ist mir in den U-Bahnen auch schon aufgefallen. Irgendwo habe ich gelesen, dass fast 60 Prozent der Frauen unter 40 in der japanischen Hauptstadt Singles sind. Viele haben einen guten Job, wohnen aber noch bei ihren Eltern. Geld ist kein Problem für sie und Konsum die Nummer eins in ihrem Leben.

«Sie wissen mittlerweile ja auch, dass Aiko mit richtigem Vornamen Momoko heißt», sagt Goto. «Ich habe Momoko kennengelernt, als sie noch Schülerin war», erzählt der Yakuza-Boss. «Teure Markenprodukte sind aus gutem Material gemacht. Wenn ich mir das leisten kann, bin ich etwas Besonderes unter meinen Freundinnen. So denken viele. Es war nicht schwer, Momoko davon zu überzeugen, in einer meiner Bars zu arbeiten. Und sie ist beileibe kein Einzelfall.»

«Was hat das mit dem Mord zu tun?»

«Die alte Frau war besessen von der Idee, die Mädchen aus der Prostitution zu holen. Moralische Appelle können in einer materialistischen Gesellschaft wie der japanischen schnell lästig werden. Ich glaube, Momoko hat mit dem Mord ihren Zwiespalt gelöst.»

Ich erinnere mich an meine Gespräche mit ihr. Sie schämt sich nicht für das, was sie tut. Luxusgüter sind wichtiger als alles andere. «Und mit vielen Männern macht es mir sogar Spaß», hat sie gesagt.

«Trauen Sie Momoko den Mord zu?», frage ich Goto.

Er nickt.

«Hasegawa-san war aber nicht hinter Momoko her, sie war vor allem Ihnen auf der Spur.»

Wieder nickt Goto. «Jetzt kommen Sie ins Spiel, Ahlweg-san», sagt er.

«Quatsch.»

«Doch. Diese alte Geschichte war eine fixe Idee der Alten. Damit hätte sie mir nie gefährlich werden können, das sollten Sie auch nach kurzer Zeit in Japan verstanden haben. In Deutschland ist die Nazikeule ein Totschlagargument, hier adelt sie mich eher noch.»

Bevor ich antworten kann, redet Goto schon weiter. «Sie haben die Ermittlungen auf mich gelenkt», sagt er, «das passte einigen Herren aus Politik und Polizei gut in den Kram.»

«Wie das?»

«Bei allen Göttern», Goto lacht, «die Grenzen zwischen uns, zwischen krimineller Geldwäsche und Finanzindustrie, werden fließend. Deswegen ist Olympia 2020 in Tokio für uns so wichtig. Wir können dicke Profite machen, legal. Und ganz nebenbei waschen wir so unser Geld aus dem Geschäft mit Drogen, Schutzgelderpressung und Prostitution.»

«Jetzt müssen Sie mir nur noch erzählen, wie weit Sie darin eingebunden sind, und ich nehme Sie fest.»

Goto steht auf, setzt sich neben mich. Ich weiß nicht, was mich stärker einschüchtert, die Angst, er könnte jetzt seine Hand auf mein Knie legen, oder die Angst, er könnte ein Geständnis ablegen. «Kapieren Sie das nicht? Als Mörder der alten Dame hätte mich die Polizei festnehmen können. Die Polizei will den offenen Krieg zwischen Sumiyoshi-kai und Inagawa-kai vermeiden. Tote Gangster auf den Straßen würden das Gleichgewicht gefährden, mit dem die Polizei bestehende Strukturen schützt und öffentliche Sicherheit garantiert.»

«Das würde nicht passieren, wenn wir Sie festnehmen?»

«Ist die Führung kaltgestellt, sind in Japan alle lahmgelegt. Würde ich ausgeschaltet, wäre es ein Leichtes, die zweite Führungsebene der Sumiyoshi-kai schachmatt zu setzen.»

«Sie wollen mir weismachen, es gibt eine Verschwörung von Polizei und gegnerischer Yakuza gegen die Sumiyoshi-kai?»

Goto nickt.

Das klingt absurd. Doch alles, was Smithers mir geschrieben hat, passt zu dem, was Goto sagt. Aber warum sollte die Polizeiführung auf einmal Goto kaltstellen wollen, wo er bislang doch unter dem Schutz einflussreicher LDP-Politiker agierte? Goto scheint meine Gedanken zu erraten.

«Im Bündnis mit Politikern wird man in Japan nicht alt», sagt er und rückt noch näher an mich heran. «Der Kampf zwischen Tsuboi und mir ist kein Geheimnis. Die Veröffentlichungen Ihres Freunds Smithers über meine angebliche Kooperation mit den Amerikanern hat mich geschwächt. Wenn die LDP ihre Geschäfte mit anderen Yakuza-Gruppen besser abwickeln kann, wechseln die Herren Politiker schnell die Seiten.»

Was erwartet der Mann von mir? Mitleid? Doch die Erzählungen Gotos ergeben Sinn. Plötzlich passt alles ins Bild. Das innenpolitische Schwergewicht der Regierungspartei, Daisuke Tanoue, legt sich am Morgen noch für Goto ins Zeug. Dabei plant er schon dessen Ende. Am Abend, auf einem Empfang einer der Tarnfirmen Tsubais, schlürft er ungeniert Champagner mit den neuen Partnern. Kriminaldirektor Yoshida hilft, dass die Intrige aufgeht. Er lenkt die Ermittlungen in die Richtung, die gewünscht ist. Wahrscheinlich hat er bereits gewusst, dass der Politiker bei Goto auf uns wartet. Ich habe mit meinen Ermittlungen hervorragend in diese Pläne gepasst und den Druck auf Goto verstärkt.

Für mich gibt es jetzt keinen Grund mehr, dem Yakuza-Boss nicht zu berichten, was ich von Smithers weiß. Sein von der Hitze im Bad gerötetes Gesicht wird deutlich blasser. «Verdammt», sagt Goto, «die Lage ist ernster, als ich dachte.»

Ich sehe ihn fragend an.

«Ich danke Ihnen, Ahlweg-san.» Er erhebt sich. «Ich wusste nicht, dass die Schlinge um meinen Hals schon so eng gezogen ist. Verzeihen Sie, ich muss los.» Er verbeugt sich tief. «Es tut mir leid, Ihnen Unannehmlichkeiten zu bereiten.»

Er schaut mich noch einmal fest an, bevor er sich zum Gehen wendet.

«Hören Sie weiter auf Ihren Instinkt», sagt er. «Und bleiben Sie stur. Wenn einer rausbekommen kann, was hier gespielt wird, dann ein Außenseiter wie Sie.»

«Was wissen Sie von Tsubois Killer Taro Watanabe?», frage ich.

Goto hält in der Bewegung inne und ballt die Hände zu Fäusten. Die Augen hält er fest geschlossen, als versuche er, die Kontrolle über eine plötzlich aufwallende Wut zu behalten.

«Taro war hinter mir her», sage ich. «Zufall ist das nicht, oder?»

Goto greift nach dem Bastkorb neben dem Eingang und holt sein Handy hervor und zischt etwas ins Telefon. Ich verstehe kein Wort, aber seine Stimme klingt erregt.

Nachdem er das Gespräch beendet hat, kommt er zurück an den Beckenrand. «Morgen früh wird ein Kuvert mit Unterlagen in Ihrem Hotel für Sie abgegeben. Die Dokumente sind vertraulich. Sollten Sie meinen, davon Gebrauch machen zu können, nutzen Sie die Chance», flüstert Goto mir zu. «Aber gehen Sie damit nicht hausieren.»

Goto sieht mich lange an und geht dann langsam zum Ausgang. Einmal dreht er sich noch zu mir um. «Bewahren

Sie das Kuvert sicher auf», sagt er. «Und sehen Sie zu, dass niemand von unserem Treffen hier erfährt – in Ihrem eigenen Interesse.» Er werde mit dem Auto zurück nach Tokio fahren. Ich solle den Sonntag ruhig weiter genießen.

«Vom Hotel aus führt ein Wanderweg fünf Kilometer über die malerischsten Buchten der Izu-Halbinsel», sagt er noch im feinsten Reiseführer-Englisch. Dann geht er. Ich sehe auf die Bahnhofsuhr, die die Wirtin an der linken Wand über dem Onsen angebracht hat. Sieben Minuten nach fünf. Ich strecke meine Beine aus und versuche, mich zu entspannen. Aber die Gedanken in meinem Kopf wollen nicht zur Ruhe kommen.

Nach dem Bad wage ich einen kurzen Spaziergang. Danach bin ich so erschöpft, dass ich das Essen im Gasthof absage. Mir dreht sich alles im Kopf, wenn ich an den Fall denke.

Untergebracht bin ich in einem traditionellen japanischen Tatami-Zimmer. Wie ich bemerke, hat die Wirtin den Tisch weggeräumt, der in der Mitte des Raums stand. Jetzt liegt dort mein Futon ausgebreitet. Die Tatami-Matte ist nicht nur Fußbodenbelag, sondern ein Mittelding zwischen Matratze und Teppich, gut sechs Zentimeter dick. Ich lege mich hin – besonders bequem ist es nicht.

Den Wecker, den ich zur Sicherheit gestellt habe, brauche ich nicht. Obwohl ich hundemüde bin, bekomme ich in der Nacht kaum ein Auge zu. Vielleicht liegt das auch an den Stunden, die ich im schwefelhaltigen Onsen war. Um kurz vor fünf schleiche ich mich aus dem Haus. Draußen wartet schon das Taxi, das mich zum Bahnhof bringt. Mit dem ersten Zug um zehn nach fünf müsste ich es schaffen, pünktlich um acht an meinem Schreibtisch in Kojimachi zu sein.

27

Kurz nach sieben hält der Shinkansen am ersten großen Umsteigebahnhof in Tokio. Hier, in Shinagawa, steigen die Pendler vom Fernzug in die Vorortzüge und U-Bahnen um, die sie zu ihren Arbeitsplätzen bringen. Ein Heer dunkel gekleideter Männer und Frauen drängt zu den Ausgängen. In meinem Abteil bleiben nur ein paar vor sich hin dösende Fahrgäste zurück. Die meisten Pendler eilen über den Bahnsteig zum Übergang in die Yamanote-Ringbahn. Um diese Uhrzeit sind die Wagen dieser am stärksten frequentierten S-Bahn-Linie Tokios voll wie eine Sardinenbüchse. Als ich kürzlich selbst zum ersten Mal zur Stoßzeit mit der Yamanote gefahren bin, habe ich zum ersten Mal nachvollziehen können, wie sich Menschen mit Platzangst fühlen müssen. Auch mein Bild vom immer höflichen Japaner hat hier tiefe Risse bekommen. Wer in Fremdenführern schreibt, die japanische Gesellschaft sei stets rücksichtsvoll, der ist noch nie zwischen sieben und acht Uhr morgens mit der Yamanote-Bahn gefahren. Ich bin froh, im Shinkansen sitzen zu bleiben.

Von Atami aus ist die Rückfahrt wie im Flug vergangen. Den größten Teil der Reise habe ich vor mich hin gedämmert. Der Shinkansen, der Intercity, fährt hier auf manchen Teilstrecken mit einer Geschwindigkeit von fast dreihundert Kilometern die Stunde. Ich bin hundemüde. Nicht einmal der starke Kaffee, den mir die Wirtin in Izu-kogen zum Frühstück in der Thermoskanne vor die Zimmertür gestellt hat, hat geholfen. Ich gähne und reiße dabei den Mund auf, dass ein großes Hühnerei hochkant hineinpassen würde.

Ich spüre, dass mein Handy in der Hosentasche vibriert.

«Hier ist Yoko, wo bist du?»

«Im Shinkansen nach Tokio. In zwanzig Minuten bin ich im Büro, warum?»

«Planänderung. Ich hole dich in einer Viertelstunde am Hauptbahnhof ab, Südeingang», sagt sie. «Die Kollegen haben vor einer knappen Stunde eine Frauenleiche aus dem Sumida-Fluss geborgen. Die Beschreibung passt auf Momoko Narizawa.»

«Ermordet?»

«Ich weiß noch nichts Genaues. Die Meldung ist gerade erst reingekommen.»

«Sind die Kollegen sicher, dass es Momoko Narizawa ist?»

«Ziemlich», antwortet Yoko. «Die Kollegen haben sie anhand unserer Fahndungsfotos identifiziert. Wir sehen uns gleich. Am Tatort können wir uns selber ein Bild machen.»

Die letzten zehn Minuten der Fahrt zum Hauptbahnhof scheinen sich ewig in die Länge zu ziehen. Momoko tot? Ist sie ermordet worden? Oder war es Selbstmord nach ihrem schriftlichen Mordgeständnis? Wurde sie von der Yakuza als Zeugin, die zu viel weiß, beseitigt? In meinem Kopf wirbeln die Gedanken durcheinander wie Laub in einem Herbststurm. Ich mache mir Vorwürfe. Ich hätte die Frau nicht alleine im Love-Hotel zurücklassen dürfen. Ich hätte gegenüber Yoko mit offenen Karten spielen sollen. Ohne meinen Alleingang säße Momoko Narizawa jetzt in Tokio in einer ungemütlichen Polizeizelle, aber sie würde noch leben.

Beim Blick aus dem Zugfenster sehe ich unten die Gassen von Yurakucho an mir vorbeiziehen. Vor meinem Auge tauchen die Bilder meiner nächtlichen Verfolgungsjagd auf. Hat der Berufskiller der Inagawa-kai, Watanabe, mich mit seiner dilettantischen Beschattung, die jeder Idiot bemerkt hätte, nur in Sicherheit wiegen wollen? Ich bin mir nicht mehr sicher, ob nicht doch jemand hinter uns her war, als ich mit Momoko ins Hotel gegangen bin. Spätestens als Goto mich in seine befestigte Residenz bringen ließ, hätte ich begreifen müssen, dass es gefährlich ist, sich allein mit der Yakuza anzulegen. Die Nummer ist einfach zu groß für einen Provinzbullen aus Peine. Mit diesen Gangstern kann man sich nicht so einfach anlegen, wie Philip Marlowe das in den Kriminalromanen von Raymond Chandler vorgemacht hat.

«Der Zug wird in Kürze Tokio Hauptbahnhof erreichen», ertönt eine weibliche Stimme aus dem Lautsprecher in bestem Schulenglisch.

Keine Alleingänge mehr in Tokio, beschließe ich. In Zukunft werde ich Yoko über jeden meiner Schritte informieren.

Der Vorsatz hält nicht lange. Schon als ich aus der Bahnhofstür auf den Vorplatz trete, geraten die guten Absichten wieder ins Wanken. In den Glaspalästen der internationalen Investmentbanken auf der anderen Straßenseite spiegelt sich die Sonne. Irgendwo in diesen Bürotürmen haben auch die Tarnfirmen der Yakuza ihren Sitz. Der Einzelgänger in mir rebelliert bei dem Anblick dieser glänzenden Fassaden gegen den neuen Vorsatz zu mehr Teamarbeit und Anpassung. Hätte ich mich in Tokio immer an die Spielregeln gehalten, wären wir den korrupten Geldwäschern und Betrügern nie auf die Spur gekommen. Stattdessen säßen ein paar halbwüchsige Ganoven koreanischer Abstammung auf der Basis zweifelhafter Geständnisse wegen Mordes im Knast. Blinde Gefolgschaft ist einfach nicht meine Sache. Da siegt am Ende bloß die Bürokratie.

Auf den Straßen am Südeingang des Hauptbahnhofs

herrscht Chaos wie an jedem Morgen. Schuld sind die provisorischen Leitplanken, mit denen der Taxiverkehr vor dem Hauptportal reguliert wird. Anstatt ein Durcheinander zu verhindern, bewirken sie genau das Gegenteil. Die Situation ist furchtbar unübersichtlich, doch Yokos Lexus erkenne ich sofort. Sie hat das Rotlicht auf das Dach geklemmt und wartet vor der Taxi-Schlange. Ich dränge mich an den Wartenden vorbei. Niemand sagt etwas, schließlich bin ich Ausländer. Kein Japaner erwartet, dass ich mich an die Regeln halte. Die missbilligenden Blicke spüre ich dennoch in meinem Rücken. Ich drehe mich erst wieder um, als ich neben Yokos Wagen stehe und sie die Beifahrertür öffnet. Wahrscheinlich bin ich jetzt in den Augen der Wartenden, die sich über mein dreistes Vordrängeln erregt haben, rehabilitiert. Wer steigt schon gern in ein Auto, das offensichtlich zur Kriminalpolizei gehört? Ich werfe meine Tasche auf die Rücksitzbank und setze mich auf den Beifahrersitz. Yoko rast mit quietschenden Reifen los, noch bevor ich die Tür schließen kann.

«Seitdem du in Tokio bist, ist in unserem Revier mehr los als sonst in einem Jahr», sagt sie. Sie greift zum Mikrophon und brüllt etwas hinein. Ich höre, wie ihre Stimme aus dem Lautsprecher auf dem Dach über die Straße schallt. «Bitte machen Sie die Straße frei.»

Obwohl Yoko diese Botschaft an die anderen Fahrer mit wachsender Aggressivität wiederholt, macht niemand Platz für uns, der Weg bleibt blockiert. Nur langsam machen die ersten Fahrer vor uns Anstalten, zur Seite zu fahren. Vorne ist das nächste Hindernis, eine rote Ampel. Trotz Sirene, Licht und Lautsprecher kriecht Yoko über die Kreuzung. In Japan hält sich die Polizei sogar im Einsatz bei einem Mordfall an

Höflichkeitsregeln. In Peine wäre ich gerast ohne Rücksicht auf Verluste. Zu viel Vorsicht schadet nur.

«Gibt es inzwischen neue Erkenntnisse?», frage ich ein bisschen unsicher. Einen letzten Rest Hoffnung habe ich noch, dass man die Leiche falsch identifiziert haben könnte. Aber die nimmt mir meine Kollegin sofort.

«Polizeirat Yoshida sagt, dass die Tote eindeutig unsere Aiko ist.»

«Yoshida? Warum ist der schon am Tatort?»

«Bei ihm laufen alle Fäden in unseren Ermittlungen zusammen.»

«Du hast gelesen, was Smithers über die Kontakte unseres Polizeidirektors zur Yakuza schreibt?»

«Ja.»

«Und?»

«Bernie, warum nimmst du immer gleich das Schlimmste an?»

«Weil es nicht normal ist, dass ein leitender Polizeioffizier auf Empfänge von Tarnfirmen der Yakuza geht. In meiner Heimat wäre das ein Grund, seinen Rücktritt zu fordern.»

«Wir sind hier in Japan.»

«Ja, ja, ich lerne das langsam. Aber hast du auf dem Foto gesehen, wie der Herr Polizeidirektor Aiko anschmachtet? Die Frau war polizeibekannt, und wenn einer die Akten kennt, dann Yoshida. Und jetzt ist er einer der Ersten am Tatort, wenn sie als Wasserleiche aus dem Sumida gezogen wird. Du musst zugeben, dass das ein merkwürdiger Zufall ist.»

Yoko quittiert meine Bemerkung mit Schweigen. Das Tempo unserer Einsatzfahrt hat sich in der Zwischenzeit dramatisch verlangsamt. Wir stehen im Stau. Die Shuto-Autobahn in Tokio ist um diese Tageszeit oft dicht. Berufsverkehr. Trotz des Polizeilichts und der Appelle, den Weg freizugeben, geht es auf der engen Straße nach wie vor nur im Schritttempo vorwärts. Die Schnecken-Schnellstraße, auf der wir uns langsam zum Tatort vorarbeiten, ist auf Stelzen über den Nihombashi-Fluss gebaut. Links und rechts gibt es nur wenig Platz, auszuweichen. Unten erkenne ich das traditionsreiche Luxuskaufhaus Mitsukoshi, das hier seinen Stammsitz hat. Es gibt einen einfachen Grund, warum ich Mitsukoshi mag: Tadayoshi hat mir erzählt, dass das eines der wenigen Kaufhäuser ist, in dem selbst kaukasische Schwergewichte wie ich passende Hemden bekommen können. Sogar Schuhe der Größe 44 soll es dort geben.

Als wir die Abzweigung passieren, die zum Stadtbezirk Ueno im Nordosten führt, fließt der Verkehr wieder. Yoko könnte jetzt Gas geben, hält sich aber strikt an die Geschwindigkeitsbegrenzung. 80 Kilometer pro Stunde zeigt der Tacho. Ich spüre, wie es mir in den Füßen kribbelt. Wie gut, dass nicht ich am Steuer sitze. Ein Tempolimit mag ökologisch sinnvoll sein, bei der Verfolgung von Verbrechern und selbst bei normaler Polizeiarbeit ist es ein Hindernis.

Ich halte es nicht mehr aus. «Gib Gas!», rufe ich ihr zu. Yoko bleibt stur bei Tempo 80 und grinst mich an. «Erst vor ein paar Tagen haben Kollegen ein hohes Bußgeld zahlen müssen, weil sie bei einer Verfolgungsfahrt geblitzt worden sind», sagt sie.

«Du machst Witze.»

«Leider nicht. Das ist richtig teuer für die geworden, und einen Eintrag in die Personalakte gab es auch.»

Ein Blick in ihr Gesicht verrät mir, dass Yoko mir keinen Bären aufbinden will. Ich schweige, während sie stoisch mit Tempo 80 auf der mittlerweile fast leeren Stadtautobahn fährt. Nach einer Kurve taucht rechts der Sumida-Fluss auf. «Wir sind gleich da», sagt Yoko, die meine Ungeduld zu spüren scheint.

Umgeben von Wohnblocks, die an die DDR-Plattenbauten erinnern, fühle ich mich streckenweise wie bei einer Fahrt durch Ostberlin. Doch plötzlich kommt beim Blick aus dem Seitenfenster eine Kopie aus der heiligen Stadt Köln ins Bild.

«Kiyosubashi», sagt Yoko und zeigt mit dem Finger auf die blau angestrichene Brücke, die hier majestätisch den breiten Sumida überspannt. «Die Kiyosu-Brücke ist 1928 nach dem Vorbild der Rheinbrücke nach Köln-Deutz gebaut worden.»

«Was du alles weißt.»

Yoko geht auf meine Neckerei ein. «Als mir der Chef mitgeteilt hat, dass ich einen Kollegen aus Peine bekomme, habe ich mich auf die Suche nach deutschen Spuren in Tokio gemacht.» Sie zeigt auf die Brücke, bei der wir die Stadtautobahn verlassen. «Diese Brücke ist eines der bedeutendsten Zeugnisse deutscher Ingenieurkunst in Tokio. Vorher hatte ich davon auch keinen Schimmer. Ich bin noch nie in Köln gewesen.»

Vor einem Café nahe der Auffahrt zur Brücke hält Yoko an. Fünf Streifenwagen stehen hier, neben ihnen einige andere Autos.

Yoko spricht kurz mit den Uniformierten. «Den Rest müssen wir laufen», sagt sie und sprintet die Treppe hinunter zur Uferpromenade.

Vor dem Geländer zum Fluss sind liebevoll Blumenrabatten angelegt. Damit niemand auf die Idee kommt, die gerade aufblühenden Osterglocken zu pflücken, sind die Blumencontainer mit hässlichen grünen Plastikzäunchen geschützt. Yoko läuft ein paar Meter vor mir. Ich habe Probleme mitzuhalten, spüre Seitenstiche. Nach einer Flussbiegung sehe ich erleichtert, dass in rund hundert Metern der Ort sein muss, wo sie die Leiche aus dem Fluss gezogen haben. An einem Schiffsanleger suchen Polizisten der Spurensicherung in ihren blauen Arbeitsanzügen das gesamte Gelände ab. Von der Straße, die in knapp zwei Meter Höhe entlang der Uferpromenade parallel zum Sumida verläuft, verfolgen Schaulustige das Geschehen.

Kriminaldirektor Yoshida kommt uns entgegen. Er deutet eine Verbeugung an und zieht Yoko zur Seite. Ich gehe langsam weiter zum Steg, an dem zwei Löschboote der städtischen Feuerwehr festgemacht sind. Ein uniformierter Polizist versucht mich aufzuhalten, als ich über das Absperrband steigen will. In dem Moment taucht Yoshida neben mir auf und ruft dem Mann etwas zu. Der Uniformierte, der mich eben noch angeblafft hat, hebt das Band hoch und salutiert.

Mir ist mulmig zumute. Eine Traube von Polizisten steht um die Leiche herum. Bereitwillig treten sie zur Seite, als ich näher komme. Kein Zweifel, das ist Momoko Narizawa. Sie trägt das grüne Kleid vom Abend unseres Treffens. Einer ihrer Füße steckt noch in dem hochhackigen Schuh, mit dem sie an meiner Seite durch die Gassen von Shibuya gestöckelt ist. Mir schießen Tränen in die Augen. Es ist merkwürdig, aber ich habe mich wohlgefühlt in ihrer Nähe. Niemanden in Tokio habe ich so gut gekannt wie diese Frau. Seitdem ich ihr Foto in der Wohnung der ermordeten Keiko Hasegawa gefunden habe, beschäftige ich mich mit ihrem Leben. Ich wäre im Imperial Hotel fast mit ihr ins Bett gegangen, hätte Yoko nicht angerufen.

Selbst jetzt noch ist Aiko eine schöne Frau. Ihre Augen sind nicht geschlossen. Mir ist, als verfolgten sie jede meiner

Bewegungen mit einem einzigen Vorwurf. Wäre ich nicht mit ihr ins Love-Hotel gegangen ...

«Sie müssen der neue Kollege aus Deutschland sein.» Ein älterer Mann im weißen Kittel reißt mich aus den trüben Gedanken. «Hajimemashite, Katagiri-desu», stellt er sich mit einer Verbeugung vor und fährt auf Englisch fort: «Ich leite die Gerichtsmedizin.»

Noch nie habe ich einen Menschen mit so vielen Lachfalten gesehen. Das also ist der Mann, der unsere Ermittlung durch die Obduktion der toten alten Frau möglich gemacht hat. Ich sehe den Schalk in seinen Augen. Mich wundert nicht, dass er sich über das Verbot von Polizeirat Sato hinweggesetzt hat, Keiko Hasegawa unters Messer zu nehmen.

«Ich hätte nie gedacht, dass die Deutschen so phantasievoll sind», sagt er. Katagiri streckt mir kichernd eine knochige Hand zur Begrüßung entgegen. «Im Ernst. Als Yoko mir Ihre Theorie über den Mord an Frau Hasegawa berichtete, dachte ich, der Mann ist chotto hen. Wie sagt man auf Englisch ...» Hilfesuchend sieht der Gerichtsmediziner sich nach Yoko um.

«Verrückt, bescheuert», übersetzt sie.

«Verehrte Yoko», Katagiri verbeugt sich mit ausladender Geste betont tief, «ich hätte es ein bisschen freundlicher formuliert. Sagen wir, es war eine außergewöhnliche Theorie. Das war so schräg, dass ich sie einfach überprüfen musste. Jetzt macht mich das zum Star unter den japanischen Pathologen. Erst gestern auf einem Kongress in Yokohama ...»

Der Mann ist mir sympathisch, und ich würde seine Witze sogar mögen, wenn wir nicht direkt neben der Leiche von Momoko Narizawa stünden. Also unterbreche ich ihn und zeige auf die Tote. «Was können Sie uns über sie sagen?»

«Das ist es ja. Diese wunderliche Mordmethode aus Ihrer Heimat scheint seit Ihrer Ankunft in Tokio Schule zu machen», sagt er. Dann packt er mich am Arm und zieht mich hinunter. Unsanft öffnet er ihr den Mund und fordert mich auf, ihr in den Rachen zu sehen.

«Fällt Ihnen was auf?»

«Es gibt Wundstellen und blaue Flecken oben links.»

«Gut beobachtet», sagt der Gerichtsmediziner und kichert erneut. «Das könnte von einem Strohhalm stammen. Es sieht ganz so aus, als habe ihr jemand kurz vor ihrem Tod mit Gewalt etwas eingeflößt.»

«Alkohol?»

«Das kann ich Ihnen erst sagen, wenn ich sie obduziert habe. Es sieht aber ganz so aus.»

«Woran ist Narizawa gestorben?», mischt sich Yoko ein.

«Tod durch Ertrinken, daran gibt es keinen Zweifel», antwortet Professor Katagiri.

«Also kein Selbstmord», sage ich mehr zu mir als zu den anderen.

Der Gerichtsmediziner richtet sich wieder auf und nickt. «Selbstmord schließe ich aus, nicht nur wegen der merkwürdigen Verletzungen am Gaumen. Sehen Sie hier die Druckstellen am Arm? Den abgebrochenen Nagel am linken Zeigefinger. Es gibt zu viele Spuren, die auf Fremdeinwirkung hindeuten. Momoko Narizawa hat sich nach allem, was ich bislang sagen kann, nicht selbst getötet. Aber Gewissheit bringt da erst die Obduktion.»

«Können Sie schon einschätzen, wann sie getötet wurde?»

«Vor ungefähr einem Tag.»

«Sonntag also. Vormittags, nachmittags?»

«Schwer zu sagen, warten Sie den Bericht ab.»

Er verbeugt sich zum Abschied vor Yoshida und Yoko. Mir schüttelt er die Hand und überreicht mir seine Visitenkarte. «Wenn Sie Fragen haben, rufen Sie mich jederzeit an.»

Während der Professor den Abtransport der Leiche in die Gerichtsmedizin beaufsichtigt, gibt Polizeidirektor Yoshida den Medien schon die ersten Interviews. Yoko tritt neben ihn und hört zu. Ich werfe einen letzten Blick auf die Tote, bevor Katagiri den schwarzen Leichensack zuzieht. Wenn sich bestätigt, was er sagt, ist sie ermordet worden. Jetzt erst recht: Ich bin mitschuldig an ihrem Tod, ich muss den Fall um jeden Preis aufklären.

Yoshidas kurze Pressekonferenz ist vorüber. «Für Yoshida ist alles klar», sagt Yoko. «Er sieht Narizawa als Opfer einer internen Auseinandersetzung rivalisierender Yakuza-Gruppen, weil sie als Hostess für mehrere Chefs gearbeitet hat. Dabei hat er, ohne einen konkreten Namen zu sagen, den Verdacht geschickt gegen Gotos Sumiyoshi-kai gelenkt.»

«Wie das?»

«Er hat gesagt, sie sei bis vor wenigen Wochen dessen Geliebte gewesen. Die Polizei habe in dem Zusammenhang in früheren Fällen ermittelt. Damit hat er die Medien auf Gotos Spur gesetzt.»

«Es wird in Tokio Journalisten geben, die andere Informationen haben und andere Spuren verfolgen», entgegne ich.

Yoko lacht. «Japans Medien ticken anders als eure. Zu dieser improvisierten Pressekonferenz sind nur Journalisten eingeladen, die Mitglied im Presseclub der Polizei sind.»

«Ich habe mich schon gewundert, wie die alle so schnell hierher gekommen sind.»

«Die Spitze des Keishichou überlegt sich sehr genau, welche Zeitungen und welche Reporter sie in ihren Presseclub lässt. So schafft sie ein Informationskartell, das sie durch den exklusiven Zugang zu Informationen manipulieren und kontrollieren kann.»

«Da spielen die Journalisten mit?»

«Sie wollen Teil der Macht sein. Offene Kritik an den Mächtigen gibt es in Japan kaum. Wer aus der Reihe tanzt, fliegt.»

«Wie kann das Keishichou damit durchkommen?»

«So etwas ist in Japan nichts Ungewöhnliches. Jedes Ministerium, die Unternehmen, die Wirtschaftsverbände und die Parteien haben so einen Presseclub. Wir kennen das nicht anders.»

Das wäre etwas für Polizeirat Bender in Peine. Leider gibt bei uns nur eine Zeitung. Bevor er anfing, sich um seine Arbeit zu kümmern, hatte Bender schon beste Verbindungen zu Polizeireporter Burgsdorf aufgebaut. Dessen Loblied auf Bender in der «Peiner Allgemeinen» kurz vor meiner Abschiebung nach Japan passt wunderbar in so ein System. Exklusive Informationen für den Journalisten, dafür bekommt der Informant die Hofberichterstattung, die ihn ins rechte Licht rückt.

Ein schüchterner junger Polizist tritt neben Yoko. Zaghaft hält er ihr eine Landkarte hin, salutiert und erstattet Bericht. «Wir können ziemlich genau eingrenzen, wo das Opfer in den Fluss geworfen wurde», übersetzt Yoko.

Der Polizist breitet die Karte vor uns aus. Die Strömung im Sumida ist mit hellblauen Linien eingezeichnet. «Die Leiche ist hier zwischen den beiden Feuerwehrbooten hängen geblieben», erklärt Yoko. «Bei dem Wasserstand von Sonntag muss der Täter Narizawa etwa hier in den Fluss geworfen haben.»

Der junge Mann zeigt auf eine rot gestrichelte Strecke von

knapp zweihundert Metern auf dem anderen Flussufer. Die Stelle ist kurz hinter der nächsten Brücke. Diese Shin-Ohashi, die neue Brücke, überquert den Sumida nur einen knappen Kilometer flussaufwärts vom Anleger der Löschboote. Die orangefarbenen Stützpfeiler sind von unserem Standort aus deutlich zu sehen.

«Wäre die Leiche direkt an der Brücke ins Wasser geworfen wurden, hätten wir sie nie entdeckt», übersetzt Yoko. Zwischen den beiden Brücken macht der Fluss eine fast 90 Grad scharfe Kurve, dort werden Gegenstände leicht an das andere Ufer getrieben. Die Tote ist an die andere Seite des Stroms gespült worden und an den Löschbooten hängen geblieben.

«Wie weit ist es zur Bucht von Tokio?», frage ich.

«Nur ein paar Kilometer, fast ohne Hindernisse.»

«Der Mörder hat also Pech gehabt.»

Der Polizist nickt. Weil die Strömung bekannt ist, lasse sich der Ort ziemlich genau eingrenzen, an dem die Leiche in den Sumida geworfen wurde. Yoko nimmt die Zeichnung. Gemeinsam machen wir uns auf den Weg zu der Stelle, den die Kollegen für den Tatort halten.

Kurz vor der Brücke ist am Uferweg ein Auslaufplatz für Hunde. Hinter hohen Gitterzäunen stehen drei Frauen mittleren Alters und spielen mit ihren Vierbeinern. Ein Terrier kommt auf Yoko und mich zugelaufen und kläfft am Gitter. Ein Pudel schaut gelangweilt zu uns auf. Das Großaufgebot an Polizei in ihrer Nähe scheint die Hundehalterinnen nicht zu interessieren. Eine alte Dame führt den anderen Frauen gerade einen übergewichtigen Mops vor, den sie in ein knappes rotes Leibchen gezwängt hat.

Yoko schüttelt angewidert den Kopf, wendet sich schnell

von den Damen ab und zeigt auf das andere Ufer: «Dort drüben muss es sein.»

Mit ihren blauen Schutzanzügen sind die Männer der Spurensicherung auch auf die Entfernung leicht zu erkennen. Von hier aus sehen sie aus wie eine Kolonne emsiger Ameisen, die am Ufer gegenüber mögliche Spuren des Verbrechens suchen.

Yoko will loslaufen, doch ich halte sie am Arm fest. «Vielleicht hat eine der Frauen hier etwas gesehen», sage ich und ziehe sie zum Tor des Hundespielplatzes.

Yoko zückt ihren Polizeiausweis. Sofort wendet sich die Aufmerksamkeit der Damen – und mit ihnen die der Hunde – uns zu. Alle reden brav nur dann, wenn Yoko sie fragt. Gesehen hat niemand etwas, alle kommen nur werktags hierher. «Sonntags gibt es schönere Ecken für unsere Lieblinge», sagt eine der Frauen.

«Hab ich mir gleich gedacht, dass diese Tussis nichts mitbekommen haben», sagt Yoko.

«Vorurteile gegen Hundehalterinnen über vierzig?»

«Mit solchen Weibern kannst du mich jagen. Mittelschichtsfrauen, dick geschminkt und im neusten Chic gekleidet, Hündchen als Kinderersatz ...»

Ich höre das Klacken von Schuhen hinter uns und drehe mich um. Winkend hastet uns die ältere Dame mit ihrem dicken Mops nach. Dem Hund hängt die Zunge schon bis zum Boden aus dem Hals. Fast muss ich laut loslachen, weil diese Hundemutter alle Vorurteile erfüllt, die Yoko gerade beschrieben hat. Die Frau packt ihren Mops in einen schwarzen Kinderwagen, den sie vor dem Tor abgestellt hat. Ihr Make-up ist vom Schweiß schon ein bisschen verlaufen. Kurzatmig redet sie auf Yoko und mich ein. «Eine Freundin von ihr ist jeden

Sonntag am Nachmittag mit ihren Hunden hier», erklärt mir Yoko. «Die könnte was gesehen haben. Sie heißt Mariko.»

«Können Sie uns ihre Kontaktdaten aufschreiben?», frage ich die Frau in brüchigem Japanisch und reiche ihr einen Zettel. Unsicher verzieht sie die Stirn. «In japanischer Zeichenschrift, Kanji?», fragt sie.

«Wenn es nicht zu schwierig ist.»

Ich will nur einen Scherz machen, doch die Frau ist nun ernsthaft verunsichert. Das passiert mir in Japan immer wieder. Mir rutscht eine blöde Bemerkung heraus, scherzhaft gemeint, und mein japanisches Gegenüber nimmt das bierernst und zieht sich erschreckt zurück.

Yoko rettet die Situation: «Ich übersetze es dem Kollegen gern.» Die Frau lächelt erleichtert und schreibt uns Namen, Adresse, sogar die Telefonnummer ihrer Freundin in Schönschrift-Kanji auf.

«Was glaubst du? Wer hat Narizawa ermordet?», frage ich Yoko, als wir über die Shin-Ohashi gehen.

«Bis wir den Obduktionsbericht haben, wissen wir nicht einmal, ob sie überhaupt ermordet worden ist.»

«Du hast gehört, was Professor Katagiri gesagt hat. Das war kein Selbstmord.»

«Warten wir bis morgen, alles andere ist Spekulation.»

Ich verstehe Yoko nicht. Kriminalistisches Denken darf als suchendes Denken keine Skrupel und Tabus kennen. Das gilt nicht nur im Kriminalroman, sondern noch stärker in der Wirklichkeit. Ermittler müssen kühn sein, sie müssen sich jede Situation vorstellen können.

Yoko hat mir einmal erzählt, jeder japanische Angestellte funktioniere perfekt, solange er etwas tut, für das im Unternehmenshandbuch klare Regeln stehen. Wehe aber, Improvisation und spontane Entscheidungen sind gefragt. Sie kritisiert ihre Landsleute, verharrt aber oft selbst in Denkverboten.

Die Verletzungen am Gaumen von Narizawa, die Gerichtsmediziner Katagiri mir gezeigt hat, sind auffällig. Sollte jemand versucht haben, sie auf genau demselben Weg zu ermorden wie die alte Dame in Sanbancho? Damit käme unsere These, dass Narizawa alias Aiko die Mörderin Hasegawas ist, trotz ihres Schuldeingeständnisses ins Wanken. Sie könnte gezwungen worden sein, die Zeilen zu schreiben. Vieles deutet nach Katagiris Befund darauf hin, dass wir es bei beiden Morden mit ein und demselben Täter zu tun haben.

Yoko ruft einen Kollegen an und bittet ihn, unseren Wagen in einer Viertelstunde zum möglichen Tatort auf der anderen Seite des Flusses zu bringen. Als wir die Treppe zur Uferpromenade heruntergehen, sehe ich unten vier Buden aus Pappkartons. Akkurat ausgerichtet wie Reihenhäuser, stehen die Hütten auf blauen Plastikplanen, jede mit einem gelben Müllsack vor der Tür.

«Behausungen der Obdachlosen», sagt Yoko. «Der Sumida ist eine beliebte Gegend für Menschen, die keine eigene Wohnung haben. Hier stören sie niemanden, hier können sie sich ihre provisorischen Unterkünfte bauen. Die Stadtverwaltung erlässt seit kurzem aber immer wieder neue Bestimmungen, um sie hier wegzukriegen.»

Wir gehen unter der Brücke hindurch auf die Uferpromenade. Drei Hütten aus penibel zusammengebauten Pappkartons stehen hier, eine vierte ragt etwas entfernt in der Nähe eines Parkplatzes aus den Büschen. Zwei der Bewohner scheinen zu Hause zu sein. Vor ihren Pappcontainern stehen Schuhe vor dem Eingang – ordentlich ausgerichtet und so gründlich geputzt, dass die Sonne sich in ihrem Glanz spiegelt.

Die Kollegen der Spurensicherung packen gerade ihr Material zusammen. In blauen Plastikkisten wartet alles auf den Abtransport, was die Polizisten an Spuren zusammengetragen haben. Vor einer Bank am Ufer macht sich ein Obdachloser auf einem rostigen Gaskocher eine Hühnersuppe warm. Neben ihm steht eine Dose Kirin-Bier. Neugierig beobachtet er uns.

Ein junger Polizist zeigt uns die Stelle, an der Narizawa nach dem bisherigen Stand der Ermittlungen in den Fluss geworfen wurde. Er berichtet Yoko von den Fahndungsergebnissen.

«Sie sind sich sicher, dass hier der Tatort ist», sagt Yoko. Die Spurensicherung hat in den Büschen, die zwischen dem Ufer und einem nahen Parkplatz sind, außerdem Schleifspuren entdeckt. Leider keine Spur von Narizawas zweitem Schuh oder anderen klaren Beweisen, dass sie hier war. Allerdings haben die Kollegen eine Whiskeyflasche in den Sträuchern entdeckt. Der Polizist zeigt uns die Tüte mit dem Beweisstück. «Yoichi Single Malt» steht auf dem Etikett. «Das kann kein Zufall sein», rufe ich Yoko zu. Narizawas und Hasegawas Mörder muss sich seiner Sache sehr sicher gewesen sein und erwartet haben, dass die Leiche ins offene Meer getrieben wird. Sonst hätte er die Flasche nicht so achtlos am Tatort in die Büsche geworfen.

«Wir brauchen den genauen Todeszeitpunkt», sage ich. «Es muss Zeugen geben, denen etwas aufgefallen ist. Es kann nicht sein, dass eine hübsche Frau im Abendkleid gewaltsam mit Alkohol abgefüllt und in den Fluss geworfen wird, ohne dass jemand etwas mitbekommt.»

Yoko weist einen Polizisten an, die Personalien der Obdachlosen aufzunehmen. «Sie haben einen sorgfältig durchorganisierten Tagesablauf», sagt sie. «Tagsüber sind sie oft in der Stadt unterwegs, sammeln Altglas oder Pfandflaschen, abends sind die meisten wieder hier.» Yoko zeigt auf eine Gruppe von Bänken am Ufer. «Du hast recht. Wenn wir den Todeszeitpunkt wissen, müsste es mit dem Teufel zugehen, wenn wir unter den Männern hier keine Zeugen finden.»

Der Obdachlose schlürft seine Hühnersuppe mit hörbarem Genuss, als wir an ihm vorübergehen. Er prostet mir mit der Bierdose zu. «Will keiner wissen, ob ich was gesehen habe?»

Als Yoko nachhakt, lacht er bloß.

«Nee, ich hab nichts mitgekriegt», sagt er und trinkt einen Schluck aus der Dose.

Yokos Gesicht verzieht sich vor Ärger. «Warum das Theater?»

«Nur weil ich nichts gesehen habe, heißt das nicht, dass ich nichts weiß», entgegnet der Mann. Yoko übersetzt.

Ich stelle mich neben ihn. «Was weißt du?»

«Wenn die Frau gestern hier ins Wasser geworfen wurde, gibt es einen, der etwas gesehen haben könnte.»

«Wer?»

«Ichiro. Er wohnt da. Der hockt jeden Sonntag zu Hause.» Der Obdachlose zeigt auf zwei große Pappkartons, die am Rande des Parkplatzes stehen.

«Ichiro – und weiter?», fragt Yoko ungeduldig.

«Frau Kommissarin, in unserer Gesellschaft tauscht man keine Visitenkarten aus.»

«Wo finden wir diesen Ichiro?»

Schulterzucken und ein tiefer Schluck aus der Bierdose sind die Antwort. «Er taucht oft tagelang ab. Aber sonntags ist er immer hier.»

«Wie wäre es mit einem neuen Bier?», frage ich den Mann und zeige auf die Dose in seiner Hand.

Ein Lächeln ist die Antwort. Dem Mann fehlen beide Vorderzähne.

«Da oben ist eine Telefonzelle», sage ich. Ich drücke ihm zwei 100-Yen-Münzen in die Hand. «Wenn Ihr Freund Ichiro zurückkommt, rufen Sie meine Kollegin oder mich an.» Ich bitte Yoko um eine Visitenkarte, hole meine Karte aus der Tasche und reiche sie dem Obdachlosen.

Bevor ich mein Portemonnaie wieder einstecke, hole ich einen 1000-Yen-Schein heraus und gebe sie dem Mann. «Der ist fürs Bier. Sobald Ichiro auftaucht, gibt's Nachschub. Je schneller er wieder hier ist, desto früher kommt das Bier.»

Er nimmt das Geld und nickt. «Kuni wa doku desu ka?», wo kommen Sie her?, fragt er.

«Deutschland.»

Wieder zeigt er seine Zahnlücke. «Ichiro liebt deutsches Bier. Und ich auch.»

«Verstanden. Geht klar», sage ich.

«Vielleicht kommt er schon morgen.»

«Deutsches Bier wird kalt gestellt. Anruf genügt.»

Er streckt mir zum Abschied die Hand entgegen. Ich gebe ihm lieber einen Klaps auf die Schulter.

«Nicht schlecht, Bernie», meint Yoko, als wir zurück in Richtung Brücke gehen.

«Mein Japanisch?»

«Das kannst du noch ausbauen. Aber deine Besuche in der Izakaya sind nützlicher, als ich dachte. Offenbar lernst du dort wichtige Vokabeln für deine Ermittlungsarbeit. Kompliment.»

«Du verarscht mich.»

«Nein, ich allein hätte mir an einem Typen wie dem die Zähne ausgebissen.»

«Noch hat Ichiro nicht angerufen.»

«Die werden sich melden», sagt Yoko. «Deutsches Bier ist für diese Männer wie für mich Champagner.»

Wir erreichen die beiden Papphütten direkt neben dem Aufgang zur Brücke. Yoko klopft gegen die Pappdecke. Keine Reaktion. Die Bewohner sind nicht da. «Der sammelt Altglas in Ueno», hören wir eine Stimme von hinten. Der Obdachlose ist uns gefolgt. Er zeigt auf die geputzten Schuhe vor der ersten Hütte. «Die warten da seit zwei Tagen. So lange ist der nicht mehr hier gewesen», sagt er. «Die andere Hütte ist meine.»

«Wir schicken die Kollegen vorbei», sagt Yoko. Der Mann nickt.

«Und nicht vergessen», sage ich und wedele mit einem druckfrischen 1000-Yen-Schein. «Wir müssen Ichiro sprechen, dringend.»

Unser Wagen wartet wie bestellt oben auf der Brücke. Polizeirat Yoshida sitzt bei geöffneter Tür auf dem Beifahrersitz und raucht. Als er uns sieht, schnippt er die Kippe in den Sumida und kommt uns entgegen.

«Großartige Arbeit», sagt er. «Mit diesem zweiten Mord haben wir Goto so gut wie überführt.»

«Goto?»

Ich will Yoshida widersprechen, aber Yoko bringt mich mit ihrem Blick zum Schweigen. «Halt einfach mal den Mund», zischt sie mir zu. Sie hat recht, wenn der Polizeirat mit Tsuboi unter einer Decke steckt, darf ich ihn nicht unnötig provozieren. Im Gegenteil: Ich sollte ihn in Sicherheit wiegen. Wenn er einseitig gegen Goto ermittelt, ist die Chance groß, dass der Herr Polizeidirektor einen Fehler macht.

«Überrascht, Ahlweg-san?» Yoshida legt mir jovial die Hand auf die Schulter. «Ich muss mich bei Ihnen entschuldigen. Sie hatten von Anfang an den richtigen Riecher.» Er öffnet die Autotür und fläzt sich auf die Rücksitzbank. «Los», sagt er, «fahren wir zurück ins Keishichou.»

«Was ist Ihre Theorie?», frage ich Yoshida. Ich halte es einfach nicht aus, nicht zu wissen, was der Mann jetzt vorhat.

Yoshida erzählt uns, dass die Zentrale den Fall ganz übernimmt. Das 89. Revier in Kojimachi ist damit raus. Yoko, die die letzten Tage schon zwischen beiden Orten hin- und hergependelt ist, zieht komplett um.

«Sie kommen mit», sagt Yoshida zu mir. «Wir setzen Sie im 89. Revier ab. Packen Sie Ihre Sachen, viel wird es ja noch nicht sein. Ich lasse den Kram morgen abholen. Ihr erster Arbeitstag im Keishichou beginnt mit der Frühkonferenz. 8:30 Uhr, Raum 531.»

«Ihre Theorie», hake ich nach.

«Die Fakten sind eindeutig: Goto war's.»

«Warum?»

«Das haben Sie doch selbst ermittelt, Ahlweg-san. Oder haben Sie Zweifel?» Yoshida scheint erstaunt, dass ich das Ergebnis auf einmal in Frage stelle.

«Nein, nein. Es freut mich, dass Sie meinen frühen Annahmen folgen. Die sind allerdings sehr spontan gewesen», sage ich.

«Und überzeugend.»

«Danke, dass Sie das sagen.»

«Dann sind wir uns ja einig.»

Der Rest der Fahrt verläuft schweigend.

Als Yoko mich in Kojimachi aus dem Wagen lässt, sagt Yoshida: «Morgen kriegen wir Goto. Und dann machen wir den Sack zu.» Er gibt sich keine Mühe, den Triumph zu verbergen, den er zu empfinden scheint.

Yoko winkt mir zum Abschied zu. «Bis morgen.»

In meinem Schreibtisch im 89. Revier ist nur wenig, das ich mitnehmen will. Die Ausdrucke der Unterlagen von Smithers, meine Notizen über die Treffen mit Goto, Kopien der Fotos von Momoko Narizawa. Keine fünf Minuten später ist alles in einem Pappkarton verstaut. Es sieht aus, als wäre ich nie hier gewesen.

«Was machst du da?», fragt Tadayoshi, der auf dem Weg von Satos Glaskasten zu seinem Platz bei mir vorbeikommt.

«Das Keishichou zieht den Fall an sich. Yoko arbeitet schon dort. Als ihr Schützling darf ich morgen nachkommen.»

«Donnerwetter. Da machst du in knapp zwei Wochen eine Karriere, die die meisten von uns japanischen Bullen in einem Leben nicht schaffen.»

«Willst du mit?»

«Die Götter mögen mich behüten.» Tadayoshi winkt ab. «Zu viel Politik da.»

Sato kommt zu uns, im Schlepptau hat er Kollegen Aso vom Betrug.

«Ich höre gerade, dass Sie uns verlassen», sagt Sato. Dann ringt er sich ein leises «Das tut mir leid» ab.

Der Schleimer. Er wollte mich vom ersten Tag an nicht hier haben. Ich verbeuge und bedanke mich, dann lasse ich ihn stehen und wende mich Aso zu. Der drückt mir feixend einen dicken Ordner in die Hand.

«Kleines Abschiedsgeschenk», sagt er. «Das ist unsere zentrale Polizeidienstvorschrift.» Ich schlage die Akte auf, alles auf Japanisch. Fragend sehe ich Aso an. «Ich habe dich stets darum beneidet, dass du das als Ausländer nicht lesen kannst und deshalb ignorieren darfst.» Dann reicht er mir die Hand. «Von heute an bin ich Taro für dich. Es war toll, wie du dich hier durchgebissen hast. Japaner zeigen Gefühle nicht so gern, aber viele in diesem Revier werden dich vermissen. Obwohl du nur kurz hier warst, kennt dich fast jeder im Haus.»

«Nun fangt mal nicht an zu heulen vor Rührung», mischt sich Tadayoshi ein. «Heute feiern unsere Abteilung und die Kollegen vom Betrug das Kirschblütenfest, Hanami, im Togo-Park. Da musst du kommen.»

«Sake satt», sagt Aso, boxt mich in die Seite und geht.

Tadayoshi sieht ihm nach. Dann dreht er sich zu mir um. «Ich höre, Yoshida will Goto rankriegen. Bist du zufrieden?», fragt er.

«Das Unangenehme bei Ermittlungen ist, dass selbst Polizisten sich irren können», antworte ich.

«Du glaubst nicht mehr, dass es Goto war?»

«Irren ist menschlich.»

Tadayoshi kratzt sich die Stirn.

«Wer dann?»

«Lass dich überraschen.»

«Pass auf, Bernie. Yoshida versteht keinen Spaß, wenn ihm einer in die Quere kommt.»

«Keine Sorge, ich habe Humor für zwei.»

«Willst du wissen, was ich denke?»

«Besser nicht.»

Tadayoshi lacht. «Beim Buchmacher würde ich glatt zehntausend Yen auf dich wetten. So wie wir dich in den wenigen Tagen hier kennengelernt haben, treibst du selbst Yoshida in die Verzweiflung.»

«Das sind umgerechnet nicht mal siebzig Euro. Ziemlich mager für eine Wette auf mich.»

«Japaner bauen Vertrauen langsam auf.»

«Ich auch. Wir sehen uns gleich im Togo-Park.»

«Polizeianwärter Noda ist seit dem Vormittag dort. Er hat alles aufgebaut und sichert unseren Platz. In einer Stunde unter den beiden Kirschbäumen neben der Rutsche geht es los.»

Das lässt mir genügend Zeit, um kurz ins Hotel zu gehen und zu sehen, ob Goto sein Überraschungspaket bereits abgegeben hat.

Die Frau am Empfang reicht mir einen hellgrünen Briefumschlag und meinen Schlüssel. Ich muss mich zusammennehmen, dass ich das Kuvert nicht gleich vor ihren Augen aufreiße. Ein bisschen klein und dünn ist es für Dokumente. Ich taste den Brief ab. Das sind höchstens zwei, drei Blatt Papier.

Im Umschlag ist eine Nachricht von Akane. «Mari hat sich gemeldet», schreibt sie. «Sie ist bei Freunden untergeschlüpft. Wenn du Zeit hast, komm nachher ins Komachi. Würde mich freuen.»

Ich bin erleichtert. Mari ist wohlbehalten. Schlimm genug, dass ich mir wegen Momoko Narizawa Vorwürfe machen muss. Wenn Mari etwas passiert wäre, hätte ich mir das nie verzeihen können. Aber wo bleiben Gotos Dokumente? Hat er die Sache vergessen?

Es hat keinen Sinn, hier im Hotel darauf zu warten, ob der Yakuza-Boss sein Versprechen hält. Es ist sonnig und warm draußen. Ideal für die Kirschblütenfeier der Kollegen vom 89. Revier. In Tokio wird es früh dunkel und frisch in der Nacht, also hole ich mir einen Pullover. Dann mache ich mich auf den Weg zu meiner ersten Hanami-Party.

Im Togo-Park erkenne ich auf den ersten Blick, wo die Polizei aus Kojimachi feiert. Umgeben von dienstbeflissenen jungen Polizisten, dirigiert Sato seine Untergebenen. Der Chef scheint nicht zufrieden zu sein. Die Männer müssen alles umbauen. Die Batterien der 1,8-Liter-Sakeflaschen sollen unter den schattigen Kirschbaum. Die großen blauen Plastikplanen, auf denen wir später alle sitzen sollen, kommen etwas weiter nach links in die Sonne. Zehn Meter neben uns, direkt bei der Kinderrutsche, ist es schon recht laut. Die Sakeflaschen kreisen, fast nur Männer sitzen auf der Plane. Alle haben ihre dunklen Sakkos abgelegt, es geht hoch her. Sato sieht mich und winkt mich her.

«Ahlweg-san, lassen Sie uns anstoßen», sagt er und schnipst mit den Fingern. Wie auf Zuruf kommt einer der jungen Uniformierten und reicht mir einen Becher. Sato streckt mir sein Glas entgegen. «Kanpai», prost, sagt er und stößt an. Wenn ich sein leicht gerötetes Gesicht richtig deute, ist es nicht sein erster Sake.

Ich entdecke Aso und Kollegen der Betrugsabteilung. Sie stehen am Grill.

«Asos Yakitori sind die besten», sagt Tadayoshi von hinten. Er ist mit einem Tross von Kollegen kurz nach mir gekommen. Alle legen ihre Jacketts ab, lockern die Krawatten und holen sich Gläser. «Lass uns schnell hingehen, nachher dauert es zu lange, wenn die anderen anstehen.»

Wir gehen zum Grill. Aso hält mir zwei leicht angekohlte Fleischspieße entgegen. «Richtiges Yakitori gibt es nur mit

Huhn», erklärt er mir. Er gießt eine schwärzliche Soße über das Fleisch. «Die hat meine Frau gemacht. Nur wegen des Geschmacks der Soße bin ich mit meinen Spießchen bei den Kollegen so beliebt.»

Hinter mir steht eine der drei Polizistinnen, die ich oft am Eingangsschalter der Wache gesehen habe. «Hungrige Frauen soll man nicht warten lassen», sage ich in brüchigem Japanisch und mache den Weg zum Grill frei.

Sie macht keine Anstalten, an mir vorbeizugehen, bleibt einfach stehen und sieht mich an.

Hadayashi zwinkert mir zu. «Ich lass euch mal alleine», sagt er und zieht sich zurück.

«Polizeiobermeisterin Mana Noguchi», sagt die Polizistin schüchtern. «Verzeihen Sie, wenn ich so dreist frage: Stimmt es, dass Sie uns schon bald verlassen?»

«Ja. Leider.»

«Werden wir uns trotzdem sehen?»

Ich frage mich, ob das eine Eröffnung zu einem Flirt ist. Japanische Regeln sind schon im normalen Alltag für Ausländer schwer zu verstehen. Wer weiß, was ich beim Flirten alles falsch machen kann? Aber zum Flirten bin ich ohnehin nicht in der Stimmung. Immer wieder taucht vor meinem Auge das Bild der toten Momoko Narizawa auf. Immer wieder sehe ich ihre weit aufgerissenen Augen, die mich vorwurfsvoll anstarren.

Bevor ich der Kollegin antworten kann, kommt Sato und schenkt mir nach. Polizistin Noguchi zieht sich wortlos mit einer leichten Verbeugung zurück. Sato hat schon einen leichten Schwips. «Passen Sie bloß auf mit den japanischen Frauen», sagt er und stößt noch einmal mit mir an.

Ich sehe mich um. Was den Alkoholkonsum angeht, kann

kein niedersächsisches Schützenfest es mit dieser Hanami-Feier aufnehmen. Die Sakeflaschen kreisen, der Geräuschpegel steigt. Es fehlt nur noch die Blasmusik.

«Noguchi ist auf der Suche. Sie ist schon über dreißig, ein liegen gebliebener Weihnachtskuchen, wie wir in Japan sagen», sagt Sato und schlägt mir kumpelhaft auf den Rücken. «Nicht, dass Sie der noch an den Haken gehen.» Er lacht. «Dann hätte ich sie beide für den Rest meines Lebens am Hals.»

Die Polizistin hat uns aus der Ferne beobachtet. Da Sato mir schon wieder die Flasche entgegenstreckt, scheint sie die Hoffnung auf ein Gespräch aufzugeben. Sie hebt kurz die Hand zum Gruß und setzt sich zu den Kollegen vom Betrug.

Tadayoshi kommt mit einem Tablett voller Reisbällchen. «Wer trinkt, braucht was im Magen», sagt er.

Ich bin ihm dankbar, dass er mich von Sato erlöst. Der Kriminalrat zieht es vor, sich neue Opfer zu suchen, mit denen er seine Flasche leeren kann.

«Scheint dich zu mögen, der Chef», sagt Tadayoshi.

«Ich weiß nicht.»

«Wenn der Chef mit dir trinkt und anstößt, dann ist das wie eine Liebeserklärung.»

«Darauf kann ich gut verzichten.»

«Dann wohl doch lieber die kleine Noguchi.»

«Fang du nicht auch noch an.»

Ich werfe einen Blick zu der Polizistin, die sich angeregt mit ihren Nachbarn unterhält. Der Sake steigt auch mir langsam zu Kopf. Ich sehe das Bild der Kollegin leicht verschwommen, im Profil sieht sie auf einmal aus wie Momoko Narizawa. Ich reibe mir die Augen. Kein Zweifel, die Ähnlichkeit ist frappierend. Größe und Figur sind ähnlich. Als würde sie spüren, dass ich sie beobachte, wendet sie mir ihr Gesicht zu. Der Zauber verschwindet.

Zwei Stunden später ist niemand mehr nüchtern. Der Sake geht zur Neige. Sato drückt einem Polizisten zwei 10 000-Yen-Scheine in die Hand, um Nachschub zu holen. Der zum Einkauf verdonnerte junge Mann kann kaum noch aufrecht laufen. Ein Kollege stützt ihn. In dem Moment zuckt ein Blitz vom Himmel, wenig später folgt ein Donnerschlag. Kurz darauf platschen die ersten Regentropfen auf die blauen Planen. Das ist das Zeichen zum Aufbruch, Hanami findet ein abruptes Ende. Der harte Kern flüchtet mit Sato unter die Bäume. Asos Männer bringen den Grill in Sicherheit.

«Lass uns im Komachi weitermachen», schlägt Tadayoshi vor.

Ich sehe mich nach Polizeiobermeisterin Noguchi um. Sie hat sich unter dem Vordach des nahen Kindergartens untergestellt.

«Hast du etwas dagegen, wenn wir sie mitnehmen?», frage ich Tadayoshi.

Er lacht. «In deinem Zustand kannst du ihr nicht mehr gefährlich werden. Von mir also keine Einwände.»

«Also los.»

Im Komachi fällt mir als Erstes Mari ins Auge. In ihrem knallroten Kleid mit den kunstvollen Locken in ihrer schwarzen Mähne ist sie der Blickfang an der Theke. Die Mama-san holt zwei Stühle aus dem Hinterzimmer und lässt die Gäste zusammenrücken.

«Ich bin froh, dich zu sehen», sage ich zu Mari und setze mich neben sie. Einen Moment zögere ich, dann nehme ich sie fest in die Arme.

Sie gibt mir einen Kuss. «Hast du mich vermisst?»

«Deinen Humor hat du nicht verloren», sage ich. «Welcher Mann würde dich nicht vermissen?»

Ich bin erleichtert, Mari wohlbehalten hier zu sehen. Tadayoshi steht neben uns und schaut uns mit weit aufgerissenem Mund zu.

«Da staunst du, Tadayoshi, was?» Akane reicht uns die Speisekarten. «Dein Freund Bernie hat in Tokio schon manche Eroberung gemacht, von der nicht einmal die Polizei was ahnt.»

In dem Moment schiebt jemand die Vorhänge am Eingang beiseite. Polizeiobermeisterin Noguchi. Tadayoshi kichert. Mari sitzt fast auf meinem Schoß, Akanes Hand ruht auf meiner Schulter, neben mir steht Tadayoshi, der der Mama-san etwas in Ohr flüstert. Ich kann mir vorstellen, was jetzt in Noguchis hübschem Kopf vorgeht. Tadayoshi geht zu ihr und spricht mit ihr. Zögernd folgt sie ihm zu uns an die Theke.

«Ach, schau», raunt Akane Mari zu. «Eine neue Freundin von Bernie.»

Ich mag auf die spöttische Bemerkung nicht eingehen. «Warum bist du abgetaucht?», frage ich Mari.

«Kaum warst du weg, hat mich die Chefin beiseitegenommen. Mit Tsubois Männern sei nicht zu spaßen, sagte sie. Drei Stunden haben die mich nach dir ausgefragt. Du kannst mir glauben, die sind dabei nicht immer höflich geblieben. Die Chefin hatte wohl Mitleid mit mir. Wir haben dann so getan, als würde ich einen meiner Stammgäste zur Tür bringen, und bin abgehauen.»

«Gut gemacht.»

«Ein paar Tage Verdienstausfall», sagt sie und grinst mich an.

«Berufsrisiko», sage ich. Mari gibt mir einen Klaps auf den Kopf.

«Ich werde eine Lösung finden», verspreche ich ihr.

Mana Noguchi hat uns die ganze Zeit beobachtet. Sie verzieht keine Miene.

«Möchten Sie etwas trinken?», frage ich sie.

«Einen Orangensaft, bitte.»

«Hier trinken wir härtere Sachen», wirft Akane ein – so barsch, wie ich sie noch nie erlebt habe.

«Lass gut sein», sage ich auf Deutsch, «gib der Dame einen Orangensaft.»

Mürrisch geht Akane zurück an die Bar. Mir stellt sie meinen Suigei, meinen Lieblingssake, hin. Es wäre besser, wenn ich wie meine Kollegin auf Orangensaft umsteigen würde.

«Kanpai», sage ich und proste Tadayoshi und der Frauenrunde um mich zu. Noguchi nippt schüchtern an ihrem Orangensaft.

Mari erzählt, dass sie von ihren Freunden zu Akane umziehen und dort ein paar Tage bleiben wird. «Meinem Studium hat die kurze Auszeit gutgetan», sagt sie lachend. «Der Professor war schon ganz überrascht, zu welcher Form ich aufgelaufen bin.» Sie berichtet, dass sie dennoch bald wieder in einem Club als Hostess arbeiten muss. «Etwas anderes können sich Japaner für eine Frau von den Philippinen nicht vorstellen – Hostess oder Haushaltshilfe. Einen Abschluss in Wirtschaftsinformatik in Manila, ein Masterstudium in Tokio, das interessiert niemanden.»

Als Akane uns eine halbe Stunde später die nächste Flasche Suigei hinstellt, ziehe ich die Notbremse. «Ich habe morgen meinen ersten Tag im Keishichou», sage ich und merke, dass ich langsam Schwierigkeiten bekomme, die Wörter zu finden. «Schluss für heute.»

«Schaffst du es allein zum Hotel?», fragt Akane.

«Ich passe auf ihn auf», mischt sich Polizistin Noguchi ein. Es ist der erste Satz, den sie sagt, seitdem wir in der Izakaya sind. Sie hilft mir vom Stuhl und hakt sich bei mir ein.

«Gute Nacht», ruft sie den anderen zu, die uns nachwinken, und zum ersten Mal an diesem Abend lächelt sie.

Es hat aufgehört zu regnen. Die Straßen sind noch feucht, in den Pfützen spiegeln sich die gelben Straßenlaternen. Mir ist es peinlich, dass die Kollegin denkt, ich könne nicht allein zurück in mein Hotel finden. Ich befreie mich von ihrem Arm, verbeuge mich wacklig und bedanke mich.

«Ich muss ohnehin zur Hanzomon-Linie», sagt sie. Es klingt, als sei mit dem Selbstbewusstsein ihr englischer Wortschatz gewachsen.

«Viele im Revier fragen sich, wie Sie das schaffen, Ahlweg-san.»

«Was?»

«In Tokio auf eigene Faust zu ermitteln. Ihr Japanisch ist natürlich schon gut ...»

«Ich mag diese Höflichkeitsfloskeln nicht, Noguchi. Alle loben, wie gut ich Japanisch spreche. Dabei weiß jeder, dass das eine höfliche Lüge ist. Nihongo mecha, mecha desu», mein Japanisch ist schlecht, sage ich.

«Sie waren oft allein unterwegs, heißt es.»

«Sagt man das?»

«Ja. Und es passiert immer etwas, wenn Sie allein losziehen. In der Izakaya habe ich endlich eine Ahnung bekommen, wie Sie das machen. Sie ermitteln lieber auf die altmodische Art.»

Ich seufze. «Ich weiß, deswegen hat mich mein Chef nach Tokio geschickt. Damit ich lerne, dass man Fälle vor allem mit Technik und in der Gruppe löst.»

Wir sind am Hotel angekommen. Die Kollegin begleitet mich bis zum Empfang.

«Es ist etwas für Sie abgegeben worden», ruft der Nachtportier und drückt mir ein dickes Kuvert in die Hand. Goto hat sein Versprechen also gehalten. Das müssen die Unterlagen sein, die vielleicht ein ganz neues Licht auf den Fall werfen.

Noguchi verbeugt sich zum Abschied.

«Bleiben Sie bitte», sage ich und halte sie an der Hand fest.

Eine Ohrfeige ist die Antwort. «Was denken Sie von mir? Dass ich gleich mit Ihnen aufs Zimmer gehe wie ...»

«Ein Missverständnis», versuche ich sie zu besänftigen. «Sie haben doch selbst gerade gesagt, in modernen Zeiten ist Teamwork wichtig.»

Sie deutet ein Nicken an, achtet aber auf Distanz zu mir.

«Im Umschlag ist brisantes Material. Sie könnten mir beim Übersetzen helfen.»

Noguchi lacht schallend. «Wissen Sie, wann das letzte Mal jemand diese Masche versucht hat? In der fünften Klasse. Da hat mich ein Mitschüler mal gefragt, ob er mir seine Sammlung getrockneter Laubfrösche zeigen darf.»

«Wir müssen ja nicht auf mein Zimmer gehen», sage ich und zeige auf die leeren Sessel in der Lobby.

«Gut, aber nur für ein paar Minuten.»

Sie setzt sich an einen der Tische. Ich öffne den Umschlag, in dem sich ein Stoß Papier befindet. Als ich die Blätter heraushole, rutscht ein Foto auf den Tisch. Polizeidirektor Yoshida ist auf dem Bild deutlich zu erkennen – beim Sex. Aber noch interessanter ist, wer da rittlings auf dem Mann thront, der von morgen an mein neuer Vorgesetzter ist. Es ist Momoko Narizawa alias Aiko. Noguchi starrt mit weit aufgerissenen Augen auf das Bild. Langsam zieht sie die anderen Dokumente zu sich herüber und blättert sie durch.

«Wo haben Sie das her?»

Ich kann ihr schlecht die Wahrheit beichten, also schweige ich. Noguchi stöbert weiter in den Unterlagen. «Wir sollten besser doch auf Ihr Zimmer gehen, Ahlweg-san», sagt Noguchi. «Das ist heißer, als ich dachte.»

Der Portier grinst anzüglich, als er mir den Zimmerschlüssel gibt. Sein Augenzwinkern verrät mir, dass er sich für mich über Noguchis Sinneswandel freut. Im Zimmer breiten wir die Dokumente auf dem Bett aus. Es gibt zwei Fotos, die den Polizeidirektor beim Sex mit Aiko zeigen. Daneben eine ganze Galerie von Fotos, die Smithers' Geschichte von der engen Verbindung zwischen Tsubois Inagawa-kai, führenden Innenpolitikern der Regierungspartei LDP und Yoshida belegen. Noguchis Augen werden immer größer, als sie übersetzt, was aus den Dokumenten hervorgeht.

«Unglaublich», flüstert sie.

Im Umschlag ist noch ein USB-Stick. Ich starte meinen Computer und stecke ihn ein. Es sind dieselben Dateien, die wir ausgedruckt vor uns liegen haben. «Auf den Stick solltest du gut aufpassen», sagt Noguchi. «Und ich würde mich freuen, wenn du mich Mana nennst, nicht Noguchi. Wir teilen jetzt ja ein Geheimnis.»

«Gerne», sage ich. «Und ich bin Bernie.»

Nach zwei Stunden gemeinsamer Arbeit haben wir das ganze Material sorgfältig gesichtet.

Mana schaut mich mit unergründlichem Blick an. «Ich beginne allmählich, Yoko zu verstehen», sagt sie.

«Yoko?»

«Meine beste Freundin.»

Ich bin platt. Yoko habe ich mein Treffen mit Goto verheimlicht. Und jetzt gehe ich mit ihrer besten Freundin die Unterlagen durch, die mir der Yakuza-Boss zugespielt hat.

«Yoko spricht eine klare Sprache. Was hast du jetzt erst verstanden?», frage ich.

«Yoko ist eher der spröde Typ», sagt sie und kichert. «Als wir das letzte Mal abends zusammen in einer Izakaya waren, hat sie mir von dir erzählt.»

Sie schweigt und sieht mich kokett an. Was soll ich tun? Kein Mensch ist ganz frei von Eitelkeit.

«Nur Gutes, hoffe ich.»

«Du bist ziemlich verrückt, meint sie, aber ganz nett.»

«Und?»

«Nach dem heutigen Abend glaube ich, dass sie untertrieben hat.»

Ich stecke den USB-Stick in meine Hosentasche und Gotos Unterlagen wieder in den Umschlag.

«Bekommst du jetzt noch eine U-Bahn oder einen Bus zu dir nach Hause?», frage ich Mana.

Sie nimmt ihre Jacke und geht zur Tür. «Keine Angst, ich nehme ein Taxi. In zwanzig Minuten liege ich in meinem Bett. Allein.»

«Das hier bleibt unter uns», sage ich und zeige auf den Umschlag, der auf dem Kühlschrank der Minibar liegt.

«Und Yoko?»

«Ich werde ihr den Umschlag morgen geben, versprochen.»

«Du verlangst viel von einer besten Freundin.»

«Als dein neuer Freund darf ich das.»

Sie zwinkert mir zu. «Versprochen, ich schweige wie ein Grab.»

28

Obwohl es spät geworden ist mit Mana, bekomme ich in der Nacht kein Auge zu. Der Konbini um die Ecke hat rund um die Uhr geöffnet. Ich stehe früh auf, kaufe dort zwei USB-Sticks und mache im Hotel Sicherheitskopien der Daten. Das Original stecke ich in einen Briefumschlag und adressiere ihn an Elsa vom Härke-Eck. Vier Tage lang ist die Post von Tokio nach Deutschland in der Regel unterwegs. Sollten die Daten hier in den nächsten Tagen gestohlen werden oder auf dem Dienstweg des Keishichou versickern, weiß ich sie an einem sicheren Ort. Ich schreibe Elsa ein paar Zeilen und bitte sie, den Datenstick sicher für mich zu verwahren. Sollte mir jemand das brisante Material abjagen wollen, dürfte er kaum auf die Idee kommen, im Härke-Eck danach zu suchen. Vom Portier lasse ich mir eine 100-Yen-Briefmarke geben.

Noch vierzig Minuten, bis die Frühbesprechung und meine Arbeit im Hauptquartier der Polizei von Tokio beginnen. Das lässt mir genügend Zeit, zu Fuß zu gehen und den Brief unterwegs einzuwerfen. Ich packe die Sticks mit den Sicherheitskopien in meine Tasche, Gotos Dokumente lege ich im Kleiderschrank unter meine schmutzige Wäsche. Besonders originell ist das nicht, aber auf die Schnelle fällt mir kein besseres Versteck ein.

Am 89. Revier grüßt mich der wachhabende Polizist am Eingang. Er schaut irritiert, als ich winkend an ihm vorübergehe. Der Weg zum Hauptquartier der Polizei ist nicht weit, keine zwei Kilometer entlang der Joggingstrecke um den Kaiserlichen Palast. Es ist früh, aber die Läufer ziehen schon wieder ihre Runden. Obwohl ich langsam gehe, japse ich kurz vorm Ziel fast genauso wie die beiden älteren Männer, die mit mitleidigem Blick an mir vorüberziehen.

Vor dem Keishichou ist alles abgesperrt. Ich zeige meine Polizeimarke. Der Uniformierte telefoniert. «Chotto matte», einen kleinen Moment bitte, sagt er. Weil hoher Besuch erwartet wird, müsse ich warten. Vor den Glastüren, die ins Innere des Polizeihauptquartiers führen, stehen gut zehn Männer. Ich glaube, Yoshida unter ihnen zu erkennen. Der Herr Polizeidirektor gehört zu den Auserwählten, die dem hohen Besuch die Aufwartung machen dürfen. Ein schwarzer Lexus fährt vor, die Rücksitzfenster sind mit weißen Gardinen verhängt. In Japan ist das ein deutliches Zeichen dafür, dass mit diesem Auto ein hohes Tier unterwegs ist. Ich strecke den Hals. Mir stockt der Atem. Daisuke Tanoue, der mächtige LDP-Politiker, steigt aus dem Wagen und sprintet die Treppe hoch. Yoshida begrüßt ihn wie einen alten Freund. Die beiden sollten Schauspieler werden. Das Theater, das sie Yoko und mir bei der geplanten Hausdurchsuchung vor Gotos Villa geboten haben, war filmreif. Was will Tanoue hier?

Kaum sind die Männer im Gebäude verschwunden, lässt mich der Uniformierte passieren.

Eine Polizistin in Zivil zeigt ihre Dienstmarke an der Kontrolle und sieht mich misstrauisch an. «Wenn Sie eine Anzeige aufgeben wollen, sind Sie hier falsch», sagt sie in gebrochenem Englisch.

«Ich arbeite hier.»

Lässig lasse ich meine Polizeimarke an der Kette baumeln, dass die Frau sie sehen kann. Sie läuft rot an, entschuldigt sich und hastet schnell in das Gebäude. Ich gehe zu den Fahrstühlen. Raum 531, der große Besprechungsraum der Mordkommission, ist am anderen Ende des Gangs. Die Tür steht offen. Rund vierzig Menschen sitzen um die zu einem großen Viereck zusammengestellten Tische. Am Kopfende sind Stellwände. Ich kann Fotos von Momoko Narizawa und vom mutmaßlichen Tatort erkennen. Yoko sitzt an der Fensterseite, sie hat mir einen Platz frei gehalten.

«Morgen», flüstere ich ihr ins Ohr. «Schau dir das so schnell wie möglich mal an.» Ich drücke ihr einen der beiden Datensticks in die Hand. «Sieh zu, dass du allein bist, wenn du die Dateien öffnest.»

«Was ist das?»

«Lass dich überraschen. Aber warte nicht zu lange damit, die Dokumente zu lesen.»

In dem Moment betritt Polizeidirektor Yoshida den Raum, neben ihm geht Tanoue.

«Was will der denn hier?», fragt Yoko. Auch sie scheint keine Ahnung zu haben, warum der politische Strippenzieher heute im Keishichou ist.

Yoshida läutet mit der Handglocke, die an seinem Platz am oberen Tischende steht. Alle stehen auf, verbeugen sich tief zur Begrüßung. Dann spricht Yoshida: «Die Regierung ist stolz auf unseren Erfolg bei der Aufklärung von zwei Morden.»

«Welche Aufklärung?», flüstere ich Yoko ins Ohr.

«Ich übersetze nur», blafft sie mich an.

Der Polizeidirektor geht an die Schautafel. Ausführlich referiert er den Leichenfund. Er beschreibt, wie die Tote geborgen worden ist. Er sagt, dass Momoko Narizawa den Mord an der alten Dame in Sanbancho gestanden habe. Nichts Neues. Ich frage mich, ob er etwas in der Hinterhand hat. Der LDP-Politiker, der an der Spitze des Tisches sitzt, nickt nach jedem zweiten oder dritten Satz Yoshidas beifällig.

Jetzt stellt Yoshida Yoko und mich als neue Mitglieder des Teams vor.

«Dich lobt er besonders», sagt Yoko.

Ich verbeuge mich. Irgendetwas muss ich jetzt sagen. Ich versuche es auf die japanische Art. «Ich bedanke mich für das große Vertrauen», sage ich in meinem Schuljapanisch. «Yoshida-san hat mit seinem Lob übertrieben. Ich bin nach Japan gekommen, um zu lernen.» Ich sehe Tanoue direkt in die Augen. Er verrät keine Regung, hält meinem Blick aber keine zehn Sekunden lang stand.

Yoshida räuspert sich. «Auch wenn noch viele Indizien überprüft, Zeugen befragt und Spuren ausgewertet werden müssten, der Fall ist abgeschlossen.» Yoshida will den Triumph offensichtlich auskosten. Er macht eine Kunstpause.

Im Saal kehrt Stille ein. Jeder wartet gespannt darauf, dass der Chef endlich den Namen des Mörders nennt.

«Mit der Aufklärung der beiden Morde ist uns auch ein schwerer Schlag gegen das organisierte Verbrechen in Tokio gelungen.» Noch eine Kunstpause. «An der Leiche der Hostess Momoko Narizawa haben wir DNA-Spuren von Tomonaga Goto gefunden, dem Oyabun der Sumiyoshi-kai.»

In die Stille hinein ist das Klatschen von Daisuke Tanoue zu hören. Das ist das Zeichen für alle – donnernder Applaus folgt. Hoffentlich fällt nicht auf, dass ich als Einziger im Raum nicht klatsche.

«Gratulation», sagt der LDP-Politiker. «Die Regierung ist sehr zufrieden mit diesem schnellen Fahndungsergebnis.»

«Was für DNA-Spuren?», fragt Yoko.

«Genaues kann ich sagen, sobald wir den Obduktionsbericht haben», sagt Yoshida.

«Noch nicht mal obduziert, und schon verkündet Yoshida das Ergebnis», flüstere ich Yoko zu.

«Versuch mal, den Ball flachzuhalten.»

«Ich spiele lieber Basketball als Feldhockey.»

Yoshida teilt mit, dass ein Haftbefehl gegen Goto bereits ausgestellt ist. Er sieht auf seine Uhr. «In diesem Moment dürften unsere Leute ihn in seiner Villa festnehmen.»

Ich weiß, dass ich Yoshida jetzt nicht mit einer Frage nach Tsuboi kommen darf. Still sitzen und schweigen mag ich aber auch nicht. Ich hebe den Arm, Yoshida gibt mir das Wort.

«Was ist mit dem Mord an Keiko Hasegawa, der alten Frau in Sanbancho? Rollen wir den Fall wieder auf?»

«Warum sollten wir? Es gibt ein Geständnis.»

«Zu dem der Mörder Momoko Narizawa gezwungen haben kann.»

Yoshida zuckt mit den Schultern. «Wenn wir neue Spuren finden, werden wir auch dieser Möglichkeit nachgehen.»

«Aber ...»

«Ahlweg-san, ich weiß den Einsatz zu schätzen, den Sie bei uns in Tokio zeigen. Hier im Keishichou gelten strenge Regeln, auch für Sie.»

Fehlt nur noch, dass er sagt: «Meine Regeln.»

Yoko tritt mir unter dem Tisch auf die Füße. Aber ganz so leicht will ich es Yoshida nicht machen. Ich bekomme das Foto, Momoko Naruzawa rittlings auf ihm, nicht aus dem Sinn. Ich melde mich noch einmal. «Verzeihung, ich weiß, dass ich hier bin, um zu lernen. Heißt das, dass wir andere Spuren, die Goto möglicherweise entlasten, nicht mehr verfolgen?»

Man könnte eine Stecknadel fallen hören, so still ist es in diesem Moment. Viele der Kollegen blicken betreten zu Boden. Der Herr der Regierungspartei sieht aus, als würde er gleich platzen.

Yoshida schnappt nach Luft, doch er behält sich unter Kontrolle. «Sie wissen, dass Japan ein Land ist, das dem Recht verpflichtet ist. Das, denke ich, reicht als Antwort.»

Gemeinsam mit seinem LDP-Freund macht sich der Polizeidirektor davon. Yoko schüttelt den Kopf. «Du kannst es einfach nicht lassen», sagt sie.

«Schau dir die Sachen an, die ich dir gegeben habe, dann verstehst du, warum.»

Yoko begleitet mich in den Großraum, in dem unsere neuen Schreibtische stehen. Sie steckt den Stick ein. Bevor sie die Dateien öffnen kann, stoppe ich sie. «Nicht hier.» Bei mehr als zwanzig Polizisten in einem Raum kann ich nicht ausschließen, dass jemand beobachtet, was Yoko auf dem Bildschirm hat.

«Such dir ein ungestörtes Plätzchen.» Yoko geht.

Hier, als einer unter vielen in einer der größten Mordkommissionen der Welt, kann ich nicht viel ausrichten. Ein Hauptkommissar kommt und legt mir einen Ordner mit englischsprachigen Artikeln über Goto auf den Schreibtisch. Kriminaldirektor Yoshida möchte bis morgen Nachmittag eine Zusammenfassung der wichtigsten Informationen, sagt er. Ich blättere den Ordner durch, finde unter anderem die Artikel von Smithers über Gotos angeblichen Deal mit dem FBI: Der Yakuza-Boss habe der amerikanischen Bundespolizei

Informationen über die Aktivitäten anderer Yakuza-Gangs in den Vereinigten Staaten gegeben. Im Gegenzug sicherte ihm das FBI zu, ungestört seine Lebertransplantation machen zu können. Auch den Artikel über Gotos Großvater finde ich. Neue Informationen gibt es kaum. Es ist Zeitverschwendung, hier weiterzumachen.

Professor Katagiri hat mir am Sumida-Fluss seine Visitenkarte gegeben, und wenn mir einer weiterhelfen kann, dann er. Und ich habe Glück. Schon nach dem zweiten Klingeln nimmt der Gerichtsmediziner ab.

«Können Sie Gedanken lesen?», fragt er mich. «In diesem Moment habe ich den vorläufigen Obduktionsbericht diktiert.»

«Der Goto überführt.»

«Ich sehe, Yoshida hat schon gequatscht.»

«Fall gelöst, alle feiern schon.»

Katagiri lacht. «Das Schlitzohr. Die wichtigste Spur stammt von ihm.»

«Wie? Haben Sie an der Toten auch Yoshidas DNA entdeckt?»

Wieder kichert der Professor. «Wie kommen Sie auf so etwas, Bernie? Nein, aber im Ernst. Er hat mich angewiesen, zuerst nach Gotos DNA-Spuren zu suchen. Er sagte mir sogar, wo ich zu suchen habe.»

«Das ist kriminalistisch noch besser als die viel gepriesene Weitsicht von Sherlock Holmes.»

«Im Slip der Toten haben wir Haare von Goto entdeckt.»

«Schamhaare?»

«Kopfhaare.»

«Die jemand dort hätte platzieren können.»

«Der Verdacht drängt sich auf. Vor allem, weil die Haare

so im Slip befestigt waren, dass sie selbst im Sumida nicht weggespült werden konnten.»

«Klingt nach einer Inszenierung.»

«Das haben Sie nicht von mir.»

«Schreiben Sie das auch in den Obduktionsbericht?»

«Ich bitte Sie, ich stehe drei Jahre vor der Pensionierung. Meinen Sie etwa, Yoshida würde zugeben, dass er mir den Hinweis gegeben hat, weil er schon wusste, was ich finde?»

Katagiri hat recht. Der Polizeidirektor würde sich damit herausreden, dass alles nur ein Missverständnis gewesen sei, und sich wortreich unter tiefen Verbeugungen entschuldigen. Gotos DNA bleibt als Beweis unwiderlegbar.

«Wann ist Narizawa ermordet worden?»

«Zwischen vier und sechs am Sonntag.»

«Todesursache?»

«Tod durch Ertrinken. Die Lehrter Methode, wie ich sie jetzt in Fachkreisen nenne, hat bei ihr nicht funktioniert. Der Täter hat versucht, es aussehen zu lassen wie bei der alten Frau Hasegawa. Die Verletzungen am Gaumen, auch der Alkoholgehalt im Blut sind eindeutig. 2,7 Promille.»

«Warum hat es nicht funktioniert?»

«Hasegawa war alt und herzkrank, Narizawa jung und gesund. Als erfahrene Hostess ist sie es außerdem gewohnt gewesen, regelmäßig Alkohol zu trinken. Ihre Leber zeigt das deutlich.»

«Der Mörder hat sie lebend ins Wasser geworfen?»

«Wie gesagt, die Lungen waren voller Wasser. Narizawa ist ertrunken. Der Alkohol hat sie betäubt, Drogen sind auch im Spiel. Es dürfte nicht allzu schwer für den Mörder gewesen sein, sie in den Fluss zu werfen.»

«Beim Todeszeitpunkt sind Sie sich sicher?»

«Ich mache meinen Job seit mehr als dreißig Jahren. Sie ist zwischen vier und sechs in den Sumida geworfen worden und ertrunken.»

Wenn die Zeitangaben des Gerichtsmediziners stimmen, kann Goto nicht der Mörder sein. Zu der Zeit saß er nackt mit mir im Onsen in Izu-kogen. Selbst bei leerer Autobahn braucht man rund drei Stunden für die Strecke bis Tokio, eher mehr. Die DNA-Spur, die Goto überführt, muss bewusst von jemandem gelegt worden sein. Da bietet sich nur noch einer an, Tsuboi und seine Inagawa-kai.

«Hat es Ihnen die Sprache verschlagen, Bernie-san?»

«Haben Sie noch andere DNA-Spuren gefunden?»

«Hautpartikel unter den Fingernägeln. Narizawa muss sich gewehrt haben.»

«Passen die zu Goto?»

«Nein, so einfach liegt der Fall leider nicht.»

«Haben Sie die DNA in der Datenbank abgeglichen?»

«Yoshida meint, die Kosten könnten wir uns sparen.»

«Sie sind ja gerne mal außer der Reihe aktiv», sage ich. «Wie wäre es mit einem zweiten Alleingang?»

«Wenn das eine von Ihren Ideen ist, verspricht das spannend zu werden.» Wieder lässt er sein Altmännerkichern hören.

«Lassen Sie alle DNA-Spuren durch den Computer laufen.»

«Das fällt auf, dazu muss ich andere Abteilungen bemühen.»

«Dann lassen Sie es mich machen wie Polizeidirektor Yoshida. Ich gebe Ihnen einen Tipp. Von Taro Watanabe besitzt das Keishichou bestimmt Vergleichsdaten.»

Ich höre, wie Katagiri am anderen Ende der Leitung tief einatmet. «Sie lassen wirklich nichts aus, seitdem Sie in Tokio sind», sagt er und verspricht mir, den DNA-Test bis zum Nachmittag fertig zu haben. «Ich kenne hier genug Kollegen, die Watanabe auf dem Kieker haben. Das machen wir schnell und diskret.»

Von wegen, der Fall ist gelöst. Goto war es nicht. Begeistert klatsche ich in die Hände, Yoshidas und Tsubois Intrige ist geplatzt.

«Was Spannendes entdeckt?», fragt mich der Polizist, der am Nebentisch in Dokumenten blättert. Mitleidsvoll ruht sein Blick auf meinem Ordner mit Zeitungsausschnitten.

Ich frage nach Yoko. Die Kollegen zucken hilflos mit den Schultern. Niemand weiß, wo sie steckt. Ich versuche es auf ihrem Handy. Es meldet sich wieder nur die Mobilbox. Ich bitte sie, mich zurückzurufen, aber wohl ist mir bei der Sache nicht. So ein Verhalten passt nicht zu Yoko: spurlos abtauchen, ohne sich zu melden.

Ich warte eine weitere halbe Stunde, dann verliere ich die Geduld. Noch ein Anruf, aber wieder nur die Mailbox. Da ich mir nicht anders zu helfen weiß, versuche ich es bei ihrer Freundin Mana.

«Ich brauche deine Hilfe», sage ich ohne Umschweife.

«Das droht inflationär zu werden.»

«Yoko ist nirgends zu finden, und ich werde langsam nervös. Vielleicht steckt sie in Schwierigkeiten.»

«Das kannst du wohl sagen. Yoko hast du selbst mit deinen Unterlagen vorübergehend aus dem Verkehr gezogen.»

«Wie das?»

«Wir waren zum Mittag in der Kantine in Kojimachi verabredet. Sie hat mich völlig aufgelöst angerufen und abgesagt. Ich weiß ja, was du ihr heute gegeben hast. Irgendetwas hatte sie damit vor.»

«Hat sie angedeutet, was?»

«Wie ich Yoko kenne, wird sie alles dafür tun, dass nichts vertuscht wird. Da musst du dir keine Sorgen machen.»

«Was können wir tun, ihr zu helfen.»

Für einen Moment herrscht Schweigen am anderen Ende der Leitung. «Nichts», sagt Mana dann. «Yoko ist abgebrüht, das lernt man als Frau bei der Polizei. Wir können nur warten.»

Ein bisschen beruhigt mich die Gelassenheit, mit der Mana reagiert. Wenn Yoko mit Gotos Unterlagen im Haus unterwegs ist und Vorgesetzte informiert, muss das dauern. Schließlich beweisen die Dokumente, dass Yoshida korrupt ist und schmutzige Geschäfte für die Yakuza erledigt hat. Das dürfte manchem an der Spitze nicht gefallen. Was, wenn sie zu den falschen Leuten gegangen ist? Ich helfe ihr wohl am meisten, wenn ich zusätzliche Beweise beschaffe – aber mit meinem mickrigen Japanisch komme ich da nicht weit. Ich muss Mana davon überzeugen, mir zu helfen.

«Jetzt, wo Yoko ausfällt, wie wäre es, wenn du meine Partnerin wirst – vorübergehend?»

«Was soll ich tun?»

«Hilfst du mir? Ich brauche dich für Übersetzungen.»

«Ich kann hier nicht so einfach weg.»

«Denk dir was aus. Und bring einen Polizeiwagen mit. Wir treffen uns in dreißig Minuten gegenüber vom Keishichou.» Bevor Mana protestieren kann, lege ich auf.

Das Schöne am modernen, papierlosen Büro ist, dass ich über meinen Computer Zugang zu fast allen Akten habe – und sie ausdrucken kann. Ich suche den Ordner, in dem Yoko die Überwachungsfotos archiviert hat, auf denen Taro Watanabe, der Berufskiller der Inagawa-kai, zu sehen ist. Mittlerweile bin ich mir sicher, dass er von Anfang an hinter Momoko und nicht hinter mir her war. Meine Rolle war es, ihn zu der Frau zu führen. Alles passt ins Bild. Jetzt muss ich nur noch beweisen, dass Watanabe am Sonntag in der Nähe der Shin-Ohashi-Brücke am Sumida gewesen ist. Ich drucke mir einen Satz Porträts von Tsubois Profikiller aus und stecke sie in eine Plastikfolie. Wo Yoko bloß steckt? Ich rufe sie noch einmal an. Wieder nur die Mailbox. Ich sage, dass ich mit ihrer Freundin Mana an den Sumida fahre, um dort mögliche Zeugen zu suchen.

Mana wartet auf der gegenüberliegenden Straßenseite.

«Ich muss verrückt sein, dass ich das mache», sagt sie zur Begrüßung.

«Wo ist der Streifenwagen?»

«So tollkühn bin ich nicht, dass ich ein Dienstfahrzeug für einen nicht angeordneten Einsatz nehme. Das ist mein Wagen.»

Nach wenigen hundert Metern kommen wir an einem Seijo-Ishii-Supermarkt vorbei. Ich bitte Mana, kurz zu halten. Bei Seijo Ishii gibt es für stolze Preise Delikatessen aus dem Ausland. Zielstrebig laufe ich auf die Getränkeecke im Kühlregal zu. Und tatsächlich: Flensburger Pils und sogar Maibock mit dem schönen grünen Etikett haben sie im Angebot. 580 Yen, umgerechnet knapp 5 Euro die Flasche, kostet mich der Spaß. Doch wenn ich den Fall lösen will, muss ich investieren. Ich kaufe acht Flaschen.

«Das habe ich dem Obdachlosen am Sumida versprochen», erkläre ich Mana, die kopfschüttelnd verfolgt, wie ich Bierflaschen und Kühlbeutel auf die Rücksitzbank lege.

«Wenn der sich an dein Versprechen überhaupt erinnern kann.»

«Wir müssen es drauf ankommen lassen.»

Ich frage Mana, ob Yoko sich bei ihr gemeldet hat. «Seitdem ich ihr die Unterlagen gegeben habe, ist sie wie vom Erdboden verschluckt», sage ich.

«Kein Wunder. Überleg mal, was das für ein Sprengstoff ist. Der Polizeidirektor nackt mit der Toten, dessen Ermordung er Goto in die Schuhe schieben will. Dazu ein korrupter Politiker, der mit Gotos härtestem Gegner Geschäfte macht ...»

«Meinst du, ihr ist was passiert?»

Mana lacht. «Yoko wird damit nicht gleich zu Yoshida gerannt sein. Die lässt sich die Butter nicht vom Brot nehmen. Mit diesen Infos an der richtigen Stelle macht sie bald den nächsten Karrieresprung.»

Vorne kommt schon die «neue Brücke» in den Blick. Mana parkt in einer Nebenstraße. Wir haben Glück, der Obdachlose, den ich mit Yoko hier getroffen habe, sitzt vor seiner Hütte. Ich stelle ihm Mana vor.

«Ist Ichiro heute da?»

«Der schläft noch.» Der Mann nickt in Richtung der Pappbehausung, die einige Meter entfernt in den Büschen zum Parkplatz steht. Richtig, vor Ichiros Pappkisten steht, ordentlich ausgerichtet, ein Paar abgetragene Schuhe.

Ich klopfe gegen die Pappwand.

Keine Reaktion.

Der andere Obdachlose kommt mir zu Hilfe, indem er die Pappkiste einfach hochhebt. Ein alter Mann mit strähnigem grauen Haar liegt da auf zwei ranzigen Kissen. Im ausgefransten Vollbart hängen noch Buchweizennudeln vom Abendessen. Er reibt sich die Augen und blafft uns an. Ich greife in meine Tüte, hole zwei gekühlte Flaschen Pils heraus und halte sie ihm vor die Nase. Die Wirkung auf Ichiros Stimmung ist durchschlagend. Keine fünf Minuten nach dem Wecken sitzen die beiden Obdachlosen, Mana und ich in trauter Runde auf einer Bank am Ufer. Ich zeige Ichiro die Fotos von Watanabe.

«Schon mal gesehen?»

Ichiro sieht sich das Bild lange an.

«Sie waren am Sonntag am Nachmittag hier?», frage ich.

Er nickt.

«Ist Ihnen etwas aufgefallen?»

Er nickt wieder und vertieft sich in das Foto.

Ich hole zwei Flaschen Maibock aus der Tasche, um die Sache ein bisschen zu beschleunigen. «Vielleicht hilft das der Erinnerung auf die Sprünge?»

«Das kann ich nicht übersetzen», protestiert Mana. «Du manipulierst die Aussage.»

«Ich helfe bloß dem Erinnerungsvermögen auf die Sprünge.»

«Für das Bier bestätigen die dir alles, was du hören willst.»

Trotzdem übersetzt Mana widerwillig die Frage.

Ichiro strahlt mich jetzt an. Er greift sich ein Maibock, liest das Etikett, öffnet es geschickt mit einem Feuerzeug und trinkt einen Schluck.

«Oishii», lecker, sagt er. Er nimmt das Foto in die linke Hand und hält es mir vor die Nase.

«Der war hier, zusammen mit einer Frau», sagt er und gibt mir das Bild zurück.

«Wann ungefähr?»

«Ich bin nachmittags aus Ueno gekommen, gegen sechs, schätze ich. Es wurde gerade dunkel.»

«Bist du sicher, dass es dieser Mann war? Es dämmerte schon.»

Wieder nickt Ichiro.

«So eine Visage merkt man sich leicht. Die sind vom Parkplatz auf die Promenade. Da mussten sie direkt an meiner Hütte vorbei.»

«Und die Frau?»

«Die war schon ziemlich hinüber ...»

«Betrunken?»

«Ja. Die hing an ihm wie ein nasser Sack.»

Das passt. Watanabe hat Momoko Narizawa also wirklich mit Alkohol willenlos gemacht, betäubt und in den Fluss geworfen. Ichiros Zeugenaussage und Katagiris Obduktion bestätigen das. Es ist ganz klar, dass der Berufskiller die Morde begangen hat. Die Geschichte, die Yoshida uns aufgetischt hat, um Goto den Mord in die Schuhe zu schieben, kommt da nicht mit. Zumal Goto durch mich das beste Alibi der Welt hat. Zugegeben, davon ahnt der Polizeidirektor zur Stunde noch nichts.

«Was haben die beiden an der Promenade gemacht?», frage ich Ichiro.

«Keine Ahnung. Ich bin denen ja nicht hinterher.»

«Aber du bist sicher, dass die beiden hier waren.»

Ichiro holt die nächste Flasche aus der Tüte, öffnet sie mit einem lauten Plop. «Ich bin mir ganz sicher. So eine Frau vergisst man nicht so schnell. Und der Typ war einfach fies. Typische Gangstervisage und dazu ein wirklich teurer Anzug. Ich habe nicht immer auf der Straße gelebt, ich war mal Herrenschneider in Nagoya ...»

«Das tut hier nichts zur Sache», unterbricht ihn Mana.

«Doch! Ich weiß, wenn ich einen wirklichen Herrn vor mir habe. Und ich sehe, wenn einer nur so tut.»

«Und der tat nur so?»

«Allein die Worte, mit denen er die Frau beschimpft hat. Nein, das ist kein Gentleman. Ich würde sagen, Yakuza.»

«Warst du allein, oder war noch jemand bei dir?»

«Kirin. Nur eine Dose Kirin ...»

Der Mann lehnt sich entspannt zurück, nimmt genüsslich einen Schluck Maibock. Hier ist für uns nicht mehr viel zu holen. Ich weiß jetzt, dass Watanabe hier war. Ich weiß, dass er Momoko Narizawa bei sich hatte. Alle Indizien sprechen dafür, dass der Killer aus Tsubois Gang der Mörder ist. Jetzt muss ich die Sache nur noch wasserdicht kriegen. Ich überlege, wann ich im Keishichou die Bombe platzen lasse, dass ausgerechnet ich Gotos Alibi bin.

Ich bedanke mich bei den beiden Männern.

«Immer willkommen, der Herr Polizist aus Deutschland», übersetzt mir Mana. Die Obdachlosen prosten mir zum Abschied zu.

«Du weißt, dass das nicht in Ordnung ist», sagt sie, als wir zurück zum Auto gehen.

«Was?»

«Du hast die mit Bier zu ihrer Aussage gebracht. Vor Gericht ist das nichts wert.»

«Ich habe dem Erinnerungsvermögen ein bisschen nachgeholfen, das ist alles.»

«Du hast die beiden manipuliert, das waren Suggestivfragen.»

«Nein, Ichiro hat sich von ganz allein erinnert. Von Narizawa habe ich ihm gegenüber nie gesprochen. Die hat Ichiro wirklich gesehen. Ich habe mit dem Bier nur die Distanz zu uns als Vertretern des Staates abgebaut. Obdachlose sprechen in keinem Land der Welt gerne mit Polizisten.»

«Danke für die Lehrstunde in Polizeimethoden.»

«Zeugen erinnern sich besser, wenn sie nicht so angespannt sind. Deswegen hilft es, Menschen, die mit dem Staat in ihrem Leben sonst nicht viel am Hut haben, die Scheu vor Aussagen zu nehmen.»

Mana grinst. «Yoko hat nicht übertrieben, als sie sagte, deine Ermittlungsmethoden seien ein bisschen verrückt.»

«Am Ende zählt, ob wir eine wasserdichte Lösung finden. Wenn Katagiri jetzt noch Watanabes DNA am Tatort oder gar an der Toten findet, schaffen wir das.»

Mana fährt mich zurück zum Keishichou. Dort schreibe ich ein Protokoll über die Befragung der Obdachlosen.

Das Telefon läutet. Es ist Katagiri.

«Eine englische Übersetzung des Obduktionsberichts haben Sie morgen früh auf dem Schreibtisch», sagt er.

«Mit dem Todeszeitpunkt, den Sie mir genannt haben.»

«Noch genauer, Narizawa starb Sonntag gegen halb sechs. Plus minus dreißig Minuten.»

Damit ist Goto definitiv aus dem Schneider. Tsubois Leute waren zwar clever genug, um die Spuren zu Goto zu legen. Aber sie konnten nicht ahnen, dass ich zur Tatzeit mit dem Gangsterboss im Onsen schwitzen und auf den Pazifik schauen würde. Ironie ist und bleibt die treibende Kraft der Geschichte, auch bei Verbrechen.

«Wenn ich nicht wüsste, dass es nicht sein kann, würde ich langsam glauben, Sie schreiben das Drehbuch zu diesem Fall, Ahlweg-san», sagt der Gerichtsmediziner.

«Ich bin froh, wenn ich halbwegs durchblicke.»

«Watanabes DNA ist nicht nur an der Stelle entdeckt worden, an der die Frau in den Fluss geworden wurde. Ich habe sie sogar an der Toten gefunden.»

«Wo?»

«Unter den Fingernägeln. Momoko Narizawa muss sich gewehrt und ihn gekratzt haben.»

«Ein Kampf?»

«Sieht so aus», sagt Katagiri. «Es war jedenfalls nicht eines ihrer Domina-Fesselspiele. Dafür scheint sie in der Szene bekannt gewesen zu sein. Eine interessante Frau.» Der Pathologe kichert.

Ich berichte ihm von der Zeugenaussage Ichiros. «Mit Ihren Ergebnissen haben wir eine überzeugendere Lösung als Yoshida.»

«Gotos Haare lasse ich gerade untersuchen. Wenn wir Glück haben, finden wir auch da Spuren zu Watanabe.»

«Danke», sage ich und beende das Gespräch. Das wäre der Beweis. Aiko und die alte Frau in Sanbancho mussten sterben für eine Intrige gegen Goto. Und die Polizei von Tokio steckt bis zum Hals mit drin in dieser Gaunerei.

Verdammt noch mal, wo ist Yoko? Ich habe sie den ganzen Tag nicht gesehen. Immer wieder nur die Mailbox. An den Nachbartischen packen die ersten Kollegen ihre Sachen zusammen. Als auch ich mich gerade aufmachen will, um ins Hotel zu fahren, klingelt mein Telefon.

«Endlich, Yoko!», brülle ich in den Hörer.

«Tadayoshi desu», höre ich. «Kommst du mit auf einen Feierabend-Sake?»

Tadayoshi ist der einzige Kollege neben Yoko, dem ich erzählen kann, was ich herausgefunden habe.

«Moment mal, bitte», sage ich zu Tadayoshi. Ich versuche ein letztes Mal, per Handy Yoko zu erreichen, habe aber wieder kein Glück.

«Alles klar», sage ich zu Tadayoshi. «Wann und wo?»

«Ich hole dich nachher im Hotel ab, so gegen acht.»

In dem Moment kommt Yoko in den Raum. Sie ist bleich, würdigt mich keines Blickes. Ich verabschiede mich rasch von Tadayoshi und gehe sofort zu Yoko.

«Was ist?», frage ich.

«Nicht jetzt, nicht hier», antwortet sie, nimmt einen Stapel Akten aus ihrer Schreibtischschublade.

«Hast du die Adresse der Frau, die am Sonntag auf dem Hundespielplatz war?»

Sie sieht mich fragend an, dann schreibt sie mir Namen und Adresse auf einen Zettel.

«Hier», sagt sie, nimmt ihre Unterlagen und macht sich ohne ein weiteres Wort auf dem Weg nach draußen.

«Hey, was soll das?», rufe ich ihr nach. Sie winkt ab, sieht mich einen Moment an und geht dann, ohne ein Wort zu sagen. Was war das denn für ein Auftritt? Den ganzen Tag ist Yoko nicht zu erreichen gewesen. Wahrscheinlich hat sie Gotos Dokumente irgendwo an der Spitze der Polizei gezeigt. Und jetzt spricht sie nicht mit mir. Der Verschwörungstheoretiker in mir sieht Yoko schon mit Yoshida an einem Strang ziehen, um alles zu vertuschen. Doch Yoko ist nicht korrupt, da bin ich mir sicher.

Was soll ich jetzt tun? Ein bisschen Zeit bleibt mir noch, bis ich Tadayoshi treffe. Wenn ich mir ein Taxi nehme, könnte ich es schaffen, die Frau vom Hundeauslaufplatz zu befragen. Wenn ich mit Yoko spreche, brauche ich wasserdichte Belege dafür, dass Watanabe der Mörder ist. Da kann eine zweite Zeugin nicht schaden, die ihn in der Nähe des Tatorts gesehen hat.

Zwanzig Minuten später setzt mich der Taxifahrer vor dem Haus der Frau ab. Mein Klingeln wird sofort von Hundegebell beantwortet. Dann öffnet sich die Tür.

«Frau Miki?»

Sie nickt und legt hektisch die Sicherheitskette vor.

Ich zeige ihr meine Polizeimarke.

«Sorry, ich spreche kein Englisch», sagt sie schüchtern in perfektem Englisch.

«Macht nichts», antworte ich in meinem besten Schuljapanisch. «Ich bin bei der Polizei in Tokio.» Sie öffnet die Tür einen Spaltbreit und sieht sich meinen Ausweis an. Ich verbeuge mich. «Hier ist meine Karte. Es tut mir leid, dass ich Ihre Zeit in Anspruch nehmen muss. Ich würde Ihnen gerne ein paar Fragen stellen.»

Jetzt öffnet sie die Tür. Weil sie glaubt, ich spreche mehr als mein Schuljapanisch, redet sie wie ein Maschinengewehr auf mich ein. Ich lächele zustimmend und ziehe die Fotos von Watanabe und Narizawa aus der Tasche. «Haben Sie diese beiden Personen hier am Sonntag gesehen?»

Das Bild von Momoko Narizawa reicht sie mir sofort zurück. «Nein», sagt sie, «die wäre mir bestimmt aufgefallen.» Wäre auch zu schön gewesen. Sie gibt mir die Fotos und bittet mich, einen Moment zu warten. Nach einer Minute kommt sie zurück mit einem graubraunen Terrier, den sie auf dem Arm trägt.

«Das ist Hannibal», sagt sie und zeigt auf das Foto von Watanabe. «Der Rüpel hat meinen armen kleinen Schatz fast überfahren.» Dabei streichelt sie dem Hund den Bauch.

«Sind Sie sicher?»

«So ein Gesicht vergisst man nicht. Der Mann kam über die neue Brücke gefahren.»

Die Frau ist so aufgeregt, dass sie immer schneller spricht. Ich komme kaum noch mit. Mit einer Handbewegung gebe ich ihr zu verstehen, langsamer zu reden. Sie lächelt verständnisvoll. «Hannibal und ich waren noch mal Gassi», erzählt sie weiter. «Als wir am Fußgängerüberweg zur Treppe am Hundespielplatz waren, hat mein Hund gebellt und ist einfach losgelaufen. Der Mann musste scharf bremsen. Er ist ausgestiegen ...», Tränen treten ihr in die Augen, «... und dann hat er meinem Liebling einen brutalen Tritt versetzt.» Habe ich die Frau richtig verstanden? Wenn ja, ist das hier ein Jackpot.

«Wann war das?», frage ich aufgeregt.

«Es war gerade dunkel geworden. Nach sechs.»

Ich könnte vor Freude in die Luft springen und bedanke mich. In den nächsten Tagen werde ein Polizist kommen und ihre Aussage aufnehmen, sage ich. Mit dieser Zeugin ist Watanabe überführt. Ich bin stolz, meine erste Zeugenvernehmung auf Japanisch geschafft zu haben. Yoko wird Augen machen, wenn ich ihr das erzähle.

Als ich im Hotel ankomme, wartet Tadayoshi schon auf mich.

«Du bist spät dran», sagt er.

Von hinten ruft der Portier: «Hier ist eine Nachricht für Sie. Gerade abgegeben. Scheint wichtig zu sein.» Er gibt mir einen Briefumschlag, auf dem ich das Wappen der Polizei erkenne. Tadayoshi tritt neben mich und schaut neugierig auf den Absender.

«Interne Ermittlungen», übersetzt er.

Was wollen die? Warum schicken die mir Post, statt mich anzurufen? Ich hole mein Handy aus der Hosentasche. Mist, der Akku ist leer. Ich war die ganze Zeit nicht mehr erreichbar. Ich reiße den Umschlag auf. Ein Brief, alles Japanisch. Da ist eine handschriftliche Zeile auf Englisch. Ich werde einbestellt. Interne Ermittlungen. Ich reiche das Blatt Tadayoshi.

Aus seinem Gesicht scheint alles Blut zu verschwinden, so bleich wird er plötzlich.

«Klingt ernst», sagt er. «Die wollen dich morgen früh um acht sehen.»

«Wer?»

«Der Chef der Internen Ermittlung. Hast du Scheiße gebaut, Bernie?»

Ausnahmsweise bin ich mir keiner Schuld bewusst. Ich kann mir das nur so erklären, dass Yoko mit Gotos Unterlagen doch zum Boss gelaufen ist. Jetzt ziehen sie mit der internen Ermittlung die Notbremse, um mich auszuschalten.

«Keine Ahnung, was die von mir wollen», sage ich.

«Dieses Mal musst du jemandem richtig auf die Füße getreten sein», sagt Tadayoshi. «Lass uns den Besuch in der Izakaya verschieben. Du solltest morgen einen klaren Kopf haben. Die Jungs von der Internen sind berüchtigt für ihre robusten Verhörmethoden.»

Wir verabschieden uns. Vom Festnetzanschluss in meinem Zimmer versuche ich es bei Yoko. Wieder meldet sich nur ihre Mailbox. Das sind alles keine guten Zeichen für morgen. Was mag die Interne gegen mich in der Hand haben? In der Nacht bekomme ich kaum die Augen zu. Es wird Zeit, den Fall endlich abzuschließen.

29

Etwas ist anders an diesem Morgen. Am Eingang des Hauptquartiers der Polizei von Tokio stehen sonst nie Polizisten zusammen und reden miteinander. Für gewöhnlich eilt jeder schnurstracks in sein Büro. Heute sehe ich Trauben von Menschen, Ordnungshüter in Uniform und Zivil, zusammenstehen und aufgeregt diskutieren. «Ist was passiert?», frage ich den Mann, der meinen Ausweis kontrolliert.

«Der Vizeminister ist hier. Unangemeldet.» Er schüttelt den Kopf. «Gestern die Politik im Haus, heute schon wieder. Sieht so aus, als wäre etwas passiert», sagt er, mehr zu sich selbst als zu mir.

«Weiß man, warum der Vizeminister hier ist?»

Der Mann zuckt mit den Schultern. «Unangekündigt kommen die hohen Herren sonst nie. Es muss etwas Außergewöhnliches vorgefallen sein.»

«Vielleicht verleiht er nur eine Urkunde?»

Der Wachhabende sieht mich mit einem mitleidigen Blick an, als wolle er sagen, so naiv kann nur ein Ausländer sein.

«Außerdem haben sie den Boss der Sumiyoshi-kai gerade laufen lassen», raunt mir der Mann ins Ohr. Ich lobe ihn für sein ausgezeichnetes Englisch, hoffe, dass er so redselig bleibt.

Goto ist also bereits auf freiem Fuß. Dabei kann niemand etwas von seinem Alibi in Izu-kogen wissen. Vielleicht hat Gerichtsmediziner Katagiri doch Mut gezeigt und seinen Obduktionsbericht mit den entlastenden Details gespickt.

«Es kann nicht schaden, einen Vizeminister zum Freund zu haben», sage ich zum Wachhabenden.

«Nee, der hat Goto niemals geholfen. Wenn einer scharf gegen die Yakuza vorgeht, dann der Vizeminister. Da steckt etwas anderes dahinter.»

Ich zeige dem Mann die Notiz der Internen Ermittlung und frage ihn nach dem Weg. Der gerade noch so auskunftsfreudige Kollege wird auf einmal recht einsilbig. «Sechster Stock, links den Gang entlang, das letzte Zimmer.»

Im sechsten Stock ist kaum ein Mensch zu sehen. Eine Putzfrau wischt den Staub von den Blättern der Grünpflanzen, die den nackten weißen Gängen Farbe geben sollen. Die Tür zu Zimmer 623 ist geschlossen. Der Chefermittler der Internen heißt Hitosugi. Ich vergleiche die Schriftzeichen auf dem Namensschild mit denen auf meinem Brief. Sie stimmen überein, ich klopfe und gehe hinein.

Hinter dem Schreibtisch sitzt ein hagerer Mann. Sein Anzug ist viel zu weit. Er hält mir seine knochige Hand entgegen und begrüßt mich, ohne dabei eine Miene zu verziehen. Am Fenster – mit dem Rücken zu mir – steht Yoko. Ich bin überrascht, sie hier zu sehen.

«Ich übersetze», sagt sie, als sie sich zu mir umdreht. «Hitosugi-sama spricht leider nur Japanisch.»

«Wo warst du gestern den ganzen Tag? Ich habe tausend Mal versucht, dich zu erreichen.»

«Das hat mir gut gefallen. Jetzt weiß ich, dass du doch im Team arbeiten möchtest.»

«Deine Freundin Mana hat dich hervorragend vertreten.»

Ich fühle mich wie ein bockiges Kind. Yoko behandelt mich wie Luft. Sie lässt zu, dass ich auf dem Sünderstuhl vor dem Schreibtisch des internen Ermittlers sitzen muss, ohne mir auch nur mit einem Wort zu sagen, was das Ganze hier soll. Hitosugi hält mir den Datenstick entgegen, den ich Yoko gestern gegeben habe.

«Sie kennen diese Daten?», übersetzt Yoko.

Ich nicke.

«Woher haben Sie die?»

«Im Zuge meiner Ermittlungen hat es sich ergeben ...»

«Sie haben sie bei Ermittlungen beschlagnahmt?»

«Nicht direkt.»

«Sondern?»

«Sie waren auf einmal in meinem Hotelzimmer.»

«Und Sie haben keine Ahnung, wer sie dort abgegeben hat?»

«Das wäre gelogen. Aber auch Polizisten kennen so etwas wie ein Beichtgeheimnis, wenn es um inoffizielle Informanten geht.»

«Was haben diese Unterlagen mit dem Mord an Momoko Narizawa zu tun? In dem Fall haben Sie doch ermittelt?»

«Ich habe mich wegen dieser Dokumente mit dem Oyabun der Sumiyoshi-kai, Goto, am Sonntagnachmittag in einem Onsen in Izu-kogen getroffen.»

«Sie baden mit Gangsterbossen? Ist das in Deutschland so üblich?»

«Ich würde eher von einer unverbindlichen Zeugenbefragung auf neutralem Territorium sprechen.»

Hitosugis Gesicht verhärtet sich, die Falten in den Mund- und Augenwinkeln sehen plötzlich aus wie tiefe Risse.

«Wann war das?»

«Sonntag gegen fünf Uhr nachmittags.»

«Wissen Sie, dass Sie Goto damit ein Alibi für die Mordzeit geben?»

«Ich bedaure, wenn ich damit Unannehmlichkeiten bereite und die sorgsam zurechtgelegte Lösung des Falls durchkreuze. Ich könnte Ihnen als kleine Wiedergutmachung den richtigen Mörder nennen.»

«Wer soll das sein?»

«Taro Watanabe.»

Für einen Moment herrscht Totenstille im Zimmer.

«Ist das eine deiner kriminalistischen Phantasien?», fragt Yoko.

«Wir haben Beweise, die Watanabe eindeutig überführen.»

Damit habe ich Hitosugis Aufmerksamkeit. Er beugt sich zu mir herüber. «Wasserdichte Beweise?»

Ich berichte von den beiden Zeugen, die den Berufskiller unabhängig voneinander zur Tatzeit am Sumida-Fluss gesehen haben.

«Zeugen allein reichen gegen die Yakuza oft nicht.» Hitosugi lehnt sich seufzend zurück.

«Es gibt da noch etwas. Watanabes DNA an der Toten. Dazu klare Indizien, dass Gotos DNA gezielt untergeschoben worden ist.»

Hitosugi grinst mich an. «Sie wissen offenbar besser als ich, was im neuen Obduktionsbericht von Professor Katagiri steht.»

«Informationen werden überall in der Welt immer schneller verbreitet. Offenbar selbst bei der Polizei.»

«Wollen Sie damit andeuten, dass wir korrupte Leute in den eigenen Reihen haben?»

«Ich fürchte, so ist es. Die Fotos haben Sie ja bereits gesichtet.»

Hitosugi blättert in den Unterlagen Gotos, die ausgedruckt vor ihm liegen. «Wie kommt es, dass im vorläufigen Obduktionsbericht nichts über Watanabes DNA steht?», fragt er und greift zum Telefonhörer.

Ich verstehe nicht, worum es in dem Telefonat genau geht, sehe aber, wie Hitosugis Erregung von Satz zu Satz wächst. Er flüstert Yoko etwas zu. Sie nickt, telefoniert ebenfalls leise mit ihrem Handy. Ich komme mir vor wie ein dummer Junge, der einen Ball angestoßen und das Spiel eröffnet hat, jetzt aber allein an der Auslinie stehen bleiben muss.

«Wir haben ein Problem, Ahlweg-san», sagt Hitosugi und lächelt zum ersten Mal während unseres Gesprächs.

«Ich finde, der Fall ist klar.»

«Genau das ist unser Problem.»

Hitosugi steht auf und geht zum Fenster. «Als Yoko Fukuda mit dem Datenstick gekommen ist, war mir ziemlich schnell klar, dass die Dokumente echt sind. Ich habe das lange befürchtet.»

«Was?»

«Dass die alten Netzwerke Mut schöpfen und sich neu formieren.»

«Alte Netzwerke?»

«Bis weit in die 1970er Jahre haben sich Politiker der regierenden Liberaldemokraten in Japan offen mit Yakuza-Bossen in Zeitungen ablichten lassen. Politik, Yakuza und Polizei hatten so eine Art friedliche Koexistenz.»

«Und niemand fand das anstößig.»

«Ein paar Linke vielleicht. Das hat sich verändert seit den 1990er Jahren. Vor allem unter Einfluss der USA haben wir versucht, den Sumpf trockenzulegen. Die Polizei hat den Druck auf die Hanshakaiteki seiryoku, auf die antisozialen Kräfte, spürbar verstärkt.»

Innerlich muss ich lachen. Selbst Hitogusi benutzt den verharmlosenden Begriff von den «antisozialen Kräften», wenn er von der Yakuza spricht.

«Wir haben die Gesetze verschärft. Erste Erfolge im Kampf gegen das organisierte Verbrechen haben uns Aufwind gegeben.»

«Sie fürchten, das Rad wird wieder zurückgedreht?»

«Seitdem die Nationalisten in der LDP wieder den Ton angeben, war es nur eine Frage der Zeit», sagt Hitosugi. «Die Intrige, die Sie mit Ihrer Sturheit aufgedeckt haben, zeigt, dass einflussreiche Kräfte die alten Zeiten wiederhaben wollen.»

«Was wollen Sie jetzt tun?»

«Watanabe wird verhaftet, Yoko hat die Kollegen schon informiert. Die Zeugen, die Sie gefunden haben, geben ihre Aussagen zu Protokoll. Professor Katagiri aus der Rechtsmedizin hat mir Ihre Version gerade am Telefon bestätigt.»

«Yoshidas Intrige ist also aufgeflogen.»

«Ja, das ist sie. Dank Ihrer Hilfe. Polizeidirektor Yoshida hat alle Informationen unterschlagen, die zu Watanabe und der Inagawa-kai führen. Er wollte Goto die Morde unterschieben.»

«Und es hätte fast geklappt.»

«Stimmt. Den ersten Fehler hat die Spurensicherung in Sanbancho gemacht, als sie die Whiskeyflasche übersehen haben. Damit sollte unsere Aufmerksamkeit auf Narizawa und Goto gelenkt werden.»

«Was du dann nachgeholt hast», wirft Yoko ein und lächelt mir endlich mal wieder zu.

«Als die Spuren dann immer stärker zur Inagawa-kai zeigten, hat Yoshida Panik bekommen. Er hat die Ermittlungsakten manipuliert, um den Verdacht weiter auf Goto zu lenken», erklärt Hitosugi. Er zögert einen Moment. «Nicht, dass ich Goto nicht gerne hinter Gittern sähe ...» Er dreht sich um und setzt sich wieder an seinen Platz.

Ein junger Polizist in Uniform kommt in den Raum und zeigt Hitosugi eine Mappe. Aus dem Augenwinkel kann ich sehen, dass das Foto von Yoshida und Momoko Narizawa in dem Schnellhefter abgeheftet ist. Einige der Dokumente, aus denen die Verbindung zu den Tarnfirmen Tsubois und der Yakuza hervorgeht, kann ich auch erkennen. Hitosugi schreibt ein paar Zeilen auf einen Briefbogen mit dem offiziellen Logo der Internen Ermittlung. Den legt er oben auf die Mappe und packt alles in einen Umschlag. Hitosugi instruiert den Polizisten knapp, der salutiert und verlässt mit den Unterlagen den Raum.

«Ich weiß, dass das Material, das Sie uns zugespielt haben, von Goto stammt. Doch in diesem Fall hat uns der Mann mit Ihrer Hilfe einen Gefallen getan. Wir können ein Zeichen setzen, dass es Netzwerke wie früher zwischen Yakuza, Politik und Polizei nicht mehr geben wird.»

«Nicht dass Sie Goto noch zum Kyoukaku, zum edlen Ritter, machen», sage ich.

«Keine Angst, den bekommen wir auch noch.»

«Eine Frage ist noch offen», sage ich.

Yoko und Hitosugi sehen mich mit großen Augen an.

«Zurück zum Anfang unseres Falls. Kann es sein, dass Watanabe auch die alte Frau Hasegawa ermordet hat? Dass hier schon der erste Stein zur Intrige gegen Goto gelegt wurde?»

Yoko atmet hörbar laut aus. «Du willst um jeden Preis, dass Momoko Narizawa unschuldig ist.»

«Ich denke, sie ist es.»

«Wir haben ihr Geständnis. Wir haben Zeugen, die sie in der Mordnacht vor der Wohnung der alten Dame gesehen haben.»

«Vor der Tür. Sie sagt, sie sei wieder gegangen, weil Hasegawa nicht geöffnet hat. Das Geständnis kann Watanabe erzwungen haben.»

«Wir prüfen das», sagt Hitosugi.

Sein Telefon läutet, er hebt ab. Sein Gesichtsausdruck wird immer zufriedener, je länger das Gespräch dauert.

«Watanabe ist verhaftet und bereits auf dem Weg in den Verhörraum. Entschuldigen Sie mich bitte, Ahlweg-san. Frau Kollegin, kommen Sie mit?» Er nickt Yoko zu und geht zur Tür.

«Und ich?», frage ich leicht enttäuscht.

«Unsere Berufskiller jagen wir auf japanische Art», sagt Hitosugi. «Bleiben Sie noch ein bisschen bei unserer Truppe, dann dürfen Sie das nächste Mal dabei sein.»

Die beiden gehen, ich mache mich auf den Weg zurück zu meinem Schreibtisch. Fall geklärt, Zeit, endlich den Bericht dazu zu schreiben. Auf dem Weg zurück in mein Büro komme ich an den Räumen vorbei, in denen der Kisha-Club, der Presseclub der Polizei, untergebracht ist. Die Tür steht offen. Inmitten von Bergen von Papier, die sich auf den Tischen stapeln, stehen die Reporter zusammen und diskutieren laut. Nur eine Frau sehe ich; Polizeiberichterstattung in Japan scheint Männersache zu sein.

Ein Journalist in legerer Freizeitkleidung kommt auf mich zugelaufen. Er ist mir vorher schon aufgefallen. Inmitten seiner Kollegen, von denen viele im eleganten Zweireiher herumlaufen, wirkte er auf mich wie der Außenseiter, den es in fast jeder japanischen Gruppe gibt. «Darf ich Sie etwas fragen?» Sein Englisch klingt so, als habe er einige Zeit in Schottland gelebt. «Sie sind doch der Deutsche, der die entscheidende Spur zu Goto gefunden hat?»

«Deutsch stimmt, Goto nicht. Wer hat Ihnen das erzählt?»

«Polizeidirektor Yoshida, gestern, als er uns über die Verhaftung Gotos informiert hat.»

In dem Moment knallt es. Ein Schuss, ganz in der Nähe.

Die Journalisten laufen wie eine Herde aufgescheuchter Rinder in die Richtung, aus der der Knall zu hören war. Ich renne hinter dem Reporter her, der mich angesprochen hat. Vor dem Büro von Polizeidirektor Yoshida bleiben wir stehen. Seine Sekretärin steht schreiend in der Tür. Ich schiebe sie zur Seite und stürme in das Büro. Yoshida hat sich erschossen. Sein Kopf liegt blutüberströmt auf dem Schreibtisch, daneben eine Akte. Die Dienstpistole hält er immer noch fest in der rechten Hand. Ich trete hinter den Toten. Was da aufgeschlagen auf dem Tisch liegt, ist die Akte, die der Chef der Internen Ermittlung, Hitosugi, gerade dem Boten übergeben hat. Yoshida muss sofort gewusst haben, dass er keine Chance mehr hat. In einem ersten Reflex will ich das Foto, das Momoko Narizawa beim Sex mit dem Polizeidirektor zeigt, schnell unter den Ordner schieben. Ich überlege es mir anders, die Reporter sollen ruhig alles sehen.

«Ist das nicht die Frau, die der Yakuza-Boss Goto angeblich ermordet hat?», frage ich und bemühe mich, bewusst naiv zu klingen.

Die Antwort kommt prompt: Alle stürmen herbei, ich höre das Klicken der Fotoapparate. Wo bleiben die Kollegen? Es dauert eine Weile, bis die ersten Kriminalpolizisten da sind und die Reporter aus dem Raum drängen. Ich folge ihnen. Auf dem Flur rufe ich Yoko an.

«Yoshida hat sich erschossen», sage ich.

«Wenigstens am Ende zeigt er, dass noch ein Funken Ehre in ihm steckt», antwortet sie ungerührt. Sie scheint nicht im Geringsten überrascht, geschweige denn erschüttert. Es klingt fast so, als habe Hitosugi einkalkuliert, dass der Polizeidirektor sich erschießt, wenn er mit den Vorwürfen konfrontiert wird.

Der junge Journalist macht sich eifrig Notizen. Während seine Kollegen in Gruppen zusammenstehen und aufgeregt miteinander diskutieren, kümmert sich niemand um ihn. Als der Reporter mich sieht, kommt er auf mich zu und zieht mich in ein leeres Besprechungszimmer. «Sie wissen, wie japanische Kisha-Clubs funktionieren?», fragt er mich.

«Ich habe davon gehört.»

«Wenn man außerhalb der Clubs eine Story recherchiert, booten die Kollegen einen aus.»

«Dann nichts wie zurück in den Presseraum», sage ich.

«Ich bin schon draußen, weil mein Blatt den meisten zu liberal ist», sagt er. «Das heißt, ich muss selbst recherchieren, wenn ich mir hier Respekt verschaffen will.» Er macht einen Schritt auf mich zu. «Ist es das, wonach es aussieht?», fragt er.

Ich deute ein Nicken an.

«Wer steckt mit Yoshida unter einer Decke? Goto?»

«Hätte Yoshida ihn dann festnehmen und so vorführen lassen?»

«Ein asiatisches Sprichwort sagt, dass man dem Huhn die Kehle durchschneidet, um größere Tiere abzuschrecken.»

«Es könnte nicht schaden, mal in den Handelsregistern nach neuen Tarnfirmen der Inagawa-kai zu suchen, die Baufinanzierungen für die Olympischen Spiele machen.»

«Yoshida hat sich von Tsuboi schmieren lassen?»

«Ich bin nicht in der Position, das bestätigen zu können», sage ich und verbeuge mich mit einem leichten Nicken.

Der Journalist grinst mich an.

«Vielleicht recherchieren Sie auch, wem die neue Real Finance in Akasaka gehört. Nicht auszuschließen, dass Sie da ein paar interessante Namen finden.»

Jetzt, wo ich dem Journalisten schon so viel erzählt habe, kann ich auch alles auf eine Karte setzen. Meine Menschenkenntnis sagt mir, dass er ehrgeizig ist, aber kein Opportunist. Typ Spürhund. Er will sich den Respekt der anderen verdienen, indem er ihnen eine Geschichte vorsetzt, die sie nicht haben. Ich beschließe, ihn einzuweihen. «Kommen Sie», sage ich und führe ihn zu meinem Büro.

Yoko ist nicht da. Ich hole den zweiten Datenstick mit den Kopien von Gotos Dokumenten aus der Tasche. «Da steht mein Computer. Sie haben fünf Minuten Zeit, sich die Daten zu kopieren. Ich warte draußen vor der Tür.»

Ich weiß, dass ich dabei bin, das nächste Tabu zu brechen. Aber ich habe einen guten Grund, das zu tun. Sollte die Polizeiführung am Ende doch noch versuchen zu vertuschen, wie weit Politik und Polizeispitze in den Fall verstrickt sind, kann ein bisschen Öffentlichkeit nicht schaden.

Ich spüre, wie mein Handy in der Tasche vibriert. Es ist Yoko.

«Ja?»

«Wir sehen uns in fünfzehn Minuten im Presseraum», sagt sie. «Es wird dir gefallen, was du dort zu hören bekommst.»

Ich mache mich auf den Weg und sehe, wie neben den Presseleuten auch viele Kriminalpolizisten zum Raum eilen, in dem gleich die Pressekonferenz beginnen soll. Aber wo bleibt mein Journalist? Ich will gerade nachsehen, was er treibt, als sich die Tür öffnet und er hereingestürmt kommt, das Smartphone am Ohr. In der Hand hält er einen Stick, auf den er offenbar die Daten kopiert hat.

«Von mir haben Sie das nicht», zische ich ihm zu.

«Danke», sagt er. «Ich bin gespannt, was für eine Version

der Geschichte wir hier aufgetischt bekommen.» Er lächelt mich verschwörerisch an.

Yoko hat gesagt, dass ich etwas hören werde, das mir gefällt. Das spricht für den großen Rundumschlag.

Im Konferenzraum sind zwei Tische aufgestellt worden. Polizistinnen bereiten alles für den Auftritt vor, der in wenigen Minuten beginnen wird. Die Erregung im Raum ist spürbar, auch wenn ich nur wenig verstehe von dem, was sich die Journalisten zurufen. Einige telefonieren aufgeregt mit ihren Redaktionen, kündigen eine «super Story» an und werben um Platz für ihre Berichte.

Auf einmal wird es still. Ein Polizeidirektor betritt den Raum, wie ich am Dienstrang an seiner Uniform erkennen kann. Ihm folgt ein Polizist in Zivil. Als Dritte kommt Yoko. Ich stehe da mit offenem Mund und verfolge die Szene. Ein Klaps auf die Schulter reißt mich aus dem Staunen. Mana steht neben mir.

«Du hier?»

«Einer muss dir in der Stunde deines Triumphs doch übersetzen.»

Vorne beginnt der Polizeidirektor die Pressekonferenz.

«Der Polizei ist heute ein Schlag gegen das organisierte Verbrechen gelungen», sagt er. «Taro Watanabe, ein Mitglied der Inagawa-kai, hat vor wenigen Minuten die Morde an der Hostess Momoko Narizawa und an der Witwe Keiko Hasegawa gestanden.»

Ein Raunen geht durch den Raum. Der Berufskiller habe die beiden Frauen ermordet, um die Taten später dem Oyabun der verfeindeten Sumiyoshi-kai, Goto, in die Schuhe zu schieben, berichtet der Polizeidirektor. «Zu diesem Zweck hat er Beweise gefälscht. Selbstverständlich sind wir auf diese plumpen Fälschungen nicht hereingefallen, was zu unseren Ermittlungen gegen den bereits genannten Verdächtigen geführt hat. Zum Motiv sagte Watanabe, er habe seinen Oyabun, Kenji Tsuboi, im Machtkampf mit Goto unterstützen wollen. Tsuboi habe von seinen Plänen und den Morden nichts gewusst. Schuld und Verantwortung übernimmt allein Watanabe, der uns lange als Hit-Man bekannt ist.»

Der Mann trägt das vor, als würde er aus dem Fahrplan der japanischen Staatseisenbahn vorlesen. Er verzieht keine Miene, die Hände liegen fest auf der Tischplatte.

«Gestern hieß es noch, Goto sei der Mörder!», ruft ein Journalist.

«Wie gesagt, auf die gefälschten Spuren sind wir nicht hereingefallen.»

«Wann haben Sie Watanabe festgenommen?»

«Vor knapp drei Stunden.»

«Und jetzt schon ein Geständnis. Sonst plaudern Yakuza doch nicht so schnell. Watanabe gilt als harter Knochen.»

«Die Beweislast ist erdrückend.»

«Er ist eben ein tapferer Samurai, der sich für seinen Boss aufopfert», raunt mir Mana ins Ohr.

«Was meinst du damit?»

«Yakuza haben feste Loyalitätsbande zu ihrem Oyabun. Wenn Watanabe so schnell gesteht, zeigt das nur, dass er für seinen Boss die Kastanien aus dem Feuer holen will.»

«Klingt sehr japanisch», sage ich.

«So ist das mit den Samurai. Getreu bis zum Meineid für den Fürsten, dem er dient.»

«Wie hängt der Selbstmord von Polizeidirektor Yoshida damit zusammen?», ruft ein Journalist von hinten.

«Wir gehen im Moment davon aus, dass es keinen Zusammenhang gibt.»

Alle schreiben eifrig mit. Keiner stellt eine weitere Frage. Die Journalisten geben sich mit dieser dünnen Erklärung zufrieden und fangen an, in ihre Laptops zu hacken. Nur noch das Klacken der Tastaturen ist zu hören. Yoko und die anderen verlassen den Raum. Das kann doch nicht wahr sein. Ein gutes Dutzend Journalisten ist in Yoshidas Zimmer gelaufen, nachdem er sich erschossen hat. Viele haben das Foto gesehen, das ihn mit Narizawa zeigt, einige haben es sogar abfotografiert. Trotzdem fragt niemand weiter.

Mana scheint meine Enttäuschung zu spüren. «So funktioniert das System der Kisha-Clubs. Man gehört zum Informationskartell. Dafür hält man sich an die Vorgaben, die die Polizei macht», erklärt sie mir. «Effizienter lässt sich die Kontrolle der öffentlichen Meinung nicht organisieren.»

«Das heißt, niemand schreibt über Yoshidas Beziehung zu Tsuboi?»

«So läuft das. Die Weste der Polizei bleibt sauber, die Reporter haben eine exklusive Geschichte.»

«Exklusiv? Das heißt, nur diese paar Hanseln bekommen die Informationen?»

«Wer nicht im Presseclub der Polizei ist, bleibt dumm oder muss sich seine Quellen anderswo suchen», sagt Mana. «So ist das in Japan.»

Die Stunde meines Triumphs habe ich mir anders vorgestellt. Gut, die beiden Morde sind aufgeklärt. Gleichzeitig tut die Polizeiführung so, als habe es das kriminelle Netzwerk dahinter nicht gegeben. Ich kann nur hoffen, dass mein Journalist weiterrecherchiert.

Mit Mana gehe ich nach der Pressekonferenz zurück zu

meinem Schreibtisch. Yoko sitzt schon da und sortiert ihre Akten. «Zufrieden?», fragt sie mich.

«Nicht wirklich.»

«Watanabe hat beide Morde gestanden. Du bekommst die ersehnte Gewissheit, dass Momoko Narizawa unschuldig ist.»

«Watanabe verhält sich wie ein guter Samurai», unterbricht Mana sie. «Indem er gesteht und alle Schuld auf sich nimmt, verhindert er weitere Ermittlungen. Das schützt seinen Oyabun. Mich überrascht das schnelle Geständnis nicht. Die Indizien, die wir dank Bernies Hartnäckigkeit haben, sind erdrückend.»

Ich muss grinsen. Mana scheint sich genauso zu ärgern wie ich, dass das Keishichou die eigene Rolle und die Rolle der Politik in diesem Fall vertuschen will. Eine gute Frau.

«Tsuboi macht weiter wie gehabt», sage ich.

«Er wird es versuchen, die Frage ist, wie viel politische Unterstützung er noch hat», sagt Yoko.

«Da steigt jetzt Goto ein.»

«Dank deiner Hilfe, vergiss das nicht. Einen Tod muss auch der Beste sterben.»

Es hat keinen Sinn weiterzureden. Ich muss darauf hoffen, dass der Journalist aus Gotos Informationen einen Artikel macht, der meine neuen Bosse zwingt, mehr Zivilcourage zu zeigen.

«Lust auf ein Bier?», frage ich die beiden Frauen.

«Ich bin müde. Morgen vielleicht.» Yoko nimmt meine Hand und hält sie lange fest. «Das, was hier heute passiert ist, ist vor allem dein Verdienst. Intern ist das jedem hier im Keishichou klar. Dein Chef in Peine müsste es auch schon wissen. Hitosugi-san wollte es ihm schreiben.»

Yoko hat recht. Die Morde habe ich aufgeklärt. Dass auf der Hauptbühne ein viel größeres Stück um Korruption, Betrug und Macht gespielt wird, schmälert den Erfolg in meinen Augen allerdings dramatisch.

Auch Mana knickt ein. Sie sagt, sie müsse zu ihren pflegebedürftigen Eltern. «Ein anderes Mal gerne. Wenn ich zwei Tage in Folge mit einem ausländischen Kollegen ausgehe, machen sie sich Sorgen.»

Vor dem Eingang zur U-Bahn verabschieden wir uns, und ich mache mich zu Fuß auf den Weg zum Hotel. Ich atme tief die Frühlingsluft ein, rieche den Duft der Kirschblüten. Das beschwingt mich. Milde Luft, Kirschblüten und die Idylle des kaiserlichen Palasts reichen aus, um mich auf andere Gedanken zu bringen. Eben war ich noch niedergeschlagen, weil Yoshidas Selbstmord verschleiert, das Netzwerk von Polizei, Yakuza und Wirtschaft weißgewaschen werden soll. Jetzt fange ich langsam an, mich darüber zu freuen, dass der Mörder von Momoko und von Keiko Hasegawa überführt ist und unter dem Druck der Indizien sogar gestanden hat. Ich wundere mich über mich selbst. Reichen Frühling und Kirschblüte aus, die Welt neu zu sehen?

Der Portier winkt mir im Hotel schon von weitem zu. «Hier ist schon wieder etwas für Sie abgegeben worden.»

Er bückt sich und holt ein kunstvoll eingepacktes Geschenk hervor. Daran ist mit Tesafilm ein Brief befestigt. Goto bedankt sich mit einer 1,8-Liter-Flasche Sake.

Der Portier schaut ehrfürchtig. «Teurer Stoff», sagt er.

«Sie haben etwas gut bei mir», schreibt Goto.

Kein Wunder, ich habe einem Yakuza-Boss und seinen Geschäften den Arsch gerettet – im Dienste der Gerechtigkeit.

In meinem Zimmer schenke ich mir ein großes Glas ein. Das Zeug schmeckt wirklich verdammt gut. Ich werde die Mama-san in meiner Izakaya bitten, diesen Sake in ihr Sortiment aufzunehmen.

Als ich meinen Computer einschalte, finde ich eine Mail von Bender im Posteingang. «Gratulation», schreibt er im Betreff. «Wie ich höre, sind Sie über sich selbst hinausgewachsen, Ahlweg. Die Kollegen in Tokio loben Sie über den grünen Klee. Sie schreiben von zwei Morden, zu deren Aufklärung Sie maßgeblich beigetragen haben. Sollte ich mich so in Ihnen getäuscht haben?»

Es dürfte Bender nicht leichtgefallen sein, das zu schreiben. Doch es kommt noch besser. «Ich brauche hier bald einen neuen Stellvertreter. Wäre das nichts für Sie? Beförderung zum Hauptkommissar inbegriffen.»

Hauptkommissar, Besoldungsgruppe A 11. Das klingt nicht schlecht. Am 1. Juli soll es losgehen. Dann wäre ich insgesamt nur drei Monate in Japan, deutlich weniger als gedacht. Dabei hat es gerade angefangen, mir Spaß zu machen. Bender will in spätestens drei Tagen wissen, ob ich sein Angebot annehme. Genügend Zeit, um zu sehen, wie es hier weitergeht, nachdem der Fall abgeschlossen ist. So verlockend das Angebot aus Peine ist, ich gewöhne mich langsam an die Kollegen in Tokio. Außerdem hatte ich noch nie so viel Freiheit bei der Arbeit wie hier. Bei aller Teamarbeit, Alleingänge werden einem Ausländer in der japanischen Kultur leichter verziehen als zu Hause. Dazu zwei Morde in meinen ersten zwei Wochen. Für einen Vollblutermittler ist Peine mit seinen Prügeleien und Fahrraddiebstählen keine ernst zu nehmende Konkurrenz. Außerdem: Irgendetwas muss faul sein an der Sache. Warum raspelt Bender plötzlich Süßholz? Ich sollte auf der Hut bleiben, über Nacht ist bestimmt auch der Saulus nicht zum Paulus geworden.

Ich schreibe eine Mail an meinen Kumpel Wolfgang. «Einverstanden, ihr könnt den Bender in die Skatrunde im Härke-Eck aufnehmen. Eine Bedingung stelle ich, die er erfüllen muss: Ich habe noch knapp fünfzig Euro auf meinem Deckel stehen, die übernimmt er.»

Den Kriminalrat setze ich in CC.

30

Am nächsten Morgen schlägt mir das Morgenlicht wie ein Fausthieb ins Gesicht. Im Zimmer stinkt es nach Alkohol, neben dem Bett liegt die Sakeflasche, die Goto mir geschenkt hat. Fast leer, kein Wunder, dass mir der Schädel brummt. Ich versuche, meine Arme zu bewegen. Es funktioniert, bis auf die rasenden Kopfschmerzen scheint alles in Ordnung zu sein. Heute werde ich zum Frühstück ausnahmsweise keinen grünen Tee trinken, sondern kannenweise schwarzen Kaffee.

Fünf Minuten kalter Dusche und zwei Aspirin später binde ich mir vor dem Spiegel die Krawatte. Die Augen sind noch immer leicht gerötet, aber ich spüre meine Lebensgeister wiederkehren. Bevor ich in den Frühstücksraum gehe, kontrolliere ich noch einmal meine Mails.

Smithers hat geschrieben. Er gratuliert mir. «Haben Sie schon die ‹Tokyo Shimbun› von heute gelesen? Ihre Ermittlungen haben eine Lawine losgestoßen. Das hätten wir alleine nie geschafft.» Tokyo Shimbun? Ich hole die Visitenkarte des jungen Journalisten, mit dem ich gestern gesprochen habe, aus meiner Tasche. Er arbeitet für diese Zeitung.

Beschwingt gehe ich zum Frühstücksraum.

«Entschuldigen Sie, Ahlweg-san, aber hier wartet ein Besucher auf Sie», sagt die junge Frau am Frühstücksbuffet.

Ich blicke zu den schwarzen Ledersofas in der Lobby. Tanaka-san, Gotos rechte Hand, sitzt dort und blättert gelangweilt in einer Zeitschrift. Ich räuspere mich, er steht auf und sieht mich an. Seine dunklen Augen scheinen spöttisch aufzublitzen.

«Ich sehe, Sie haben das kleine Geschenk meines Chefs erhalten.»

«Es hat mir die Nacht versüßt, den Morgen aber leider beschwert», sage ich und deute mit leidender Miene eine Verbeugung an.

«Goto-san hat mich geschickt, um Ihnen nochmals seinen tief empfundenen Dank auszusprechen.»

«Ich habe nur meine Pflicht als Polizist getan.»

Tanaka grinst mich an. «Das wissen wir sehr zu schätzen. Ein Polizist an unserer Seite, der nicht korrupt ist, ist unendlich mehr wert als tausend korrupte Bullen auf unserer Gehaltsliste.»

Es wird mir ein bisschen zu heimelig mit dem Yakuza. «Was wollen Sie, Tanaka?»

«Unser BMW», Tanaka wartet genüsslich einen Moment, bevor er weiterspricht, «unsere Limousine würde Sie gerne bald wieder einmal aufsammeln und zum Boss bringen. Ich glaube, er hat sich an Sie gewöhnt und vermisst Sie.»

«Sagen Sie Goto, ich vermisse ihn nicht. Wenn er mich sehen will, soll er mir seine Mobilnummer geben. Ich melde mich dann.»

«Wie Sie wünschen.» Tanaka schreibt mir zwei Telefonnummern auf einen Zettel. «Über diese Nummern erreichen Sie den Oyabun zu jeder Tages- und Nachtzeit», sagt er und steht auf.

«Einen Moment noch.» Mir fällt ein, dass ich Tanakas Hilfe schon jetzt gebrauchen könnte. «Kennen Sie die ‹Tokyo Shimbun›?»

Angewidert verzieht der Yakuza sein Gesicht. «Ein extrem liberales Blatt», sagt er und spuckt fast aus. «Wir bevorzugen ‹Sankei› und ‹Yomiuri› ...»

«Weil sie nationalistisch sind?»

«Verständnisvoller uns gegenüber, würde ich sagen.»

Ich zeige Tanaka die Blätter, die im Frühstücksraum ausliegen. «Keine ‹Tokyo Shimbun› dabei», sagt er. «Nur ‹Yomiuri› und die Wirtschaftszeitung ‹Nikkei›.»

Schade, ich hätte zu gern gewusst, was der Reporter geschrieben hat. Wenn Smithers begeistert ist, muss er ziemlich ausführlich aus den Dokumenten zitiert haben.

«Soll ich das Blatt kaufen und für Sie übersetzen, Bernie-san?», bietet Tanaka an.

Ich nicke.

Die Geschichte ist Aufmacher auf der Frontseite der Zeitung. Im Inneren gibt es eine lange Fortsetzung. Schon die Fotos von Daisuke Tanoue, dem LDP-Politiker, gemeinsam mit Gangsterboss Tsuboi sprechen eine klare Sprache.

«Das wird Goto gefallen», sage ich und gebe Tanaka die Zeitung zurück.

«Schlag gegen die organisierte Kriminalität», übersetzt er.

Der Journalist hat in seinem Artikel nichts ausgelassen. Die Beteiligung von Familienmitgliedern des LDP-Politikers an den Tarnfirmen der Yakuza. Der Kampf rivalisierender Gangs um ein möglichst großes Stück vom Kuchen, wenn Bauaufträge für Olympia vergeben werden. Watanabes Morde, die er Goto und der Sumiyoshi-kai in die Schuhe schieben wollte.

«Das dürfte den Oyabun tatsächlich freuen», meint Tanaka, als er mit der Übersetzung fertig ist.

«Und wo taucht Yoshida auf?»

«Der Selbstmord ist eine Extrameldung. Das Motiv liege wohl im persönlichen Bereich, heißt es nur.»

«Nichts über die Verbindung zur Politik und zur Inagawa-kai?»

Ich kann es nicht fassen.

«Nichts. In Japan wirft man toten Amtsträgern nicht gerne Schmutz nach», sagt Tanaka.

Ich bitte Tanaka, die beiden anderen Blätter vom Zeitungsständer zu holen.

Er greift zuerst zur konservativen ‹Yomiuri›. «Watanabes Mordgeständnis ist groß aufgemacht. Über die Motive steht hier nichts. ‹Yomiuri› betont, dass der Killer aus eigenem Antrieb ohne Wissen seines Chefs gehandelt hat. Über Narizawa heißt es, dass sie als Edelhostess im Gangstermilieu gearbeitet hat – hier sei wohl auch das Motiv für die Morde zu suchen.» Tanaka grinst mich frech an. «Ich gebe zu, heute früh ist die liberale Presse mal erfreulicherer Lesestoff als meine Leib- und Magenzeitung.»

«Danke», sage ich. «Richten Sie Goto von mir aus, dass er noch nicht aus dem Schneider ist.»

«Darf ich das so verstehen, dass Sie unsere Einladung annehmen?»

«Wenn sein BMW in den kommenden Wochen abends mal vor meinem Hotel parken sollte, werde ich es mir wohlwollend überlegen.»

Tanaka steht auf. Unter mehrfachen Verbeugungen tritt er den Rückzug an.

Für mich ist es auch Zeit zu gehen. Tanaka begleitet mich ein Stück. Kurz vor der Kreuzung am Hanzomon repariert ein Bautrupp Schlaglöcher in der Straße. Fünf Männer mit gelben Westen schaufeln Schotter. Zwei ältere Arbeiter mit weißen Helmen weisen mit roten Leuchtstäben den Passanten den Weg. Dabei ist die Baustelle mit gelben Plastiksperren gesichert. Zwei Männer mit wichtigem Gesichtsausdruck beaufsichtigen das geschäftige Treiben.

«Hier sehen Sie, warum die Yakuza in Japan auch eine sozialpolitische Aufgabe hat», sagt Tanaka und zeigt auf die Bauarbeiter.

«Dass hier mindestens vier Männer zu viel arbeiten, erinnert mich eher an die DDR.»

«Im Ernst, nur weil wir überall im Baugeschäft unsere Finger haben, werden alle Arbeiter beschäftigt.»

«Die Yakuza als Gewerkschaft?»

«Wir verlangen für unsere Unterstützung von den Baufirmen, dass mehr Arbeiter als notwendig beschäftigt werden. Die Regierung ist froh über diese zusätzlichen Arbeitsbeschaffungsmaßnahmen und drückt beide Augen zu.» Er klatscht in die Hände. «Und so geht alles weiter seinen gewohnten Gang.»

So ernst, fast stolz, wie Tanaka mir das erzählt, macht er offenbar keinen Scherz. Ich habe gehört, dass viele Zeitarbeitsfirmen in Japan von der Yakuza gesteuert werden. In der Zeitung steht, dass die Finanzaufsicht mögliche Tarnfirmen der Inagawa-kai gründlich unter die Lupe nehmen wird. Ich hoffe, dass sie auch die anderen Yakuza-Gruppen strenger durchleuchten.

Am U-Bahnhof Sakuradamon verabschiedet sich Tanaka von mir. «Sayonara, Bulle», sagt er. Er zeigt auf das Keishichou. «Weiter sollte ich mich diesem Gebäude nicht nähern.»

Ich frage ihn, woher er das deutsche Wort Bulle kennt.

«Mein Computer hat ein Übersetzungsprogramm. Bei der Yakuza nennen wir die Polizisten, die Keisatsu, einfach nur Satsu.» Er lacht. «Von Ausnahmen abgesehen, sind Satsu ja nicht unsere Freunde. Mein Computer hat mir das Wort als ‹Bulle› übersetzt. Stimmt das nicht?»

Bevor Tanaka jetzt anfängt, sich für eine mögliche falsche Übersetzung zu entschuldigen, haue ich ihm kumpelhaft auf die Schulter. «Es ist genial», sage ich.

Über dem Keishichou ziehen sich dunkle Gewitterwolken zusammen. Der Wetterbericht hat für heute schwere Stürme und Regen angekündigt. Die Kirschblüte, die gerade erst ihre volle Pracht entfaltet, dürfte in Tokio in diesem Jahr schneller zu Ende gehen als sonst. Windböen haben die Kirschbäume am Kaiserpalast jetzt schon so ausgefranst, dass der Burggraben ein Meer aus Rosa und Weiß ist.

Tanaka zeigt auf die Wolken über dem Polizeihauptquartier. «Zu ungemütlich für einen wie mich», sagt er und zieht sich mit artigen Verbeugungen in den nahen Eingang zur U-Bahn-Station Sakuradamon zurück.

Vor dem Hauptquartier wartet Yoko. Will sie mich zu unserem Arbeitsplatz begleiten? «Wir müssen noch mal zu Hitosugi», sagt sie kurz angebunden,.

«Noch mal zur Internen Ermittlung? Was habe ich denn dieses Mal ausgefressen?»

«Heute schon Zeitung gelesen?»

Sie hält mir die «Tokyo Shimbun» unter die Nase.

«Gewissermaßen. Ich habe mir heute früh im Hotel übersetzen lassen, was über unseren Fall so geschrieben wird. Die Pressekonferenz gestern war ja eher dürftig.»

«Du magst doch Verschwörungstheorien. Vielleicht gibt es einen Maulwurf, ein Leck in unseren Reihen.»

«Das wäre nach den Erfahrungen in diesem Fall nicht das erste.»

Yoko öffnet mir die Tür zu Hitosugis Zimmer.

«Kompliment», sagt er zur Begrüßung. «Zwei Mal in zwei Tagen, so oft habe ich mit meinen japanischen Kollegen selten zu tun.»

Er macht einen Schritt auf mich zu. «Sie kennen diesen Artikel?» Er hält die «Tokyo Shimbun» in die Höhe.

Ich nicke. «Allerdings nur in einer gekürzten Übersetzung am Frühstückstisch.»

«Und?»

«Spannend. Eine gute Zusammenfassung dessen, was in unseren Akten steht.»

«Haben Sie eine Idee, woher der Journalist seine Informationen haben könnte?»

«Ich nehme mal an, über seinen Presseclub. So läuft das doch in Japan, oder?»

Hitosugi trommelt mit den Fingern auf seinen Tisch. An seiner Schläfe treten die Adern hervor. Meine gespielte Naivität scheint ihn wütend zu machen.

«Niemand außer uns dreien kannte diese Dokumente», sagt er und zeigt auf Yoko und mich.

«Moment. Sie haben aufgrund dieses Materials weitere Ermittlungen eingeleitet. Wie viele Kollegen waren da eingeweiht?»

Hitosugi schweigt. «Knapp 150.»

«Da muss der Ausländer nicht unbedingt die undichte Stelle sein.»

«Niemand sonst hatte alle Dokumente.»

«Die Unterlagen lagen als Kopie auf dem Schreibtisch von Yoshida, als er sich erschoss. Die Mappe haben Sie ihm doch wenige Minuten zuvor geschickt. Mindestens zwanzig Journalisten waren im Zimmer, viele haben fotografiert. Es hat etliche Minuten gedauert, bis die Kollegen den Raum geräumt haben. Ich habe Gotos Dokumente in meinem Hotelzimmer versteckt und den Datenstick bei Yoko Fukuda abgegeben. Den Originalstick habe ich sicherheitshalber per Post nach Deutschland geschickt. Das können Sie überprüfen.»

«Wer sagt mir, dass Sie nicht eine Kopie mehr gemacht haben?»

«Um was zu tun? Japanisch zu lernen?»

«Um sie einem Journalisten zu geben ...»

«... mit denen ich am ersten Tag im Keishichou gleich per du bin? Haben Sie den Verfasser des Artikels mal gefragt?»

Ich merke, dass es Yoko unangenehm wird, den Streit zu übersetzen. Ich pokere hoch. Wenn der junge Reporter gepetzt hat, bin ich fällig. Er wirkte aber zu ehrgeizig, als dass er mich verpfeifen würde. Außerdem würde er dann selbst hochkant aus dem Presseclub fliegen.

«Der beruft sich auf seinen Quellenschutz. Sie wollen aber doch nicht abstreiten, Ahlweg, dass Ihnen die Veröffentlichung gut in den Kram passt.»

«Ich müsste lügen. Und das ist nicht meine Art.»

«Gut», sagt Hitosugi. «Dann haben wir das geklärt.» Er wendet sich an Yoko und sagt: «Wenn Sie bitte folgende Notiz an den Polizeipräsidenten notieren würden, Fukuda-san.» Yoko zückt einen Block und notiert.

«... haben unsere Untersuchungen ergeben, dass Kommissar Ahlweg als Quelle der Informationen ausscheidet. Er beherrscht die japanische Sprache nur auf Anfängerniveau. Sein Leseverständnis geht gegen null, da er bislang kaum Kanji kennt. Zu den Journalisten im Presseclub hat er als Ausländer, der seinen ersten Arbeitstag im Keishichou hatte, keine Beziehungen unterhalten. Die Informationen müssen aus einem internen Leck kommen. Möglich ist auch, dass die Dokumente nach dem Selbstmord von Polizeidirektor Yoshida in dessen Büro kopiert wurden. Mehrere Journalisten haben sich dort nach dem Schuss für einige Minuten unbeobachtet aufgehalten.»

Der Kerl hat mich vorgeführt. Das Ergebnis seiner Befragung stand lange fest. Yoko und er wissen ganz genau, dass nur ich die Dokumente weitergegeben haben kann. Aber die internen Ermittler scheinen nicht unglücklich darüber zu sein.

«Danke», sage ich, als mir Hitosugi zum Abschied seine knochigen Raucherfinger entgegenstreckt.

«Ich frage mich, wie Sie in Deutschland als Polizist überlebt haben», sagt er.

Yoko grinst verschmitzt, als sie das übersetzt. Ich sehe die beiden verständnislos an.

«Wie lange sind Sie jetzt hier, Bernie-san?», fragt Hitosugi lächelnd.

«Knapp zwei Wochen.»

Er lacht. «Da können Sie natürlich noch nicht alle Feinheiten japanischer Polizeipraxis kennen. Ach, übrigens, Glückwunsch zur neuen Aufgabe.»

Ich komme nicht mehr mit. Neue Aufgabe?

«Das weiß er noch nicht», raunt Yoko Hitosugi zu. «Unser Termin beim Chef ist erst in fünf Minuten.»

Auf dem Flur frage ich sie, was es mit der neuen Aufgabe auf sich habe.

«Warte es ab.»

Sie zieht mich hinter sich her zu Yoshidas altem Büro. Ich hätte erwartet, dass die Tür noch versiegelt ist. Am Namensschild prangen bereits neue Kanjis, der Nachfolger ist schon im Amt. Manchmal, scheint es, drehen sich die Uhren in Japan schneller als anderswo.

Yoko klopft.

Im ersten Moment denke ich, ich träume. Im Stuhl hinter dem Schreibtisch thront Kriminalrat Taro Sato vom 89. Revier in Kojimachi, jetzt mit den neuen Insignien eines Kriminaldirektors geschmückt. Vor Sato liegt aufgeschlagen das Kreuzworträtsel der «Japan Times». Stiernackig, die Haare kurz geschoren, sieht er eher aus wie ein Yakuza-Boss, als er aufsteht, um mich zu begrüßen.

«So schnell sieht man sich wieder», sagt er auf Englisch, beugt seinen Kopf aber nur kurz.

Er winkt Yoko heran. «Sie sehen, ich erweitere meinen Wortschatz», sagt er und zeigt auf das Kreuzworträtsel. «Aber da es jetzt offiziell wird, werde ich Japanisch sprechen, und meine Kollegin wird für mich übersetzen.» Er nickt Yoko zu und zieht eine Urkunde hervor. «Das ist Ihre Ernennungsurkunde zum Hauptkommissar, vom Polizeipräsidenten unterzeichnet. Sie wissen, dass jede Beförderung hier natürlich mit den Verantwortlichen in Deutschland, in Ihrem Fall dem Innenministerium in Hannover, abgestimmt ist.»

Bender, das Schlitzohr. Es ist nicht seine Idee gewesen, mich zu befördern. Die Chefetage hat ihn gezwungen, mir das Angebot zu machen, mich mit einem höheren Dienstgrad nach Peine zurückzuholen.

«Ich habe Sie unterschätzt, Ahlweg-san», sagt Sato. «Dass die Polizei in diesem Fall gut dasteht, liegt mit an Ihnen und Ihren problematischen Ermittlungsmethoden. Selbst der Vize-Innenminister hat sich über Sie informiert.»

«Ich hoffe, Sie hatten nur Gutes zu berichten.»

Sato lacht und winkt ab.

«Wir schaffen eine neue Abteilung, klein, aber schlagkräftig. Sie klären Fälle auf, in denen Ausländer in Tokio Opfer von Verbrechen geworden sind. Dazu braucht man Fremdsprachen. Welcher Fremde spricht schon Japanisch? Yoko wird Chefin, dazu kommen Sie. Noguchi-san hole ich aus Kojimachi ebenfalls zu uns. Die kennen Sie ja schon, wie ich gehört habe. Vielleicht spendiere ich noch eine Polizeianwärterin.»

«Drei Frauen, ein Mann», werfe ich ein.

«Ich dachte, das würde Ihnen gefallen. Im Ernst: Premierminister Abe hat die Devise ausgegeben, Frauen zu fördern und ihnen mehr Verantwortung zu übertragen. Das setzen wir jetzt konsequent um.»

«Mit einer Winzlingsabteilung, die nichts zu melden hat», flüstert mir Yoko auf Deutsch zu, nachdem sie Sato übersetzt hat.

«Keine Angst, wir finden schon spannende Fälle», flüstere ich zurück und strahle sie an.

Sato setzt sich wieder. «Ich bin mit Yoshida in eine Klasse gegangen, in der Mittelschule, in einem Kaff in Iwate. Kennen Sie Iwate?»

Ich schüttele den Kopf.

«Da haben Sie nichts verpasst. Iwate liegt im Nordosten, es ist Teil der Provinz Tohoku. Seit dem Tsunami vom März 2011 ziehen dort alle jungen Menschen weg.»

«Sie kannten Yoshida gut?»

«Ja. Ich wusste, wie der Mann tickt. Und mir war sofort klar, dass etwas faul ist, als Yoshida mich in Kojimachi angewiesen hat, Sie um jeden Preis weiter gegen Goto ermitteln zu lassen.»

«Warum?»

«Weil er schon als Schüler korrupt war.»

Sato reibt sich genüsslich die Hände. «Der Arme konnte ja nicht wissen, wie stur Sie sind. Ein Ausländer, der nach nur einer Woche in Japan Zugang zu Informationen aus der Spitze der Yakuza bekommt, das konnte sich Yoshida nicht vorstellen.»

«Ich auch nicht», wirft Yoko ein.

Sato drückt Yoko einen grünen Plastikordner in die Hand. «Wie dem auch sei – das hier ist Ihr erster Fall», sagt er. «In Roppongi wird eine Engländerin vermisst, die in einem Striptease-Schuppen gearbeitet hat. Ihre Eltern behaupten, sie sei tot.»

«Das ist doch ein alter Fall», sagt Yoko.

Sato schweigt. Ich erhebe mich aus meinem Sessel. «Lass uns erst mal schauen», sage ich auf Deutsch. Meinem alten und neuen Chef nicke ich dabei aufmunternd zu.

«Ach, noch etwas», ruft mir Sato nach, als Yoko und ich schon in der Tür stehen. «Suchen Sie sich eine Wohnung in Tokio, Ahlweg-san. Von meinem Angebot, Sie sollten Ihr Jahr in Tokio eher als Urlaub betrachten, scheinen Sie nicht viel zu halten. Versuchen wir es also weiter mit Polizeiarbeit.»

«Danke für das Vertrauen», sage ich und verbeuge mich tief.

Langsam durchschaue ich das Spiel von Honne und Tatemae. Auch Sato hat keine Ahnung, was ich in diesem Moment wirklich denke.

Auf dem Weg zurück zu unserem Büro müssen Yoko und ich an den Räumen des Presseclubs vorbei. Die Tür steht offen. Drinnen laufen die Nachrichten des staatlichen Senders NHK auf dem Riesenbildschirm eines Panasonic-Fernsehers. Ein Foto von Daisuke Tanoue wird gezeigt. Yoko sieht es im gleichen Moment wie ich und zieht mich zu den Journalisten in den Raum.

«Zurückgetreten», sagt sie. Der Triumph in ihrer Stimme ist nicht zu überhören.

«Daisuke Tanoue hat alle Ämter und sein Mandat im Parlament niedergelegt», sagt sie und starrt gebannt auf den Bildschirm. Er behauptet, er habe von den Finanzgeschäften seiner Familie mit der Yakuza nichts gewusst.

Yoko fällt mir in die Arme. In Japan ist das eine ungewöhnliche Geste. Die Journalisten beobachten uns, sehen dann aber schnell wieder auf den Bildschirm. Die Fernsehnachrichten zeigen in Endlosschleifen die Aufnahmen, wie sich der Politiker tief verbeugt und mit waidwundem Blick in die Kameras sagt: «Ich bedauere sehr, der Regierung und den Menschen in Japan Unannehmlichkeiten bereitet zu haben.»

«Der fällt weich!», ruft einer der Reporter dazwischen. Ich drehe mich zu ihm um. Es ist der junge Mann, dem ich gestern die Dokumente gegeben habe.

«Jetzt läuft die Presse sich warm», sagt Yoko. «Ist ein Thema erst einmal auf dem Markt und die Beißhemmung gegenüber den Mächtigen weg, kennen diese Knaben keine Gnade mehr.»

Sie zeigt auf die zumeist jungen Männer, die hinter ihren

Bento-Boxen hocken und, ihr Mittagessen kauend, die Entschuldigung des Politikers im Fernsehen verfolgen.

Der Reporter der «Tokyo Shimbun» kommt langsam zu uns. «Können Sie etwas dazu sagen?», fragt er Yoko und zeigt auf den Fernseher.

Sein Vorpreschen weckt den Jagdinstinkt der anderen, im Handumdrehen hat sich eine Traube Journalisten um Yoko gebildet, die, wild durcheinanderschreiend, Informationen verlangen.

Der Polizeireporter der «Tokyo Shinbum» nutzt die Chance, sich ungestört mit mir zu unterhalten. «Danke für gestern. Sie haben was gut bei mir.»

«Dann recherchieren Sie mal, ob andere Yakuza-Gangs nicht ein ähnliches Geschäftsmodell für die Olympiade 2020 in Tokio verfolgen», flüstere ich ihm zu. «Die Sumiyoshi-kai zum Beispiel.» Der Reporter macht sich eifrig Notizen. «Sie könnten herausfinden, ob Tanoue-san erst vor einigen Tagen eine Hausdurchsuchung beim Chef der Sumiyoshi-kai verhindert hat. Das gäbe Ihrer Geschichte einen interessanten Dreh.»

Er strahlt mich an.

«Wie hängt Polizeidirektor Yoshida da mit drin?»

«Kein Kommentar. Ich bin in Tokio, um zu lernen. Wir bleiben in Kontakt.» Ich verbeuge mich artig und wende mich zu Yoko.

Die Ermittlungen über die Verflechtung von Regierungspartei, Yakuza und Polizeiapparat übernehmen jetzt die Kollegen der Internen und der Organisierten Kriminalität.

«Yoko», rufe ich, «wir müssen gehen.» Ich drängele mich durch die Reportertraube, packe sie und ziehe sie aus dem Raum.

«Warum hast du mich so lange in deren Fängen zappeln lassen? Ich denke, wir sind jetzt Partner?»

«Ich wollte, dass du wenigstens ein bisschen erzählst. Sonst heißt es morgen wieder, ich sei es gewesen.»

«Ist auch eine Form von Teamwork.»

«Jetzt, wo wir uns aneinander gewöhnt haben ...»

«... langsam aneinander gewöhnen.»

Wir müssen beide lachen. Ich halte Yoko die Tür zu unserem Büro auf und werfe die Akten, die uns Sato als ersten Fall gegeben hat, auf meinen Schreibtisch. Es geht um eine vermisste Engländerin, Lucie Snowwhite. Heißt die wirklich so, Lucie Schneewittchen? Ein Teil der Unterlagen ist in Englisch. Lucie, 21, wird seit mehr als einem Monat vermisst. Ihre Eltern befürchten, sie sei tot, weil sich die junge Frau nicht mehr bei ihnen meldet. Das sei noch nie vorgekommen. Ich sehe auf das Foto. Ein hübsches Gesicht, umrahmt von blonden, lockigen Haaren, lächelt mir schüchtern entgegen. So jemand kann in einer Stadt wie Tokio doch nicht einfach verschwinden.

«Bevor du dich in den nächsten Fall verbeißt, muss ich dir noch etwas über Momoko Narizawa, deine hübsche Aiko, sagen», sagt Yoko.

Ich schiebe die Akten beiseite. Allein die Nennung des Namens bereitet mir eine Gänsehaut. In jeder Minute, in der ich mich nicht durch Arbeit oder Alkohol ablenken kann, sehe ich sie vor mir. Das Bild der toten Momoko in ihrem grünen Cocktailkleid, durchnässt vom Wasser des Sumida, wird mich wohl nie mehr loslassen.

«Du hast sie gemocht?», fragt Yoko.

«Ja. Momoko kam mir verletzlich vor, so klein und zart, wie sie war. Es war, als würde ihr unglückliches Leben wie ein Schleier über ihr liegen.»

«Romantiker. Sie ist seit ihrer Schulzeit eine professionelle Hure gewesen. Ihren Weg hat sie frei gewählt.»

Frei gewählt? Wird ein junges Mädchen wirklich freiwillig zur Hure? «Ich hatte einen anderen Eindruck», sage ich. «Als sie mich zum ersten Mal mit ihren dunklen Augen fragend angesehen hat, kam es mir vor, als sähe ich in einen Abgrund der Hoffnungslosigkeit.»

Yoko schüttelt den Kopf. «Und jetzt machst du dir Vorwürfe, dass du mit deinen Alleingängen Mitschuld daran hast, dass Tsubois Killer sie gefunden hat?»

Ich nicke schweigend.

«Unsinn, Bernie. Das ist Unsinn», sagt sie. «Mach keine Märtyrerin aus der Frau. Du hast genug für sie getan. Sie ist unschuldig, sie hat Keiko Hasegawa nicht ermordet. Das wolltest du beweisen. Das haben wir bewiesen.»

«Aber ich habe vielleicht ihren Mörder zu ihr geführt.»

«Hast du nicht.»

«Was weißt du, was ich nicht weiß?»

«Momoko Narizawa hat am Vormittag aus dem Love-Hotel mit beiden telefoniert, mit ihrem aktuellen Geliebten Tsuboi und mit ihrem späteren Mörder. Sie hat Watanabe ins Hotel bestellt, um sich abholen lassen.»

Wenn das stimmt, hatte Momoko nie vor, mir mehr zu erzählen. Sie hat mir etwas vorgespielt, um der Polizei zu entkommen. Doch ihre Augen haben eine andere Sprache gesprochen. Das bilde ich mir jedenfalls ein. Ich werde die Wahrheit über Momoko Narizawa wohl nie herausfinden. Yoko scheint meine Alleingänge mit Momoko alias Aiko von Anfang an durchschaut zu haben. Ich rechne ihr hoch an, dass sie versucht, mir meine Gewissensqualen zu nehmen.

Sie nimmt sich die Akten über unseren neuen Fall und sperrt sie in den Rollschrank.

«Heute können wir ohnehin nichts mehr tun», sagt sie. «Wie wäre es, wenn du mir deine kleine Freundin Akane vorstellen würdest?»

«Hast du keine Angst, du könntest eifersüchtig werden?»

«Davor hat Tadayoshi mich schon gewarnt. Wir müssen uns beeilen, sonst fängt die Kangei-kai, die offizielle Willkommensfeier, im Komachi gleich ohne uns an.»

Ich verstehe gar nichts mehr. Yoko nimmt meine Jacke. «Tadayoshi und Akane haben alles organisiert. Ich kenne nur das Motto der Party: ‹Korekara mo yoroshikuna!›»

Das überfordert mein Japanisch. Ich übersetze es für mich einfach mal mit: «Willkommen, Bulle!»

«Wir haben dich noch gar nicht richtig bei uns begrüßt», erklärt Yoko. «Du musstest uns ja gleich am ersten Tag einen Mord präsentieren.»

Als ich meinen Computer abschalten will, blinkt eine neue Mail auf. Bender hat geschrieben. «Eilig! Ihre Entscheidung?», lese ich. Ich klappe den Computer zu. Jetzt wird erst einmal gefeiert. Die Antwort an Bender hat Zeit bis morgen. Peine oder Tokio? Lange muss ich darüber nicht nachdenken.

«Komm endlich», ruft Yoko, die schon im leichten Sommermantel an der Tür steht.

FSC
www.fsc.org
MIX
Papier aus verantwortungsvollen Quellen
FSC® C083411

Das für dieses Buch verwendete FSC®-zertifizierte Papier
Lux Cream liefert Stora Enso, Finnland.